Das Buch

»Entweder zu viel Körper oder zu wenig. Genau darum geht es seit Noah.« *Daniel Pennac*

Ein Zwölfjähriger beschließt, ein Tagebuch über seinen Körper zu schreiben. Und tatsächlich führt der 1923 geborene Erzähler in Daniel Pennacs Roman jahrzehntelang Buch über das, was sein Körper empfindet und was er an den Körpern seiner Mitmenschen wahrnimmt – bis zu seinem Tod im Alter von 87 Jahren. Es geht um alles, von der Pubertät bis zum Greisenalter, um Schamesröte, Nasebohren, Lust und Leid, Haarausfall, Zahnschmerzen oder Schlaflosigkeit. Wie ein Außenstehender schaut er auf den Körper, in dem er steckt: mal lustvoll und neugierig, mal beschämt oder ratlos. Seine Aufzeichnungen sind oft sehr direkt, aber nie vulgär, sie sind frech, aber dennoch respektvoll. Entstanden ist der Roman eines Lebens – witzig, melancholisch, warmherzig, skurril –, der in Frankreich monatelang die Bestsellerlisten anführte.

»Ein Roman, der einem zuruft: Das Alter aufhalten kannst du nicht. Also genieß gefälligst das Leben!« *WDR*

Der Autor

Daniel Pennac, geboren 1944, lebt in Paris. Über zwei Jahrzehnte arbeitete er als Lehrer, bevor er sich 1995 endgültig nur noch dem Schreiben zuwandte. Neben zahlreichen Romanen, wie den erfolgreichen Malaussène-Krimis, hat er Kinder- und Jugendbücher und einen Band mit eigenen Zeichnungen veröffentlicht. Bekannt wurde Pennac vor allem durch die literarische Streitschrift für die Rechte des Lesers »Wie ein Roman«. Für »Schulkummer« erhielt er 2007 den Prix Renaudot.

Die Übersetzerin

Eveline Passet, geboren 1958, ist Rundfunkautorin und Literaturübersetzerin aus dem Russischen und Französischen. Sie hat alle Romane Pennacs übersetzt.

KiWi

1455

Daniel Pennac

DER KÖRPER MEINES LEBENS

ROMAN

Aus dem Französischen
von
Eveline Passet

Kiepenheuer & Witsch

Die Arbeit an der Übersetzung von *Journal d'un corps* wurde durch ein zweimonatiges Aufenthaltsstipendium für Bordeaux gefördert, das ÉCLA Aquitaine und der Hessische Literaturrat e. V. gemeinsam ausschreiben.

MIX
Papier aus verantwortungsvollen Quellen
FSC® C083411
FSC www.fsc.org

Verlag Kiepenheuer & Witsch, FSC® N001512

1. Auflage 2015

Die Originalausgabe erschien 2012 unter dem Titel
»Journal d'un corps« bei Éditions Gallimard, Paris

Aus dem Französischen von Eveline Passet

Lektorat: Bärbel Flad
Umschlaggestaltung: Sabine Kwauka
Umschlagmotiv: © Interfoto/Sammlung Rauch
Gesetzt aus der Aldus
Satz: Buch-Werkstatt GmbH, Bad Aibling
Druck und Bindearbeiten: CPI books GmbH, Leck
ISBN 978-3-462-04844-5

INHALT

VORBEMERKUNG

Meine Freundin Lison – meine alte, liebe, unersetzliche und sehr anstrengende Freundin Lison – versteht sich auf die Kunst des sperrigen Geschenks: eine unvollendete Plastik, die zwei Drittel meines Zimmers einnimmt, oder Gemälde, die sie, weil ihr Atelier angeblich zu klein geworden ist, ein halbes Jahr bei mir in Flur und Esszimmer trocknen lässt. Ihr jüngstes Geschenk halten Sie momentan in der Hand. Lison tauchte eines Morgens bei mir auf, räumte den Tisch leer, an dem ich eigentlich gerade frühstücken wollte, und stapelte einen Packen Hefte vor mir auf, eine Hinterlassenschaft ihres kurz zuvor verstorbenen Vaters. Ihre geröteten Augen verrieten, dass sie die Nacht mit Lesen verbracht hatte. Womit ich meinerseits die folgende verbrachte. Lisons Vater, wortkarg, ironisch, geradeheraus, besaß international den Nimbus eines weisen Alten, was er gelassen hinnahm. Ich war ihm vielleicht fünf, sechs Mal im Leben begegnet, und er schüchterte mich ein. Wenn es etwas gab, das ich mir an ihm absolut nicht vorstellen konnte, so die Tatsache, dass er zeit seines Lebens an den hier folgenden Seiten geschrieben hatte! Noch ganz verdutzt, holte ich mir Rat bei meinem Freund Postel, über lange Zeit hin der ihn (und auch die Familie Malaussène) behandelnde Arzt. Seine prompte Antwort: Veröffentlichen! Auf der Stelle. Schick das deinem Verleger, bringt das schleunigst heraus! Es gab einen Haken. Einem Verleger vorzuschlagen, das Manuskript einer ziemlich bekannten Persönlichkeit zu veröffentlichen, die ihre Anonymität gewahrt wissen will, ist kein leichtes Unterfan-

gen! Muss ich nun, da ich diese Gunst einem rechtschaffenen und respektablen Mann des Buches abnötigen konnte, es womöglich bereuen? Urteilen Sie selbst.

D.P.

3. AUGUST 2010

Liebe Lison,

da kommst du also von meiner Beerdigung nach Hause, zurück zu dir, zwangsläufig ein bisschen traurig, aber deine Freunde warten auf dich, Paris, dein Atelier, einige Bilder, die du hintangestellt hast, deine vielen Projekte, darunter das Bühnenbild für die Oper, deine politischen Engagements, die Zukunft der Zwillinge, das Leben, dein Leben. Doch – Überraschung! Du findest einen Brief des Notars R. vor, der dir in Juristenjargon eröffnet, bei ihm liege ein Paket deines Papas unter Verschluss, das er dir auszuhändigen habe. Donnerwetter, ein Geschenk post mortem vom Papa! Du eilst natürlich hin. Was der Notar dir da überreicht, ist ein kurioses Präsent: nichts weniger als mein Körper! Nicht mein leibhaftiger Körper, sondern das Journal, das ich lebenslang heimlich über ihn geführt habe. (Nur deine Mutter war zuletzt eingeweiht.) Überraschung also. Mein Vater hat Tagebuch geführt! Wie bist du darauf gekommen, Papa, ein Tagebuch, bei deiner Distinguiertheit und Unerreichbarkeit! Und lebenslang! Kein Tagebuch, meine Tochter, du kennst meine Vorbehalte gegen das Erfassen unserer schwankenden Seelenzustände. Auch über mein Berufsleben, meine Überzeugungen und Vorträge wirst du nichts erfahren, nichts also über das, was Étienne pompös meine »Kämpfe« nannte, nichts über mich als Vater und nichts über den Lauf der Welt. Also kein Tagebuch, Lison, sondern wirklich ein Journal nur meines Körpers. Was dich gewiss umso mehr überraschen wird, als ich nie ein sonderlich »physischer« Vater war. Meine Kinder und Enkelkinder dürften mich vermutlich nie nackt gesehen haben, selten wohl auch in Badehose, und gewiss nie vor dem Spiegel, wie ich meine Bizepse springen lasse. Auch war ich wohl leider nicht besonders freigebig mit Zärtlichkeiten. Und mich vor Bruno oder dir über meine Wehwehchen auszulassen – lieber wäre ich gestorben, was ich nun ja auch bin, nach der mir bemessenen Zeit. Der Körper war kein Gesprächsgegenstand unter uns; Bruno und du, ihr musstet mit der Entwicklung des euren allein zurechtkommen. Halte das nicht für Gleichgültigkeit oder besondere Geschamigkeit: Als einer, der 1923 zur Welt kam, war ich schlicht und einfach ein bürgerliches Individuum meiner Zeit, jemand, der noch Semikola verwendet und beim Frühstück nie im Schlafanzug erscheint, sondern immer geduscht und frisch rasiert, perfekt gewandet im Anzug des Tages. Der Körper ist eine Erfindung eurer Generation, Lison. Zumindest wenn es um die Art geht, ihn einzusetzen und zu präsentieren. Denn was die Beziehungen betrifft, die unser Geist zu unserem Körper als Sack voller Überraschungen und Generator von Ausscheidungen unterhält, so herrscht hier noch immer dasselbe Stillschweigen wie zu meiner Zeit. Bei näherer Betrachtung könnte man sagen, niemand ist schamhafter als radikal entblätterte Pornostars oder restlos entblößte

Body-Art-Künstler. Die heutigen Ärzte wiederum, die berühren den Körper schon gar nicht mehr (wann hat dich zuletzt einer abgehorcht?). Was sie interessiert, ist nur das Zellpuzzle, der geröntgte, sonographierte, gescannte, analysierte Körper, der biologische, genetische, molekulare, die Fabrik für Antikörper. Soll ich dir etwas sagen: Je mehr dieser moderne Körper analysiert und ausgestellt wird, desto weniger existiert er. Er wird zum Verschwinden gebracht, und zwar umgekehrt proportional zu seiner Zurschaustellung. Der Körper, dessen Journal ich täglich geführt habe, ist ein anderer – unser Wegbegleiter, unsere Daseinsmaschine. Na ja, »täglich« ist übertrieben; rechne nicht mit einem Buch, das alles erfasst und von Tag zu Tag; eher schon von Überraschung zu Überraschung – unser Körper geizt nicht damit –, seit meinem dreizehnten Lebensjahr und bis zum achtundachtzigsten, meinem letzten, mit langen Pausen, wie du feststellen wirst, während derjenigen Lebensphasen, in denen unser Körper sich nicht zu Wort meldet. Aber sobald der meine sich meinem Geist bemerkbar machte, fand er mich immer mit gezücktem Stift vor, der Überraschung des Tages aufmerksam zugewandt. Ich habe seine Kundgebungen so gewissenhaft wie möglich, wenn auch mit Bordmitteln und ohne wissenschaftlichen Anspruch festzuhalten versucht. Dies ist mein Erbe, vielgeliebte Tochter; es handelt sich nicht um eine physiologische Abhandlung, sondern um meinen verborgenen Garten, der in vielerlei Hinsicht unser gemeinsamer Nenner ist. Ich vertraue ihn dir an. Warum gerade dir? Weil ich dich sehr, sehr gerngehabt habe. Es genügt, dass ich es dir zu Lebzeiten nie sagte, erlaube mir dieses kleine posthume Vergnügen. Würde Grégoire noch leben, ich hätte das Journal wohl ihm vermacht, es hätte den Arzt in ihm interessiert und den Enkel amüsiert. Ach, wie ich diesen Jungen geliebt habe! So jung gestorben, Grégoire, und du inzwischen Großmutter, ihr seid mein Bündel sicheren Glücks, meine Wegzehrung für die große Reise. Gut. Genug der Herzensergießungen. Mach mit diesen Heften, was dir richtig erscheint: Mülltonne, falls sie in deinen Augen ein unpassendes Geschenk eines Vaters an seine Tochter sind; Weitergabe innerhalb der Familie, falls dir danach ist; Veröffentlichung, falls deines Erachtens notwendig. Achte in letzterem Falle darauf, dass der Verfasser anonym bleibt – umso mehr, als es ein jeder sein könnte –, ändere die Orts- und Personennamen, man weiß nie, wo Empfindlichkeiten lauern. Und nimm dir keine Gesamtausgabe vor, das wäre ein endloses Unterfangen. Ohnehin sind einige Hefte im Lauf der Jahre verlorengegangen, andere wiederholen sich einfach. Überspring sie – zum Beispiel die aus meiner Kindheit, als ich die Zahl meiner Liegestütze und Rumpfbeugen verzeichnete, oder die aus meiner Jugend, als ich – Buchhalter meiner Sexualität – Listen über Liebschaften führte. Kurz, mach damit, was du willst, wie du es machst, ist es richtig.

Ich liebe dich.

Papa

1

DER ERSTE TAG
(September 1936)

Mama ist die Einzige,
nach der ich nicht gerufen habe.

64 Jahre, 2 Monate, 18 Tage Montag, 28. Dezember 1987

Ein dummer Streich, den Grégoire und sein Freund Philippe der kleinen Fanny gespielt haben, rief mir die Urszene dieses Journals ins Gedächtnis, das Trauma, das es angestoßen hat.

Mona, die gerne Dinge fortwirft, hatte angeordnet, ein großes Feuer aus altem Plunder zu machen, der größtenteils noch von Manès stammte: wacklige Stühle, schimmlige Polsterbetten, ein holzwurmzernagter Karren, alte Reifen, mit anderen Worten, ein riesiges, stinkendes Autodafé. (Was alles in allem weniger grauenvoll ist als mancher gerümpelige Flohmarkt.) Sie hatte die beiden Jungen damit betraut. Und die kamen auf den Einfall, die Verurteilung der Jeanne d'Arc nachzuspielen. Ich wurde von einer brüllenden Fanny aus der Arbeit gerissen, der Grégoire und Philippe die Rolle der Jungfrau zugedacht hatten. Sie hatten ihr den ganzen Tag die Heldentaten unserer Nationalheiligen gepriesen, von der Fanny mit ihren sechs Jahren nie etwas gehört hatte, und ihr die Vorteile des Paradieses so verlockend ausgemalt, dass die Kleine der Opferung händeklatschend und hopsend vor Freude entgegenfieberte. Als sie dann das lodernde Feuer sah, in das sie lebendig geworfen werden sollte, stürzte sie brüllend zu mir. (Mona, Lison und Marguerite waren in der Stadt.) Ihre kleinen Hände schraubten sich in Todespanik an mir fest. Großvater! Großvater! Ich versuchte, sie mit einigen »schschscht … schschscht« zu trösten, »ist ja schon gut, ist ja nichts Schlimmes passiert« (es war Schlimmes passiert, ziemlich Schlimmes sogar, aber ich wusste noch nichts von der geplanten Kanonisierung). Ich nahm sie auf den Schoß und spürte, dass sie in die Hose gepinkelt hatte, ja mehr noch, sie hatte auch groß gemacht, hatte sich vor Entsetzen beschmutzt. Ihr Herz wummerte beunruhigend, ihr Atem ging gehetzt. Sie hatte eine Kieferklemme, so dass ich schon einen Tetanusanfall befürchtete. Ich setzte sie in ein heißes Bad. Dort erzählte sie mir, unterbrochen von letzten Schluchzern, bruchstückweise, was diese beiden Klammerbeutelgepuderten mit ihr vorhatten. Und ich wurde zurückkatapultiert an den Entstehungspunkt meines Journals.

September 1936. Ich bin zwölf, demnächst dreizehn Jahre alt. Ich bin Pfadfinder. Vor kurzem war ich noch Wölfling, etikettiert mit einem dieser durch das *Dschungelbuch* in Mode gekommenen Namen. Jetzt bin ich Pfadfinder, das ist wichtig, ich bin kein Wölfling mehr, ich bin nicht mehr klein, ich bin groß, ein Großer. Es sind die letzten Sommerferientage, und ich bin irgendwo in den Alpen in einem Pfadfinderlager. Wir stehen im Krieg mit einem anderen Trupp, der uns unser Banner gestohlen hat. Wir müssen es zurückholen. Die Spielregel ist einfach. Wir tragen unser Halstuch auf dem Rücken, festgesteckt unterm Gürtel der kurzen Hose. Auch unsere Gegner. Dieses Halstuch wird als ein Leben bezeichnet. Wir müssen vom Angriff nicht nur unser Banner zurückbringen, sondern auch möglichst viele andere Leben. Die wir auch Skalps nennen und am Gürtel befestigen. Wer die meisten mitbringt, gilt als gefährlicher Krieger, er ist ein »Jagdass«, wie die Piloten im Großen Krieg, deren Jagdbomber sich proportional zu den abgeschossenen feindlichen Maschinen mit Verdienstorden schmückten. Kurz, wir spielen Krieg. Da ich nichts in den Knochen habe, verliere ich mein Leben gleich zu Beginn der Kampfhandlungen. Ein Hinterhalt. Zwei Feinde pressen mich auf den Boden, ein dritter entreißt mir mein Leben. Dann binden sie mich an einen Baum, damit ich, obwohl tot, nicht auf die Idee komme, weiterzukämpfen. Und machen sich davon. Und ich mitten im Wald. An eine Kiefer gebunden, mit nackten Beinen und Armen am klebrigen Harz. Meine Feinde außer Sicht. Die Front entfernt sich, ab und an sind noch Stimmen zu hören, immer leiser, dann nicht mehr. Die tiefe Stille des Waldes bricht über meine Phantasie herein. Diese tiefe, von allem Möglichen durchlärmte Stille des Waldes: Knacken, Rascheln, Knirschen, Glucksen, Windgesäusel in hochwipfeligen Bäumen … Ich sage mir, dass die Tiere, die wir mit unseren Spielen aufgescheucht haben, jetzt zurückkehren. Keine Wölfe natürlich, ich bin ja ein Großer, ich glaube nicht mehr an menschenfressende Wölfe, nein, keine Wölfe, aber Wildschweine zum Beispiel. Was tut ein Wildschwein einem festgebundenen Jungen? Bestimmt nichts, es lässt ihn in Frieden. Aber wenn es eine Sau mit Frischlingen ist? Trotzdem, ich habe keine Angst. Ich stelle mir bloß Fragen, wie sie in Situationen hochkommen, wo alles bedacht sein will. Je mehr ich unternehme, um freizukommen, desto fester werden die Knoten, desto hartnäckiger klebt das Harz an meiner Haut. Ob es wohl eintrocknet? Eines ist jedenfalls sicher, frei kriege ich mich nicht, in Sachen unlösbare Knoten kennen Pfadfinder sich aus. Ich fühle mich ziemlich alleine, sage mir aber nicht, dass mich nie jemand finden wird. Ich weiß, dass in diesem Wald genug Menschen unterwegs sind, uns begegnen ziemlich oft Blaubeer- und Himbeerpflücker. Ich weiß, dass nach Einstellung der Kampfhandlungen jemand kommt und mich losbindet. Selbst wenn meine Feinde mich vergessen hätten; dann würde meine Sippe mein Fehlen bemerken und einem Erwachsenen Bescheid sagen, und ich käme frei. Folglich habe ich keine Angst. Ich wappne mich mit Geduld. Mein Denken hat mühelos alles unter Kontrolle, was die Situation meiner Phantasie vorlegt. Eine Ameise krabbelt mir über die Sandale, dann übers nackte Bein, das kitzelt ein wenig. So eine Ameise kann meinem Verstand nichts anhaben. Ein Einzelexemplar, harmlos. Selbst wenn sie mich beißt oder sogar unter meine Hose, ja meine Unterhose krabbelt, ist das kein Drama, ich werde den Schmerz spielend ertragen. Im Wald von einer Ameise gebissen zu werden ist nichts Besonderes, ich weiß, wie sich der Schmerz anfühlt, ein scharfes, aber aushaltbares Brennen, das vorübergeht. Ich bin also in einer gelassen insektenforscherischen Geistesverfassung, doch da fällt mein Blick auf den Ameisenhaufen; zwei oder drei Meter von meinem Baum entfernt, am Fuße einer anderen Kiefer. Ein riesiger, aus Nadeln aufgehäufter Bau, der von schwarzwildem Leben wimmelt, ein ungeheuerliches, regloses Wimmeln. Die Kontrolle über meine Phantasie verliere ich schließlich, als ich eine zweite Ameise meine Sandale erklimmen sehe. Jetzt geht es nicht mehr um Bisse, sondern darum, dass die Ameisen mich bedecken und bei lebendigem Leibe fressen. Meine Phantasie malt sich das nicht in Einzelheiten aus, ich sage mir nicht, dass die Ameisen meine Beine hinaufkriechen und mir Geschlecht und Anus zerfressen werden oder in mich hineinkriechen durch meine Augenhöhlen, Ohren, Nasenlöcher, dass sie durch meine Nebenhöhlen und mein Gedärm krabbeln und mich von innen auffressen, ich sehe mich nicht als menschlichen Ameisenbau, der, gefesselt an diese Kiefer, aus einem toten Mund Kolonnen von Arbeiterinnen speit, die mich Krümel für Krümel zu diesem entsetzlichen Magen transportieren, der drei Meter vor mir in sich selber wimmelt, ich stelle mir diese Qualen nicht vor, aber sie sind sämtlich in dem panischen Gebrüll enthalten, das ich jetzt ausstoße mit geschlossenen Augen und weit aufgerissenem Mund. Es ist ein Hilfeschrei, der den Wald und die Welt dahinter durchschrillen muss, ein Gellen, in dem meine Stimme sich in tausend Spitzen bricht, und was da durch diese wiederauferstandene Kleinjungenstimme brüllt, ist mein ganzer Leib, ebenso maßlos wie mein Mund brüllen meine Schließmuskeln, es fließt mir die Beine hinab, das spüre ich, meine Hose wird voll und ich laufe aus, der Durchfall vermischt sich mit dem Harz, was meine Panik noch steigert, denn der Geruch, sage ich mir, der Geruch wird die Ameisen kirre machen und andere Tiere anlocken, meine Lungen gehen bei jedem neuen Schrei nach Hilfe in Fetzen, ich bin von oben bis unten besudelt mit Tränen, Sabber, Rotz, Harz und Scheiße. Dabei sehe ich bestens, dass der Ameisenhaufen sich nicht die Bohne um mich kümmert, dass er ganz in sich beschäftigt ist, sich um seine unzähligen kleinen Angelegenheiten kümmert, dass abgesehen von diesen beiden Streunern mich alle anderen Ameisen, die nach Millionen zählen müssen, vollkommen ignorieren, ich sehe es, ich nehme es wahr, ich begreife es sogar, aber es ist zu spät, die Panik ist stärker, was sich meiner bemächtigt hat, schert sich nicht mehr um die Wirklichkeit, mein ganzer Körper artikuliert meine Angst, bei lebendigem Leibe gefressen zu werden, eine Angst, die mein Kopf ganz allein, ohne Mitwirkung der Ameisen, entwickelt hat, verschwommen weiß ich das natürlich, und als Chapelier – er hieß Chapelier, der Abt, der mich später mit dem Schlauch abspritzte –, als Chapelier mich später fragte, ob ich ernstlich geglaubt hätte, die Ameisen würden mich fressen, antwortete ich nein, und als er mich fragt, ob ich mir selber eine Komödie vorgespielt hätte, antworte ich ja, und als er fragt, ob es mir Spaß gemacht habe, mit meinem Gebrüll die Spaziergänger, die mich schließlich befreiten, in Angst und Schrecken versetzt zu haben, da antworte ich, ich weiß nicht, und hast du dich nicht geschämt, voller Aa wie ein Baby zu deinen Kameraden zurückgebracht zu werden, antworte ich, doch, alles Fragen, die er mir stellt, während er das Gröbste mit dem Schlauch abspritzt, ohne mir die Kluft ausgezogen zu haben, die eine Uniform ist, zu deiner Erinnerung, eine Pfadfinderuniform, falls du es vergessen haben solltest, und hast du wenigstens eine Sekunde darüber nachgedacht, was diese beiden Spaziergänger von den Pfadfindern denken müssen? Nein, Verzeihung, nein, daran habe ich nicht gedacht. Aber gib zu, die Komödie, die hat dir Lust bereitet, was? Lüg nicht, sag nicht, dass es dir keine Lust bereitet hat! Es hat dir Lust bereitet, stimmts? Ich denke, auf diese Frage wusste ich damals keine Antwort, denn ich hatte dieses Journal noch nicht begonnen, das während meines ganzen auf jenen Tag folgenden Lebens darauf abzielen sollte, Körper und Geist auseinanderzuhalten, meinen Körper fortan vor den Attacken meiner Phantasie und meine Phantasie vor unpassenden Kundgebungen meines Körpers zu bewahren. Und deine Mutter, was wird deine Mutter dazu sagen? Hast du daran gedacht, was sie dazu sagen wird? Nein, nein, an Mama habe ich nicht gedacht, und als er mir diese Frage stellte, sagte ich mir sogar, dass die einzige Person, nach der ich während meines ganzen Gebrülls nicht gerufen hatte, Mama war, Mama ist die Einzige, nach der ich nicht gerufen habe.

Ich wurde nach Hause geschickt. Mama holte mich ab. Tags darauf begann ich dieses Journal mit dem Satz: Ich werde keine Angst mehr haben, ich werde keine Angst mehr haben, ich werde keine Angst mehr haben, ich werde keine Angst mehr haben, nie mehr.

2

12–14 JAHRE
(1936–1938)

Da es das ist, wonach man aussehen muss,
werde ich so aussehen.

12 Jahre, 11 Monate, 18 Tage Montag, 28. September 1936

Ich werde keine Angst mehr haben, ich werde keine Angst mehr haben, ich werde keine Angst mehr haben, ich werde keine Angst mehr haben, nie mehr.

12 Jahre, 11 Monate, 19 Tage Dienstag, 29. September 1936

Die Liste meiner Ängste:

- Angst vor Mama.
- Angst vor Spiegeln.
- Angst vor meinen Schulkameraden. Besonders vor Fermantin.
- Angst vor Insekten. Besonders vor Ameisen.
- Angst davor, dass etwas wehtun könnte.
- Angst, mich zu beschmutzen, wenn ich Angst habe.

Idiotisch, eine Liste meiner Ängste anlegen zu wollen, ich habe Angst vor allem. Auf jeden Fall kommt die Angst immer überraschend. Du rechnest nicht damit, und zwei Minuten später drehst du durch. So war es im Wald. Konnte ich damit rechnen, Angst zu haben vor zwei Ameisen? Mit fast dreizehn! Und vorher, als die anderen mich überfielen, da habe ich mich ohne Gegenwehr auf den Boden geworfen. Ich ließ mir mein Leben abnehmen und mich festbinden, als wäre ich tot. Aber ich war ja *tot vor Angst*, wirklich tot!

Die Liste meiner Vorsätze:

Du hast Angst vor Mama? Tu, als ob sie nicht existiert.

Du hast Angst vor deinen Schulkameraden? Sprich mit Fermantin.

Du hast Angst vor Spiegeln. Schau hinein.

Du hast Angst davor, dass etwas wehtun könnte? Am meisten tut dir in Wahrheit deine Angst weh.

Du hast Angst, dich zu beschmutzen? Deine Angst ist ekelerregender als Scheiße.

Eines ist noch idiotischer, als eine Liste meiner Ängste anlegen zu wollen, nämlich eine Liste meiner Vorsätze anzulegen. Ich setze sie ja doch nie um.

12 Jahre, 11 Monate, 24 Tage Sonntag, 4. Oktober 1936

Seit ich wieder zu Hause bin, tobt Mama. Heute Abend hat sie mich aus der Waschwanne geholt, ehe ich mich abseifen konnte. Sie wollte mich zwingen, mich im Badezimmerspiegel zu betrachten. Ich war noch nicht abgetrocknet. Sie hielt mich an den Schultern gepackt, als ob ich weglaufen wollte. Ihre Finger taten mir weh. Sie sagte wieder und wieder, guck dich an, los, guck dich an! Ich ballte die Fäuste und schloss die Augen. Sie schrie. Mach die Augen auf! Guck dich an! Los, guck dich an! Ich fror. Ich biss die Zähne zusammen, damit sie nicht klapperten. Mein ganzer Körper zitterte. Wir verlassen dieses Badezimmer nicht eher, bis du dich angeguckt hast! Guck dich an! Aber ich habe die Augen nicht aufgemacht. Du willst die Augen nicht aufmachen? Du willst dich nicht angucken? Immer der gleiche Zirkus? Na gut! Soll ich dir vielleicht sagen, wonach du aussiehst? Wonach der Junge aussieht, den ich da sehe? Was meinst du, wonach er aussieht? Wonach siehst du aus? Soll ich es dir sagen? Du siehst nach nichts aus! Du siehst nach *absolut nichts* aus! (Ich gebe, was sie gesagt hat, hier *alles* genau wieder.) Dann schlug sie die Tür hinter sich zu. Als ich die Augen aufmachte, war der Spiegel beschlagen.

12 Jahre, 11 Monate, 25 Tage — Montag, 5. Oktober 1936

Wenn Papa bei diesem Wutanfall von Mama dabei gewesen wäre, hätte er mir ins Ohr geflüstert: Na sag mal, ein Junge, der nach absolut nichts aussieht, das ist ja doch sehr *interessant*! Wonach muss ein Junge *letztlich* aussehen, der nach *absolut* nichts aussieht? Nach dem Gehäuteten aus dem Larousse? Wenn Papa ein Wort betonte, konnte man glauben, er würde es in Kursivschrift sprechen. Dann schwieg er, um mir Zeit zum Nachdenken zu geben. Ich denke an den Gehäuteten aus dem Larousse, weil Papa und ich an ihm oft den menschlichen Körperbau studiert haben. Ich weiß, wie ein Mann aussieht. Ich weiß, wo die Milzarterie liegt, ich kenne jeden Knochen, jeden Nerv, jeden Muskel mit Namen.

13 Jahre, mein Geburtstag — Samstag, 10. Oktober 1936

Mama hat mit Dodo wieder die Geschichte mit dem sauberen Taschentuch gemacht. Sie hat natürlich bis zum Mittagessen gewartet, bis alle da waren. Dodo reichte die

Amuse-Gueules herum. Sie forderte ihn auf, »so lieb zu sein« und die Platten abzustellen, dann zog sie ihn ganz sanft zu sich heran, als wolle sie ihn drücken. Aber sie holte das Taschentuch hervor und fuhr ihm damit hinter den Ohren entlang, dann über die Ellbogenbeugen und durch die Kniekehlen. Dodo stand stocksteif da. Natürlich war das Taschentuch (das Mama der versammelten Runde zeigte!) danach nicht mehr blütenweiß. Auch die Fingernägel wurden beanstandet. Wenn man ein derartiges kleines Ferkel ist, gibt man nicht die Mamsell! Ab, und gründlich gesäubert, junger Mann! Zu Violette sagte sie, und wies dabei mit dem Finger auf Dodo: Seien Sie so gut und haben Sie ein Auge auf ihn! Dass er mir bloß nicht den Nabel vergisst! In zehn Minuten sehen wir uns wieder. Bei diesen Gemeinheiten zwitschert Mama immer wie ein aufgekratztes junges Mädchen.

Wenn Violette, als ich klein war, mich abschrubbte, beschrieb sie mir den Schmutz am Hof Ludwigs XIV., als käme sie gerade von dort. Oh, da gab es tausenderlei Gerüche, glaub mir! Die parfümierten sich damals, wie wenn man Dreck unter den Teppich kehrt. Violette mag auch ein Billet, das Napoléon an Joséphine sandte (er war auf dem Rückweg von Ägypten): »Wasch dich nicht, ich komme.« Nur damit du weißt, mein kleiner Prachtkerl, dass unsereins nicht nach Jasmin duften muss, um geliebt zu werden. Aber nicht verraten!

Apropos Sauberkeit. Einmal, ich rieb Papa gerade den Rücken mit dem Rosshaarhandschuh ab, sagte er: Hast du dich jemals gefragt, wo dieser ganze menschliche Schmutz hingeht? Was verdrecken wir, wenn wir uns waschen?

Ich habe es gemacht! Ich habe es gemacht! Ich habe das Laken von meinem Schrank heruntergezogen und mich im Spiegel betrachtet! Ich hatte beschlossen, dass es jetzt reicht. Ich zog das Laken herunter, ich ballte die Fäuste, ich holte tief Luft, ich öffnete die Augen, und ich betrachtete mich! *ICH HABE MICH BETRACHTET!* Es war, als sähe ich mich zum ersten Mal. Ich blieb lange vor dem Spiegel stehen. Das war nicht wirklich ich in meinem Inneren. Das war mein Körper, aber nicht ich. Das war nicht einmal ein Kamerad. Ich sagte: Du bist ich? Du, das bin ich? Ich, das bist du? Das sind wir? Ich bin nicht verrückt, ich weiß ganz genau, dass ich mit dem *Eindruck* gespielt habe, das sei nicht ich, sondern irgendein im Spiegel ausgesetzter Junge. Ich fragte mich, seit wann er dort stand. Diese kleinen Spielchen, die Mama aus der Fassung bringen, beängstigten Papa nicht im mindesten. Mein Sohn, du bist nicht verrückt, *du spielst mit deinen Sinneswahrnehmungen,* wie alle Kinder in deinem Alter. Du befragst sie. Und du wirst nie aufhören, sie zu befragen. Auch als Erwachsener. Auch in sehr hohem Alter. Merk dir eins: *Wir müssen uns unser ganzes Leben lang bemühen, unseren Sinnen Glauben zu schenken.*

Mein Spiegelbild kam mir wirklich wie ein Kind vor, das in meinem Spiegel ausgesetzt worden war. Das ist meine ganz wirkliche Empfindung. Ich wusste natürlich, wen ich sehen würde, wenn ich das Laken herunterzog, aber überrascht hat es trotzdem, als ob dieser Junge eine Statue wäre, die weit vor meiner Geburt dort abgestellt worden war. Ich betrachtete ihn lange.

Dann kam mir plötzlich die Idee.

Ich verließ mein Zimmer und schlich auf Zehenspitzen hinüber in die Bibliothek, ich schlug den Larousse auf und trennte den Gehäuteten mit dem Lineal heraus (das merkt bestimmt keiner, Mama greift nach dem Larousse nur, um ihn Dodo unter den Hintern zu schieben, wenn im Esszimmer gegessen wird), ich kehrte in mein Zimmer zurück und schob den Riegel vor, ich zog mich nackt aus, ich klemmte den Gehäuteten in den Spiegelrahmen, und ich verglich uns, ihn und mich.

Tatsache ist: Er und ich haben *nicht das Geringste gemein*. Der Gehäutete ist ein erwachsener Athlet. Er hat breite Schultern. Er steht fest auf seinen muskulösen Beinen. Ich dagegen sehe nach nichts aus. Ich bin ein schwächliches Kind, bleich, mit hohler Brust und so mager, dass man einen Brief unter meine Schulterblätter klemmen kann (O-Ton Violette). Und doch teilen wir etwas: Wir sind beide *durchsichtig*. Unsere Adern sind sicht- und unsere Knochen zählbar, allerdings ist bei mir kein einziger Muskel zu erkennen. Ich besitze nur Haut, Adern, schlaffes Fleisch und Knochen. Nichts wird *gehalten,* wie Mama sagen würde. Das stimmt. Deshalb kann jeder mir mein Leben abnehmen, mich an einen Baum binden, mich im Wald allein lassen, mich mit dem Schlauch abspritzen, sich über mich lustig machen oder mir sagen, dass ich nach nichts aussehe. Du würdest mich nicht verteidigen, was? Du würdest mich von den Ameisen fressen lassen, stimmts? Du würdest mich nicht einmal mit dem Hintern ansehen!

Aber *ich,* ich werde dich verteidigen! Ich werde dich sogar gegen mich verteidigen! Ich werde dir Muskeln antrainieren, ich werde deine Nerven stählen, ich werde mich jeden Tag um dich kümmern, und ich werde mich für *alles* interessieren, was du *empfindest*.

13 Jahre, 1 Monat, 4 Tage Samstag, 14. November 1936

Papa sagte: Jeder Gegenstand ist *zuerst* ein Gegenstand von Interesse. Also ist mein Körper ein Gegenstand von Interesse. Ich werde das Journal meines Körpers schreiben.

13 Jahre, 1 Monat, 8 Tage Mittwoch, 18. November 1936

Ich möchte das Journal meines Körpers auch deshalb schreiben, weil die anderen von anderem sprechen. *Alle Körper sind in Spiegelschränken ausgesetzt.* Tagebuchschreiber, Luc oder Françoise zum Beispiel, notieren alles und nichts, Emotionen, Gefühle, Geschichten von Freundschaft, Liebe und Betrug, seitenlange Rechtfertigungen, ihre Gedanken über andere und darüber, was ihrer Meinung nach andere über sie denken, Reisen, die sie gemacht haben, Bücher, die sie gelesen haben; aber von ihrem Körper sprechen sie nicht. Dass es so ist, habe ich im Sommer bei Françoise erlebt. Sie hat mir »nur unter uns« ihr Tagebuch vorgelesen, obwohl sie es jedem vorliest, das weiß ich von Étienne. Sie schreibt aus einer Gefühlsregung heraus, aber *welches* Gefühl es war, daran erinnert sie sich fast nie. Warum hast du das aufgeschrieben? Weiß ich nicht mehr. Weshalb sie sich auch über den *Sinn* ihres Eintrags nicht recht im Klaren ist. Ich aber will, dass das, was ich heute aufschreibe, auch in fünfzig Jahren noch dasselbe besagt. Exakt dasselbe! (In fünfzig Jahren bin ich dreiundsechzig.)

13 Jahre, 1 Monat, 9 Tage Donnerstag, 19. November 1936

Habe noch einmal über all meine Ängste nachgedacht und dabei folgende Liste von Empfindungen erstellt: die Höhenangst zerquetscht mir die Eier; die Furcht vor Schlägen lähmt mich; die Angst davor, Angst zu haben, ängstigt mich den ganzen Tag; Angst löst bei mir Koliken aus; wenn mich etwas erregt (selbst freudig), bekomme ich Gänsehaut; Sehnsucht (etwa wenn ich an Papa denke) treibt mir Tränen in die Augen; eine unvorhergesehene Überraschung lässt mich zusammenfahren (schon eine Tür, die zuschlägt!); Panik führt dazu, dass ich in die Hose pinkele; der leiseste Kummer bringt mich zum Weinen; Wut schnürt mir die Luft ab; Scham bewirkt, dass ich ganz klein werde. Mein Körper reagiert auf alles. Ich weiß bloß nicht immer *wie*.

13 Jahre, 1 Monat, 10 Tage Freitag, 20. November 1936

Ich habe gründlich nachgedacht. Wenn ich alles *exakt* beschreibe, was ich empfinde, dann wird mein Journal ein *Botschafter* zwischen meinem Geist und meinem Körper sein. Es wird der *Übersetzer* meiner Empfindungen sein.

13 Jahre, 1 Monat, 12 Tage Sonntag, 22. November 1936

Ich werde nicht nur die starken Empfindungen beschreiben, die großen Ängste, schlimmen Krankheiten, Unfälle, sondern absolut *alles*, was mein Körper empfindet. (Oder was mein Geist meinen Körper empfinden lässt.) Zum Beispiel das Streichen des Windes über meine Haut, den

Lärm, den die Stille in mir erzeugt, wenn ich mir die Ohren verstopfe, den Geruch von Violette, die Stimme von Tijo. Tijo hat jetzt schon die Stimme, die er als Erwachsener haben wird. Eine *Reibeisen*stimme, als würde er drei Päckchen Zigaretten am Tag rauchen. Mit drei Jahren! Wenn er groß ist, wird er natürlich nicht mehr eine so hohe Stimme haben, aber immer noch diese Reibeisenstimme mit dem Lachen hinter den Wörtern, da bin ich mir sicher. Wie sagt Violette über die Wutanfälle von Manès: Man kann so viel schreien, wie man will, man hat die Stimme, die man hat!

13 Jahre, 1 Monat, 14 Tage — Dienstag, 24. November 1936

Unsere Stimme ist die Musik, die der Wind erzeugt, wenn er durch unseren Körper streicht. (Sofern er nicht hinten herauskommt, versteht sich.)

13 Jahre, 1 Monat, 26 Tage — Sonntag, 6. Dezember 1936

Auf der Rückfahrt vom Mont Saint-Michel musste ich kotzen. Nichts macht mich wütender, als zu kotzen. Zu kotzen bedeutet, umgestülpt zu werden wie ein Sack. Dir wird die Haut umgestülpt. In Schüben. Umgestülpt und abgezogen. Du wehrst dich, aber du wirst umgestülpt. Dein Inneres nach außen gewendet. Wie wenn Violette ein Kaninchen abzieht. Deine Haut auf links gedreht. Das bedeutet Kotzen. Es beschämt mich und macht mich rasend vor Wut.

13 Jahre, 1 Monat, 28 Tage Dienstag, 8. Dezember 1936

Ehe ich etwas aufschreibe, mich immer erst beruhigen.

13 Jahre, 2 Monate, 15 Tage Freitag, 25. Dezember 1936

Mamas Weihnachtsgeschenk gestern Abend war eine Frage: Glaubst du *wirklich*, du hättest ein Geschenk verdient? Ich antwortete mit nein. Mir waren die Pfadfinder eingefallen. Aber in erster Linie wollte ich nichts haben von *ihr*. Onkel Georges hat mir Hanteln geschenkt und Joseph ein Sportgerät, das Expander heißt und hilft, Muskeln zu entwickeln. Es besteht aus fünf Gummibändern, die mit zwei Holzgriffen verbunden sind. An denen zieht man den Expander so oft, wie man es schafft, auseinander. In der Beschreibung ist ein Mann zu sehen, vorher – nachher. Nicht wiederzuerkennen, sechs Monate nach dem Kauf des Expanders. Sein Brustkorb hat den doppelten Umfang, und seine Hebemuskeln verleihen ihm einen Stiernacken. Und das bei einem Training von nur *zehn Minuten pro Tag*.

13 Jahre, 2 Monate, 18 Tage Montag, 28. Dezember 1936

Étienne und ich haben In-Ohnmacht-fallen gespielt. Das war großartig. Der andere stellt sich hinter dich, umschlingt dich mit den Armen und drückt dir beim Ausatmen den Brustkorb mit aller Macht zusammen. Ein Mal, zwei Mal, drei Mal, so fest er kann, und wenn du keine Luft mehr in den Lungen hast, pfeift es in den Ohren, dir wird schwindlig und du fällst in Ohnmacht. Einfach himmlisch. Man spürt, dass man *geht*, sagt Étienne. Ja, oder kentert, oder untergeht … Jedenfalls ist es wirklich himmlisch!

13 Jahre, 3 Monate Sonntag, 10. Januar 1937

Mitten in der Nacht weckte mich Dodo. Er weinte. Ich fragte ihn, weshalb, aber er wollte es nicht sagen. Ich fragte ihn, warum er mich dann geweckt habe. Zuletzt erzählte er mir, seine Kameraden würden sich über ihn lustig machen, weil er weniger weit pinkelt als sie. Ich fragte ihn, wie weit. Er sagte, nicht weit. Hat dir das Mama nicht beigebracht? Nein. Ich fragte ihn, ob er gerade müsse. Ja. Und lüftest du auch dein Käppchen gut, ehe du pinkelst? Er darauf, wie, mein Käppchen, was? Wir gingen auf den Balkon, und ich zeigte ihm, wie man sein Käppchen lüftet. Mir hat das Violette gezeigt, beim Baden, als ich klein war: Komm, lüfte mal schön dein Käppchen, damit der da unten keine Champignonzucht anlegt! Dodos kleine Spitze kam hervor und er pinkelte sehr weit, bis aufs Dach des Hotchkiss von den Bergeracs, der unten parkte. Dodo pinkelte über die ganze Gehwegbreite und war so froh darüber, dass er lachte. Und sein Strahl garbenweise noch weiter reichte. Ich legte ihm aus Angst, Mama könne aufwachen, die Hand auf den Mund. Er lachte weiter, in meine Hand hinein.

13 Jahre, 3 Monate, 1 Tag Montag, 11. Januar 1937

Jungen können auf dreierlei Weise pinkeln: 1) Im Sitzen. 2) Im Stehen, ohne das Käppchen zu lüften. 3) Im Stehen, mit gelüftetem Käppchen. Mit gelüftetem Käppchen lässt es sich viel weiter pinkeln. Eigentlich *unglaublich*, dass Mama das Dodo nicht beigebracht hat! Andererseits: Macht man das nicht instinktiv? Wenn ja, warum ist dann Dodo nicht von allein darauf gekommen? Und ich, was wäre mit mir, wenn Violette es mir nicht gezeigt hätte? Ob es Männer gibt, die sich ihr Leben lang auf die Füße pieseln, weil sie nie auf die Idee gekommen sind, ihre Vorhaut zurückzuziehen? Ich habe mich das den ganzen Tag gefragt, während vorn die Lehrer redeten: Lhuillier, Pierral, Auchard. All die Dinge, die sie »über den Lauf der Welt wissen« (wie Mama sagen würde), und trotzdem kommen sie womöglich nie auf die Idee, ihre Vorhaut zurückzuziehen! Monsieur Lhuillier zum Beispiel, der aussieht, als wolle er allen alles beibringen, ich bin mir sicher, dass er sich auf die Füße pieselt und sich fragt, wieso und warum.

13 Jahre, 3 Monate, 8 Tage Montag, 18. Januar 1937

Beim Einschlafen mag ich es, mich wieder wachzumachen, um noch einmal in den Genuss des Einschlafens zu kommen. Genau im Moment des Einschlafens wieder richtig wach zu werden ist großartig! Diese *Kunst des Einschlafens* habe ich von Papa: Beobachte dich genau; deine Lider werden schwer, deine Muskeln erschlaffen, dein Kopf hat auf dem Kissen endlich sein Kopfgewicht, du spürst, dass deine Gedanken nicht mehr wirklich von dir *gedacht* werden, es ist, als würdest du schon träumen, obwohl du weißt, dass du noch nicht schläfst. Als würde ich auf einer Mauer balancieren und gleich auf der Schlafseite herunterfallen? Genau! Mach dich mit einem Schnicken des Kopfes wieder wach, sobald du spürst, dass du auf der

Schlafseite herunterfällst. Halte dich auf der Mauer. Dein Wachsein wird ein paar Sekunden dauern, in denen du dir sagen kannst: Ich schlafe gleich wieder ein! Das ist ein köstliches *Versprechen*! Und mach dich noch einmal wach, um es von neuem auszukosten. Kneif dich notfalls, wenn du spürst, dass du herunterfällst! Tauche so oft wie möglich wieder an die Oberfläche, und dann lass dich *endlich* untergehen. Ich höre Papa, wie er mir seine Einschlaflektionen zuflüstert. Noch einmal, und noch einmal!, das ist dank Papa jeden Abend meine Bitte an den Schlaf.

13 Jahre, 3 Monate, 9 Tage — Dienstag, 19. Januar 1937

Vielleicht geht so das Sterben. Es wäre wunderbar, wenn wir nicht solche Angst hätten. Vielleicht wachen wir jeden Morgen nur auf, um den herrlichen Augenblick hinauszuzögern, in dem wir sterben. Als Papa starb, schlief er ein letztes Mal ein.

13 Jahre, 3 Monate, 20 Tage — Samstag, 30. Januar 1937

Als ich mich vorhin schnäuzte, ist mir wieder eingefallen, wie ich versucht habe, Dodo das Schnäuzen beizubringen. Er schnaubte nicht. Ich hielt ihm das Taschentuch unter die Nase und sagte, los, schnaub, aber er stieß den Atem durch den Mund aus. Oder gar nicht: Er atmete ein, blähte sich auf wie ein Ballon, aber heraus kam nichts. Damals dachte ich, Dodo sei ein bisschen blöd. Aber das stimmte nicht. Vielmehr muss der Mensch alles lernen, was mit seinem Körper zusammenhängt, wirklich alles: laufen, sich schnäuzen, sich waschen. Wir könnten das alles nicht, wenn wir es nicht gezeigt bekämen. Am Anfang weiß der Mensch nichts, nicht die Bohne. Er ist strohdumm. Die einzigen Dinge, die er nicht lernen muss: atmen, sehen, hören, essen, seine Notdurft verrichten, einschlafen, aufwachen. Obwohl …! Wir können zwar hören, aber wir müssen lernen *zuzuhören*. Wir können zwar sehen, müssen aber lernen *hinzusehen*. Wir können zwar essen, aber unser Fleisch zu schneiden, das müssen wir auch lernen. Wir machen zwar Aa, aber aufs Töpfchen zu gehen müssen wir lernen. Wir pinkeln zwar, aber sobald wir uns nicht mehr auf die Füße pinkeln, müssen wir lernen zu *zielen*. Lernen heißt als Erstes, *seinen Körper zu beherrschen* lernen.

13 Jahre, 3 Monate, 26 Tage — Freitag, 5. Februar 1937

Sie halten mich wohl für einen *Idioten*, oder weshalb unterstreichen Sie *phonetisch* die Schlüsselbegriffe Ihrer *Argumentation*?, fragt mich Monsieur Lhuillier vor der Klasse. Wobei er mich nachmacht, was natürlich allgemeines Gelächter auslöst. Glauben Sie, Ihr Geschichtslehrer hätte nur auf Sie gewartet, um den Widerruf des Edikts von Nantes als *fatalen Irrtum* zu erkennen? Finden Sie im Übrigen *fataler Irrtum* nicht ein wenig zu *affektiert* für einen Jungen Ihres Alters? Sollten Sie vielleicht ein wenig *snobistisch* sein, mein lieber Freund? Ich bitte doch um ein wenig mehr *Simplizität*, damit wir nicht gar zu sehr *erdrückt* werden von Ihrer *Gelehrsamkeit*.

Ich empfand eine unendliche Traurigkeit, dass Papa wegen meiner Kursivierungen so verhöhnt wurde. (Meine Kursivierungen sind seine, weshalb der Spott also ihm galt.) Ich hätte Lhuillier gern etwas erwidert und dabei seine säuerliche Stimme nachgemacht, aber mir war die Röte ins Gesicht gestiegen; ich hielt den Atem an, um nicht loszuheulen, und sagte nichts. Panik, als es klingelte. Auf dem Nachhauseweg mich den anderen aussetzen, nein! Allein der Gedanke ließ mich wie gelähmt sein. Wortwörtlich gelähmt. Meine Beine verweigerten mir den Dienst. Ich blieb sitzen. Ich hatte keinen Körper mehr. *Ich war wieder in meinem Spiegelschrank eingesperrt.* Ich tat, als hätte ich etwas verloren und suchte es in meiner Tasche und in meinem Pult. Beschämend! Die Empörung über dieses Schamgefühl gab mir schließlich die Kraft, aufzustehen. Sollen sie mich doch aufziehen, ist mir völlig schnuppe. Von mir aus können sie mich sogar schlagen oder umbringen, ist mir egal.

Aber nein, draußen wartete Violette auf mich. Sie war gerade einkaufen, und da ist ihr die Idee gekommen, mich abzuholen. Irgendwas hat dir Angst eingejagt, mein kleiner Prachtkerl, das sehe ich deinem Gesicht an! Meinem Gesicht? Weiß wie ein Entenei. Stimmt nicht! O doch! Unsere Gesichter sprechen länger als wir: Guck dir Manès an, dem steht jeder Tobsuchtsanfall den ganzen Tag im Gesicht. Außerdem höre ich, wie dein Herz schlägt. Sie hat gar nichts gehört, aber das ist eben Violette, sie hat es erraten. Zu Hause setzte sie mir mein Goûter vor (ein Stück mit Raisiné bestrichenes Brot und ein Glas eiskalter Milch). Ich bat sie, mich nicht mehr von der Schule abzuholen. Du willst dich allein verteidigen, mein kleiner Prachtkerl? Entspricht deinem Alter. Hab vor niemandem Angst, wenn du mit Beulen nach Hause kommst, verarzte ich dich.

13 Jahre, 3 Monate, 27 Tage Samstag, 6. Februar 1937

Als ich Papa sagte, ich sei kein Baby mehr, er brauche mit mir nicht mehr kursiviert zu sprechen, erwiderte er: Unmöglich, mein Junge, das ist meine *englische* Ader.

13 Jahre, 4 Monate Mittwoch, 10. Februar 1937

Zuerst glaubte Mama, ich würde Theater spielen, um nicht in die Schule zu müssen. Aber nein, ich hatte sehr wohl eine Mandelentzündung. Mit mächtig Fieber die ersten zwei Tage. Über vierzig Grad! Ein Gefühl, als würde man im Taucheranzug in einem Kochsud dümpeln (O-Ton Violette). Der Arzt befürchtete Scharlach. Zehn Tage Bettruhe. Im Anfangsstadium würgt dich eine Hand *von innen,* hindert dich am Schlucken. Sogar des Speichels. Viel zu schmerzhaft! Nur: Speichel produzieren wir *ununterbrochen.* Wie viel Liter am Tag? Und weil sich Spucken ja nicht gehört, schlucken wir all diese Liter. Die Speichelproduktion ist wie die Atmung eine unwillkürliche Körperfunktion, ohne die wir wie ein Hering vertrocknen würden. Ich frage mich, wie viele Hefte man bräuchte, um nur das zu beschreiben, was unser Körper tut, ohne dass wir je darauf achten. Gehen seine unwillkürlichen Funktionen *bis ins Unendliche*? Wir verschwenden nie einen Gedanken auf sie, doch es braucht bloß eine auszufallen, schon denken wir an nichts anderes mehr! Wenn Papa mich zu jammerig fand, zitierte er mir immer diesen Satz von Seneca: *Jeder Mensch glaubt, er trage die schwerste Bürde.* Genau so ist es, wenn eine unserer Körperfunktionen ausfällt! Dann sind wir der unglücklichste Mensch auf der Welt. Ganz am Anfang meiner Mandelentzündung war ich nur mein Hals. Der Mensch *fokussiert*, sagte Papa, daher kommt alles! Aus Sicht des Menschen gibt es nichts jenseits seines Tunnels. Mein Junge, ich rate dir: befreie dich vom Tunnelblick.

13 Jahre, 4 Monate, 6 Tage Dienstag, 16. Februar 1937

Die Woche über glich mein Zimmer einer Krankenstation. Violette kochte in der Küche das Wasser für die Gurgellösung und bereitete sie dann auf Papas kleinem Spieltisch zu, den sie am Fenster aufgestellt und mit einem weißen Tischtuch abgedeckt hatte. Wie man Halswickel macht, hatte ihr die Schwester vom Hôpital Saint-Michel gezeigt: Nicht mit den Zutaten knausern, mein Mädchen. (Dabei hätte Violette ihre Großmutter sein können!)

Violette breitet das Tuch auf der Tischdecke aus, verteilt den Leinmehlbrei darauf, streut Senfmehl darüber, schlägt die vier Seiten um und wickelt mir das Ganze um den Hals. Auftakt zu fünfzehn Minuten Folter. Es kratzt, fängt an zu kochen, brennt, tausend Nadeln bohren sich einem in den Hals, der zwangsläufig weniger wehtut, weil man nur noch an das Brennen denkt. *Eine Qual durch eine andere ersetzen, mein Kleiner, das ist der ganze Trick!* (Papa). *Vertreib das Schlimme mit dem Schlimmeren!* (Violette). Das Schlimmste vom Schlimmeren war, als die Schwester mich einpinselte. Sie ist mir mit dem Wattestäbchen so tief in die Kehle gegangen, dass ich ihr umgehend auf die Schürze gekotzt habe. Ich beschimpfte sie nach Strich und Faden, sie weigerte sich wiederzukommen. Folglich Ärger mit Mama: Du willst dich nicht behandeln lassen? Du willst wohl eine Albuminurie bekommen oder Rheuma? An Scharlach kann man sterben, dass du es weißt! Scharlach kann aufs Herz gehen! Mit Violette klappt das Einpinseln reibungslos: Mund weit auf, mein kleiner Prachtkerl, und weitergeatmet, nicht das Ventil hinten schließen. (Sie meint die Stimmritze.) Nicht schließen, hab ich gesagt! Sooooooo. Und fall mir nicht in Ohnmacht, wenn du grün pinkelst, das kommt von der blauen Tünche! Richtig: Vermischt mit dem Gelb des Urins, lässt einen das Methylenblau grün pinkeln. Gut, dass Violette mich vorgewarnt hat, das sind genau die Überraschungen, von denen ich aus den Latschen kippen kann.

13 Jahre, 4 Monate, 7 Tage Mittwoch, 17. Februar 1937

Halswickel, Gurgeln, Einpinseln, Bettruhe, ja, aber die beste Medizin ist es, im Geruch von Violette einzuschlafen. Violette ist mein Haus. Sie riecht nach Bohnerwachs, Gemüse, Holzfeuer, Schmierseife, Eau de Javel, altem Wein, Tabak und Apfel. Wenn sie mich unter ihr Umschlagtuch nimmt, betrete ich mein Haus. Ich höre ihre Worte tief in ihrer Brust bullern und schlafe ein. Wenn ich aufwache, ist sie weg, aber immer deckt mich ihr Tuch zu. Damit du dich nicht verläufst in deinen Träumen, mein kleiner Prachtkerl. Hunde, die sich verlaufen haben, kehren stets zu den Kleidern des Jägers zurück!

13 Jahre, 4 Monate, 8 Tage Donnerstag, 18. Februar 1937

Mein Körper, das ist auch Violettes Körper. Violettes Geruch ist wie meine zweite Haut. Mein Körper ist auch der Körper von Papa oder von Dodo oder von Manès … Unser Körper ist auch der Körper der anderen.

13 Jahre, 4 Monate, 9 Tage Freitag, 19. Februar 1937

Beine wie Watte, aber kein Fieber mehr. Der Doktor ist beruhigt. Er sagt, die Krankheit hätte, wenn es Scharlach wäre, »sich inzwischen erklärt«. Der Ausdruck hat mich verblüfft, weil Violette, wenn sie von ihrem Mann redet, sagt, er sei »süß gewesen, als er sich erklärt hat«! (Er fiel im Krieg, gleich zu Anfang, im September 14.) Auch Kriege werden erklärt.

13 Jahre, 4 Monate, 10 Tage Samstag, 20. Februar 1937

Hättest du es gern noch ein bisschen? Was denn? Na, das Fieber. Und weshalb sollte ich es noch länger haben wollen? Na, um nicht in die Schule zu müssen! Dodo ist überglücklich, wieder einmal in mein Bett zu schlüpfen, er plappert wie ein Wasserfall. Wenn du noch ein bisschen Fieber haben willst, musst du das Thermometer bearbeiten, aber nicht auf den Ofen legen, davon kann es zerspringen, dagegenklopfen ist besser, nicht auf der Seite, die reingesteckt wird, sondern auf der, die rausguckt beim Messen! Du musst mit dem Fingernagel dagegenklopfen, dann steigt die Temperatur, geht unter der Bettdecke, sogar wenn Mama dich im Auge behält, aber nicht zu fest, sonst wird die Quecksilbersäule gestrichelt, kapiert? (Er verstummt, und weg ist er.) Aber den Trick mit dem Löschblatt in den Schuhen, den kennst du? Ein trockenes Löschblatt zwischen Fußsohlen und Socken geklemmt, und du kriegst Fieber, sobald du losläufst. Was soll denn der Quatsch? Ich schwör dirs! Von wem hast du das? Von einem Schulkameraden.

Mama fragt sich, wie ich Violettes Raisiné mögen kann. Sie sagt, sie würde lieber vor Hunger sterben, als auch nur einen Löffel von diesem »grrrauenvollen Zeug« zu essen! Ich muss das Glas in meinem Zimmer aufbewahren: Ich will diese Ekelei nicht in meiner Küche haben, verstanden! Mir wird schon von dem Geruch übel!

Ich dagegen, ich liebe am Raisiné alles. Seinen Geruch, seine Farbe, seinen Geschmack, seine Konsistenz. Allein schon, weil es ein Genuss für vier der fünf Sinne ist, Geruchs-, Seh-, Geschmacks- und Tastsinn!

1) Sein Geruch. Himbeerige Traube. Ich sehe Tijo, Robert, Marianne und mich in der Weinlaube. Der Schatten ist warm. Er riecht nach Himbeere. Uns geht es gut.

2) Seine Farbe. Violett grundiertes Schwarz. Und beim Eintunken des Brotes in die Milch entsteht ein Hof, der sich von Dunkelviolett über alle Rot- und Lilaschattierungen bis zu Blassblau verfärbt. Herrlich!

3) Sein Geschmack nach Himbeere. Aber weniger sauer als Himbeeren.

4) Seine Konsistenz. Zwischen Konfitüre und Gelee. Es zerfließt, glitscht aber nicht. Violette macht neben Himbeer-Traube- auch Brombeer-Traube-Raisiné.

5) Ach, ganz vergessen! Seine Temperatur. Wenn ich das Glas für die Nacht auf die Fensterbank stelle und mein Brot morgens in die heiße Milch tunke, ergibt das einen fantastischen Heiß-kalt-Gegensatz.

Aber was ich am Raisiné vor allem liebe: dass es *Violettes Raisiné* ist. Ich bin sicher, dass Mama es genau aus diesem Grund nicht mag.

Frage: Beeinflussen die Gefühle, die wir einem Menschen gegenüber hegen, unsere Geschmacksnerven?

13 Jahre, 4 Monate, 17 Tage Samstag, 27. Februar 1937

Vorhin ging Dodo ins Bad, um sich die Augen auszuwaschen wegen des Sandmanns. Der streue einem abends Sand in die Augen, hat ihm Violette erzählt; da ging er sich die Augen ausspülen, sobald sie zu kribbeln anfingen. Ich sagte ihm, dass es nicht der Sandmann ist, weshalb uns die Augen kribbeln, sondern der *Schlaf*. Dass, was wir Sandmann nennen, bloß unsere Lust zu schlafen ist. Du lügst, das kommt vom Sandmann! Dodo wird noch von *Bildern beherrscht*. Ich dagegen schreibe mein Journal, um mich davon zu befreien.

13 Jahre, 4 Monate, 27 Tage Dienstag, 9. März 1937

Onkel Georges hat mir auf meinen Brief geantwortet. Er und Violette sind die einzigen Erwachsenen, die auf Fragen von uns Kindern antworten. Deshalb weiß Étienne viel mehr als ich.

Lieber Neffe,

[…] Du fragst mich, ob ich meine Haare »durch einen Schrecken oder eine Erschütterung verloren« habe. […] Mein kleiner Neffe, ich habe meine Haare im Großen Krieg verloren, und ich bin nicht der Einzige. Eines Morgens wachte ich auf und fand ein dickes Büschel im Helm, genauso am nächsten und übernächsten Morgen. Innerhalb weniger Wochen hatte ich eine [illegible]
Der Arzt nannte das »Pelade« und sagte, es [illegible]
nachwachsen. Von wegen! […]
Außerdem willst du wissen, ob ich als einer, [illegible]

tung der Glatzköpfigen« gehört, »auch auf dem Schädel eine Gänsehaut« bekomme. Nun, einmal zumindest ist mir das passiert: als ich Sarah Bernhardt auf dem Theater sah, direkt nach dem Krieg. Du kannst dir gar nicht vorstellen, welche Stimme Sarah Bernhardt hatte.
[…]
Was deine Fragen zur »Menstruation und diesen Sachen« angeht, so kann ich dir beim besten Willen keine Auskunft geben. Die Frau, mein kleiner Neffe, ist für den Mann ein Rätsel, was umgekehrt leider nicht gilt […].
Juliette und ich drücken dich ganz fest. Grüß deine Frau Mama, und komm, wann immer du willst, nach Paris, uns deine Bizepse zeigen.

Dein Onkel Georges

Mit dem, was er zur Monatsregel schreibt, will Onkel Georges mir auf eine freundliche Weise zu verstehen geben, dass diese Dinge nichts für mein Alter sind. Damit habe ich insgeheim gerechnet. Aber Violette hat mir mittlerweile das Wichtigste erklärt. Ich habe ihr die Frage gestellt, nachdem Fermantin über seine Schwester gesagt hatte, sie habe »ihre Tage« und sei »ungenießbar«. Den Rest habe ich aus dem Lexikon:

> Menstruation, die bei der geschlechtsreifen Frau periodisch in Intervallen von ca. 28 bis 30 Tagen auftretende, mehrere Tage anhaltende Blutung aus der Gebärmutter. Sie tritt mit der Pubertät ein und dauert bis etwa zum 45. Lebensjahr …
> Der Eintritt der M. (Menarche) bekundet die Fortpflanzungsfähigkeit des weiblichen Organismus, ihr Erlö-

schen *(Menopause)* kennzeichnet das Aufhören dieser Fähigkeit.
Die M. bleibt während der Schwangerschaft und Entbindung normalerweise aus.

13 Jahre, 5 Monate — Mittwoch, 10. März 1937

Ich erinnere mich an ein Gespräch zwischen dem Onkel Georges und Papa. Papa stand nicht mehr auf, und er aß fast nichts mehr. Onkel Georges bat ihn, sich zusammenzunehmen. Er flehte ihn regelrecht an. Ihm standen Tränen in den Augen. Unmöglich, mein Lieber, sagte Papa, ich habe eine *innerliche* Glatze! Und da wächst ebenso wenig etwas nach wie auf deiner Billardkugel. Der Onkel Georges und Papa mochten sich sehr.

13 Jahre, 5 Monate, 6 Tage — Dienstag, 16. März 1937

Papa hatte mich vorgewarnt! Aber davon zu wissen ist eine Sache, wenn es passiert, ist es eine andere! Ich wachte auf und sprang aus dem Bett. Mein Schlafanzug war nass, meine Hände klebten! Auch das Bett war voll. Genau genommen war alles voll. Mein Herz wummerte. Als ich den Schlafanzug auszog, fiel mir wieder ein, was Papa gesagt hatte. Ejakulation, mein Junge. Wenn dir das nachts passiert, keine Angst, du fängst nicht wieder an, ins Bett zu pullern, *da stellt sich die Zukunft ein*. Also keine Panik, und gewöhn dich am besten gleich daran, denn du wirst dein ganzes Leben Sperma produzieren. Am Anfang hat man es schlecht im Griff: kurz gerieben, Spaß und, hopp, da kommt es schon! Aber dann gewöhnt man sich daran und lernt, sich zurückzuhalten, und schließlich wird es zum größten Genuss.

Der Schlafanzug klebte an meinen Schenkeln wie gummiertes Papier. Dodo kam mir ins Bad nach, wo ich mich wusch. Er musste gleich dicketun. Er war völlig aus dem Häuschen. Das ist weiter nichts, das sind nur Spermatozoide, zum Kindermachen, die Jungen haben die eine Hälfte dafür, die Mädchen die andere!

13 Jahre, 5 Monate, 7 Tage — Mittwoch, 17. März 1937

Beim Trocknen auf der Haut bekommt das Sperma Risse. Glimmer, könnte man meinen.

13 Jahre, 5 Monate, 8 Tage — Donnerstag, 18. März 1937

Ich erinnere mich nicht mehr wirklich an Papas Gesicht. Aber an seine Stimme ja. O ja! Ich erinnere mich an *alles*, was er mir gesagt hat. Seine Stimme war ein Hauch. Er flüsterte ganz nah an meinem Ohr. Manchmal frage ich mich, ob es wirklich eine Erinnerung ist oder ob Papa in mir weiterflüstert.

13 Jahre, 5 Monate, 18 Tage — Sonntag, 28. März 1937

Habe den Gehäuteten wieder in den Spiegelrahmen geklemmt. Da es das ist, wonach man aussehen muss, werde ich so aussehen.

So, gemacht. Ich war bei Fermantin. Ich wollte, dass er mir Übungen zeigt, damit ich Muskeln kriege. Erst zog er mich auf. Er nannte mich einen hoffnungslosen Fall und sagte, dass er sich zu so etwas nicht hergebe. Auch nicht, wenn ich für dich Mathe mache? Da feixte er nicht mehr. Was ist los, brauchst du Armschmalz, um die Mädels flachzulegen? (Wahrscheinlich meinte er die Bizepse, die Delta- und die großen Hebemuskeln.) Willst du dir einen Römerpanzer zulegen? (Die Bauchmuskeln, nehme ich an: gerader und schräger Bauchmuskel sowie die Sägemuskeln.) Dann musst du Rumpfbeugen und Liegestütze machen, immer im Wechsel! Fermantin ist nur zwei Jahre älter als ich, aber schon ein richtiger Sportler. Bei Mannschaftsspielen wie Fußball oder Völkerball gewinnt seine Auswahl praktisch immer. Er ist Mitglied in mehreren Vereinen und will, dass ich mitkomme. Aber ausgeschlossen. Ich muss erst aus meinem Schrank heraus. Kein Mannschaftssport, sondern Liegestütze, ja, und Rumpfbeugen. Das kann man alleine machen. Auch Seilklettern, Barrenturnen, Dauerlauf, und Radfahren soll er mir beibringen (Violette leiht mir ganz sicher ihr Fahrrad) und noch Schwimmen. Manès hat es mir schon gezeigt, aber wenn er mich in den Kolk wirft, dann plansche ich einfach, so wie die Frösche. Fürs Laufen, Radfahren und Schwimmen soll ich Fermantin seine Aufsätze schreiben und ihm die Englischaufgaben machen. Ich habe eingeschlagen.

Beim Liegestütz muss man den gestreckten Körper in einem 15-Grad-Winkel zum Boden auf den Zehenspitzen und den durchgedrückten Armen halten, diese dann beugen, bis das Kinn den Boden berührt, und danach wieder durchdrücken, das Ganze so oft, wie einem die Kraft in den Armen reicht. Der Körper muss unbedingt gestreckt bleiben, man darf kein Hohlkreuz machen, und beim Absenken dürfen die Knie den Boden nicht und die Brust ihn nur einen Hauch berühren. Die Füße können auch auf der Bettkante abgestützt werden, das beansprucht die Arme mehr. So die Grundübung. Aber es gibt unzählige Varianten. Fermantin hat sie mir vorgemacht. In der Musik würde man von Variationen auf ein Thema sprechen. Liegestütz mit Händeklatschen: Die Unterarme drücken den Körper so vom Boden weg, dass man klatschen kann, ehe man wieder auf den Händen landet. (Aber nicht gleich ausprobieren, sonst landest du mit dem Kopf voran und haust dir die Zähne aus.) Liegestütz mit Händeklatschen auf dem Rücken: Dieselbe Aktion, nur muss man sich noch höher vom Boden abstoßen, um auf dem *Rücken* in die Hände klatschen zu können. (Mach das bloß nicht. Oder bestenfalls mit untergelegter Matratze.) Noch schwieriger, Liegestütz mit Pirouette: Der Körper dreht sich einmal um sich selbst, ehe er in die Ausgangsposition zurückkehrt. Liegestütz auf einem Arm, erst auf dem einen, dann auf dem anderen, Liegestütz auf drei Fingern (ausgezeichnete Fingerübung für Bergsteiger) usw.

*

NOTIZ FÜR LISON

Liebe Lison,

die nächsten vier Hefte (April 37 – Sommer 38) gehören zu der Kategorie, die du überspringen kannst. Du findest darin nichts als Tabellen über die Entwicklung meiner Muskulatur (Bizepse, Unterarme, Brust, Bauchwand, Oberschenkel, Waden ...). Ich habe die ersten Pubertätsjahre mit dem Maßband in der Hand verbracht: unablässige Selbstvermessung; ich war mein eigener Ethnograph und edler Wilder. Auch wenn ich heute darüber lache, ich wollte damals wohl wirklich wie der Gehäutete aus dem Larousse aussehen! In Le Briac, wohin Violette nach meinem Rauswurf bei den Pfadfindern mit mir in den Sommerferien fuhr, ersetzte ich das Training durch Wald- und Feldarbeit. Manès und Marta waren sprachlos, dass ein Stadtkind sich so für das Landleben erwärmt. Sie sind nie dahintergekommen, dass ich mir die Arbeit strikt nach ihrem Nutzen für den Muskelaufbau aussuchte: Holzfällen für die Bizepse und die Unterarme, Heuaufladen für die Oberschenkel, die Bauch- und die Rückenmuskulatur, Ziegeneinfangen und stundenlanges Schwimmen, damit mein Brustkorb breiter wurde. Heute plagt mich ein bisschen das Gewissen, ihnen meine eigentlichen Absichten verheimlicht zu haben; Violette hat mich natürlich durchschaut, und nichts machte mich glücklicher, als mit ihr ein Geheimnis zu haben.

Da fällt mir ein, Lison, ich habe euch ja nie etwas über meine Kindheit erzählt, weshalb du von diesen meinen elenden Anfängen hier nicht viel begreifen dürftest: ein toter Vater, eine wutgeladene Mutter, ein junger, im Spie-

gelschrank ausgesetzter Körper, und dieser Dreizehnjährige, der salbungsvoll wie ein Académie-Française-Mitglied schreibt. Jetzt ist der Zeitpunkt gekommen, dir das eine oder andere zu erzählen.

Du musst wissen, ich bin die Frucht einer langsamen Agonie. Mein Vater gehörte zu jenem Heer lebender Toter, die der Große Krieg dem Zivilleben zurückgegeben hatte. Den Kopf voller Gräuelbilder, die Lungen zerfressen von deutschem Gas, versuchte er vergeblich, zu überleben. Diese letzten Jahre seines Daseins (1919–1933) waren die heldenhafteste Schlacht, die er je schlug. Ich bin die Frucht dieses Versuchs einer Wiederauferstehung. Meine Mutter hatte sich vorgenommen, ihren Mann durch mich zu retten. Ein Kind würde ihn auf die Beine bringen, ein Kind ist das Leben! Ich schätze, er hatte anfangs keine Energie und keine Lust zu diesem Projekt, aber meine Mutter päppelte ihn so weit wieder hoch, dass ich am 10. Oktober 1923 auf die Welt kam. Umsonst; tags darauf fiel mein Vater in seine Agonie zurück. Meine Mutter verzieh uns beiden dieses Scheitern nie. Wie immer das Verhältnis dieses Paares vor meiner Geburt gewesen sein mag, ich habe jedenfalls bis heute die endlosen mütterlichen Klagen im Ohr: Er »lasse sich gehen«, er »raffe sich nicht auf«, ihm sei »alles egal«, er »hocke nur da«, »lasse sie allein mit diesem Leben«, in dem sie »alles zu bedenken und zu machen« habe. Diese Anwürfe gegen einen Sterbenden waren die Begleitmusik meiner Kindheit. Mein Vater erwiderte nichts. Aus Mitleid, denke ich – die Beschimpfungen kamen von einer Frau, die unglücklich war –, aber vor allem wohl aus Erschöpfung, aus einer Niedergeschlagenheit, die sie für Gleichgültigkeit hielt. Diese Frau hatte von diesem Mann nicht bekommen, was sie erhofft hatte;

bei manch ängstlichen Charakteren genügt das, um ihr Leben in Groll, Verachtung und Einsamkeit zu verbringen. Aber sie blieb. Sie verließ ihn nicht. Man ließ sich damals nicht scheiden oder selten oder weniger oft als heute oder in unserer Familie nicht oder sie nicht, keine Ahnung.

Da meine Geburt ihren Mann nicht wieder auf die Beine gebracht hatte, betrachtete meine Mutter mich von Anfang an als etwas Überflüssiges, einen Nichtsnutz – im konkreten Wortsinn –, und überließ mich meinem Vater.

Ich wiederum himmelte diesen Mann an. Ich wusste natürlich nicht, dass er langsam vor sich hin starb, ich hielt seine Mattigkeit für den Ausdruck einer großen Sanftheit und liebte ihn deswegen, und da ich ihn liebte, ahmte ich ihn in allem nach, bis ich selber einem idealen Todesanwärter glich. Wie er bewegte ich mich wenig, aß kaum, passte meine Gesten seinen extrem langsamen an, wurde größer, ohne Fleisch auf die Rippen zu bekommen, kurz, tat alles, um möglichst gar keine Gestalt anzunehmen. Wie er schwieg ich viel oder sprach mit sanfter Ironie, während ich auf alles einen Blick voll kraftloser Liebe heftete. Einer meiner Hoden wollte sich nicht zeigen, als hätte ich beschlossen, nur halb zu leben. Als ich acht oder neun war, zwang die Chirurgie ihn gleichwohl, seinen Platz einzunehmen, aber ich hatte mich in dieser Region lang für einäugig gehalten.

Meine Mutter nannte uns ihre Gespenster. »Mir reicht es mit diesen beiden Gespenstern!«, hörten wir sie hinter ewig zugeschlagener Tür sagen. (Auch wenn sie blieb, floh sie doch unablässig, daher meine Erinnerung an ewig zugeschlagene Türen.) So verbrachte ich die ersten zehn Jahre meines Lebens ausschließlich mit diesem immer weniger werdenden Vater. Er sah mich an, als bedauere er, mit seinem Weggang ein Kind in dieser Welt zurückzulassen, das der Optimismus der Gattung ihm abgerungen hatte. Aber mich ungewappnet zu verlassen kam nicht in Betracht. Trotz seines schwachen Zustands nahm er sich meiner Bildung an. Und gründlich, das kannst du mir glauben! Die letzten Jahre seines Lebens waren ein verzweifelter Wettlauf zwischen seinem verlöschenden und meinem erwachenden Geist. Wenn er tot wäre, musste sein Sohn lesen, schreiben, deklinieren, zählen, rechnen, denken, memorieren, argumentieren, wohlüberlegt schweigen und dennoch sich das Seine denken können. So sein Ziel. Spielen? Keine Zeit. Und mit welchem Körper auch? Ich war eines dieser weichlichen, entschlusslosen Kinder, weißt du, die angesichts der Energie ihrer Altersgenossen versteinert auf dem Rand des Sandkastens sitzen. »Der da«, sagte meine Mutter und zeigte mit dem Finger auf mich, »ist der Schatten des Gespensts!«

Aber ein Schatten mit Köpfchen, meine Tochter! Und welchem! Schon sehr früh! Noch ehe ich lesen konnte, kannte ich unzählige Fabeln auswendig. Vater und ich erörterten ihre Moral in langen Zwiegesprächen, die er unsere Übungen in »kleiner Philosophie« nannte. Bald erweiterte er sie um die Maximen der Moralisten, diesen Aquarellen des Denkens, aus denen Kinder schon sehr früh Gewinn ziehen können, sofern jemand ihnen von den Rändern her diese zu sehen hilft, wie er es mit seinen Kommentaren tat. Geflüsterten, weil seine Stimme schwächer wurde – in den letzten zwei Jahren flüsterte er nur noch –, aber auch, weil es ihm gefiel, denke ich, mir die ewigen Wahrheiten wie ein Geheimnis unter Freunden anzuvertrauen. Auf diese Weise gewann ich sehr früh ein Universalwissen, das ich als das Vermächtnis einer einzigartigen Liebe hütete. Wenn ihr, Bruno und du, mich in eurer Kindheit aufgezogen habt, weil ich beim Schuhezubinden oder beim Abwasch Texte rezitierte wie andere singen, ein Stückchen Montaigne, drei Zeilen aus Hobbes, eine Fabel von La Fontaine, einen Gedanken Pascals, eine Maxime von Seneca – »Papa redet mit sich selber, Papa redet mit sich selber!«, erinnerst du dich? – nun, da stiegen Blasen der kleinen Philosophie aus meiner Kindheit ans Licht.

Als meine Einschulung anstand, beharrte Vater darauf, mich bei sich zu behalten. Mutter holte den Schulrat – er hieß übrigens Jardin, stell dir vor –, damit er dieses Projekt vereitele, aber der Mann mit dem gärtnerischen Namen war bass erstaunt über Niveau, Umfang und Breite unseres Geflüsters. Er gab meinem Vater und mir sein Plazet. Nach Vaters Tod übergab mich Mutter sofort dem öffentlichen Schulwesen, ich bestand die Aufnahmeprüfung in die Sechste mit links. Du kannst dir ausrechnen, wie ich als Schüler war. Die Lehrer zeigten sich beeindruckt von meinen Kenntnissen wie dem Umstand, dass ich druckreif schrieb und sprach (das heißt flüsterte wie ein Fürstenberater, wobei ich die Kernstellen meiner Äußerungen durch entnervende Kursivierungen hervorhob), aber mehr noch begeisterte sie meine gestochene Handschrift, die ich der väterlichen Strenge verdankte. Schreib leserlich, sagte Vater, setz dich nicht dem Verdacht aus, du würdest mit einer unleserlichen Klaue einen von dir nicht wirklich verstandenen Gedanken verschleiern. Was die anderen Schüler betrifft, so kannst du dir unschwer ausmalen, wie sie mir, dieser erbarmungswürdigen Blindschleiche, in den Pausen zugesetzt hätten, würde der Lehrkörper mich nicht in seine Obhut genommen haben.

Als Vater starb, wurde ich gleich zweifach zur Waise. Ich verlor nicht nur ihn, sondern auch jede Erinnerungsspur an sein Leben. Schon am Tag nach seinem Tod hatte meine Mutter, wie Witwen es manchmal tun – die einen aus rasender Verzweiflung, die anderen aus jubelndem Freiheitsgefühl –, jede Spur getilgt, die an diesen Mann erinnern konnte. Seine Kleider wanderten in die kirchliche Kleidersammlung, persönliche Gegenstände in die Mülltonne oder ins Auktionshaus. Damit wurde ich wirklich zu seinem Schatten! Ohne irgendeinen handfesten Erinnerungsgegenstand an ihn schlich ich wie ein körperloses Phantom durchs Haus. Ich aß immer weniger, sprach gar nicht mehr und entwickelte eine panische Angst vor Spiegeln. Ich kam mir so wenig aus Fleisch und Blut vor, dass mir, was sie zurückspiegelten, nicht geheuer war. (Gewieft, wie du bist, hast du mich ja öfters auf meinen Argwohn gegen Spiegel und Photos angesprochen, gewiss ein Überbleibsel meiner kindlichen Ängste.) Nachts besonders ließ mich der Gedanke, an einem Spiegel vorbeizumüssen, erschaudern. Ich konnte mich nicht von der Vorstellung lösen, mein Bild sei darin, selbst wenn ich im Dunkeln nichts sah. Kurz, mein Liebling, mit zehn Jahren war dein Vater ein Leichtgewicht und tickte nicht richtig, weshalb meine Mutter sich meine Fleischwerdung zur Aufgabe machte. Sie schrieb mich zunächst bei den Wölflingen, dann bei den eigentlichen Pfadfindern ein. Die Unternehmungen im Freien und der Korpsgeist würden meinem »Korpus« (sie sagte das ohne jede Spur von Ironie) guttun. Totales Fiasko, wie du weißt. Das ist nicht die Umgebung, in der einer Gestalt gewinnt, dem lange ein Ei fehlte.

Nein, wer mir zu einem Körper verhalf, so dass ich schließlich wirklich etwas in der Hose hatte und unge-

niert meine physischen Fähigkeiten genoss, war Violette, die bei uns putzte, die Wäsche machte und kochte, Violette, Manès' Schwester und Tijos, Roberts und Mariannes Tante. Meine Mutter verschliss in rasendem Tempo die Geduld unserer Hausangestellten; kaum engagiert, ergriffen sie, aller Sünden der Welt bezichtigt, wieder die Flucht. Bis eines Tages Violette den Staffelstab übernahm und ihn nicht mehr losließ, allem und jedem zum Trotz, weil sie insgeheim dieses durchs Haus geisternde fetale Kind adoptiert hatte. Unter ihren Fittichen entwickelte ich mich. Nach meinem Rauswurf bei den Pfadfindern, deren Zweck letztlich darin bestand, Mama von meiner Gegenwart zu befreien, war Violette die einzige Instanz, die mich in den Schulferien – darunter den langen Sommerferien – ihr aus dem Blickfeld schaffen konnte, indem sie mit mir auf den Hof ihres Bruder Manès und ihrer Schwägerin Marta fuhr. Violette, die einzige Liebe meiner Kindheit, war die einfachste Lösung, mehr nicht. Du wirst sehen, von Violette wird in diesem Journal noch oft die Rede sein, weit über ihren Tod hinaus.

Gut. Genug der biographischen Anmerkungen. Du kannst dich wieder Ernsterem zuwenden. Der Hof von Manès und Marta. Sommer 1938. Ich, wie du siehst, in deutlich besserer Verfassung.

*

14 Jahre, 9 Monate, 8 Tage Montag, 18. Juli 1938

Habe, um mein Schwindelgefühl zu bekämpfen, Manès gebeten, auf dem Obstspeicher schlafen zu dürfen. (In vier Metern Höhe.) Marta war einverstanden. Hochzuklettern ist kein Problem, die Leiter steht senkrecht und rauf schaut man nach oben. Aber runter ist eine andere Sache! Am Anfang krallte ich mich fest wie einer, der sich verstiegen hat. Manchmal blieb ich fünf Minuten oder mehr auf einer der mittleren Sprossen! Robert, der unten wartete, schrie, ich solle nicht runterschauen und tief durchatmen. Guck geradeaus auf die Sprossen! Oder lass los, dann gehts in Windeseile!

14 Jahre, 9 Monate, 19 Tage Freitag, 29. Juli 1938

Der Sprung ins Getreide bei Peluchat dagegen, das ist etwas anderes! Bis letzte Woche habe ich mich nicht getraut, wegen des Schwindelgefühls. Marianne stichelte: Sogar Tijo springt mit seinen fünf Jahren! Und Robert: Magst du den Strand nicht? Er nennt es »an den Strand gehen«, weil »das Getreide so hell wie Sand ist, oder auch umgekehrt«. Ehe wir die Leiter hochklettern, ziehen wir uns aus, um anschließend keine Körner an den Kleidern zu haben. Körner an den Kleidern ist ein schlagendes Indiz dafür, dass wir gesprungen sind, obwohl es verboten ist. Wenn Manès oder Peluchat auch nur ein Korn an uns entdecken, kriegen wir eins auf die Backe (so Robert). Der Dachstuhl hat eine Höhe von sieben Metern, der Hauptbalken von fünf, das Getreide ist zwei Meter hoch aufgeschüttet. Wir klettern über die Leiter hoch, laufen über den Hauptbalken und springen: freier Fall aus drei Metern Höhe! Und bloß nicht schreien! Wenn sie uns hören und sehen, dass wir auch noch *nackt* in ihr Getreide springen, dann kriegen wir eins auf alle *vier* Backen! (Wieder Robert.) Bis letzte Woche schaffte ich es nicht, über den Balken zu laufen, nicht einmal, aufrecht darauf zu stehen. Während Tijo einfach drüber hinweghopst und springt, kämpfte ich mich auf allen vieren vor und konnte nur mit geschlossenen Augen springen. Beim ersten Mal schubste mich Marianne runter. Vor Schreck schrie ich. Wir blieben bestimmt fünf Minuten regungslos im Korn versteckt hocken, wobei Robert Tijo stillstellen und ihm den Mund zuhalten musste, weil er gleich wieder springen wollte. Aber es hatte uns niemand gehört. Zur Strafe musste ich die nächsten drei Mal alleine springen. Und nicht schreien! Und hinstellen! Und die Augen offen lassen! Ein Drei-Meter-Fall: die Eingeweide, die dir in den Hals steigen, das knirschende Loch, das dein Körper ins Getreide bohrt, die Wärme des frisch gedroschenen Korns auf deiner nackten Haut, ein sagenhaft lebendiges Streicheln … Herrlich! Inzwischen mache ich es mit leichtem Fuß. Häufig allein mit Tijo. Trotzdem spüre ich, dass ich keineswegs schwindelfrei bin: Das Schwindelgefühl lässt sich *in den Griff bekommen*, aber nicht *besiegen*.

14 Jahre, 9 Monate, 21 Tage — Sonntag, 31. Juli 1938

Ich bin nicht schwindelfrei, aber es ist mir egal. Wir können also unsere Empfindungen daran hindern, unseren Körper lahmzulegen. Sie lassen sich zähmen wie wilde Tiere. Die Erinnerung an die Angst steigert sogar die Lust! Das gilt auch für meine Angst vor dem Wasser. Ich springe inzwischen in den Kolk, als hätte ich eine

Wildkatze gezähmt. Ins Getreide springen, Forellen mit der Hand fangen, Mastouf füttern, ohne Angst zu haben, er könne beißen, den Stier von der Weide holen – alles bezwungene Ängste. *Deine Schlachten bei Arcole*, hätte Papa gesagt.

14 Jahre, 9 Monate, 25 Tage Donnerstag, 4. August 1938

Angst schützt vor nichts, Angst setzt dich allem aus! Das spricht nicht dagegen, vorsichtig zu sein. Papa sagte: Die Vorsicht ist die Intelligenz des Mutes.

14 Jahre, 10 Monate Mittwoch, 10. August 1938

Zwei Forellen gefangen, die dritte ist mir durch die Finger geflutscht. Letztes Jahr konnte ich sie nicht einmal anfassen. Ich ekelte mich und ließ sie sofort los, als hätte mir dieses lebendige Leben einen Stromschlag verpasst. Trotzdem, während ich zwei oder drei zu fassen kriege, fängt Robert sechs oder sieben. Tijo wird, wenn er erst damit anfängt, den Bach leerfischen!

14 Jahre, 10 Monate, 10 Tage Samstag, 20. August 1938

Zwei *Vorstellungen* vom Schmerz.

Beim Melken heute Morgen wirft eine Kuh den Eimer um. Robert kniet sich hin, um die Milch in die Rinne zu kippen. Als er sich aufrichtet, *steckt ein Brett in seinem Knie*. Er hat sich auf einen Nagel gekniet! Robert zieht das Brett einfach heraus und macht sich wieder ans Melken. Ich sage ihm, er müsse die Stelle sofort desinfizieren. Ach was, das hat bis nachher Zeit. Ich: ob es nicht wehtue. Ein bisschen. Um vier, als ich Brot fürs Goûter schneide, rutscht mir das Messer ab. Mein Daumen blutet heftig, mir wird sofort übel und schwindlig, ich lasse mich an der Wand herab zu Boden gleiten, um nicht in Ohnmacht zu fallen. Genau an diesem Punkt unterscheiden Robert und ich uns grundlegend. Würde Mama gefragt, woher dieser Unterschied zwischen uns kommt, würde sie antworten: »Diese Leute haben schlicht und einfach keine Phantasie!« Das sagt sie oft über Violette (zum Beispiel, als Violette ihre Tochter verlor und sie nicht weinte). Meine Ohnmacht wäre demnach ein Ausweis meines hohen Zivilisierungsgrades! So ein Quatsch! Robert ist so alt wie ich, aber er lebt in einem freundschaftlichen Verhältnis mit seinem Körper. Sein Geist und sein Körper wurden *gemeinsam* großgezogen, die beiden sind gute Kumpel. Sie müssen sich nicht bei jeder unvorhergesehenen Überraschung neu kennenlernen. Wenn Roberts Körper blutet, überrascht ihn das nicht. Wenn meiner blutet, falle ich vor Überraschung in Ohnmacht. Robert weiß genau, dass er ein Gefäß voller Blut ist: Er lebt in einem Körper, also blutet er! Genau wie das Schwein, das man ausbluten lässt! Ich dagegen, *ich erfahre jedes Mal, wenn mir etwas passiert, von neuem, dass ich einen Körper habe*!

14 Jahre, 10 Monate, 13 Tage Dienstag, 23. August 1938

Im Obstspeicher die Leiter durch ein Seil ersetzt. Vorwiegend, um Tijo daran zu hindern, nach oben zu kommen. Bislang schaffe ich es nur bis zur Seilmitte, ohne die Füße einzusetzen.

14 Jahre, 10 Monate, 14 Tage　　Mittwoch, 24. August 1938

Tijo ist das genaue Gegenteil von mir als Kind. Vollkommen physisch. Alles andere als ein dicker kleiner Buddha, wie normalerweise Kinder in seinem Alter. Eher eine Spinne, nichts als Nerven, Muskeln und Sehnen. Absolut reglos und plötzlich pfeilschnell. Nie eine langsame Bewegung. Tijo ist so schnell, dass man keine der Katastrophen abwenden kann, die seine Energie lostritt. Keine drei Wochen und er wird das Seil zu meinem Speicher erklimmen, da bin ich mir sicher. Letzte Woche verfiel er darauf, einem Dachs in den Bau hinterherzukriechen. Manès musste ihn freischaufeln wie einen Hund. Ungehaltener Dachs, *aber gekratzt hat er Tijo nicht*! Auch nicht gebissen. Wäre Tijo ein Hund gewesen, der Dachs hätte ihn zerfetzt! (Haben wilde Tiere einen Instinkt für Kinder?) Tijo wiederum: verdreckt von Kopf bis Fuß, aber ein einziges Lachen. Kein Tag ohne eine physische Meisterleistung dieser Art. Trotzdem pocht er abends auf seine Geschichte wie ein artiges Kind. Mit weit aufgerissenen Augen unter seiner schwarzen Mähne sitzt er im Bett, als hätte er einen Stock verschluckt, und lauscht (gestern dem *Däumling*), er ist ganz in seinem Gesicht, bang, ungeduldig, empört, mitfühlend, lachend, und plötzlich schläft er.

14 Jahre, 10 Monate, 18 Tage　　Sonntag, 28. August 1938

Habe mich beim Springen in den Kolk verkalkuliert. Zu steil eingetaucht, zu spät gegengelenkt. Das Ergebnis: aufgeschürfte Hände und Knie. Unter Wasser war nicht viel zu spüren, aber draußen ein säuischer Schmerz! (»Brennend« ist wirklich das zutreffende Wort.) Als Violette sagte, sie werde mir die Wunden mit dem Calvados von Manès säubern, konnte ich die Frage nicht unterdrücken, ob es wehtue. Natürlich, was glaubst du denn, ist schließlich keine Plörre! Her mit dem Bein. Ich klammerte mich an den Stuhl und streckte ihr das eine Bein entgegen. Bist du so weit? (Tijo sah bei der Operation mit großer Neugier zu.) Ich biss die Zähne zusammen, presste die Lider fest aufeinander und nickte. Aber ich spürte nichts! Weil Violette, während sie die Wunde säuberte, *an meiner Stelle gebrüllt hatte.* So echt, als würde sie bei lebendigem Leibe gehäutet! Im ersten Moment verschlug es mir die Stimme, dann mussten Tijo und ich lachen. Danach spürte ich, wie der kühle Alkohol auf meinem Knie verdunstete. Er nahm einen Teil des Schmerzes mit. Ich sagte zu Violette, beim zweiten Knie werde das nicht klappen, weil ich den Trick ja jetzt kannte. Wetten dass? Her mit dem Bein. Diesmal stieß sie einen *anderen* Schrei aus. Einen unglaublich hohen Vogelschrei, der mir das Trommelfell zerriss. Selbes Ergebnis, ich spürte nichts. Das nennt sich *akustische Anästhesie*, mein kleiner Prachtkerl. Als sie mir die Handflächen säuberte, blieb sie stumm, und ihre Stummheit überraschte mich noch mehr als ihr Schreien. Ehe ich irgendetwas spüren konnte, war alles vorbei.

Wenn es uns also gelingt, den Geist vom Schmerz abzulenken, dann fühlt der Verletzte nichts. Violette sagte mir, sie habe das entdeckt, als Manès klein war und sie ihn verarztete. War Manès zimperlich? Sie lächelte: Sogar Manès war mal ein kleiner Junge.

14 Jahre, 10 Monate, 20 Tage Dienstag, 30. August 1938

Als ich mich hinlegen wollte, lag Tijo auf meinem Lager. Er hat also das Seil erklettert! Ich brachte es nicht über mich, ihn fortzuschicken. Wie auch? Ich hätte ihn fesseln und *an* dem Seil hinablassen müssen! Er schläft wie ein Welpe. Er jagt und tollt mit mächtigem Gekläff herum, aber im Schlaf rollt er sich kindlich zusammen, und keine Bombe könnte ihn aufwecken. Ich hatte immer einen leichten Schlaf. Ich kann noch so müde sein, mein Geist liegt auf der Lauer. Außerdem fahre ich oft hoch und denke, mir springt gleich das Herz aus der Brust! Du bist wie deine Mutter, sagt Françoise, du bist oft mit deiner Angst zugange. Das stimmt. Aber hier viel seltener als zu Hause.

14 Jahre, 10 Monate, 23 Tage Freitag, 2. September 1938

Violette, die mich nackt in dem kleinen Bassin unterhalb des Kolks überrascht. Ich wusch mich gerade. Nach dem Brombeerpflücken waren meine Hände und Arme so rot wie die eines Mörders. Sie betrachtet mich: Ah, um deine Pumpe ist Kresse gewachsen! (Niemand redet je über unsere Körperbehaarung, Violette schon.) Hat sie sich auch unter deinen Achseln breitgemacht? Ich hob die Arme, damit sie selber nachsehen konnte. Mein Körper war ihr fremd geworden. Seit beinah drei Jahren schrubbt sie mich nicht mehr ab. Die Menschen, die uns am besten kennen, wissen nichts mehr über unseren Intimbereich, sobald wir herangewachsen sind. Alles wandert ins Verborgene. Dann sterben wir, und alles kommt wieder zum Vorschein. Als Papa nach seinem Tod ein letztes Mal gewaschen wurde, da machte das Violette.

Manès rät mir, zu boxen. Du bist beweglich, du bist schnell, du hast gute Muskeln, wenn du ausgewachsen bist, wirst du eine gute Reichweite haben, du musst boxen. Er selber brachte es während des Militärdienstes bis zum Armeemeister. Das Interessanteste an diesem Sport ist das Meiden und Ausweichen. Manès hat auf dem Scheunenboden zwei Fußpaare aufgezeichnet, die sich gegenüberstehen. Jeder von uns stellt sich in sein Paar, und ich muss versuchen, ihn zu treffen. Los hau zu, das gehört zum Spiel, versuch mich zu treffen. Ich stehe in meinen Stapfen, Manès in den seinen, in Reichweite meiner Fäuste, und ich muss ihn treffen. Aber unmöglich. Am Anfang schlug ich zaghaft zu, er aber immer wieder: Schneller! Fester! Schneller! Hau fester zu! Versuch mich zu treffen! Weiter! Weiter! Nichts zu machen, kein Treffer. Er weicht jedem Schlag aus. Mal neigt er sich zurück, und meine Faust ist am Ende ihrer Reichweite, ohne zu landen (was im Ellbogen wehtut), mal taucht er und sie fliegt über ihn hinweg (was mich aus dem Gleichgewicht bringt), oder er pendelt einfach und ich schlage daneben (was mich aus meinen Stapfen wirft). Manchmal weicht er meinem Schlag auch einfach durch eine leichte Drehung des Gesichts nach links oder rechts aus. Wieder daneben. Gestreift, aber nicht getroffen. Bei alldem behält Manès die Hände verschränkt auf dem Rücken und bleibt mit den Füßen fest in seinem Fußpaar. Meine Fäuste treffen immer ins Leere. Wenn ich eine Finte versuche, weicht er lachend aus: Kleiner Schlaumeier du! Unglaublich, wie so ein Boxkampf gegen ein Phantom auslaugt! Du gerätst aus der Puste, deine Schultern, Ellbogen und Sehnen tun dir weh, du wirst nervös und powerst dich aus. Genau da greift dann der Gegner an. Mit zwei, drei Katzenhieben verpasst mir Manès einen leichten Stüber in die Leber, unters Kinn, auf die Nase. Er ist unvorstellbar beweglich und schnell. Obwohl Violette sagt, sein Umfang habe sich verdoppelt seit 1923, dem Jahr seines Militärdienstes und meiner Geburt.

14 Jahre, 10 Monate, 27 Tage Dienstag, 6. September 1938

Wer würde mir glauben, dass ein fünfjähriges Kind ein vier Meter langes Seil erklimmt? Niemand. Und doch macht Tijo das jetzt jeden Abend. Ansonsten ist er sehr artig. Sobald er seine Geschichte bekommen hat, schläft er ein. Morgens dreschen wir zusammen auf den Kleiesack ein, den Manès an meinem Balken aufgehängt hat. Darauf hat er mit Holzkohle sein Selbstporträt gezeichnet: Lösch mich aus, lautet die Order. Das Konterfei auf dem Sack muss durchs Training verschwinden. Sehr ähnlich, das Konterfei! Haarmähne, Brauen, Schnauzer, mehr braucht es nicht: Manès, wie er leibt und lebt.

14 Jahre, 10 Monate, 28 Tage Mittwoch, 7. September 1938

Violette ist tot, Violette ist tot,

Violette ist tot, Violette ist tot. Es ist vorbei.

*

NOTIZ FÜR LISON

Liebe Lison,

das folgende Heft kannst du wieder überspringen. Es steht nur dieser einzige, endlos wiederholte Satz darin. Violette war wirklich tot. Aber sie hätte nicht sterben dürfen, für den Jungen, der ich war. Sie stand nämlich unter meinem Schutz. Dank all der Kraft, die ich aus ihrer alten Kraft bezogen hatte, war ich zu ihrem natürlichen Beschützer geworden. Ihr konnte nichts passieren, solange ich an ihrer Seite lebte. Aber sie starb trotz allem. Sie starb, und ich war dabei. Nur ich. Ich wohnte als Einziger ihrem Sterben bei. Es war Nachmittag und ich lief Forellen fangend bachaufwärts, während sie auf ihrem Klappstuhl aus rotem Segeltuch am Ufer saß (wie man die Fische mit der Hand fängt, hatte sie mir beigebracht: Drück sie fest auf die Steine, und hab keine Angst vor Schlangen, kleine Tiere fressen keine großen), ich hatte an jenem Nachmittag bereits fünf in ihren Eimer geworfen (lebendig: das Töten übernahm sie, mit einem gezielten kurzen Schlag des Tiers auf einen Stein), als sie starb. Bei der sechsten Forelle. Sie erstickte. Sie lag neben ih-

rem Klappstuhl und rang nach Luft wie der Fisch, den ich, während ich zu ihr rannte, fallen ließ, ich rief ihren Namen, ich schlug ihr auf den Rücken, weil ich glaubte, sie habe sich verschluckt, ich öffnete ihr das Korsett, ich tauchte mein Hemd in den Bach, um ihr einen kühlen Umschlag zu machen, und während all dieser Zeit rannte sie ihrem Atem hinterher, schnappte nach Luft, an der sie erstickte, die Luft sollte sie retten und erstickte sie jetzt, ihre Augen reagierten mit Verblüffung auf diesen Verrat durch das Leben, ihre Hände klammerten sich an meinen Armen fest wie die einer Ertrinkenden am letzten Ast, und sie konnte nichts sagen, nicht einmal, dass sie starb, nichts als diese eisigen Finger, diese steckenbleibenden Schreie, dieser grässliche Luftröhrenriss, dieses heisere und sich blau überziehende Sterben, denn sie starb, das wussten wir beide, sie und ich. Ich will nicht dass du stirbst Violette!, schrie ich, nicht um Hilfe, niemanden herbei, nur immer wieder Ich will nicht dass du stirbst Violette! Bis zu dem Moment, als ich mich nicht mehr in ihren Augen spiegelte, dem Moment, als ihre Augen, nah vor den meinen, nichts mehr ansahen, dem Moment, als sie plötzlich in meinen Armen ihr Totengewicht annahm. Da rührten wir uns beide nicht mehr. Ihr Körper hatte all die Luft herausgelassen, an der sie erstickt war, und ich ließ den Tag verstreichen. Als Robert und Marianne uns fanden, lebte die Forelle noch.

Nachdem Mama mich nach Hause geholt hatte, schloss ich mich in mein Zimmer ein und begann, ein Heft mit diesem einen endlos wiederholten Satz »Violette ist tot« vollzuschreiben. Es ist das vor dir liegende Heft, das achte meines Journals, und wenn es voll wäre, würde ich das nächste nehmen, so meine Absicht, eins ums andere füllen mit diesem einzigen Satz, Violette ist tot, Heft für

Heft, schreiben ohne zu atmen bis zum Erlöschen meiner eigenen Kräfte. Der sorgfältigen Schönschrift nach zu urteilen, muss es ein ruhiger Entschluss gewesen sein, Violette ist tot, bereits in meiner heutigen, sehr kontrollierten Handschrift, Schleifen, Grund- und Haarstriche, ein abgezirkeltes Heulen im Stil der Dritten Republik, brav gepinselte Schönschrift im Dienst eines grausamen Schmerzes. Ich heulte Violette ist tot, bis mir vor Erschöpfung der Stift aus der Hand fiel. Nicht, weil ich vom Schreiben müde, sondern weil mein Magen leer war. Ich befand mich nämlich im Hungerstreik: Mama war nicht zu Violettes Beerdigung gekommen; Mama redete über die tote Violette genau so, wie sie über die lebende geredet hatte; Mama besudelte in meinen Augen das Andenken an Violette – ich besudele niemanden, ich sage, was ich denke!; und so war ich in den Hungerstreik getreten, weil ich nicht länger mit Mama zusammenleben wollte. Damals begriff ich nicht, dass Mama nichts dachte, dass sie zu der großen Masse jener gehörte, die »nach bestem Wissen und Gewissen« dasjenige »Meinung«, »Überzeugung«, »Gewissheit«, ja auch »Empfindung« und »Gedanke« nennen, was in Wahrheit ein verschwommener, aber sie beherrschender und ihre Urteile zementierender Sinneseindruck ist. Violette war falsch, Violette war vulgär, Violette füllte ihre Stelle nicht aus, Violette stahl vermutlich, Violette war ungepflegt, Violette aß zu viel und trank, Violette roch, Violette musste so enden, und ich, ich wollte nicht länger mit Mama zusammenleben. Internat oder tot, so meine Kampfparole. Mit dem Hungerstreik baute ich Druck auf.

*

14 Jahre, 11 Monate, 3 Tage Dienstag, 13. September 1938

Du und Hungerstreik? Das sehen wir morgen! Sie irrt. Ich halte durch. Im Übrigen ist es halb so schlimm. Ich schummele nicht. Ich esse nicht heimlich. Wenn der Hunger zu groß wird, trinke ich ein Glas Wasser, wie man es auch vor der Kommunion darf. Sie tischt mir jedes Mal dasselbe Essen auf, genau wie sie es mit Dodo macht, wenn er eines ihrer Gerichte nicht mag. Bilde dir bloß nicht ein, dass bei uns etwas verkommt! Sie begreift wirklich nichts. Jemand, der glaubt, alles zu wissen, und doch so wenig von anderen begreift, ist interessant. Aber für sie will ich mich nicht interessieren. Ich werde nie mehr Mama sagen.

14 Jahre, 11 Monate, 4 Tage Mittwoch, 14. September 1938

Ich war zum letzten Mal auf der Toilette. Jetzt bin ich wirklich leer. Mein Magen (oder Darm?) blubbert, weil mein Verdauungsapparat ganz umsonst arbeitet. Wenn man sehr großen Hunger hat, schläft man mit angezogenen Beinen. Man kringelt sich um seinen Magen. Als wolle man ihn zusammendrücken, um seine Leere zu vergessen. Tagsüber denkt man nur ans Essen. Der Speichel bekommt einen zuckrigen Geschmack. Wahrscheinlich würde man alles essen. Dodo will, dass ich ihn ins Internat mitnehme. Er sagt, er bleibe nicht allein hier.

14 Jahre, 11 Monate, 5 Tage Donnerstag, 15. September 1938

Gestern Abend habe ich auf meinem Laken herumgekaut. Nicht um zu schummeln, sondern nur, um etwas im

Mund zu haben. Ich glaube, ich habe noch beim Einschlafen darauf herumgekaut. Dodo hat die Situation ausgenutzt, um mir zu drohen. Ich musste schwören, dass ich ihn mitnehme. Er sagte, wenn du mich nicht mitnimmst, dann schleppe ich die besten Leckerbissen an und esse dir etwas vor. Wir haben gelacht.

14 Jahre, 11 Monate, 6 Tage Freitag, 16. September 1938

Heute Morgen wollte sie mir einen Kuss geben. Ich sprang aus dem Bett. Sie soll mich nicht anrühren. Aber mir wurde schwindlig und ich fiel hin. Sie wollte mich aufheben, da rollte ich mich unters Bett, damit sie mich nicht kriegt. Sie sagte, sie werde mich nicht ins Internat, sondern zu den Verrückten stecken. Sie sagte auch noch, ich würde Theater spielen, du isst heimlich, ich habe dich gesehen! Sie wiederholt das immer wieder, um sich zu beruhigen. Das hat mir Dodo erzählt.

14 Jahre, 11 Monate, 7 Tage Samstag, 17. September 1938

Nahrung bedeutet Energie. Ich habe keine Energie mehr. Das heißt, keine, was meinen Körper betrifft. Was meinen Willen angeht, da habe ich noch genug, da hat sich nichts geändert. Ich werde erst wieder essen und erst wieder reden, wenn sie dem Internat zugestimmt hat. Welchem ist mir egal.

Ich muss aufstehen. Ich muss wach bleiben. Ich muss rausgehen. Ich muss laufen. Je weniger man isst, desto schwerer fühlt man sich und desto größer erscheinen einem die Entfernungen. Damit ich auf der Straße vorwärtskomme, bewege ich mich von Laterne zu Laterne. Habe ich eine erreicht, verschnaufe ich, dann richte ich den Blick auf die nächste und gehe weiter. Ich muss wenigstens zehn Laternen pro Gang schaffen. Zehn hin, zehn zurück. Vielleicht werde ich mich im Alter genau so vorwärtsbewegen. Indem ich die Laternen zähle.

14 Jahre, 11 Monate, 8 Tage Sonntag, 18. September 1938

Sie hat eine neue Köchin eingestellt: Rolande. Da sie mein Zimmer nicht mehr betritt, muss Rolande mir das Essen bringen. Sie lässt Rolande meine Lieblingsspeisen kochen. Heute Mittag Nudeln mit Tomaten-Basilikum-Soße (aus Violettes Vorräten!), heute Abend Gratin Dauphinois und Dickmilch mit Raisiné. Ich habe nichts angerührt. Ich habe mich nur über die Teller gebeugt und tief eingeatmet, mit einem Handtuch über dem Kopf wie beim Dampfbad. Der Tomaten- und Basilikumgeruch kann einem wirklich den Magen füllen. Er nimmt die ganze Leere ein, die der Hunger in dir geschaffen hat. Das gilt auch für den Muskatgeruch des Gratins. Du bist nicht satt, aber gefüllt. Rolande trägt die vollen Teller in die Küche zurück. Sie sagt sich bestimmt, dass sie bei Irren gelandet ist. Dodo findet, ich sei wirklich mordsstark.

Die Tomaten-Basilikum-Soße. Bei deren Zubereitung habe ich Violette geholfen im August. Man darf die Gläser nicht zu lange aufbewahren, mein kleiner Prachtkerl, anderthalb, zwei Monate, mehr nicht, sonst wird das Öl trüb vom Basilikum und schmeckt nicht mehr. (Eigentlich lag auch damals schon nicht mehr viel Luft in ihrer Stimme.) Ich habe weinen müssen.

14 Jahre, 11 Monate, 9 Tage Montag, 19. September 1938

Mit den Liegestützen wird es schwierig. Ich habe keine Kraft mehr in den Armen. Ich schaffe gerade noch zehn. Vor dem Hungerstreik, da zählte ich sie nicht mehr. Von mir aus kann ich abmagern, aber meine Muskeln will ich nicht verlieren. Bloß habe ich nicht viel Fett, das ich abbauen könnte. Mir ist kalt. Trotz Unterhemd, Veloursoberteil, dicker Strickjacke und der Decke von Papa. Das kommt vom Hunger. Das Fett schmilzt weg und man fängt an zu frieren. Violette würde mich nicht gern so heulen sehen. Hör auf, alles aus dir herauszuspülen, mein kleiner Prachtkerl, sonst magerst du wirklich noch ab! Vor langem, nach Papas Tod, ging sie mit mir auf den Rummel, um mich zu trösten. An einem Stand gewann ich zwölf Kilo Zucker beim Bogenschießen. Der Budenbesitzer kochte vor Wut. Jetzt ist aber mal Schluss, der Junge ist ja ein Scharfschütze, der ruiniert uns! Ich war gerade einmal zehneinhalb Jahre alt! Wir fuhren im Taxi nach Hause und schenkten dem Fahrer ein Päckchen Zucker. Violette, Violette, Violette … Ich habe immer wieder Violette, Violette, Violette, Violette, Violette gesagt, unaufhörlich, und dabei alle Tränen vergossen, die ich in mir hatte, Violette, Violette, Violette, Violette, bis ihr Name nichts mehr besagte.

14 Jahre, 11 Monate, 10 Tage Dienstag, 20. September 1938

Heute Morgen habe ich das Frühstück aus dem Fenster geworfen. Die Versuchung war zu groß. Zu Mittag und zu Abend hat Rolande mir nichts gebracht. Während ich im Schrankspiegel meine Rippen in Augenschein nahm, musste ich an Papa denken. Papa hat bestimmt auch die Laternen gezählt. Zuletzt ging er gar nicht mehr aus. Ich sehe sein Gesicht nicht mehr genau vor mir, aber seine Hand auf meinem Kopf, die spüre ich noch. Eine sehr große Hand am Ende eines sehr mageren Arms. Eine sehr schwere Hand. Es kostete ihn unendliche Kraft, sie zu heben. Meistens legte er sie auf meine Hand, und ich hob sie hinauf auf meinen Kopf. Aber auch da musste ich sie festhalten, damit sie nicht herunterfiel. Oder ich legte meinen Kopf auf seine Knie, das war leichter für ihn. Er hatte nie Hunger. Er blieb sehr lange bei Tisch sitzen, auch nach dem Essen, wenn schon alles abgeräumt war. Ihm fehlte wahrscheinlich die Kraft aufzustehen. Und auch die Lust zu reden. Einmal setzte sich eine Fliege auf seine Nase. Er vertrieb sie nicht. Alle, die um den Tisch saßen, betrachteten die Fliege. Er sagte: Ich glaube, sie hält mich schon für meine Leiche.

14 Jahre, 11 Monate, 11 Tage   Mittwoch, 21. September 1938

Wenn man nicht isst, hat man keine Lust zu reden. Selbst wenn ich wollte, könnte ich es nur mit Mühe. Zu schweigen fällt mir leicht. Dabei erhole ich mich. Mit Dodo verständige ich mich durch kleine Gesten, ihm reicht das, um mich zu verstehen. Langes Schweigen hat etwas von einer gründlichen Reinigung. Außerdem habe ich keinen Speichel mehr. Mein Mund ist ganz ausgetrocknet. Ich liege viel auf dem Bett.

Bin beim Gang zur Toilette auf der Treppe gestürzt. Sie war nicht zu Hause. Blutergüsse am Arm, auf dem Oberschenkel und auch auf der Brust. Es tut überall weh, besonders beim Luftholen. Ich kann nur sehr flach atmen. Jeder Atemzug zerreißt mir die Lunge wie eine Papiertüte. Rolande trug mich zurück ins Bett, die Blutergüsse beunruhigten sie, besonders die Beule am Hinterkopf. Ja ist das denn die Möglichkeit!, sagte sie immer wieder. Ja ist das denn die Möglichkeit! Sie rief den Doktor. Gebrochen ist nichts, aber vielleicht eine Rippe angeknackst. Nach der Untersuchung gab es vor meiner Tür Geschrei. Der Arzt tobte, das sei »inakzeptabel«. Rolande erwiderte, es sei nicht ihr Fehler, trotz allem, und betonte noch einmal »trotz allem, also wirklich!«. Wo ist die Hausherrin? Woher soll ich das wissen? Ich schlief ein. Dann wurde ich geweckt, von Onkel Georges. Er ist eigentlich noch gar nicht aus den Ferien zurück, er bleibt bis Ende September bei Joseph und Jeannette und geht mit Étienne auf Schmetterlingsjagd. Mit dem Onkel George, mit dem habe ich geredet. Ich sagte ihm das mit dem Internat. Er fand die Idee gut. Da findest du viele Freunde. Rolande kam und sagte, Madame sei nach Hause gekommen. Onkel George und Madame zogen sich ins Wohnzimmer zurück, stritten aber so laut, dass ich viele Wörter und sogar ganze Sätze verstehen konnte. Onkel Georges Stimme: Sie sind vollkommen verrückt! Ihre Stimme: Er ist *mein* Sohn! Onkel Georges Stimme: Er ist Jacques Sohn! Ihre Stimme: Jacques war kein Vater! Onkel Georges Stimme, sehr wütend: Er ist mein Neffe, und rechnen Sie mit mir als seinem Onkel! Ihre Stimme, von Mal zu Mal schriller: Mir sagen, wie ich ihn erziehen soll? Sie, mir? Unter meinem

Dach! Unter meinem eigenen Dach! Die Wohnzimmertür schlug zu, dann die Tür ihres Zimmers. Es herrschte tiefe Stille und ich schlief wieder ein. Dann wurde ich wieder geweckt, wieder von Onkel Georges. Er sagte, ich kümmere mich um das Internat, du kommst in das von Étienne. Und jetzt, was willst du essen, worauf hättest du Lust? Kalte Milch und Baguette mit Raisiné war meine Antwort. Als er das Tablett brachte, sagte er, ich solle das nie mehr machen: Man spielt nicht auf diese Weise mit seiner Gesundheit. Dein Körper ist kein Spielzeug! Iss das jetzt, dann zieh dich an, ich nehme dich zu Joseph und Jeannette mit.

3

15–19 JAHRE
(1939–1943)

Wenn mich künftig ein Erwachsener ermahnt, ich solle mich besser in der Hand haben, kann ich es ihm versprechen, ohne lügen zu müssen.

15 Jahre, 8 Monate, 4 Tage Mittwoch, 14. Juni 1939

Ich glaube, unser Schlafsaal hat eine sagenhafte Dummheit begangen. Der Anstifter war ich. Ein Experiment. Ich wollte untersuchen, welche Rolle unsere fünf Sinne in der Aufwachphase spielen, und zwar wissenschaftlich. Wir wachen auf, weil irgendein Sinnesorgan reagiert. Zum Beispiel der Gehörsinn: Von einer zuschlagenden Tür werde ich wach. Oder der Sehsinn: Ich schlage die Augen genau in der Sekunde auf, in der Monsieur Damas das Licht in unserem Schlafsaal anknipst. Der Tastsinn: Um mich zu wecken, rüttelte Mama mich immer (ein ganz unnötiger Akt, im Übrigen: sie brauchte mich nur leicht zu berühren, schon schreckte ich hoch). Der Geruchssinn: Étienne behauptet, dass man den Onkel Georges schon mit dem Duft nach Schokolade und geröstetem Brot aus dem Schlaf reißen kann. Blieb der Geschmackssinn, der getestet werden wollte. Kann uns die Stimulierung des Geschmackssinns aufwecken? Mit dieser Frage begann unser Experiment. Étienne streute mir etwas Salz in den Mund und ich wachte auf. Am nächsten Tag schob ich ihm feingemahlenen Pfeffer zwischen die Lippen: selbes Ergebnis. Darauf fragte ich mich, wie es wohl wäre, *wenn alle fünf Sinne – Gehör-, Tast-, Seh-, Geruchs- und Geschmackssinn – gleichzeitig* stimuliert würden. Wie sähe dann das Erwachen aus? Étienne taufte unser Experiment das volle Erwachen. Er wollte unbedingt als Erster »die Expedition wagen«. Da ich das auch wollte, warfen wir eine Münze, und ich gewann. Ich musste also durch fünf parallel ausgeführte Handlungen geweckt werden, angesprochen, gerüttelt, geblendet, mit Salz gefüttert und einem durchdringenden Geruch ausgesetzt werden. Was den Geruch betraf, so stahl Étienne unten im Wirtschaftsraum etwas von dem Salmiakgeist, mit dem der Fliesenboden in den Toiletten gereinigt wird. Durchgeführt haben wir das Experiment heute Morgen, eine Viertelstunde vor dem regulären Wecken. Malemain rüttelte mich, Rouard schob mir einen Löffel Essig zwischen die Lippen, Pommier blendete mich mit einer elektrischen Glühlampe, Zafran hielt mir einen salmiakgeistgetränkten Tupfer unter die Nase und Étienne brüllte mir meinen Namen ins Ohr. Ich stieß offenbar einen entsetzlichen Schrei aus und blieb mit weit aufgerissenen Augen liegen, gespannt wie ein Bogen und ohne ein Wort sagen zu können. Étienne versuchte mich zu beruhigen, die anderen vier sprangen zurück in ihre Betten. Als Monsieur Damas kam, war ich noch immer in diesem Zustand der Lähmung, der offenbar über eine halbe Stunde anhielt. Ein Arzt wurde gerufen, der sagte, ich hätte eine »Katalepsie«, worauf man mich ins Krankenzimmer brachte. Der Arzt äußerte noch den Verdacht, ich könne Epileptiker sein, und riet, mich im Auge zu behalten. Nachdem er gegangen war, erstattete Monsieur Damas Monsieur Vlache Bericht, der Étienne einbestellte und ihn fragte, was *wirklich* passiert sei. Étienne schwor bei allen Heiligen, dass er es nicht wisse, dass er mich nur schreien gehört habe, als hätte ich einen Albtraum gehabt, und dass er versucht habe, mich zu Bewusstsein zu bringen. Vlache ließ ihn gehen, wohl ohne ihm recht zu glauben. Ich für meinen Teil erinnere mich an nichts. Ich war nicht wenig überrascht, im Krankenzimmer aufzuwachen, und einigermaßen mitgenommen. Als hätte mich eine Dampfwalze überrollt.

Folglich kann man einen schlafenden Menschen, dessen fünf Sinne gleichzeitig stimuliert werden, töten.

16 Jahre Dienstag, 10. Oktober 1939

Fettige Haare. Schuppen (sehr sichtbar, wenn ich eine dunkle Weste trage). Zwei rote Pickel im Gesicht (einen auf der Stirn, einen auf der rechten Wange). Drei Mitesser auf der Nase. Die Brustwarzen geschwollen, besonders die rechte; wenn ich draufdrücke, tut es weh. Ein stechender Schmerz, als würde eine Nadel reingebohrt. Haben die Mädchen das auch? Im Vergleich zum letzten Jahr zehn Kilo schwerer und zehn Zentimeter größer. (Folglich auch eine bessere Reichweite, Manès hatte Recht.) Meine Knie tun mir weh, sogar nachts. Wachstumsschmerzen. Violette sagte, an dem Tag, an dem sie aufhörten, würde ich anfangen, kleiner zu werden. Mein Konterfei im großen Spiegel des Duschraums. *Ich erkenne mich nicht!* Oder genauer, ich habe den Eindruck, dadrin ohne mich zu wachsen. Das macht meinen Körper erst recht zu einem Gegenstand der Neugier. Welche Überraschung steht morgen an? Wir wissen nie, von wo aus der Körper uns als Nächstes überrascht.

16 Jahre, 4 Monate, 27 Tage Freitag, 8. März 1940

Étienne behauptet, Bruder Delaroué würde sich, wenn er uns beim Silentium beaufsichtigt, befingern; was wir unter der Bettdecke machen, würde Bruder Delaroué unter dem Pult machen. Mir kommt das weder normal noch abnorm vor. Nur deplatziert. Obwohl gewiss nicht selten. Ich käme nicht auf den Gedanken, mir öffentlich einen runterzuholen, aber es ist vorstellbar, dass ein Quantum Gefahr die Lust steigert. Étienne sagt, Bruder Delaroué nehme etwas aus seiner Aktentasche, vielleicht ein Photo, jedenfalls keine Zeitschrift, es ist viel kleiner als *Paris-Plaisirs*, und dass er das betrachtet, während er sich heimlich befingert. Vielleicht stimmt es, aber überprüfen lässt es sich nicht, weil Bruder Delaroué immer seine voluminöse Aktentasche auf das Lehrerpult stellt als Trennwand zwischen sich und uns. Étienne lässt nicht locker: Doch, ich sags dir, guck doch, mit der rechten Hand! Ein Rechtshänder also. Denn sich mit der linken Hand einen runterzuholen als Rechtshänder, das ist so gut wie unmöglich. Kennerehrenwort.

16 Jahre, 5 Monate Sonntag, 10. März 1940

Rouard hat mich k.o. geschlagen. Ich hing voll aufgerichtet in den Seilen der Ringecke und behielt meine Deckung oben, so dass er zunächst nicht merkte, in welchem Zustand ich war, und mich mit Schlägen traktierte, bis ich zusammensackte. Mein erstes K.o. (Und hoffentlich mein letztes.) Interessante Erfahrung. Ich bestaunte noch Rouards Abducken – wie er in die Knie fiel, Kopf und Rumpf vorbeugte –, da schnellte er unter meiner Deckung schon wieder hoch wie eine Sprungfeder. Als mich seine Faust unterm Kinn traf, hatte ich meine Standfestigkeit noch nicht wiedergewonnen und sagte mir voller Bewunderung für seine Schnelligkeit, dass ich geliefert sei. Ich hörte eine Art »Blubb«, als habe sich mein Hirn verflüssigt. Während er mich bearbeitete, registrierte ich, dass um mich herum gesprochen wurde, aber nicht mehr, was. Er hat mich *ausgestöpselt*, ging mir durch den Kopf. Denn ich konnte trotz dieses Dämmerzustands ziemlich klar denken, ja sogar Überlegungen anstellen. Während die Zeit stillstand, sagte ich mir: Ein schöner Konter, sehr wuchtig! Ist ja auch logisch – bei einem Konterschlag ergibt sich die Aufprallkraft aus Geschwindigkeit und Gewicht unserer *beiden* Körper! Dann noch: Das wird dich lehren, dich für den Schnellsten zu halten. Und schließlich: Wer behauptet, der Schnellste zu sein, der *muss* auch der Schnellste sein. Als ich zusammensackte, war mir klar, dass ich ohnmächtig wurde. Die Ohnmacht selbst dauerte nicht länger als sieben oder acht Sekunden.

16 Jahre, 5 Monate, 1 Tag — Montag, 11. März 1940

Nachwirkung des K.o. Den ganzen Morgen über ein Druck von innen gegen die Augen. Als würde jemand versuchen, sie aus den Höhlen zu drücken. Im Lauf des Tages legte es sich.

16 Jahre, 6 Monate, 6 Tage — Dienstag, 16. April 1940

Heute Abend im Speisesaal. Hartgekochte Eier mit einem Flatschen Spinat. Malemain gibt zu bedenken, dass tagsüber der Rasen gemäht wurde. Stimmt. Dann behauptet er, das treffe jedes Mal zu. Dass ich an Malemains Bemerkung, wir würden mit Gras gefüttert, nicht glaube, nützt gar nichts – sie beeinflusst meine Geschmackswahrnehmung so stark, dass dieser gekochte Spinatbrei für mich einen durch und durch grünen Geschmack annimmt. Den Geschmack jenes grünen Geruchs, der nach dem Rasenmähen über der Wiese liegt. Eine Quintessenz des Pflanzlichen. Spinat, da bin ich mir sicher, wird für mich bis an mein Lebensende diesen Geschmack behalten. Einen Malemain-Geschmack.

16 Jahre, 6 Monate, 9 Tage — Freitag, 19. April 1940

Bruder Delaroué befingert sich tatsächlich während des Silentiums. Zumindest hatte er in seiner Aktentasche das notwendige Zubehör: nackte Damen auf Postkarten. Jetzt nicht mehr. Étienne hat sie ihm stibitzt, nachdem ich Bruder Delaroué mit einem undichten Wasseranschluss (mein Werk) in die Wäscherei gelockt hatte. Ein Diebstahl, den der Ärmste natürlich nicht anzeigen kann, weshalb er mit verstörtem Gesicht – einer Mischung aus Wut, Scham und Argwohn – herumläuft. Étienne und ich haben beschlossen, die Damen zu eigenem Nutz und Frommen zu gebrauchen. Es gibt ihrer einhundertundfünfundzwanzig! Da wir damit rechnen, dass die Schlafsäle unter irgendeinem Vorwand kontrolliert werden, haben wir sie in der Kapelle versteckt; dort wird sie keiner suchen. Von Zeit zu Zeit küren wir eine zum einzigen Objekt unserer Liebe. Jeder seine. Und lieben sie. Bis zur nächsten.

Machen die Mädchen das genauso mit Bildern von Männern? Bereitet ihnen der unter der Marter kunstvoll entblößte Leib Christi oder der des heiligen Sebastian Verzückungen?

16 Jahre, 6 Monate, 15 Tage Donnerstag, 25. April 1940

Die Frage der Brüste. (Die der Frauen.) Ich glaube, es gibt keinen Gegenstand der Anbetung, der ein so weites Feld, so herrlich und ergreifend ist wie die Brüste der Frauen. Von Mama bekam ich oft zu hören, du hast mir einen Abszess in der Brust verursacht. Sie meinte die Zeit, als sie mich stillte, eine kurze Spanne ihres Lebens, aber sie erzählte mir davon, als leide sie nach all den Jahren noch immer an den Folgen. Anfangs – ich war damals wirklich sehr klein – fragte ich mich, was ein Abszess ist. Nach Aufklärung durch das Wörterbuch (*Eitergeschwür in einem Gewebe oder Organ*) versuchte ich mir einen Abszess in der Brust vorzustellen. Zwar überschritt ein eitriger Nippel meine Vorstellungskraft, tieftraurig stimmte mich das Ganze trotzdem. Nicht Mamas wegen, sondern wegen der Brüste der Frauen ganz allgemein. Dieses so anrührende Teil des weiblichen Körpers musste wahrlich zerbrechlich sein, wenn der zahnlose Mund eines Säuglings es vermochte, eine Warze in einen eitrigen Abszess zu verwandeln! Als Marianne mir dann aber ihre Brüste zeigte und ich sie berühren durfte, kamen sie mir gar nicht so zerbrechlich vor. Im Gegenteil, sie waren klein und fest; ihr breiter blassrosa Hof erinnerte an das Scheitelkäppchen der Bischöfe. Die Warze glänzte wie ein Perlmuttknopf. Marianne war da allerdings erst vierzehn, wahrscheinlich entwickelten sich ihre Brüste noch. Unserem göttlichen Postkartenharem nach zu urteilen, verändern sich die Brüste mit dem Alter stark. Sie werden voller und weicher. Der Hof scheint sich entsprechend zu verkleinern und die Warze mehr hervorzustechen und praller, aber weniger glänzend zu sein. Étienne hat mir für die genaue Betrachtung seine Lupe geliehen, mit der er seine Schmetterlinge untersucht. Die Brüste hängen auch stärker und nehmen die unterschiedlichsten Formen an. Die Haut jedoch wirkt unverändert zart, besonders unterhalb der Brüste, dort, wo sie mit dem Brustkorb verbunden sind. Dass einem so schönen Teil des weiblichen Körpers eine *Funktion* zukommt, kann ich kaum glauben. Dass diese Herrlichkeiten einem Säugling den Wanst füllen sollen, der auch noch gierig daran saugt und alles vollsabbert, ist einfach ein Sakrileg! Kurz, ich bete die Brüste der Frauen an. Zumindest die unserer einhundertundfünfundzwanzig Freundinnen; also *alle* Brüste *aller* Frauen, unabhängig von Größe, Form, Gewicht, Festigkeit und Farbe. Ich habe den Eindruck, die Höhlung meiner Hände ist dafür geschaffen, die Brüste der Frauen aufzunehmen, die Haut meiner Handinnenflächen ist zart genug für ihre zarte Haut. Es wird nicht mehr viel Zeit vergehen, und ich kann das eigenhändig überprüfen!

16 Jahre, 6 Monate, 17 Tage — Samstag, 27. April 1940

Montaigne schreibt im fünften Kapitel des dritten Buchs seiner *Essais*:

> Was hat der Geschlechtsakt, dieser so natürliche, nützliche, ja notwendige Vorgang den Menschen eigentlich angetan, daß sie nicht ohne Scham davon zu reden wagen und ihn aus den ernsthaften und sittsamen Gesprächen verbannen? Wir haben keinerlei Hemmung,

die Worte *töten, rauben* und *verraten* offen auszusprechen – und da sollen wir uns dieses eine bloß zwischen den Zähnen zu murmeln getraun? Meinen wir gar, wir hätten, je weniger Worte wir darüber machen, ein um so größeres Recht, mit unsren Gedanken ständig darin zu schwelgen?

16 Jahre, 6 Monate, 18 Tage Sonntag, 28. April 1940

Wenn ichs mir selber mache, ist das Herrlichste der Moment, den ich Äquilibristik des Tänzers auf dem Seil nenne: der Augenblick, in dem ich kurz davor bin, zu kommen, aber noch nicht komme. Das Sperma ist da und bereit, jederzeit hervorzuschießen, aber ich halte es mit aller Macht zurück. Der Eichelring ist dunkelrot, die Eichel selbst so prall und bereit zu explodieren, dass ich mein Glied loslasse. Ich halte mein Sperma mit aller Macht zurück, betrachte meinen zitternden Penis. Ich balle die Fäuste, presse die Lider fest aufeinander, beiße die Zähne zusammen, so stark, dass mein ganzer Körper zittert wie mein Glied. Genau dies ist der Moment, den ich Äquilibristik des Tänzers auf dem Seil nenne. Meine Augen verdrehen sich hinter den Lidern, mein Atem geht schnell, ich vertreibe alle erregenden Bilder: die Brüste, die Hintern, die Schenkel, die seidige Haut unserer Freundinnen; und das Sperma verharrt in dieser ausbruchsbereiten Säule, direkt am Kraterrand. Man kann wirklich an einen Vulkan kurz vor dem Ausbruch denken. Das Magma darf sich nicht wieder zurückziehen. Bei einer unvorhergesehenen Überraschung, wenn zum Beispiel Monsieur Damas die Tür zum Schlafsaal öffnet, zieht es sich tatsächlich zurück. Aber das darf es nicht. Unserem Sperma eine solche

Kehrtwende zuzumuten ist, glaube ich, sehr schlecht für unsere Gesundheit. Sobald ich merke, dass es sich zurückzieht, umschließe ich meinen Ring wieder mit Daumen und Zeigefinger, die ich so bewege, dass dieses Magma am Rand weiterbrodelt. (Magma, ja, oder Saft, so sehr ähnelt der Schwanz in diesen Momenten einem geraden, knotigen Ast!) Dabei muss man mit absolutem Fingerspitzengefühl vorgehen, es geht um Millimeter, wenn nicht weniger. Mein ganzer Schwanz ist dermaßen empfindlich, dass die Eichel durch einen Lufthauch oder die Berührung mit dem Bettzeug explodieren würde. Ich kann den Ausbruch noch ein Mal und ein zweites Mal verhindern – jedes Mal ein Genuss. Aber der allerhöchste Genuss ist der Augenblick, in dem ich zuletzt die Kontrolle wirklich verliere, in dem das Sperma alles überflutet und sich heiß auf den Rücken meiner Hand ergießt. Ach, welch köstliche Niederlage! Auch das lässt sich nur schwer beschreiben, all dies Innen, das nach außen strömt, und zugleich all diese Lust, die einen verschlingt … Ja, diese Eruption ist ein Verschlungenwerden! Es ist, nach dem Balanceakt des Tänzers auf dem Seil, sein Sturz in den ausbrechenden Krater! Und das wilde Licht in der Finsternis! Étienne sagt, es sei eine »Apotheose«.

16 Jahre, 6 Monate, 20 Tage — Dienstag, 30. April 1940

Wie diese Apotheose des sinnlichen Fühlens verdammt wird, spiegelt sich in der Hässlichkeit des dafür gebräuchlichen Wortschatzes. »Wichsen« klingt nach Sauberkeitswahn, »sich befingern«, als betaste man sich auf der Suche nach einer Krebsgeschwulst, »sich einen runterholen« ist einfach blöd und »masturbieren« widerwärtig (irgendwie hat dieses Verb, selbst auf Latein, etwas Schwammiges), »sich berühren« wiederum besagt nichts. »Haben Sie sich berührt?«, fragt der Priester im Beichtstuhl. Natürlich! Wie sollte ich mich denn sonst waschen? Langes Gespräch darüber mit Étienne und den Kumpels. Ich glaube, ich habe den passenden Ausdruck gefunden: *sich in der Hand haben.* Wenn mich künftig ein Erwachsener ermahnt, ich solle mich besser in der Hand haben, kann ich es ihm versprechen, ohne lügen zu müssen.

16 Jahre, 6 Monate, 24 Tage — Samstag, 4. Mai 1940

Ein Gänsespiel! Großartige Idee! Wir basteln aus unseren einhundertundfünfundzwanzig Freundinnen ein Gänsespiel! Wir nehmen die schönsten von ihnen und basteln ein erotisches, genauer ein *Entjungferungsgänsespiel.* So taufen wir es. Wer als Erster auf Feld 63 landet, hat gewonnen und darf sich entjungfern lassen. *Sie haben gewonnen. Schlüpfen Sie zu ihr ins Bett.* Ein Spiel mit Geldeinsatz, die Strafzahlungen wandern in eine gemeinsame Kasse. Damit diese sich rasch genug füllt, brauchen wir acht Spieler. Malemain, Zafran und Rouard sind dabei, die Idee begeistert sie. Das Endspiel soll nach der mündlichen Abiturprüfung stattfinden, unmittelbar vor den Sommerferien. Der Gewinner bekommt die Kasse, er verpflichtet sich im Gegenzug, sie ausschließlich zum Zweck seiner Entjungferung zu verwenden. Und anschließend einen Bericht abzuliefern. Amen. Zum leitmotivischen Bild des Spiels wählen wir das Gesicht der Mona Lisa, deren rätselhaftes Lächeln jede Interpretation erlaubt.

ENTJUNGFERUNGSGÄNSESPIEL

Spielregeln

Gespielt wird mit 2 Würfeln.
Vor Spielbeginn müssen die Geldbörsen gefüllt sein und es wird mit beiden Würfeln gewürfelt.

Ereignisfelder:

2 Warten Sie, bis Sie groß sind. 3 Runden aussetzen.

4 Bei einer Kontrolle Ihrer Unterwäsche hat Ihre Mutter verdächtige Flecken entdeckt. Sie geht mit Ihnen zum Arzt, der Ihnen eine Vorrichtung gegen Samenerguss im Schlaf verschreibt. Gehen Sie auf Feld 3 zurück, und setzen Sie 2 Runden aus.

6 Monsieur Damas hat Sie in flagranti bei einsamem Vergnügen erwischt und Ihnen kalte Duschen verordnet. Auf Feld 5 zurückkehren und 2 Runden aussetzen.

8 Sie haben sich unreinen Gedanken hingegeben und somit Unkeuschheit getrieben. Rückkehr auf Feld 7 zur Beichte und 1 Runde aussetzen.

10 Ihre Träume haben Sie aufgewühlt. Kehren Sie auf Feld 9 zurück, und waschen Sie unauffällig Ihren Schlafanzug.

12 Zufällig entdeckt Ihr Onkel Georges Ihr schmutziges Laken und beglückwünscht Sie: Jetzt sind Sie ein Mann. Würfeln Sie mit beiden Würfeln, und rücken Sie die entsprechende Anzahl von Feldern vor.

Weitere Ereignisfelder:

15 (Hier ist das rätselhafte Lächeln der Mona Lisa zu sehen.) Sie hat Ihnen ein Lächeln geschenkt! Sie dürfen noch einmal würfeln.

19 Um den Mädchen zu gefallen, muss man stark sein. Gehen Sie zum Muskeltraining in die Turnhalle. 3 zahlen und 2 Runden aussetzen.

21 (Mona Lisa.) Sie hat Ihnen ein Lächeln geschenkt, allerdings ein ironisches. Auf Feld 17 können Sie Ihren finsteren Gedanken nachgehen.

23 Um den Mädchen zu gefallen, muss man ein guter Schwimmer sein. Nehmen Sie Unterricht. 4 zahlen und 1 Runde aussetzen.

27 (Mona Lisa.) Sie haben versucht, sie zu küssen, was Ihnen eine Ohrfeige eingebracht hat. Auf Feld 13 können Sie Ihre Enttäuschung verdauen.

29 Um den Mädchen zu gefallen, muss man tanzen können. Nehmen Sie Stunden. 5 zahlen und 1 Runde aussetzen.

33 (Mona Lisa.) Sie findet, dass Sie schmuddelig sind. Kehren Sie auf Feld 11 zurück, und waschen Sie sich.

39 (Mona Lisa.) Sie findet Ihre Frisur grauenvoll. Gehen Sie zum Friseur auf Feld 31, und zahlen Sie 1.

41 Liebe macht blind. Setzen Sie 1 Runde aus, bis Sie wieder hellsichtig sind.

43 Sie haben eine schwere Zunge und einen übelriechenden Atem. Setzen Sie 1 Runde aus, bis Sie wieder nüchtern sind.

45 (Mona Lisa.) Sie findet, dass Sie schlecht gekleidet sind. Lassen Sie sich auf Feld 37 einen neuen Anzug machen, und zahlen Sie 10.

47 Sie haben einen Akne-Schub. 1 Runde aussetzen zur Behandlung.

51 (Mona Lisa.) Sie findet Sie vollkommen ungebildet. Beginnen Sie Ihren Werdegang noch einmal auf Feld 1.

53 Sie verlieren wertvolle Zeit, weil Sie sich mit Ihrem Aussehen beschäftigen. 1 Runde aussetzen.

57 (Mona Lisa.) Sagen Sie niemandem, was sie mit Ihnen gemacht hat. Sie strahlt, und Sie strahlen auch. Sie dürfen noch einmal würfeln.

59 Die Liebe verleiht Flügel. Sie dürfen noch einmal würfeln.

61 Monsieur Damas ertappt Sie bei diesem Spiel. Rückkehr aller Teilnehmer auf Feld 1.

63 Sie haben gewonnen, schlüpfen Sie zu ihr ins Bett! Außerdem gehört das ganze Geld in der Kasse Ihnen!

Nur wenn einer der Spieler die Augenzahl würfelt, mit der er genau auf Feld 63 landet, hat er gewonnen. Wer eine Zahl würfelt, die ihn über Feld 63 hinausführt, muss so viele Felder zurückgehen, wie er zu hoch gewürfelt hat.

16 Jahre, 7 Monate, 2 Tage — Sonntag, 12. Mai 1940

Manchmal im Schlafsaal, wenn mich nachts die Angst weckt (oft, weil ich von Papa oder Violette geträumt habe), beruhige ich mich allmählich wieder, indem ich mich der Empfindung überlasse, all diese Schläfer und ich seien ein einziger großer Körper. Ein großer, schlafversunkener, geschlossen atmender Körper, der träumt, stöhnt, schwitzt, sich kratzt, mit den Beinen strampelt, schnaubt, hustet, furzt, schnarcht, sich befleckt, albträumt, hochschreckt und gleich wieder einschläft. Nicht Kameradschaftsgefühl beherrscht mich in diesen Momenten, sondern der Eindruck, unser Schlafsaal (wir sind insgesamt zweiundsechzig) sei aus organischer Sicht ein geschlossener Körper. Wenn einer von uns stürbe: dieser Körperkörper würde weiterleben.

*

NOTIZ FÜR LISON

Nur nebenbei: Diesen Eintrag, Lison, schrieb ich zwei Tage nach dem Beginn der deutschen Westoffensive (am 10. Mai). Der Zweite Weltkrieg. Die menschliche Gattung hatte eine neue Runde eingeläutet. Ich schwor mir an jenem Tag im Gedenken an Papa, nicht mit von der Partie zu sein. Die Umstände sollten, wie du sehen wirst, anders entscheiden.

*

16 Jahre, 8 Monate, 13 Tage — Sonntag, 23. Juni 1940

Auf den Straßen gebeugte Menschen mit leerem Blick und schleppenden Bewegungen. Manche wirken wie verloren. Sie sind es. Auch im konkreten Sinne des Wortes: Es sind Flüchtlinge, die sich hierher verloren haben. Zerlumpt, schlecht rasiert und schmutzig irren sie durch eine fremde Stadt. Die Vorstellung, dass diese Menschen noch im vergangenen Monat ein normales Leben geführt haben in Paris, fällt mir schwer. Dahintreibende Körper …

nächster Tag

Das Finale des Gänsespiels ist auf unbestimmte Zeit verschoben, Rouard hat seinen Bruder in Dunkerque verloren. Er mochte ihn sehr. Unsere Entjungferung muss auf bessere Zeiten warten.

Mérac. Habe mir am Stamm einer Buche Brust, Fußsohlen und die Innenseiten der Arme und Schenkel aufgeschürft. Also mir mehr oder weniger bei lebendigem Leib die Haut abgezogen. Wegen Tijo. Er war auf den Gedanken verfallen, sich ein Rabenjunges zu holen, aber die Vogeleltern widersetzten sich seinen Adoptionsplänen. Sie gingen regelrecht auf ihn los, weil er seine Beute nicht freigeben wollte. Mit der einen Hand hielt er das Junge gegen seine Brust, mit der anderen versuchte er, die Eltern abzuwehren. Das Ganze in sechs Metern Höhe, rittlings auf einem Ast! Marta brüllte von unten zu ihm hinauf, er solle das Tier loslassen; Manès war sein Gewehr holen gegangen, um den Vogeleltern den Garaus zu machen. Mit anderen Worten, jeder verteidigte seinen Nachwuchs. Manès würde schießen, das wusste ich, also erklomm ich den Baum, die ersten drei astlosen Meter des Stamms mich wie ein Affe oder Arbeiter der Elektrizitätswerke mit Händen und Füßen festklammernd. Ich hatte gerade Krebse gefangen und war deshalb barfüßig und in Badehose. Aufwärts bedeutete das kein Problem. Ich hatte den Eindruck, einen lebendigen Körper zu umfangen. Abwärts jedoch zog mich Tijo, den ich huckepack hatte, nach hinten, weshalb ich mich dicht an den Stamm presste. Da Tijo mir aber mit dem linken, um meinen Hals gelegten Arm die Luft abschnürte (er wollte seinen neuen Spielkameraden nicht loslassen), lockerte ich den Zugriff von Händen und Füßen, um unseren Abstieg zu beschleunigen. In dieser Phase der Operation schrappte mir die Baumrinde die Haut ab. Besonders, als ich unsere Talfahrt, die mir schließlich gar zu rasch erschien, ein wenig abbremsen wollte. Als wir unten ankamen, war ich blutüberströmt und das Rabenjunge natürlich tot, von Tijos Liebe erdrückt. Marta brüllte: Gerade mal sieben! Aber ersparen tut der uns nichts, aber auch nichts! Die Abschürfungen bescherten mir eine schnapsreiche Säuberungsrunde, diesmal ohne akustische Anästhesie, Marta ist nicht Violette. Während ich mir die Fingernägel in die Handflächen schlug, kündigte Manès seinem Jüngsten, der eben sein Opfer beerdigte, eine andere Art von Abreibung an. Doch dann verzichtete er darauf, mit einem Anflug von Stolz in der Stimme: Angst hat er jedenfalls vor nichts, der kleine Rotzlöffel! Das Ergebnis: Ich verbrenne, mit weit abgespreizten Beinen nackt und aufgedeckt im Bett liegend, bei lebendigem Leib im Gewebe meiner Nerven. So werde ich mir fortan die Hölle vorstellen: ein ewiges, feuerloses Verbrennen, mit wachem Blick in eine endlose Nacht. Die Marter des Marsyas.

16 Jahre, 9 Monate, 23 Tage — Freitag, 2. August 1940

Was für ein Genuss aber doch, in Bäume zu klettern! Besonders in Buchen und Eichen. Der ganze Körper entfaltet sich. Hände und Arme entreißen dich dem Gewohnten. Dieser rasch gefundene Halt! Dieser richtige Griff! Es geht nicht um die Höhe, geht nicht um irgendeinen Alpinismus (vermutlich würde mir in den Bergen schwindlig), sondern um die freie Durchquerung des Laubwerks! Wo befinden wir uns? Weder auf dem Boden noch in den Lüften, sondern im Herzen der Explosion. Wie gern würde ich auf den Bäumen leben.

16 Jahre, 11 Monate, 6 Tage Montag, 16. September 1940

Wenn mir der Kopf beim Lesen vornübersinkt, gehe ich an den Kleiesack und boxe. Manès hat sein Konterfei gegen das von Laval ausgetauscht: Schlag zu! Lösch ihn aus! (Dichtes Haar, hängende Augenlider, dicke Unterlippe, Zigarette im Mundwinkel – nicht unähnlich.) Weil der Hanf mir die Gelenke aufscheuert, bandagiere ich mir die Hände mit einem Paar Socken.

16 Jahre, 11 Monate, 10 Tage Freitag, 20. September 1940

Mérac. Spiele jetzt auch Tennis, in der Scheune. Habe dafür auf der hinteren Wand in Netzhöhe eine Kalklinie aufgetragen. Wegen der Unebenheiten von Wand und Boden kommen die Bälle auf unvorhersehbare Weise zurück, was ein erstklassiges Training der Reflexe darstellt. Außerdem springe ich nach wie vor mit Tijo und den anderen ins Getreide, jage den störrischen Ziegen nach und helfe Robert, der ein Arbeitstier ist, auf dem Hof. Mein Aufenthalt hier steht somit nicht hinter dem Drill beim Militär zurück.

17 Jahre, 1 Monat, 14 Tage Sonntag, 24. November 1940

Manès hat sich mit einer unterm Stroh liegenden Sichel die Wade verletzt. Die Versorgung der Wunde nach Manès und Marta: wie gewohnt Säubern des Schnitts mit Schnaps, aber als Verband pflückte sich Manès im Stall ein miststarrendes Spinnennetz von der Wand. Zieht den Dreck raus, sagte er in seiner gewohnt lakonischen Art.

Wundstarrkrampf – auf dem Ohr war er taub. Wir haben das schon immer so gemacht, und dran gestorben ist noch keiner. Vermutlich hat der Spinnfaden eine adstringierende oder sogar heilende Wirkung. Aber der Mist? Und doch stimmt es: Getötet hat dieser Verband bisher noch niemanden in der Familie.

17 Jahre, 2 Monate, 17 Tage Freitag, 27. Dezember 1940

Bei einem Besuch in Mérac fragt mich Onkel Georges, ob ich nicht Arzt werden wolle. (Dein Cousin Étienne wird diesen Weg einschlagen.) Ich nicht. Das Durcheinander des Körpers – nein danke! Mit ihm hat mein Weg ja doch wohl begonnen! Und Menschen heilen … Da muss man zuerst einmal viel Zeit darauf verwenden, sie von ihren Geschichten zu befreien, die sie sich über einen Körper erzählen, den sie nur unter moralischen Gesichtspunkten betrachten: Ich hätte nicht die Geduld, der Tante Noémie klarzumachen, dass es nicht um die Frage geht, ob sie ihr Emphysem »verdient« hat oder nicht. Ja was interessiert dich denn so im Leben?, fragt mich mein lieber Onkel. Die Beobachtung meines eigenen Körpers, weil er mir aufs innigste fremd ist. (Das sage ich dem Onkel Georges natürlich nicht.) Ich könnte das Studium der Medizin noch so weit treiben, es würde mich nicht von diesem Fremdheitsgefühl befreien. Anders gesagt, mich interessiert zu botanisieren. Wie Rousseau auf seinen Spaziergängen. Bis zu meiner letzten Stunde, und zwar für mich allein, nur so kann es eines Tages vielleicht jemandem *nützlich* sein. Was einen möglichen Beruf betrifft, so steht das auf einem anderen Blatt. Und gehört jedenfalls nicht in dieses Journal.

17 Jahre, 5 Monate, 8 Tage Dienstag, 18. März 1941

Gestern ausgiebig mit Étienne über Voltaire und Rousseau gestritten, Étienne in der Rolle des Spötters, ich in der des Verteidigers von Jean-Jacques. Was mir von diesem Wortwechsel haften bleiben wird, sind nicht unsere Argumente (wenn man ehrlich ist, fehlen uns für eine stichhaltige Argumentation die Voraussetzungen), sondern Étiennes Reaktion. Er nahm das lange Lineal von der Tafel und bohrte mir das eine und sich das andere Ende in den Bauch. Jedes Mal, wenn einer von uns, angetrieben von seiner Überzeugung, auf den anderen zugehen wollte, bohrte sich das Lineal in unseren Körper. Und zwar schmerzhaft. Wichen wir zurück, fiel es zu Boden. Ende der Diskussion. Das nennt man im Reden Maß halten! Ein patentierungsfähiges System.

17 Jahre, 5 Monate, 11 Tage Freitag, 21. März 1941

Die Begierde, die mich manchmal in den unerwartetsten Momenten überkommt. Zum Beispiel, wenn mich eine Lektüre erhitzt. Füllung der Schwellkörper mit Blut, ausgelöst durch die Stimulierung der Neuronen! Ich lese und bekomme einen Steifen. Wobei hier nicht von Apollinaire oder Pierre Louÿs die Rede ist, die uns freundlicherweise mitunter dieses Geschenk machen, nein, sondern, beispielsweise, von Rousseau, der gewiss überrascht zur Kenntnis nehmen würde, wie ich bei der Lektüre seines *Gesellschaftsvertrags* einen Steifen bekomme! Hopp, ein kleiner Orgasmus, in den nur der Geist verwickelt ist.

18 Jahre, 9 Monate, 5 Tage Mittwoch, 15. Juli 1942

Seit den Abiturvorbereitungen keine Zeile geschrieben. Amputierter Körper durch übermäßiges Lernen. Geboxt, Tennis gespielt und geschwommen, um mich vom Büffeln für den Concours zu entspannen. Ab und an Manès bei der Feldarbeit geholfen. Drei Kälber und sechs Lämmer in die Welt geholt. Ein Schwein abzustechen bringe ich noch immer nicht fertig. Es zu essen schon. Das arme Vieh kam und ließ sich streicheln, während ich über meinen Büchern saß. Dieses stumpfsinnige Vertrauen der Tiere in die menschliche Gattung …

18 Jahre, 9 Monate, 25 Tage Dienstag, 4. August 1942

Tennis. Den drei Brüdern de G. eine saftige Abfuhr erteilt. Bei den drei Matches hat keiner von ihnen mehr als zwei Spiele von sechs Sätzen gewonnen. Zum Turnierauftakt versuchten sie, mich zu demütigen. Der Älteste sah sich bemüßigt, mich auf den korrekten Gebrauch des Adelsprädikats hinzuweisen: Spreche man von einer Familie, sage man nie »die *de* G.s«, die Etikette verlange das Weglassen des Adelsprädikats, also einfach nur »die G.s«. Das weiß doch nun wirklich jedes Kind! Meinetwegen. Hinzu kam noch, dass ich weder Tennisshorts noch -schuhe besaß und es sich »nicht schickte«, in meinem »Aufzug« gegen untadelig gekleidete Gegner anzutreten, selbst auf einem privaten Terrain (sprich: dem ihren). Sie liehen mir folglich das angemessene Dress: Shorts, Hemd, Socken, blütenweise Leinenschuhe. Ich befestigte die (absichtlich zu großen?) Shorts mit einem Stück Wäscheleine, das ich in einem der Nebengebäude fand, und fügte ihnen eine

Schlappe zu, die sich gewaschen hatte: Die Abkömmlinge des Duc de Montmorency vernichtend geschlagen vom allerletzten Plebejer! Damit habe ich mir die potentielle Zuneigung der Schwester verspielt, die mir nicht gänzlich gleichgültig war. Aber egal, Hauptsache ich habe Violette gerächt, die – wovon die drei Brüder nichts wussten – in ihrer Jugend Bedienstete der Familie gewesen war und entlassen wurde, weil sie einen Vetter ersten Grades entjungfert hatte … im Alter von zweiunddreißig Jahren! (So etwas erfindet man nicht.)

Während der Partien das herrliche Gefühl, gegen ihre Arroganz nichts anderes ins Feld werfen zu können als meinen Körper. Einen nicht einmal ausgebildeten Körper, denn niemand hatte mir Tennisspielen beigebracht. Meine einzigen Lehrmeister waren die Scheune von Manès und die Spieler, die ich beobachtet habe. Wenn man ohne Unterricht einfach so auf den Ball eindrischt, spürt man, wie sich der Körper der jeweiligen Situation anpasst, trotz fehlender *richtiger Bewegungen*. Ich mache zu viele Bewegungen, überdies meistens falsche, die auch noch grässlich anzusehen und energiezehrend sind (mangelnder Rhythmus, unkoordinierter Körper, wildes Gefuchtel, Hechtsprünge, akrobatische Faxen), aber gerade weil diese Bewegungen nichts der »Spieltechnik« verdanken, rufen sie in mir ein intensives Gefühl von physischer Freiheit, von unablässiger Erneuerung wach: Nicht ein Bewegungsablauf gleicht dem anderen! Ich genieße jede Überraschung, die mein Auge den Beinen und dem Tennisschläger bereitet. Keiner meiner Schläge ist vorbedacht, keiner ist wie der vorherige, keiner entspricht dem Bewegungskanon, der meinen vornehmen Gegnern den sparsamen Einsatz ihrer Kräfte erlaubt. Auf diese Weise bin ich für sie ganz und gar unberechenbar, nie fliegt ein

Ball wie erwartet übers Netz, und das bringt sie aus dem Konzept. Sie protestieren so entnervt wie herablassend, besonders bei bestimmten extrem langsamen Bällen, mit verdrehten Augen, als würde ich die Gesetze des Krieges missachten. Mich erstaunen meine Reflexe, mein Tempo, meine Geschmeidigkeit, mein Geschick (herrlich, in dem Sekundenbruchteil, in dem du den Ball zurückschlägst, zu wissen: Der Schlag war gut!), und obendrein bin ich nicht kleinzukriegen, schmettere jede Kugel zurück. Der freie Einsatz meines Körpers begeistert mich. Meine Clownerien demoralisieren meine Gegner; zu sehen, wie ihre Lässigkeit allmählich zerflockt, erheitert mich. Aber nicht mein Sieg bereitet mir Befriedigung, sondern vielmehr ihre langen Gesichter. Wir hatten schon in Valmy keine Manieren. (Und eine Culotte besitze ich noch immer nicht.) Ich schwöre mir: So wird gelebt! Wie ich Tennis spiele! In allen Bereichen!

19 Jahre, 15 Tage Sonntag, 25. Oktober 1942

Die Szene spielt im Bistro. Du sitzt dort mit einem Mädchen, Studentin wie du selber. Ihr flirtet miteinander. Plötzlich wagt sie den Sprung ins kalte Wasser: Gib mir deine Hand!, und hat sie schon resolut ergriffen. Mit gespannter Aufmerksamkeit betrachtet sie die Innenfläche, als hinge alles, was sie von dir wissen muss, von deinen Lebens-, Herz-, Kopf-, Glücks-, weiß der Teufel was für Linien ab. Sie ist bei weitem nicht die Erste, die meine Handlinien studiert, aber nicht eine hat dasselbe daraus gelesen, was die andere darin entdeckt hat. Jede eine Hellseherin, aber alle sehen sie etwas anderes. Ist dieser Hang zum Aberglauben ein Zeichen unserer entsetzlichen Zeit?

Alles ist verloren und dahin, nur die Sterne nicht? Unbedingt zu beachten, wenn ich mir ein Mädchen wähle: Nur eines, das sich mit geschlossenen Augen in meine Hände begibt.

19 Jahre, 1 Monat, 2 Tage Donnerstag, 12. November 1942

Eine Parade der Boches gesehen. Die widerwärtige Variante des Körperkörpers.

19 Jahre, 2 Monate, 17 Tage Sonntag, 27. Dezember 1942

Meine Unfähigkeit zu tanzen. Françoise, Marianne und andere haben versucht, es mir beizubringen, erst gestern wieder bei Hervé eine strahlend schöne Violaine, Schwester unseres Gastgebers. Lassen Sie sich führen! Aber nichts zu machen. Im Nu gerate ich aus dem Takt, mein Körper ist nur noch Gewicht in den Armen meiner Partnerin. Ein paar groteske Hüpfer, um den Takt wiederzufinden, und ich habe endgültig den Mut verloren. Das Tanzen ist einer der wenigen Bereiche, wo mein Geist und mein Körper nicht in Einklang zu bringen sind. Genauer, die untere Körperhälfte geht nicht mit. Meine Hände mögen noch so schön den Rhythmus schlagen, die Füße folgen nicht. Ich bin Dirigent und querschnittsgelähmt – genau: ich bin ein querschnittsgelähmter Dirigent. Außerdem dreht sich mir der Kopf, sobald es etwas komplizierter wird. Nun ist Tanzen ja aber Kreisbewegung, Wirbelkunst: kein Tanz, ohne dass man sich um die eigene Achse dreht! Schwindel, Übelkeit, Blässe, was ist, geht es Ihnen nicht gut? Doch, doch, Violaine, aber wollen wir uns nicht ein bisschen unterhalten, kommen Sie, und schon versuche ich, der wunderschönen Violaine die Sache darzulegen, sie aber deklariert, ach was, tanzen kann *jeder*! Jeder, mag sein, nur ich nicht. Weil Sie nicht *wollen*! Was Sie nicht sagen! Und warum sollte ich mir diesen Trumpf versagen, meine Schöne, wenn ich doch sehe, welchen Gewinn meine Kameraden daraus ziehen? Sie lassen sich nicht gehen, Sie sind zu verkopft, Ihnen fehlt es an *Wildheit*. An Wildheit? Her mit einem Bett, Himmel noch mal, eine Koje, auf der Stelle! Aber stattdessen höre ich mich Violaine darlegen, dass mir dieses Phänomen selber unbegreiflich ist, da doch in anderen Situationen, die Arm- und Beineinsatz verlangen, zum Beispiel Boxen oder Tennis, meine vier Gliedmaßen in perfektem Einklang handeln, und dass meine Mitschüler sich, als ich fünfzehn sechzehn war, darum zankten, beim Völkerball in meiner Mannschaft zu sein, weil ich nämlich unschlagbar war ich war ein Ass im Völkerball, höre ich mich zu dieser überwältigend schönen Frau sagen und zu mir selber halt die Klappe, während ich die Vorzüge des Völkerballs erläutere, ein absolut vollkommenes Spiel das enorme physische Fähigkeiten verlangt, eine hundertprozentige Synchronisation von Armen Kopf Beinen, weshalb es, liebe Violaine, eines Tages ein Mannschaftssport sein wird, dem gegenüber der Fußball als eine Zerstreuung für Pinguine erscheint da können Sie sicher sein Violaine, aber bist du noch dicht du Vollidiot was hat dich gepackt? Als ob es nicht reichen würde, in den Armen dieser herrlichen Frau, die du herumkriegen willst, den Zementsack zu geben, du musst sie auch noch mit Völkerball anöden, diesem »unerhört strategischen und taktischen Spiel liebe Violaine«, halt doch endlich die Klappe du Depp du, ein Gemetzel war das, bei dem zwei Haufen mordlüsterner Pickliger sich die Bälle mitten in die Fresse donnerten, um sich heißzumachen, weshalb die schöne Violaine da ihre Portion Wildheit abgekriegt hätte, und dass du darin Spitze warst, das stimmt zwar, aber das ist nicht die Art von Trumpf, mit der du diese Frau in dein Bett lockst, die übrigens gerade mit der Bemerkung, von deinen sagenhaften Leistungen habe sie Durst bekommen, sie werde sich einen *drink* genehmigen, das Weite sucht.

19 Jahre, 2 Monate, 19 Tage Dienstag, 29. Dezember 1942

Trotzdem kam sie. Noch am selben Abend. Und es verlief schlimmer als der Tanz. Ich saß – spätnachts, alles schlief – an dem schachtischartigen Tischchen in meinem Zimmer bei Hervé und schrieb an dem pathosgetränkten Bericht der Tanzszene, als in meinem Rücken die Tür aufging, so leise, dass ich sie nur zugehen hörte, weshalb ich mich umdrehte, und da sah ich sie in ihrem Nachthemd aus Organdy oder einem ähnlichen Stoff, das wie bei einer griechischen Tunika eine Schulter frei ließ, während über die andere ein schmaler Träger lief, mit einer Schleife, die aussah wie Schmetterlingsflügel, sie sagte nichts, sie lächelte nicht und richtete nur einen ernsten Blick auf mich, auch ich brachte kein Wort heraus, die runden Schultern, die langen, bleichen, schlanken Arme, die neben den Schenkeln locker herabhängenden Hände, die nackten Füße, der beschleunigte Atem, die hohen und vollen Brüste, von deren Spitzen das Nachthemd senkrecht herabfiel, was zwischen nackter Haut und Stoff einen Leerraum entstehen lässt, mein Auge versuchte die Kontur ihrer Hüften, ihren Bauch, ihre Schenkel, die Gestalt ihres Körpers im Ganzen zu erspähen, aber das Lämpchen neben mir machte den Stoff nicht durchscheinend, es hätte hinter Violaine stehen müssen, um ihre Umrisse hervortreten zu lassen, das war das Einzige, woran ich dachte im ersten Moment, an diese falsche Position des Lämpchens, die mir die in Aussicht gestellte Durchsicht nahm, was anders gewesen wäre, hätte das Lämpchen hinter ihr gestanden, wir rührten uns beide nicht, ich war nicht einmal aufgestanden, ich machte keine Bewegung zu ihr hin, die mit dem Rücken zur geschlossenen Tür dastand, während ich in Dreivierteldrehung auf meinem Stuhl saß, eine Hand noch auf dem Tischchen, die tastend das Heft zuschlug, die Tinte in der Feder wird trocknen sagte ich mir, ja, daran dachte ich, und dass ich meinen Füllfederhalter nicht schließen konnte, wenn ich zugleich ihre Silhouette unter dem verschatteten Stoff ausmachen wollte diesem Stoff dessen Weiß mich jetzt blendete, da sah ich, wie ihr linker Arm vor ihrem Oberkörper nach oben wanderte, wie auf Höhe der Schulter ihre Finger sich voneinander lösten und Daumen und Zeigefinger ein Trägerende ergriffen und sie langsam daran zog, bis sich die Schleife löste und das Nachthemd mit dem ganzen Gewicht seines Stoffs zu Boden fiel und ihren nackten Körper freigab, ich glaube ich werde nie einen schöneren Frauenkörper sehen als diesen plötzlich im goldenen Lampenlicht dargebotenen, mein Gott welche Schönheit welche Schönheit sagte ich mir wieder und wieder, wäre das Licht in diesem Moment für immer erloschen, ich wäre mit der Erinnerung an diese Schönheit gestorben, ich glaube, es fehlte nicht viel und ich hätte einen Schrei ausgestoßen, trotzdem blieb ich sitzen, vor Überraschung und Entzücken vollkommen gelähmt, welche Schönheit welche Vollkommenheit, ich glaube, ich habe etwas wie Dankbarkeit empfunden, niemand hatte mir je ein solches Geschenk gemacht, auch das ging mir durch den Kopf, aber ich rührte noch immer keinen Finger, sie war es, die sich zuletzt rührte, sie ging zu meinem Bett und legte sich hinein, sie forderte mich durch kein Zeichen auf, zu ihr zu kommen, sie streckte mir nicht die Arme entgegen, sie sprach nicht, sie lächelte nicht, sie wartete, dass ich käme, was ich schließlich tat, ich ging zu ihr und stand neben dem Bett, ich konnte die Augen nicht von ihr abwenden, du musst dich ausziehen sagte ich mir jetzt bist du an der Reihe, und das habe ich dann auch gemacht, linkisch, verstohlen, gar nicht generös, ich drehte ihr den Rücken zu, setzte mich auf die Bettkante, versteckte mich, statt mich darzubieten, und als ich endlich nackt war, glitt ich neben sie und es geschah nichts, ich habe sie weder gestreichelt noch geküsst, denn in mir war etwas erstorben oder wollte nicht ins Leben, was absolut dasselbe ist, denn mein Herz pumpte das Blut überall hin, bloß nicht dorthin, wo es gebraucht wurde, übergoss meine Wangen mit flammendem Rot, peitschte den Lebenssaft gegen meine Schädelwände, ließ ihn in meinen Schläfen hämmern, aber nicht ein Tropfen zwischen meinen Beinen, ja ganz und gar nichts zwischen meinen Beinen, ich sagte mir nicht einmal, du kriegst keinen hoch, ich fühlte zwischen den Beinen *nichts* und dachte nur daran, an diese Nichtexistenz zwischen meinen Beinen, allerdings half mir Violaine auch nicht, auch von ihr kein Wort, keine Geste, bis zu dem Moment, da sie plötzlich aufsteht und ich die Tür hinter ihr zugehen höre.

19 Jahre, 2 Monate, 21 Tage   Donnerstag, 31. Dezember 1942

Das Violaine-Fiasko forderte, Bilanz zu ziehen. Bei einem Abstecher nach Hause stehe ich nackt vor meinem Schrankspiegel und zähle auf, wie weit ich in all den Jahren mit der systematischen Herausbildung meines Körpers gekommen bin. Kein Zweifel, meine Exzesse an Liegestützen, Rumpfbeugen und sonstigem Training haben aus mir einen Kerl gemacht, der nach etwas aussieht. Und zwar nach dem Gehäuteten aus dem Larousse, der im Übrigen im Spiegelrahmen klemmt. Der Vergleich zeigt, alle Muskeln sind vorhanden, zudem gut sichtbar, der große Brust-, der Delta-, der Bauch- und der vordere Schienbeinmuskel, die Bizepse und anderen Beuger, und wenn ich mich umdrehe, der große Gesäß-, der Zwillingswaden-, der breite Rücken-, der Kapuzenmuskel und die diversen Beugemuskeln, nichts fehlt, der Gehäutete ist mein perfektes Ebenbild, ein echter Erfolg, Grund genug für ein Leben vor dem Spiegel. Ich, der ich »wirklich einem Nichts« glich, gleiche jetzt dem Lexikon! Zudem habe ich keine Angst mehr. Vor nichts. Nicht einmal mehr davor, Angst zu haben. Keine Angst, die nicht dank derselben Willensübung zu bezwingen wäre, die diesen Körper modelliert hat. Soll ruhig mal einer zum Beweis mir nach dem Leben trachten oder mich an einen Baum fesseln wollen! Ist ja schön, Junge, aber dieses Meisterwerk an physischer und geistiger Ausgewogenheit hat den Toten Mann gemacht, als du neben der schönen Violaine lagst. Armes Bürschchen, gleichst *wirklich* einem Nichts. Zurück zum Training und an den Schreibtisch, arbeite an deinem Körper und für die Prüfungen im Concours, dich »stählen« und »jemand werden« ist alles, wozu du taugst. Mein Gott, dieses Gefühl, *nicht zu existieren*, das ein schlaff gebliebenes Geschlechtsteil beim Mann hinterlässt! Dabei habe ich es doch Gott weiß wie oft in der Hand gehabt! Apropos, wie oft wohl? Wie oft hat meine Begierde es modelliert? Hundert Mal? Tausend Mal? Geäderter Ast, den allein schon die Kraft der Evokation vor Blut bald platzen lässt! Wie viel

Sperma haben diese herrlichen Eruptionen eines jungfräulichen Knaben schon in die Welt geschleudert? Das muss sich doch auch berechnen lassen. Ganze Liter? Aus den Tiefen heraufgeholt beim Mannsein-Spielen vor den geklauten Postkarten des armen Bruders Delaroué. Und dann dieser tote Körper in Violaines Bett. Der nicht einmal zum Tanzen taugt. Grotesk während der Präliminarien, nicht existent im Moment der Tat. Wodurch gelähmt, mein Lieber, wenn nicht durch diese Angst, die bezwungen zu haben du dich brüstest? Das sind die Dinge, die ich mir, mehr oder minder diffus, heute Morgen nackt vor dem Spiegel angesichts des Gehäuteten aus dem Larousse sagte. Und das nächste Mal? Wie wird das nächste Mal laufen? In welcher *geistigen Verfassung* wird dein Körper sich künftig dem Körper einer Frau zu nähern wagen? Das waren die Dinge, die ich mir heute Morgen sagte, das ist es, was ich jetzt niederschreibe, während ich den Gehäuteten immer noch vor Augen habe. Plötzlich dieses Detail: *Auch zwischen den Beinen des Gehäuteten befindet sich nichts!* Keine Darstellung von Penis und Hodensack! Die beiden nächstgelegenen bezeichneten Muskeln sind der Lenden- und der Kammmuskel, die mit der Sache nichts zu tun haben. Der Gehäutete hat nichts zwischen den Beinen! Der Penis ist also kein Muskel, gut. Dann ein Organ? Eine Gliedmaße? Die fünfte Gliedmaße? Von welcher Beschaffenheit? Spongiös. Ein Schwamm voller Blut. Aber auch bei dem Gehäuteten auf der Abbildung mit dem Blutkreislauf eine Leerstelle! Gefäßversorgung bis in die Leistenbeuge, aber nichts über die Vaskularisation, die Leben in das Glied bringt, das Leben in Gang setzt. Nichts zwischen den Beinen. Offenbar ist der Penis aus der Larousse-Familie verbannt. Schamteil. Die Höhle des Heiligen Geistes. Sieh zu, wie du damit zurechtkommst. Monsieur Larousse ist ein Eunuch.

19 Jahre, 2 Monate, 22 Tage Freitag, 1. Januar 1943

Ein Detail, das zu notieren ich vergessen habe. Mama kam herein und sah mich nackt vor meinem Spiegel: Was ist denn mit dir los, hältst du dich für schön?

19 Jahre, 2 Monate, 24 Tage Sonntag, 3. Januar 1943

Männliches Geschlechtsorgan: Penis, Glied, Schwanz, Pimmel, Teil, Schniepel, Pinsel, Latte, Zuzzel, Rute, Kolben, Schaft, Liebesknochen, Spielbein usw. Hoden: Sack, Eier, Klicker, Kugeln, Murmeln, Liebesdrüsen, Datteln, Nüsse, Klöten usf. Ausschweifende Lexik für jenen Genitalapparat, dessen Abbildung den Physiologen widerstrebt.

19 Jahre, 3 Monate, 4 Tage Donnerstag, 14. Januar 1943

Unerwartetes Nachspiel der Violaine-Geschichte. Auftakt ist ein Krach mit Étienne auf offener Straße. Er findet mein Benehmen gegenüber der Schwester seines Freundes Hervé »unsäglich«. Erst lockst du das Mädchen in deine Bude und dann rührst du sie nicht an, begreifst du überhaupt, wie demütigend das ist? Und wie steh ich jetzt Hervé gegenüber da? Schließlich habe ich dafür gesorgt, dass du eingeladen wirst! Étienne außer sich und ich kurz davor, ihm eine reinzuhauen. Zum Glück hielt mich eine Bemerkung von ihm noch ab: Gut, hübsch ist sie ja nicht gerade, die Kleine, aber umso mehr! Hättest du auch vorher merken können, ihr seid euch ja nicht zum ersten Mal begegnet! Seit Monaten liegt sie ihrem Bruder mit dir in den Ohren! Und jetzt ist sie seit Tagen in Tränen aufgelöst! Sei froh, dass du noch lebst, ich konnte Hervé nur mit Mühe zur Raison bringen! Nicht hübsch? Violaine? Ja, sie hält sich für hässlich hat mir ihr Bruder gesagt, reizloses Gesicht, zu platt, ein Karpfengesicht meint sie, und zu blass, findest du sie nicht auch ein bisschen hässlich? Violaine hässlich, ich, nein, finde ich nicht. Überhaupt nicht! Gütiger Gott, da glaubt diese Wunderschönheit, sie sei wegen Hässlichkeit verschmäht worden! Und Schuld habe ich! Violaine, gekränkt bis zu Tränen! Allein vor einem Spiegel des Leidens! So wie ich! Scham, Angst, Unwissenheit und Einsamkeit in beiden Lagern also?

19 Jahre, 3 Monate, 6 Tage — Samstag, 16. Januar 1943

Heute Abend hat Étienne, im löblichen Versuch, das Eis zwischen uns zu brechen, die paradoxe Komik der Situation unterstrichen: Ein Bruder, der tobt, weil seine Schwester nicht entehrt wurde – ist schon was, das moderne Leben! Also habe ich ihm alles erzählt. Er darauf, ganz Praktiker: Fiasko, weil du noch Jungfrau bist? Mach es wie alle, geh ins Bordell, eine ausgezeichnete Schule! Warst du schon dort? Nein. Und Rouard? Auch nicht. Und Malemain? Der wollte dann nicht, sagt er, weil die Nutte sich als Pétain-Anhängerin herausgestellt hat.

Damit war unser Gespräch zu Ende.

*

NOTIZ FÜR LISON

Liebe Lison,

an dieser Stelle eine Notiz zum historischen Kontext. »In der Zwischenzeit«, wie es in den Comics deiner Kindheit hieß, erlebte Marseille die Attentate am Vieux Port, und zwar am 3. Januar. In einem für die Wehrmacht reservierten Bordell ging eine Bombe hoch, eine zweite im Speisesaal des Hôtel Splendide. Es gab zahlreiche Opfer, bei den Razzien, die folgten, verschwand mein Freund Zafran für immer. Kurz darauf sprengten die Deutschen das Panier-Viertel: 1500 Wohnhäuser in Schutt und Asche, das Trommelfell meines linken Ohrs für eine Weile perforiert. Ende Januar wurde die Milice française geschaffen, und Anfang Februar begann die verschärfte Rekrutierung von Zwangsarbeitern. Denen, die von dieser Zuspitzung der Lage deprimiert waren, erklärte Étienne, er halte das ganz im Gegenteil für eine entscheidende Wende im Krieg, die Boches würden nervös, dies sei der Anfang vom Ende der Nazis. Er hatte Recht.

*

19 Jahre, 6 Monate, 9 Tage — Montag, 19. April 1943

Allgemeine Schlägerei im Refektorium. Auslöser war Zafrans Verschwinden. Malemain, der sich Zafrans Sache zu eigen machte, geriet in einen Hinterhalt. Ich schlug wild und hart zu, um ihn freizubekommen. Vermutlich verzehnfachte Energie aufgrund meiner sexuellen Demütigung. Geehrte Damen und Herren, nehmen Sie sich vor sexuell zurückgebliebenen Grünschnäbeln in Acht, in ihnen stecken künftige Mörder. Wenigstens auf diesem Terrain gehorchte mir mein Körper. Dank meiner perfekten Kenntnisse des Gehäuteten hieb ich mit unbarmherziger Freude dort zu, wo es am meisten wehtat. Trunkenheit der furchtlos geschlagenen Schlacht! Aber Rouard und seine 85 Kilo waren auch nicht schlecht. Drohender Rausschmiss. Weitere Concours-Vorbereitung als Externer. Sofern sie mich überhaupt zu den Prüfungen zulassen …

19 Jahre, 6 Monate, 13 Tage Freitag, den 23. April 1943

Im Zug, der mich – Begründung für den Schulausschluss schwarz auf weiß in der Tasche – nach Hause bringt, treffe ich Étienne. Als habe er es gerade in dem Medizinbuch gelesen, das auf seinen Knien liegt, fragt er mit heiligem Ernst unsere drei Abteilgefährten – zwei Männer, eine Frau –, ob sie wüssten, dass die Nerven und Arterien, von denen unsere Genitalien abhängen, *Schamnerven* und *Schamarterien* heißen. Man sieht von der Zeitung auf, löst die Augen von der Landschaft, tauscht fragende Blicke, ja nein, gestehen die drei mit geniertem Lächeln, das habe man nicht gewusst. Étienne, jetzt in scharfem Ton, das sei doch einfach skandalös in diesen revolutionären Zeiten. Er wirft einen Blick auf den Umschlag seines Buchs, liest den Namen des Verfassers laut vor und verkündet, die Fortpflanzungsorgane als Gegenstand der Scham zu betrachten, während der Maréchal uns Sonntag für Sonntag ermahnt, Frankreich wiederzubevölkern, das ist entschieden antipatriotisch! Und Sie, Monsieur, der Sie sich für die Frage nicht zu interessieren scheinen, fragt er mich, als würden wir uns nicht kennen, was sagen Sie dazu? Ich gebe mich überrascht, dann mache ich, schüchtern und unsere drei Reisegefährten mit dem Blick befragend, den Vorschlag, die oben genannten Nerven und Arterien sollten in *Nerven der Nationalen Wiederaufrichtung* und *Arterien der Kinderreichen Familie* umbenannt werden. Niemand bemerkt den Ulk, alle setzen eine nachdenkliche Miene auf. Und stimmen mir sehr ernst zu. Die Dame hat sogar noch weitere Vorschläge.

Widerwärtige Epoche.

19 Jahre, 6 Monate, 16 Tage Ostermontag, 26. April 1943

Fermantin ist mit zwei Typen gekommen, um mich anzuwerben. Er weiß nicht, dass ich geflogen bin, sondern glaubt, ich hätte Ferien. Mama begrüßt ihn freudig und schickt ihn zu mir ins Zimmer. In seiner Uniform und der Miliz-Baskenmütze hat er etwas sehr Commedia-dell'Arte-haftes. Allerdings ins Unkomische gewendet. Ich hatte gerade für die Prüfungen gelernt und erklärte in einer dieser »Haltungzeigen«-Anwandlungen, die mich bei anderen zum Lachen reizen, meinem alten Schulkumpel, dass ich nie in die Miliz eintreten würde, schon allein es mir anzutragen sei eine Beleidigung. Er drehte sich zu seinen Komparsen um (die ich nicht kannte, einer trug ebenfalls Uniform) und sagte: Eine Beleidigung? Nein doch, das hier ist eine Beleidigung! Und spuckte mir ins Gesicht. Fermantin bespeit von klein auf jeden und alles, ich war einer der wenigen noch trocken Davongekommenen; folglich kam der Spuckeklumpen zwar überraschend, ohne mich freilich zu überraschen. Da Letzteres Ersteres auszugleichen vermochte, gelang es mir, ruhig zu bleiben. Ich zeigte keine Reaktion, versuchte nicht einmal auszuweichen. Ich hörte das »Pfüt«, sah den Klumpen auf mich zufliegen, spürte, wie er auf meiner Stirn aufprallte und dann zwischen Nasenrücken und linkem Backenknochen abwärtsglitt, beinah wie ein Spritzer lauwarmen Wassers, wirklich. Ich wischte ihn nicht weg. Ich konzentrierte mich ganz auf die sensorische Empfindung – recht banal –, wodurch das als entehrend geltende Symbol seine Symbolkraft verlor. Hätte ich reagiert, sie hätten mich fertiggemacht. Speichel rinnt weniger schnell die Haut hinab als Wasser. Er ist schaumig und bewegt sich ruckweise voran. Er trocknet, ohne recht zu verdunsten. Einer der beiden anderen Typen – der in Uniform (er und Fermantin waren bewaffnet) – sagte, wir rekrutieren sowieso nur Männer. Ich griff den Fehdehandschuh nicht auf. Ich spürte, wie der Rest des Spuckeklumpens an meinem linken Mundwinkel zitterte. Kurz ging mir durch den Kopf, dass ich ihn mit der Zunge abpflücken und dem Absender zurückexpedieren könnte, aber ich verzichtete darauf, ich hatte der Haltung schon genug geopfert. Wir sehen uns wieder, sagte Fermantin, ohne mich aus den Augen zu lassen. Und noch einmal, theatralisch, während er rückwärts aus dem Zimmer ging und mit dem Finger auf mich zeigte: Wir sehen uns wieder du Schwuchtel. Das schreibe ich, bevor ich weiterlerne. Morgen verdufte ich nach Mérac.

4

21–36 JAHRE
(1945–1960)

Monas Zeichensetzung der Liebe:
Überlassen Sie mir dieses Komma,
damit ich daraus ein Ausrufezeichen mache.

NOTIZ FÜR LISON

Liebe Lison,

dir wird auffallen, dass nach diesem tätlichen Angriff eine Lücke von zwei Jahren klafft. Der Grund hierfür ist, dass Fermantin und seine Kumpane doch tatsächlich in Mérac auftauchten, in der Absicht, meinem Schicksal eine üble Wendung zu geben. Glücklicherweise hat Tijo sie rechtzeitig gesehen (er war damals erst neun, besaß aber bereits die dir bekannte Geistesgegenwart) und warnte mich, so dass ich verschwinden konnte. Danach blieb mir natürlich nichts anderes übrig, als mich dem Maquis anzuschließen. Manès führte mich ein. Ich wusste nicht, dass er und Robert dazugehörten. Er redete, als lasse er kein gutes Haar an der Résistance, und er war jemand, dem man aufs Wort glaubte. Da er aber deshalb noch lange nichts Gutes über die Besatzer sagte, bewahrte er sich seinen Ruf als Eigenbrötler, dem man lieber nicht zu nahe kam. Dass Manès KP-Mitglied war, gehörte zu den großen Überraschungen meines Lebens. Er ist übrigens bis zum Schluss Kommunist geblieben, trotz Berliner Mauer, trotz Ungarn, trotz

Gulag und Entstalinisierung, trotz allem. Manès war kein Mann der tausend Ideen.
Wenn ich euch von diesem Abschnitt meiner jungen Jahre nichts erzählt habe, so deshalb, weil ich letztlich nur ein Widerständler aus Zufall war. Ohne Fermantins kleine Truppe hätte ich wahrscheinlich bis zum Ende des Krieges auf meinen Kleiesack eingedroschen und die Nase in meine Bücher gesteckt. Mich durch gute Leistungen hervorzutun, Diplome zu sammeln, mir eine Stellung zu erobern, das war der Tribut, den ich dem Andenken meines Vaters zu zollen hatte. Und vor allem durfte ich nicht zur Waffe greifen! Er hätte mich verflucht! »Was mich an der menschlichen Gattung am meisten verzweifeln lässt, ist nicht, dass sie ihre Zeit damit verbringt, sich gegenseitig umzubringen«, sagte er, »sondern dass sie dabei überlebt.« Es bedurfte schon eines aufprallenden Spuckeklumpens, um mich ins Getümmel zu katapultieren. Mein Engagement ist einzig und allein den Gesetzen der Ballistik geschuldet.
Kurz, vom Frühjahr 1943 bis zum Frühjahr 1945 (Eingliederung in die Armee von General de Lattre), musste ich meine Bücher vergessen. Ebenso mein Journal. Die lange Spur, die unser Schreiben hinterlässt, ist mit einem Leben im Untergrund unvereinbar. Zu viele Kameraden starben, weil sie geschrieben hatten! Keine Tagebücher, keine Briefe, keine Notizen, keine Adressbücher, keine Spuren. Vor allem nicht während der Verbindungsmissionen, mit denen ich in den letzten zehn Monaten betraut war! Während all dieser Zeit interessierte ich mich nicht für meinen Körper. Genauer, nicht für ihn als Gegenstand der Beobachtung. Es gab andere Prioritäten. Am Leben zu bleiben beispielsweise, die Ausführung der Aufgaben und Missionen zu sichern und da-

für zu sorgen, dass während der endlosen Wochen, in denen nichts passierte, ich in einem Zustand äußerster Wachsamkeit blieb. Das Leben eines Soldaten im Untergrund gleicht dem eines Krokodils: Reglos im Verborgenen liegen, plötzlich auftauchen, zuschlagen und genauso schnell wieder abtauchen, um erneut zu warten. Zwischen den Aktionen auf der Hut bleiben, die Nerven bewahren, verstärkt trainieren, stets mit dem ganz und gar Unvorhersehbaren rechnen. Die äußeren Bedrohungen halten die kleinen Überraschungen des Körpers in Schach.

Ich weiß nicht, ob je einer die Frage der Gesundheit in Untergrundkriegen näher untersucht hat, es wäre jedenfalls ein lohnendes Thema. Es gab nur wenige Kranke unter uns. Wir muteten unserem Körper alles zu: Hunger, Durst, Unbequemlichkeit, Schlaflosigkeit, Erschöpfung, Angst, Einsamkeit, Isolation, Langeweile, Verwundungen, er revoltierte nicht. Wir wurden nicht krank. Vielleicht mal eine Ruhr oder eine rasch wieder durch dienstliche Erfordernisse abgeschüttelte Erkältung, nichts Ernstes. Wir schliefen mit leerem Magen, marschierten mit verstauchtem Knöchel und boten keinen schönen Anblick, aber krank wurden wir nicht. Ich weiß nicht, ob diese Beobachtung für alle Einheiten gilt, jedenfalls gilt sie für meine. Ganz anders erging es den Jungs, die von der STO geschnappt und zum Arbeiten nach Deutschland geschickt wurden. Es erwischte sie massenweise. Unfälle, Nervenzusammenbrüche, Epidemien, Infektionen aller Art und Selbstverstümmelungen derer, die abhauen wollten, lichteten die Reihen in den Werkhallen; diese kostenlosen Arbeitskräfte zahlten mit ihrer Gesundheit für eine Plackerei, die nur auf ihren Körper aus war. Uns dagegen trieb der Geist an. Wie immer man ihn nannte, Geist der Revolte, Patriotismus, Hass auf die Besatzer, Wunsch nach Rache, Kampflust, politische Ideale, Brüderlichkeit, Aussicht auf Befreiung, was immer es war, es hielt uns bei guter Gesundheit. Unser Geist stellte unseren Körper in den Dienst eines großen kämpfenden Körpers. Das verhinderte natürlich nicht Rivalitäten, jede politische Strömung hatte ihre eigene Idee von einem befreiten Frankreich und bereitete den Frieden auf ihre Weise vor, aber im Kampf gegen die Eroberer schien mir die Résistance trotz all ihrer Uneinheitlichkeit doch ein einziger Körper zu sein. Kaum herrschte Frieden, gab dieser große eine Körper jeden von uns seinem eigenen Haufen von Zellen und also seinen Widersprüchen zurück.

In den letzten Kriegswochen lernte ich deine von dir so geliebte Fanche kennen. Obwohl keine Ärztin, praktizierte sie in einer aufgelassenen Ziegelei, die vor Verwundeten aus allen Nähten platzte, als sei sie mit dem Chirurgenmesser zur Welt gekommen. Wie du weißt, verdanke ich es Fanche, dass ich meinen Arm noch habe. Aber was du nicht weißt: Ich habe ihr die Technik der akustischen Anästhesie nach Violette beigebracht, die sie fortan mit Erfolg anwendete. Beim Wechseln unserer Verbände brüllte sie dermaßen, dass der Schmerz sich in die Tiefen unseres Hirns zurückzog. Und noch etwas weißt du nicht: Trotz ihres quadratischen Schädels, der geschlitzten Augen, des Gallo-Akzents und ihres starken Charakters war Fanche nicht bretonischer als du oder ich. Sie war eine kleine Conchita, Tochter von Spaniern, die in der Bretagne Zuflucht gefunden hatten und ihr Kind aus Dankbarkeit gegenüber unserer Republik fortan Françoise nannten. Fanche ist die Koseform der männlichen Namensvariante, und so getauft haben sie ihre kleinen bretonischen Freunde. Zu Ehren des Jungen, der an ihr verloren gegangen war.

*

21 Jahre, 9 Monate, 4 Tage   Samstag, 14. Juli 1945

Im Namen der provisorischen Regierung der französischen Republik und kraft meines Amtes …

Worüber habe ich geheult während der Zeremonie? Seit Violettes Tod habe ich nicht mehr geheult. Außer in letzter Zeit vor Schmerzen wegen meines zertrümmerten Ellbogens. Kurz, ich heulte hemmungslos während der ganzen Zeremonie, ununterbrochen, ohne nachhelfende Schluchzer, als würde ich mich entleeren, und ohne mir die Tränen abzuwischen. Als Er uns unsere Orden anheftete, Fanche und mir, da lief ich noch immer aus, aber Er nahm keinen Anstoß daran, sondern sagte mit männlicher Stimme: Jetzt dürfen Sie! Und Er umarmte mich herzlich, obwohl ich klebte wie gummiertes Papier. Auch Er wischte sich die Tränen nicht ab. Ist schon was, das Heldentum! Nach zwei Jahren Unterbrechung möchte ich hier als erste Notiz über diese Tränen schreiben. Heute Morgen habe ich tatsächlich *alle Tränen meines Körpers vergossen,* wie man so sagt. Treffender wäre es zu sagen, dass mein Körper alle Tränen vergoss, die mein Geist während der unglaublichen Schlächterei aufgestaut hatte. Was die Tränen an Tränen herausspülen, unglaublich! Beim Weinen entleeren wir uns unendlich viel mehr als beim Pinkeln, wir reinigen uns unendlich viel gründlicher als bei jedem Bad in einem noch so klaren See, beim Weinen stellen wir nach der Ankunft am Ziel die Last des

Geistes auf dem Perron ab. Und wenn die Seele schließlich ausgelaufen ist, können wir das Wiedersehen mit dem Körper feiern. Meiner wird heute Nacht gut schlafen. Ich denke, ich habe vor Erleichterung geheult. Es ist vorbei. Genau genommen zwar schon seit einigen Monaten, aber ich brauchte diese Zeremonie, um mit dieser Phase abschließen zu können. Es ist aus und vorbei. Schluss. Genau dies hat Er ausgezeichnet: das Ende eines Lebens *im Widerstand*. Ehre den Tränen!

21 Jahre, 11 Monate, 7 Tage   Montag, 17. September 1945

Ich lerne wieder für die Aufnahmeprüfungen. Und habe sofort die physischen Empfindungen der geistigen Arbeit wiedergefunden. Die bebende Stille der Bücher, die Oberflächenstruktur ihrer Seiten unter den Fingerkuppen, das Kratzen der Feder über die Fasern des Papiers, der herbe Geruch des Klebers, die Reflexe der Tinte, die Schwere des reglosen Körpers, das Kribbeln in den Zehen, weil ich die Beine zu lang übereinandergeschlagen habe, was mich plötzlich aufspringen und auf meinen Kleiesack eindreschen lässt, Tänzeln und Zuhauen, rechte Geraden, linke Geraden, Haken, Uppercuts, Schlagserien, und nächste Runde (ich kann meinen linken Arm natürlich nicht mehr ganz strecken, aber Haken und Uppercuts gehen allemal noch), indes schwirren Verse im Rhythmus des Boxens durch meinen Kopf, das Hirn käut die jahrhundertealten Sätze wieder, während meine Füße tänzeln, meine Fäuste zuschlagen und der Schweiß mir läuft, dann die Kühle des mit hohler Hand aus dem Waschkessel geschöpften Wassers: Erfrischen, abtrocknen, Hemd anziehen, und zurück an die Arbeit, los an die Arbeit, und erneut das reglose Sitzen, dieses Gefühl, über den Seiten zu schweben! Der Wanderfalke kreist über dem weiten Feld der gedruckten Seiten, duckt euch weg, liebe Gedanken, Beute und Nahrung mein, ich schlucke euch nicht nur, ich werde euch auch verdauen, ihr künftiges Fleisch meines Kopfes! Zum Teufel, wohin versteige ich mich? Schluss für heute Abend, meine Lider haben ihr Sandgewicht und meine Feder ist nicht mehr bei Sinnen. Schlafen wir. *Wir wollen uns auf die Erde legen und schlafen.*

21 Jahre, 11 Monate, 10 Tage   Donnerstag, 20. September 1945

Habe mir eine Pause gegönnt und eine ganze Reihe meiner Journalhefte wiedergelesen (Tijo gab sie mir neulich zurück. Er hatte sie versteckt – »ohne drin zu lesen, ich schwörs dir!«). Überrascht und tief bewegt bin ich dabei Dodo wiederbegegnet. Dodo, den ich mir, solange ich bei Mama lebte, als *physischen* Begleiter ersonnen hatte, Dodo, mein kleiner fiktiver Bruder, Dodo, dem ich das Pinkeln beibrachte, Dodo, dem ich beibrachte zu essen, was er nicht mochte, Dodo, dem ich Ausdauer beibrachte, Dodo, den ich in sexuellen Dingen unterrichtete: Hol mir einen runter, kleiner Dodo, in mir steigen die Säfte! Dodo, den ich insgeheim gegen die feierliche, so dünkelhafte wie verlogene Dummheit meiner Mutter erzog. Ich kann nicht sagen, dass Dodo ich war, nein, aber er war eine überzeugende Inkarnationsübung. Ich spürte mich kaum leben – kaum existent – zwischen diesem sterbenden Vater und den Lügen, die diese Mutter »das Leben« nannte, das Leben *ist nicht* dies, das Leben *ist nicht* das … So ausgedacht er auch war, Dodos kleiner fiebriger Körper (ich hörte seinen regelmäßigen Atem an meinem Ohr, wenn die Angst ihn aus seinem Bett in meines getrieben hatte), er war unvergleichlich viel realer und konkreter als »das Leben« nach Sancta Mama. Jetzt beim Schreiben wird mir plötzlich klar, dass in all den nun zurückliegenden Jahren Pétains Stimme für mich klang, als doubele sie die meiner Mutter. Was dieses Zitterstimmchen vom Leben zu Gehör brachte, wenn es vom Vaterland redete, war dieselbe uralte, ängstliche, scheinheilige, starre und lächerliche Lüge. Es war Dodo, der in meinem tiefsten Innern in den Widerstand ging. Und es war Dodo, der ausgezeichnet wurde. Wenigstens wird er sich nicht damit brüsten, so viel steht fest.

22 Jahre, 3 Monate, 1 Tag — Freitag, 11. Januar 1946

Der wiedergefundene Geschmack des Kaffees nach all den Zichorie-Jahren! Des schwarzen, starken, bitteren Kaffees. Dieses Beißen im Mund, das der Zunge, sobald der Schluck die Kehle hinunter ist, ein zufriedenes Schnalzen entlockt. Dieses Brennen hinter dem Brustbein, das aufpeitscht und wach macht, das Herz beschleunigt und die Neuronen in Bewegung versetzt. Oftmals ekelhaft, nebenbei. Ich habe den Eindruck, als sei der Kaffee vor dem Krieg besser gewesen. Aber warum sollte er heute weniger gut sein? Sehnsucht nach einem Früher?

22 Jahre, 5 Monate, 17 Tage — Mittwoch, 27. März 1946

Die Albträume. Ich hatte selten welche in den letzten zwei Jahren. Mit dem Frieden gehen sie wieder zur Offensive über. Ich betrachte sie nicht als Produkt des Geistes, sondern als Hirnausscheidungen meines Organismus. Daher der Entschluss, sie durch Aufschreiben einzudämmen. Blöckchen nebens Bett und gleich beim Erwachen den Nachtmahr festgehalten. Eine Übung mit zweierlei Wirkung auf die Träume. Es verleiht ihnen eine erzählerische Struktur und nimmt ihnen alles Furchteinflößende. Sie sind nicht länger Gegenstand der Angst, sondern der Neugier. Als wüssten sie, dass ich darauf warte, sie aufzuschreiben, und würden glauben, ich erwiese ihnen damit literarische Ehren, die Blödhammel! So düster sie bleiben, Albtraumqualitäten besitzen sie nicht mehr. Gerade heute Nacht habe ich im gruseligsten Augenblick klar und deutlich gedacht: Nicht vergessen, das beim Aufwachen festzuhalten. Das: in diesem Fall den abgerissenen Arm des Gendarmen aus Rosans, wie er auf den Himmel schreibt.

22 Jahre, 6 Monate, 28 Tage   Mittwoch, 8. Mai 1946

Erster Jahrestag des Sieges. Man könnte meinen, die Krankheiten, vor denen mich die Monate im Untergrund geschützt haben, brächen zu seiner Feier alle gleichzeitig aus: Schnupfen, Koliken, Schlaflosigkeit, Albträume, Angstattacken, Fieberanfälle, lückenhaftes Gedächtnis (meine Uhr und mein Portemonnaie verlegt, Fanches Adresse, das ganze Kursmaterial zu Sueton, sämtliche Übungsunterlagen etc. verloren). Kurz, mein Körper spielt verrückt. Man könnte meinen, er knüpfe über Nacht wieder an jenen zu Fieber neigenden Körper an, den ich als Kind besaß. (Halb so wild, sagte Violette, dir gehen die Nerven durch.) Jedenfalls wachte ich heute Morgen mit blankliegenden Nerven, verstopfter Nase, brodelndem

Gedärm, zusammengeschnürter Kehle und 38,2 Temperatur auf. Eine Erkältung trotz mehrerer Lagen Decken, und Dünnpfiff nach einem erstklassigen Eintopf. Sollte mein Körper gegen den wiedergefundenen Komfort rebellieren? Was die Angst betrifft, so genügten zwei Stunden Arbeit, damit der Kloß im Hals sich in Nichts auflöste: habe den guten alten Plinius übersetzt, das beruhigte. Die Ruhr dagegen macht mich fertig, ich kann kaum noch am Sack boxen. Es lebe der Krieg als Voraussetzung für eine gute Gesundheit? Während der zwei Jahre jedenfalls, in denen ich mich in den Totentanz eingereiht hatte, gingen der Welt die Nerven an meiner Stelle durch.

23 Jahre Donnerstag, 10. Oktober 1946

In Paris vom Zug aus gleich zu Fanche gegangen. Es ist der Tag vor meinem Vorstellungsgespräch im Ministerium. Fanche fragt mich, ob ich weiß, wo ich schlafe. Im Hotel, im 14. Arrondissement. Im Hotel, mein Knaller, niemals, solange ich lebe, schon gar nicht an deinem Geburtstag. (Sieh her, Fanche hat sich dies Detail gemerkt!) Sie nimmt mich zu ein paar Musikern mit, die in einer weitläufigen requirierten Wohnung am Boulevard Rochechouart hausen. Es wird getrunken, viel gelacht, kräftig zugelangt und sich auch sonst wenig zurückgehalten. Kurz, es geht hoch her. Und das ist gut so. Dann Aufbruch in einen Keller. Fanche kennt einen in der Rue Oberkampf, einen Luftschutzkeller, jetzt ein verrückter Schuppen: Los, komm! Ich zögere. Ich bin müde. Mir steckt noch die Bahnfahrt in den Knochen. Außerdem darf ich morgen das Gespräch nicht verpatzen. Sonst kann ich mich gleich wieder in meinen Bau verkriechen. Nein, danke, ich leg mich aufs Ohr.

Fanche zeigt mir ein Zimmer: Da, dein Bett! Möchtest du ein Bad nehmen? Ein Bad? In einer echten Badewanne? Ginge das? Wiederherstellung meines von der siebzehnstündigen Bahnfahrt zerschlagenen Leibs. Danach schlafe ich sofort ein, nackt und warm. Um mitten in der Nacht aufzuwachen. Jemand ist unter meine Decke geschlüpft. Ein Körper so nackt und warm wie mein eigener, volle weibliche Formen wie es weiblicher nicht geht, drei Worte nur, pscht, stillgehalten, lass mich machen, und sie verschluckt mich, mein Schwanz richtet sich sofort auf, wird in ihrem Mund rühmliches, authentisches, beständiges Fleisch, während zwei Hände über meinen Bauch streichen, den Brustkorb hinaufwandern, die Schultern nachzeichnen, über Arme und Hüften wieder hinabgleiten, an mir entlangfahren wie Töpferhände, meine Schenkel umfassen, die sich vertrauensvoll in sie schmiegen und sanft geknetet werden, indes zarte, fleischige Lippen und eine weiche Zunge ihr Werk verrichten, oh! mach weiter, bitte mach weiter, aber ich spüre, wie die heiße Masse in mir steigt und mein Bauch der sich anspannt, halt dich zurück Junge, halt dich zurück, beende nicht diese Ewigkeit, aber wie hält einer einen ausbrechenden Vulkan zurück und womit, es reicht nicht, die Fäuste zu ballen, die Lider fest aufeinanderzupressen, mir auf die Lippen zu beißen, mich unter meiner Reiterin aufzubäumen, die ich unter keinen Umständen abwerfen will, es hilft alles nichts, ich komme gleich, Gestammel, hör auf, langsam, warte hör auf, hör auf, und meine Hände schieben ihre Schultern zurück, warte warte, aber so rund diese Schultern so fleischig, dass meine Finger Verräter verfluchte nicht von ihnen lassen, sondern sie katzenpfötig betapsen, und ich weiß, ich kann mich nicht länger zurückhalten, das weiß ich, und der guterzogene Junge sagt sich auf einmal, nicht in ihrem Mund, *das gehört sich bestimmt nicht,* ja mit Sicherheit nicht, nicht in ihrem Mund, aber sie schiebt meine Hände weg und behält mich dort, während ich aus den tiefsten Tiefen komme, behält mich in ihrem Mund und trinkt lange, geduldig, entschlossen und vollständig das Sperma meiner Entjungferung.

Danach gleitet sie hinauf an mein Ohr, und ich höre sie flüstern: Fanche hat uns gesagt, du hättest Geburtstag, und da habe ich gedacht, ich wäre vielleicht ein annehmbares Geschenk.

23 Jahre, 3 Tage Sonntag, 13. Oktober 1946

Mein Geburtstagsgeschenk heißt Suzanne und ist aus Québec zu uns herübergekommen, als Sprengstoffspezialistin, genauer Minenräumerin, auch *ein Handwerk, das Geduld und Präzision verlangt*. Dank Suzanne verlief mein Gespräch im Ministerium gut. Ich strotzte vor Lebenskraft. Es gibt schlaflose Nächte und schlaflose Nächte. Wir haben uns nämlich, wie Suzanne ungeniert im großen Frühstückskreis bekanntgab, »durch die Nacht geliebt«, denn ausgeschlossen, sich mit einem einfachen »Mundstück« zufriedenzugeben, nach meiner kam ihre »Runde der Lust«, dann wieder meine, dann unsere gemeinsame, synchrone Explosion diesmal, und noch eine oder zwei »Karussellrunden«, denn »ihr glaubt ja gar nicht, was das Herzblatt da an Liebesmengen in Reserve hat!«. Alles mit unverkennbar quebecischem Zungenschlag, und in meiner Phantasie überspringen Sprachfärbungen die Jahrhunderte und Ozeane. Während die Frühstücksgesellschaft lachte, kam mir der Gedanke, dass Louise Labé ihre Verse beim Dichten mit Suzannes Akzent vor sich hergesagt haben könnte, oder Corneille, den Fanche passenderweise gerade zitierte: *Das Verlangen wächst, sobald die Wirkung schwindet.*

23 Jahre, 4 Tage Montag, 14. Oktober 1946

Ich liebe das Körperliche der Akzente!

23 Jahre, 5 Tage Dienstag, 15. Oktober 1946

Im Gegenüber von altem Bürochef und jungem Aspiranten liegt etwas Physisches, beinah Animalisches, jedenfalls Urgeschlechtliches. Zumindest hat das Vorstellungsgespräch genau diesen Eindruck in mir hinterlassen. Zwei Männchen, die einander belauern. Das alte Alphatier und das nachrückende Jungtier. Keinerlei Wohlwollen beim Beschnuppern der Kenntnisse und Absichten. Was hast du zu bieten, und womit muss ich rechnen?, ist abzulesen auf dem Vorgesetztenrüssel, und auf dem Maul des Anwärters bebt die Frage: Welche Falle stellst du mir? Zwei Generationen, die aufeinandertreffen, die aussterbende und die aufsteigende. Das verläuft niemals freundlich. Allem Anschein zum Trotz ändern Bildung und Diplome daran wenig. Hier konkurrieren die Eier. Bist du würdig, die Kaste fortzusetzen? Nichts anderes interessiert den Chef. Hast du es verdient, noch ein Weilchen zu leben? Nichts anderes will der Anwärter wissen. Drohgrunzen hier und Drohgrunzen da, unter einer Glocke aus ranzigem und frischem Spermageruch.

23 Jahre, 16 Tage Samstag, 26. Oktober 1946

Vorhin, nach der Liebe, als ich klatschnass, ausgepumpt, besänftigt und schon halb weggedöst flach auf dem Bauch lag, spürte ich, kühl und in unregelmäßigen Abständen, Tropfen auf meinen Rücken, meine Schenkel, meinen Hals, meine Schultern fallen. Ein langsames, köstliches Tröpfeln, das umso herrlicher war, als ich nicht wusste, wann und wohin der nächste Tropfen fallen würde, und jeder einzelne ließ mich eine bestimmte Stelle meines Körpers entdecken, die bis dahin scheinbar unberührt geblieben war. Irgendwann drehte ich mich um: Suzanne kniete, ein Glas Wasser in der Hand, über mir und bespritzte mich Fingerkuppe für Fingerkuppe so konzentriert, als kauere sie über einer Mine. Ihre von Sommersprossen und Muttermalen gestirnte Haut gleicht einem nächtlichen Himmel. Mit dem Kugelschreiber zog ich die Sternkarte des Monats nach, Großer Bär, Kleiner Bär usw. Jetzt bist du an der Reihe, sagte sie schließlich, sehen wir mal nach *deinem Himmel und deinen Konstellationen*. Aber nichts zu finden auf meiner Haut, weder auf der Vorder- noch der Rückseite, kein Muttermal, nichts. Ein leeres Blatt. Was mich verdrießt und Suzanne auf ihre Weise interpretiert: Du bist funkelnagelneu.

23 Jahre, 3 Monate, 11 Tage Dienstag, 21. Januar 1947

Suzanne ist abgereist, zurück nach Québec. Irgendwann sind Kriege für alle aus. Die Trennung haben wir würdevoll begangen:

Ein Kratzer auf der rechten Wange.

Eine Bisswunde im linken Ohrläppchen.

Ein Knutschfleck rechts am Hals, über der Schlagader.

Ein anderer links, unterhalb des Kinns.

Eine Bisswunde an der Oberlippe, blaugeschwollen.

Vier Kratzer, circa im Zentimeterabstand parallel verlaufend, vom Brustbein bis zur linken Brustwarze.

Ähnliche Schrammen im oberen Rückenbereich.

Ein Knutschfleck oberhalb der rechten Brustwarze.

Eine ziemlich tiefe Kratzspur im Daumenfleisch.

Die Eier bis an die Schmerzgrenze ausgesogen.

Und, letzte Signatur, ein Kussmund in meiner linken Leiste: »Wenn der Lippenstift verschwunden ist, musst du wieder anfangen zu leben.«

Fanche versorgt auch diesmal meine Wunden. Zum Beispiel, indem sie sagt, dass Suzanne nicht meines Geburtstags wegen zu mir ins Bett geschlüpft sei. Nein? Nein, mein Knaller, sie hatte einen Befehl: Sprengung deiner Jungfernschaft. Wirklich? Wirklich! Du hast uns irritiert. Ein keuscher Verbindungsagent ist eine Seltenheit. Die Gefahren, die Spannungen, da gingen die meisten von euch nach erfülltem Auftrag mit jemandem ins Bett. Kopulierten, was das Zeug hielt, um den Krieg abzuschütteln. Die Verbindungsagenten brauchten Lebensenergie und beschützende Arme, Männer wie Frauen! Nur du nicht. Das sprach sich herum. Das stachelte die Spekulationen an: Pfarrer? Jungfrau? Impotent? Kalte Hundeschnauze? Gebranntes Kind? Suzanne sondierte die Antwort auf unsere Fragen im Terrain. Die letzte Heldentat der Résistance, mein Knaller!

*

Fanche nannte mich »mein Knaller« seit jenem Nachmittag im März 45, als ein Minensplitter mir beinah den halben linken Arm abgerissen hätte. Das war nach der Schlacht bei Colmar auf einer Straße im Elsass. Ich saß am Steuer eines Traction avant und hatte, als sei der Krieg schon zu Ende, den Ellbogen unbekümmert auf dem Wagenschlag liegen. Und Fanche taufte ihre Patienten danach, wie sie verwundet worden waren. Mich »mein Knaller« wegen der Mine, Roland »meine Salve«: er war einem Hinterhalt entkommen, sein Gedärm zwischen den Händen, Edmond »meine Wanne«: ihm gelang es, ein Verhör zu überleben. Mein Knaller – sie hat mich bis zuletzt nie anders genannt.

*

23 Jahre, 3 Monate, 28 Tage — Freitag, 7. Februar 1947

Nach einer Erkältung wache ich jedes Mal morgens mit verstopfter Nase auf. Trocken, aber verstopft. Vor allem das linke Nasenloch. Verengt von Ausstülpungen der Schleimhaut, die ich sehr gut ertasten kann, wenn ich mit dem Zeigefinger tief genug hineinfahre. Ich schlafe mit offenem Mund und wache mit trockener Kehle auf, wie vertrocknetes Aas. Reagiere ich etwa allergisch auf die Pariser Luft?

23 Jahre, 4 Monate, 9 Tage Mittwoch, 19. Februar 1947

Liegt es an Suzannes Abreise? Oder an Chapelins Blockadepolitik all meinen Vorschlägen gegenüber? Oder an dem Idioten Parmentier, der mich mit seiner Quotenbesessenheit zur Verzweiflung bringt? Jedenfalls leide ich unter saurem Aufstoßen. Schon als Kind hatte ich Alte-Leute-Krankheiten. Diese Art von Beschwerden, die dich lebenslang begleiten und zuletzt dein Gemüt prägen. Sollte ich zu *Säuernis* neigen und in wenigen Jahren ein *Sauertopf* sein?

23 Jahre, 5 Monate, 21 Tage Montag, 31. März 1947

Kaum etwas gegessen. Schlecht geschlafen. Nichts geht in mich rein, nichts kommt heraus. Fast ununterbrochen Schmerzen in der Speiseröhre. Habe es schleifen lassen, und jetzt beunruhigt es mich. Étiennes Rat: einen Arzt konsultieren. Nützt vor allem gegen die Beunruhigung, fügt er hinzu. Der Termin bei dem Gastroenterologen im Hôpital Cochin, den er mir vermittelt hat, ist in zwei Wochen. Noch helfen mehr oder weniger die Rennie-Pastillen. Keine Nachricht von Suzanne.

23 Jahre, 5 Monate, 30 Tage Mittwoch, 9. April 1947

Noch fünf Tage. Wie viel mit Warten verlorene Zeit, mein Gott! Und weiterhin keine Nachricht von Suzanne. Was erhoffst du dir von dem Mädchen?, fragt mich Fanche, sie hat dir die Tür zum Leben aufgestoßen, mein Knaller, du musst nur über die Schwelle treten! Ich warte, dass ich wieder Appetit bekomme. Unter anderem aufs Sexuelle. Und aufs Leben. Aber stattdessen kehren meine Kindheitsängste zurück. Als Hypochondrie! Denn zwecklos es mir länger zu verbergen – ich habe Angst. Die irrationale Angst, es könnte Krebs sein. Hypochondrie: psychische Störung, die in einer übertriebenen Beobachtung der Körperfunktionen besteht. Eine Form von Verfolgungswahn, bei der wir Verfolger und Verfolgter in einem sind. Mein Geist und mein Körper spielen *einander* mit. Eine neue Sinneserfahrung im Übrigen, und also interessant. Bin ich von Natur aus Hypochonder oder Opfer eines Anfalls, der vorübergeht? Magenkrebs: Du wirst von innen zerfressen, und zwar von dem Verdauungsorgan schlechthin! Ein mythologisches Grauen.

23 Jahre, 6 Monate, 2 Tage Samstag, 12. April 1947

Ich bin unverdaulich.

23 Jahre, 6 Monate, 4 Tage Montag, 14. April 1947

Die Konsultation hat genau sieben Minuten gedauert, danach war ich in heller Panik. Ich habe nicht ein Viertel dessen verstanden, was der Gastroenterologe mir gesagt hat. Auch sein Sprechzimmer könnte ich nicht beschreiben. Eine merkwürdige Denkstarre. Ich kann Sie in drei Tagen drannehmen, Sie haben Glück, ein Patient hat abgesagt. Stimmt das, oder hat er mir die Geschichte nur aufgetischt, um zu verschleiern, wie dringlich es ist? Statt ihm zuzuhören, versuchte ich, in seinem Gesicht zu lesen. Knapp und sachlich setzte er mir auseinander, dass ich in drei Tagen einen Schlauch schlucken müsse, damit er sehen könne, was los sei. Nichts, was noch in diesem Facharztgesicht gestanden hätte außer genau dieser Information, aber meine Hypochondrie schrieb jedem seiner Züge verborgene Hintergedanken zu. Du fängst an zu spinnen mein armer Junge, du reagierst auf diesen Arzt, als sei er ein Maulwurf der SS!

23 Jahre, 6 Monate, 6 Tage Mittwoch, 16. April 1947

Außerstande, zu lesen. Außerstande, mich auf irgendetwas zu konzentrieren. Nur die Arbeit vermag mich noch ein wenig abzulenken. Trotzdem fand mich heute Morgen Josette »abwesend«, Marion »besorgt«. Die Rennie-Pastillen helfen überhaupt nicht mehr. Rundum angegriffene Nerven. Bin überzeugt, dass alles aus ist, dass ich zum letzten Mal als Nicht-Kranker von diesem Wein, diesen Oliven, diesem Pürree koste – die im Übrigen nicht runtergehen –, dass ich nie mehr die Kastanienblüte von Luco erleben werde. Seit wann interessierst du dich für Kastanien, du Schwachkopf? Das waren doch immer Poesiealbums-Bäume für dich. Stimmt, aber jetzt, wo ich sterbe, könnte ich mich glatt in eine Küchenschabe verlieben. Die Angst vor der Krankheit ist entsetzlicher als die Krankheit selbst. Her mit der Diagnose, damit ich mich erhole! Denn Aug in Aug mit dem unabwendbaren Krebs würde ich Haltung bewahren! Ich habe sogar einige heroische Posen vor Augen! Aber im Moment feuchte Hände, ein Anflug von Zittern in den Fingerspitzen, Panikanfälle, die wie bei dem Zwölfjährigen die Verstopfung in Durchfall verwandeln. *Ich werde keine Angst mehr haben, ich werde keine Angst mehr haben, nie mehr …* Von wegen! Könnte es sein, dass ich nichts dazugelernt habe? Dass dieses Journal, das ich zu schreiben begonnen habe, um die Panikattacken auszutreiben, zu nichts nütze war? Muss ich bis an mein Lebensende mit diesem rückgratlosen Krümel zusammenleben, der sich ins Hemd gemacht hat, kaum dass er ein bisschen Schiss hatte? Jetzt halt mal die Luft an, hör auf mit dem Gejammer, ja! Betrachte dich mal von außen, du verdammter Idiot, du bist lebend aus einem Weltgemetzel herausgekommen, und ein Wunder von einer Frau hat dir auch noch goldene Brücken zu ihrem Geschlecht gebaut!

23 Jahre, 6 Monate, 7 Tage Donnerstag, 17. April 1947

Habe die *Gastroskopie* demütig und ergeben über mich ergehen lassen. Hatte vor den Doctores die Waffen gestreckt. Blindes Vertrauen, ohne mich irgendwelchen Illusionen über das Ergebnis hinzugeben. Friedlicher Fatalismus. Während mir der Gastroenterologe, unterstützt von einem Assistenten, umständlich den Schlauch zuerst in die Kehle und dann in die Speiseröhre bugsierte, um schließlich meinen Magen bis zum Pförtner zu sondieren, kämpfte ich gegen die Furcht an, kotzen zu müssen, indem ich an den Säbelschlucker dachte, den ich mit Papa als Kind im Zirkus gesehen hatte. Die Weißkittel schwatzten die ganze Zeit, während sie mich und mein Röhrensystem in Augenschein nahmen. Sie unterhielten sich über ihren nächsten Urlaub. Das war gut so. Das Leben muss weitergehen, wenn es aufhört! Die gute Nachricht: Sie haben nichts außer einer leichten Entzündung der Speiseröhre gefunden. Die schlechte: Ich soll noch eine Blutuntersuchung machen lassen. Die Therapie: ein Magenberuhigungsmittel und Schonkost. Kein Fleisch mit Soße. (Von den Rationierungen scheint der Doktor kaum Wind bekommen zu haben!)

23 Jahre, 6 Monate, 18 Tage Montag, 28. April 1947

Das Ergebnis der Blutuntersuchung: Es ist alles *normal*. Ich habe nichts! Was in mir ein gemischtes Gefühl hervorruft: schamgedämpfter Jubel. Scham wegen der Heidenangst, die ich hatte. Aber die Erleichterung war doch größer als alle anderen Erwägungen, weshalb ich mit Estelle in ein Restaurant ging. Ich bestellte Andouillette mit Bratkartoffeln und eine Flasche Brouilly. Bisher kein Sodbrennen. Anschließend noch ein herrlicher Spaziergang zu zweit im Jardin des Plantes. Wiedergefundener Leib. O ja, lieber Montaigne: *das strahlende Licht der Gesundheit*!

23 Jahre, 6 Monate, 28 Tage Donnerstag, 8. Mai 1947

Ein Passant fragt mich, wie er zum Trocadéro kommt. Statt ihm den Weg zu beschreiben, sage ich spontan mit Suzannes Akzent, ich sei nicht von hier, ich würde den Trocadéro nicht kennen, *chuis dju Québec*. Wenn Suzanne unseren Akzent, *meinen* Akzent, nachmachte, bot sie mir die ganze Physiologie unserer Sprache. Ihr Gesicht schrumpfte ein, sie zog die Augenbrauen hoch, richtete den Kopf auf, schloss halb die Lider und rundete herablassend die sich vorschiebenden Lippen: Ihr verdammten Franzosen ihr, redet immer mit eurem hühnerärschigen Mund, als wolltet ihr goldene Eier auf unsre armen Köpfe scheißen!

23 Jahre, 6 Monate, 29 Tage Freitag, 9. Mai 1947

Der Akzent, sagte Suzanne, verrät, wie man die Sprache zu sich nimmt! Du pickst nur vom Französischen, ich schlag mir den Bauch damit voll.

*

NOTIZ FÜR LISON

Nach der hypochondrischen Episode rührte ich mein Journal monatelang nicht an. Die wiedergefundenen Freuden des Lebens, der Reiz meiner sich abzeichnenden Karriere und politische Scharmützel hatten die Oberhand gewonnen. Mein Körper, der mir so mitgespielt hatte, zog sich zurück. Außerdem lief in den unmittelbaren Nachkriegsjahren das Leben auf Hochtouren.

*

24 Jahre, 5 Monate, 19 Tage Montag, 29. März 1948

Als wir voneinander ablassen, fragt mich Brigitte, ob ich Tagebuch führe. Ich antworte nein. Sie aber! Ich darauf: Ob sie über unsere Nacht schreiben werde? Vielleicht, erwidert sie mit dieser falschen Schamhaftigkeit von Frauen, die meinen, ihr Geheimnis zu retten, wenn sie mit Einzelheiten knausern, nachdem sie die Hauptsache verraten haben. Natürlich wirst du darüber schreiben, dachte ich bei mir, und genau deshalb führe ich kein Tagebuch. Was mir von unserer Nacht bleibt, ist zuallererst ein nicht nachlassendes Spannungsgefühl im Vorhautbändchen, als sei es kurz davor gewesen, zu reißen. Mehr braucht hier nicht notiert zu werden. Der Rest, von angenehmerer Art, gehört nicht in ein Journal.

24 Jahre, 5 Monate, 22 Tage Donnerstag, 1. April 1948

Auch wenn man in physiologischen Dingen dem Schönen ja mit Skepsis begegnen sollte: »das Käppchen lüften« klingt doch allemal schöner als »die Vorhaut zurückziehen«. Einmal Käppchen lüften, und hopp!, Priester kapores.

24 Jahre, 6 Monate, 6 Tage Freitag, 16. April 1948

Einen gewissen Doktor Bêk, den mir Onkel Georges empfohlen hat, aufgesucht wegen der Sondierballons, die mir jedes Mal nach einer Erkältung wochenlang die Nase verstopfen (besonders das linke Nasenloch). Es sind Polypen, und ändern kann man daran nichts. Werde ich zeit meines Lebens damit zu tun haben? Nach dem aktuellen Stand der Medizin ja, junger Mann. Lässt sich wirklich nichts machen? Gehen Sie im Frühjahr und im Herbst Erkältungen aus dem Weg. Und wie? Meiden Sie öffentliche Orte: die Métro, Kinos, Theater, Kirchen, Museen, Bahnhöfe, Fahrstühle … Eine Liste, die er herunterleiert, als diktiere er ein Rezept, und mit der Empfehlung abschließt: Meiden Sie Mundkontakt. (Unterm Strich: die menschliche Gattung.) Operieren geht nicht? Ich würde abraten, Polypen sind keine Mandeln, sie wachsen systematisch nach. Der alte Doktor Bêk entlässt mich immerhin mit einer guten Nachricht: Nasenpolypen entarten nur selten zu Krebs, anders als die Polypen, die vielleicht eines Tages in Ihrer Blase oder Ihrem Darm gefunden werden.

24 Jahre, 6 Monate, 14 Tage Samstag, 24. April 1948

Mein Priester hat seine Kappe verloren: Das Vorhautbändchen hielt nicht stand, und mein gerissener Penis überströmte uns, Brigitte und mich, mit Blut. Brigitte inspizierte sich, dann sagte sie, »verkehrte Welt«.

24 Jahre, 6 Monate, 21 Tage Samstag, 1. Mai 1948

Folglich Enthaltsamkeit. Brigitte hat ohnehin eine etwas körnige Haut. Ich glaube nicht, dass ich auf Dauer meine Nächte an reibeisernen Schenkeln verbringen könnte. Mein Leben mit ihr vielleicht schon, aber meine Nächte an ihren Schenkeln, nein.

25 Jahre Sonntag, 10. Oktober 1948

Orgasmen aus der Tiefe des Körpers und Orgasmen aus der Spitze des Schwanzes. Mit Brigitte bekomme ich immer öfter letztere. Manierliche Orgasmen, kümmerlicher Genuss, sauber begrenzt auf die Region, die ihn hervorbringt. Zugeständnis der Eichel an die Vorgabe: Vögeln, weil es dazugehört, kommen, weil es nicht anders geht. Orgasmen aus Prinzip, bei denen der Geist den Körper nicht in seiner Gänze mit hineinzieht. Selber schuld, weist mich leise eine innere Stimme zurecht, ausschütten kann sich nur, wer sich vorher gefüllt hat. Füll dich mit Liebe, mein Junge, mit Liiiebe, du musst liiieben, dann wird dein Körper auch in vollen Zügen genießen! Eine Belehrung, die gestern Abend auf der Rue de Mogador von einem Mädchen für Geld widerlegt wurde, ein Selbstgeschenk zu meinem Geburtstag. Sie beherrschte ihre Kunst so gut und knauserte so wenig mit ihrer Zeit und ihrem Körper, dass meiner, Kopf inklusive, buchstäblich explodierte, wie damals mit Suzanne.

25 Jahre, 2 Tage — Dienstag, 12. Oktober 1948

Die Geburtstage erinnern mich immer an den ersten Abschnitt meines Lebens, als Mama mich regelmäßig fragte, welches Geschenk ich meines Erachtens »verdient« hätte. Ich habe sie bis heute im Ohr: Was hast du zum Geburtstag verdient, deiner Meinung nach? Gefragt in dieser erzieherischen Absicht, bei der jede Silbe einzeln betont wurde, und mit weit aufgerissenen, hervorquellenden Augen, die signalisierten, dass ihr nichts entging. Obwohl sie anderen kaum Beachtung schenkte, geschweige denn ihnen achtungsvoll begegnete. Beim Ausblasen der Kerzen hustete ich, absichtlich, wie Papa. Ein Geschenk, über das ich mich wirklich gefreut hätte: eine schöne Tuberkulose!

25 Jahre, 3 Monate, 6 Tage — Sonntag, 16. Januar 1949

Eine in meinen Augen beträchtliche Zeit damit verbracht, einen Lauchfaden, der sich oben rechts in der Lücke zwischen Schneide- und Eckzahn festgesetzt zu haben schien, hervorzupulen. Zunächst mit dem Fingernagel, dann mit einer Visitenkarte, zuletzt mit einem angespitzten Streichholz. Doch kein Lauchfaden nirgends. Fehlinformation des Zahnfleischs an mein Hirn, das seinerseits wiederum von der Erinnerung an eine frühere Irritation fehlgeleitet worden war. Werde nicht zum ersten Mal so geneckt. Mein Zahnfleisch hat Halluzinationen!

25 Jahre, 3 Monate, 12 Tage Samstag, 22. Januar 1949

Zwecklos es mir länger zu verbergen: Ich begehre Simone nicht. Und sie mich ebenso wenig. Unsere Körper verstehen sich nicht. Diese physische Disharmonie wird früher oder später auch unsere geistige Intimität zerstören. Wir haben schon zu kompensieren begonnen. Das perfekte Einvernehmen, das wir zur Schau stellen, macht aus uns nicht nur ein »Vorzeigepaar«, es verschleiert uns auch unser sexuelles Fiasko. Keinesfalls darf unter diesem Missverständnis eines Tages ein Kind leiden.

25 Jahre, 3 Monate, 14 Tage Montag, 24. Januar 1949

Versuche im Bett die Methode anzuwenden, die ich Dodo beigebracht habe, wenn er etwas essen musste, das er nicht mochte. Aber sie ist leider nicht übertragbar. Mein kleiner fiktiver Bruder sollte intensiv an das – nur an das! – denken, was er im Mund hatte, sollte jeden Bestandteil aus jedem einzelnen Bissen herausschmecken und keine abwegigen Vorstellungen entwickeln, die Kinder meist weniger aus dem Geschmack beziehen als sich vielmehr aus der Konsistenz des Essens zusammenspintisieren. Der Reiskuchen ist kein Erbrochenes, Spinat keine Kinderkacke usw. Im Bett, wo beinah alles eine Sache der Konsistenz ist, klappt die Methode dummerweise nicht. Je klarer ich weiß, was ich umarme, desto weniger kann ich mich darauf einlassen: diese trockene Haut, dieses spitze Schlüsselbein, dieser direkt unter dem Bizeps spürbare Oberarmknochen, diese zu muskulöse Brust, dieser zu straffe Bauch, dieses zu drahtige Schamhaar, diese für meine Hände zu kleinen stählernen Hinterbacken, kurz, dieser Sportlerinnenkörper beschwört zwangsläufig jedes Mal sein Gegenteil herauf, ja um ihn genießen zu können, bin ich *gezwungen*, in meiner Phantasie sein Gegenteil heraufzubeschwören. Andernfalls: Halbmast zwischen den Beinen, zweideutige Ausreden, trübsinnige Nacht, schlechte Stimmung am Morgen.

25 Jahre, 3 Monate, 22 Tage — Dienstag, 1. Februar 1949

Außerdem mag ich Simones Geruch nicht. Ich liebe sie, kann sie aber nicht riechen. Das ist der Liebe ganzes Drama.

25 Jahre, 3 Monate, 25 Tage — Freitag, 4. Februar 1949

Montaigne: *Eine Frau riecht vollkommen, wenn sie nach nichts riecht.* Wahrlich. Wo bist du, Violette? Dein Geruch war mein Mantel. Aber Montaigne sprach nicht von dir. Wo bist du, Suzanne? Dein Duft war meine Flagge. Aber auch von dir sprach Montaigne nicht.

25 Jahre, 4 Monate — Donnerstag, 10. Februar 1949

Simone und ich haben »alles, was wir brauchen, um uns zu verstehen«, bloß *sagen* sich unsere Körper nichts. Wir vereinigen uns zwar, aber unsere Körper sind nicht vereint. Offen gestanden war es anfangs auch weniger ihr Körper als ihre Art zu sein, die mich anzog. Ihr Blick, ihr Gang, die Textur ihrer Stimme, die ein wenig brüske Grazie ihrer Gesten, ihre hochgewachsene Eleganz, das volle Lächeln in ihrem zweiflerischen Gesicht – all dies (das ich für ihren Körper nahm) harmonierte so perfekt mit dem, was sie sagte, dachte, las, verschwieg, dass es ein Versprechen vollkommenen Zusammenklangs war. Aber stattdessen schlafe ich mit einer Tennismeisterin, die von Kopf bis Fuß aus Muskeln, Sehnen, Reflexen, Kontrolle und Zurückhaltung besteht. Wie ginge es mit uns, wäre ich nicht selber so muskulös durch all mein Training und das Boxen? Bauchmuskeln gegen Bauchmuskeln, federn unsere Körper voneinander zurück. Und wenn ich mich entschiede, weich und fett zu werden? Wenn ich meinen Körper so anschwellen ließe, dass ich zwar in sie eindringen, aber doch ihren Körper mollig schlucken würde? Sie gäbe sich mir bequem in meine Falten und Wülste gebettet hin. Pauline R. antwortete auf Fanches Frage, warum sie nur sehr dicke Männer möge, mit versagender Stimme und verschwimmendem Blick: Es ist, als schliefe man mit einer Wolke!

25 Jahre, 4 Monate, 7 Tage — Donnerstag, 17. Februar 1949

Heute Morgen ist unser Bett alles andere als zerwühlt.

25 Jahre, 5 Monate, 20 Tage — Mittwoch, 30. März 1949

Zahnweh oder die Versuchung des Schmerzes. Ein höllischer Schmerz ließ mich senkrecht im Bett stehen. Nachdem diese Sauerei mich hochgeschreckt hatte, fand ich sie durchaus *interessant*. Es ist, als würde man eine gewischt bekommen. Kein Schmerz reicht näher an einen Stromschlag heran. Und kommt wie jeder Stromschlag überraschend. Die Zunge stromert verträumt im Mund umher und plötzlich: zwei- oder dreitausend Volt! Extrem schmerzhaft, aber nur für Sekundenbruchteile. Ein einzelner Blitz im Gewitterhimmel. Der Schmerz strahlt nicht aus, er bleibt exakt auf den Bereich beschränkt, den er durchzuckt. Und ist so schnell wieder verschwunden, dass auf die Überraschung der Zweifel folgt. Damit beginnt das gefährliche Spiel des Überprüfens. Unsere Zunge geht der Sache vorsichtig, behutsam wie ein Minenräumer, nach, testet erst das Zahnfleisch, dann die Wände des verdächtigen Zahns, ehe sie sich bis zum beschädigten Rand hinauftastet, um schließlich, schneckengleich bedacht, die Fühler ausgestreckt, in den Abgrund zu gleiten. Doch Vorsicht hin oder her, man kriegt wieder eine gewischt, dass man unter der Decke hängt, und sagt sich, das sitzt jetzt. Nur ist es gar nicht so einfach, sich einen derart flüchtigen Schmerz zu merken. Folglich erneutes Herankriechen. Und der nächste Stromschlag! Und wieder krümmt sich das Weichtier. Durchtriebenes Biest, so ein Zahnweh.

25 Jahre, 5 Monate, 24 Tage — Sonntag, 3. April 1949

Caroline ist so ein Zahnweh. Ihre blitzhaften Gemeinheiten vergessen sich dermaßen schnell, dass einem Zweifel kommen, ob der Schlag, den man abgekriegt hat, von ihr ausgeteilt wurde. Ein so zartes Mädchen! Mit so sanfter Stimme! Und ihre blasse Haut! Und die himmelblauen

Augen! Und die Botticelli'sche Haarpracht! Also kriecht man wieder hin, prüft nach. Und zieht sich heulend zurück. Sie hat mir das und das getan. An Opfern fehlt es nicht. Caroline ist einer dieser Zahnschmerzen, deren Auslöser unser unersättliches Verlangen danach, geliebt zu werden, ist. Entlarvt man sie, gibt sie den wehen Zahn: Ich war todunglücklich als Kind. Und spielt den unschuldigen Schmerz: Ich kann nichts dafür, die Gemeinheit der Männer hat mich so werden lassen. Ihre Opfer, groß an Zahl, übernehmen den Part des Arztes. Ich krieg dich wieder hin, ich kann das! Ein Zahnschmerz mit Charme. Die Männer reißen sich darum. Vertrau auf meine Tinkturen, auf meine Liebe, auf meinen Bohrer, ich weiß, dass du im Grunde anders bist! Unsere Zunge erliegt der Faszination des Abgrunds. Ich prophezeie dieser Frau eine glänzende politische Karriere.

25 Jahre, 5 Monate, 25 Tage — Montag, 4. April 1949

Mit diesen Überlegungen zu Kollegin Caroline bin ich ins *Tagebuch* abgeglitten. Frage: Wenn mein Körper in seinen Äußerungen zur erhellenden Metapher über die Natur von meinesgleichen wird, darf ich mir dann eine Erweiterung des Journals erlauben, die als Tagebucheintrag angesehen werden könnte? Die Antwort lautet nein. Der Hauptgrund dafür, mir dies zu versagen? Caroline führt bestimmt ein Tagebuch, in dem sie die Realität mit ihren Wünschen verfeinert. Außerdem würden zum Charakter dieser Frau auch andere Metaphern passen, Moskito zum Beispiel: saugt hinterhältig unser Blut und wird immer zu spät bemerkt. Oder Staphylococcus aureus: schlummert still vor sich hin, bis es plötzlich zur verheerenden Vermehrung kommt. Nein, nein, keine Erweiterung in Richtung eines Tagebuchs!

25 Jahre, 6 Monate, 3 Tage Mittwoch, 13. April 1949

Zum ersten Mal im Leben einen Zahnarzt aufgesucht (Onkel Georges hat ihn mir empfohlen). Die Folge: eine so dicke Backe, dass ich nicht mehr im Büro erscheinen kann. Statt des unregelmäßigen elektrischen Schlags durchglüht mich jetzt ein anhaltender Schmerz, ein heißglühendes Kohlefeuer, für das mein linker Oberkiefer das Becken zu sein scheint. Wenn Sie Schmerzen haben, nehmen Sie das hier. Ich habe »das hier« genommen, aber der Schmerz ist noch immer da. Eingesetzt hat er mit der örtlichen Betäubung. Ich fand mich mit einer rechtwinklig zu meinem Eckzahn im Zahnfleisch steckenden Nadel auf dem Behandlungsstuhl wieder, auf dem mein Körper sich bügelbrettflach zu machen versuchte, solange der Arzt mich mit seiner Spritze traktierte. Ist nicht angenehm, aber schnell vorbei. Es war weder angenehm noch schnell vorbei. Als das Serum wirkte, begann er mir den Kiefer aufzubohren, dass es in meinem Schädel dröhnte, als würde unter Tage ein ganzer Trupp Malocher Steine wegsprengen. Ein riesiges Tamtam, um am Ende einige winzige graue Fädchen aus dem Erdinnern zu holen. Hier, das ist Ihr Nerv. Na, dann mache ich jetzt noch einen Verband, und wenn alles verheilt ist, kümmern wir uns um die Krone.

Dazu der Ratschlag, mir die Zähne ein bisschen gründlicher zu putzen. Mindestens zwei Minuten, morgens und abends. Von oben nach unten und von rechts nach links. Wie die amerikanischen Soldaten vom SHAPE.

Mitten im Verhandlungsmarathon mit M&L plötzlich ein heftiger Geruch nach Scheiße. So unerwartet und stark, dass ich zusammenzucke. Meine Verhandlungspartner riechen offenbar nichts. Und das, obwohl es infernalisch stinkt! Ätzend, dass einem die Luft wegbleibt. Es schnürt mir wortwörtlich die Kehle ab und könnte fäkalischer nicht riechen. Als sei ich in eine Sickergrube gestürzt. Dieser grauenvolle Geruch verfolgt mich den ganzen Tag, ohne dass meine Umgebung davon in Mitleidenschaft gezogen wird. Im Büro, in der Métro, zu Hause. Schwallweise. Eine Tür öffnet sich auf einen ekelhaften Abtritt, dessen Wolke mir den Atem benimmt. Olfaktorische Halluzination, so meine Diagnose. Ich bin nicht in eine Sickergrube gestürzt, ich *bin* diese pestilenzialische Sickergrube, die gottlob nicht abstrahlt. Eine Geruchshalluzination in immerhin schottendichter Grube. Ich wollte Gewissheit haben und sprach mit Étienne. Warst du kürzlich beim Zahnarzt? Ja, bei dem deines Vaters, letzte Woche. Ein oberer Eckzahn? Links, ja. Zerbrich dir nicht den Kopf, er hat dir eine Nasennebenhöhle perforiert und damit einen Verbindungsgang zu deinen Nasenhöhlen geschaffen. Heilt innerhalb von ein paar Tagen zu, dann hast du wieder Ruhe. Nasenhöhlen? Und zu welcher Jauchegrube haben die einen Verbindungsgang? Riecht unsere Seele womöglich nach Scheiße? Ist dir dieser Verdacht schon mal gekommen? Étienne erzählt mir eine ganze Menge über diesen Gestank *an sich*. Wir haben keine übelriechende Seele, vielmehr sind unsere Nasennebenhöhlen häufig entzündet und produzieren diesen Geruch nach Eiter, also nach organischer Zersetzung, der in unseren Riechapparat strömt, sobald einem Zahnarzt der

Bohrer abrutscht. Nichts Seltenes, und harmlos. Diese Direktverbindung in unseren Kopf wirkt auf die inneren Zersetzungsgerüche wie ein Vergrößerungsglas. (Mit dem Ausatmen verflüchtigen sie sich.) Was die Duftnote betrifft, so auch hier keine Halluzination, es ist ein sehr realer konzentrierter Zellverwesungsgeruch.

25 Jahre, 6 Monate, 15 Tage Montag, 25. April 1949

Sechs Tage Scheiße gerochen, ohne dass jemand anders davon etwas mitbekommen hat. Auch während der Verteidigung meiner Doktorarbeit. Die Prüfungskommission fragte mir Löcher in den Bauch, ohne zu merken, aus welchem Loch bei mir der Wind pfiff. Glückwünsche von allen Seiten. Ich derweil eine Art Lady Macbeth.

25 Jahre, 7 Monate, 4 Tage Samstag, 14. Mai 1949

Rasche Handbewegungen des Schneiders, der mit seinem Zentimeterband Maß nimmt. Arm-, Bein-, Taillen- und Halslänge, Schulterbreite. Genaue und sachliche Berührungen im Schritt. (Ich frage mich flüchtig, ob ich etwas empfinde.) Aber für *diesen* Körper interessiert sich der Schneider nicht. Er berührt mich strenggenommen nicht einmal, kein Vergleich mit einem Arzt, der abtastet. Seine Stecknadeln befestigenden Finger bewerten eine Fülle, umreißen eine Erscheinung. Aus der Schneiderwerkstatt tritt die Sozialfigur, der mit seinem Amt bekleidete Mensch. Mein Körper fühlt sich in dem neuen Anzug merkwürdig nackt.

25 Jahre, 7 Monate, 5 Tage　　　Sonntag, 15. Mai 1949

Diese Frage des Schneiders, die ich nicht verstand: Tragen Sie rechts oder links? Er musste es mir erklären. Und ich danach genau überlegen. Eher links, denke ich. Ja, eher links. Mein Glied neigt zu einer Linksdrehung. Dem hatte ich noch nie einen Gedanken gewidmet.

26 Jahre, 5 Monate, 2 Tage　　　Sonntag, 12. März 1950

Seit Monaten habe ich nichts geschrieben, wie immer, wenn etwas Wichtiges passiert ist. Hier konkret: Mich hat die Liebe getroffen. Die nicht notiert, sondern ohne Aufschub gelebt werden musste. Atemlosigkeit der Liebe! Gar nicht einfach zu beschreiben, ohne in den Schmalztopf der Gefühle zu greifen! Zum Glück hat die Liebe immens mit dem Körper zu tun! Vor drei Monaten also, Feier bei Fanche, volles Haus. Es klingelt, ich stehe der Tür am nächsten, mache auf. Sie sagt nur: »Ich bin Mona«, und ich versperre ihr, zur Salzsäule erstarrt, da augenblicklich, bedingungslos, endgültig und unrettbar verliebt, den Weg. Verrückt, welchen Kredit die Begierde der Schönheit einräumt! Diese Mona, unzweifelhaft die begehrenswerteste Erscheinung auf der Welt, avanciert sofort zur intelligentesten, nettesten, subtilsten, liebenswertesten, besten Gefährtin von allen! Eine superlativische Vollkommenheit. Mein Herz schmolz wie Blei. Wäre sie die dümmste, gemeinste, banalste, habgierigste, taktiererischste und verlogenste Person oder ein durchtriebenes Luder, eine bourgeoise Ziege oder eine Gelegenheitsdirne gewesen und hätte mir zwecks Vorabprüfung ihre Bewerbungsmappe in die Hand gedrückt – mein Herz hätte trotzdem meinen Augen geglaubt! Mein Leben wartete nur auf sie! Die Frau, die da vor mir im Türrahmen steht und bei genauerer Betrachtung es ihrerseits nicht eilig hat hereinzukommen, ist *die Frau* schlechthin! Meine! Besitzanzeigendes Fürwort! Klein und groß geschrieben, meine und die Meine! Das weiß ich von ewig her! In der Sekunde, in der uns der Blitz der Liebe trifft, überschwemmen die Hormone das Herz mit allem, was sich an Bildungsgut in uns abgelagert hat, mit sämtlichen billigen Schlagern und erlesenen Opern, dem ersten Blick Romeos auf Julia und dem des Herzogs von Nemours auf die Prinzessin von Clève, mit den Jungfrauen und Venussen und Evas eines Cranach oder Botticelli, mit all diesen unglaublichen Mengen von Liebe aus dem Rinnstein wie den Museen, aus Heftchen- und seriösen Romanen, aus Werbebildern und heiligen Texten; das Lied der Lieder der Lieder, die ganze Summe unserer in inbrünstig onanierender Jugend aufgestauten Begierden, die ganzen Platzpatronenschüsse über einschlägigen Abbildungen und Worten, das ganze Trachten und Streben unserer leidenschaftlichen Seele – all dies weitet uns das Herz, setzt den Kopf in Flammen! Ach, diese Blindheit der Liebe! Oh, hellsichtige Momentaufnahme! Steht wie der letzte Eumel noch immer in der Tür. Zum Glück hatte sich mein Mantel verhakt. Ich habe Mona ergriffen, und seit drei Monaten verlassen sie und ich nicht mehr unser Bett, in dem wir uns en gros und en detail, für den Moment und für immer ins Auge fassen. Perlmutt, Seide, Flamme-Perle, die Perfektion von Monas Pflaume! Und – um mich mit dem Wichtigen zu begnügen, denn es gibt auch die Gier ihres Blicks – der feine Samt ihrer Haut, die zarte Schwere ihrer Brüste, die geschmeidige Festigkeit ihrer Schenkel, der richtige Schwung ihrer Hüften, die stimmige Rundung ihrer Schultern – alles genau für meine Hände, exakt mein Maß, zugeschnitten auf meine Temperatur, meine Nase, meinen Gaumen – oh, der herrliche Geschmack von Mona! –, es muss einen Gott geben, wenn die Tür sich auf eine solch perfekte andere Hälfte deiner selbst öffnet! Unter der Existenz eines Gottes geht es nicht angesichts der verblüffenden Passgenauigkeit, mit der ein Geschlecht sich wunderbar in das andere fügt! Um der Steigerung willen haben sich zunächst nur unsere Hände und Lippen miteinander vertraut gemacht, dann erst kam das Geschlecht an die Reihe, das wir lange umschmeichelt gestreichelt gerieben hochgetrieben, eins aufs andere abgestimmt haben, ehe wir den beiden endlich das Eindringen-Verschlingen erlaubten und das ausgeklügelte In-die-Länge-Ziehen des Liebestons bis zum Kieksen beim hohen C; jetzt fallen sie gnadenlos übereinander her, bei jeder Gelegenheit und auf die Schnelle, ohne unsere Erlaubnis, wie blind, in Treppenhäusern oder zwischen zwei Türen im Kino wie im Souterrain eines Antiquars in der Theatergarderobe den Büschen einer Grünanlage auf der Eiffelturm-Spitze wo auch immer! Denn ich sage zwar »unser Bett«, aber unser Bett, das ist Paris, ganz Paris und seine Umgebung, Paris sur Seine und sur Marne! Wir setzen unsere Geschlechter ein, bis wir satt sind, wir bereiten sie mit der Zunge vor und nach, wie Löffelrücken und Blechnapfböden, wir betrachten sie in ihrer Hochform wie im Augenblick ihrer Erschöpfung, mit einer idiotischen Säuferzärtlichkeit, die dies alles in Begriffe der Liebe und der Zukunft und der Nachkommenschaft übersetzt, von mir aus gern, Kinder, ja, sofern Mona nicht mein Lager verlässt, seid fruchtbar und mehret euch, warum nicht, wenn die Lust darunter nicht leidet und die Endsumme Glück heißt? Meinetwegen eine ganze liebesfrohe Sippschaft, ein Balg pro Jubelguss, wenn es sein muss, wir mieten einfach eine Kaserne für diese Heerschar der Liebe! Kurz, dies ist mein augenblicklicher Zustand. Ich könnte meine Feder noch weiter schweifen lassen, wenn nicht eine von Kopf bis Fuß nackte Unaufschiebbarkeit in meinem Bett mir zuflüsterte, dass jetzt nicht die Zeit des Erinnerns ist, sondern der Tat, noch mal und wieder! Es geht nicht darum, die vergangenen, sondern die nicht vergehenden Stunden zu feiern!

26 Jahre, 7 Monate, 9 Tage Freitag, 19. Mai 1950

Sechsmal gestern, am Nachmittag des Himmelfahrtstags, Mona und ich. Sogar sechseinhalb. Und jedes Mal länger. Diese glückselige Erschöpfung, im wahrsten Sinne. Wie Batterien, die ganz und gar entladen sind, nachdem ihre ganze Energie zu Licht geworden ist. Mona fällt, als sie aus dem Bett aufsteht, weich zu Boden. Sie lacht: Ich habe kein Skelett mehr. Normalerweise sagt sie, sie habe keine Beine mehr. Wir haben den Rekord gebrochen.

26 Jahre, 9 Monate, 18 Tage Freitag, 28. Juli 1950

Bis zu welchem Grade doch die Liebes-Energie dem Körper zugutekommt! Mir gelingt augenblicklich alles, absolut alles. Meine Vorgesetzten glauben, ich hätte unerschöpfliche Reserven.

26 Jahre, 10 Monate, 7 Tage Donnerstag, 17. August 1950

Für den Höhepunkt hat die französische Sprache keine treffendere Metapher als die des Kenterns – *chavirer* – gefunden. Man kentert tatsächlich. Wie ein Boot, das umschlägt! Allerdings sagt das Wörterbuch, kentern sei im 19. Jahrhundert in seiner übertragenen Bedeutung nur Synonym für »scheitern« gewesen, für den Fehltritt auf dem Weg der gesellschaftlichen Karriere, den Untergang aller bürgerlichen Hoffnungen: Dieser junge Mann ist gekentert, *ce jeune homme a chaviré*. Für das Empfinden sexueller Lust wurde das Verb nicht gebraucht.

26 Jahre, 11 Monate, 13 Tage Samstag, 23. September 1950

Monas Zeichensetzung der Liebe: Überlassen Sie mir dieses Komma, damit ich daraus ein Ausrufezeichen mache.

27 Jahre, mein Geburtstag Dienstag, 10. Oktober 1950

Mona und ich, wir haben unser richtiges Tier gefunden. Alles andere ist Literatur. Kein Wort über Monas anmutigen Gang, ihr strahlendes Lächeln, unser verschwörerisches Einverständnis in allem, kein Wort über das, was in ein Tagebuch gehört, nur diese Feststellung des befriedigten Tiers: Ich habe mein Weibchen gefunden, und seit wir dasselbe Lager teilen, heißt nach Hause kommen – Rückkehr in meinen Bau.

Ein Leben mit verstopfter Nase ist keines. Bestimmt schnarche ich. Mona sagt nichts, aber bestimmt schnarche ich. Und aus langer Schlafsaalerfahrung weiß ich, man ist imstande, einen Schnarcher mit seinem Kissen zu ersticken. Ich – wegen Schnarchens verstoßen? Niemals! In grauer Morgenstunde habe ich einen Termin bei Doktor Bêk, damit er mir diesen Polypen aus meinem linken Nasenloch entfernt, selbst wenn dieser widerwärtige Pulpo binnen kurzem nachwächst. Ich erwarte von der Chirurgie nur, dass sie mir sechs Monate freien Atmens gewährt. Sind Sie sich sicher? Die Extraktion eines Polypen ist kein Spaziergang! Nun gut, mein Neffe wird Sie unterstützen. Besagter Neffe ist ein etwa zwanzigjähriger Koloss von Senegalese, genauso hoch wie breit, und steht kurz vor dem Abschluss seines Philosophiestudiums an der Sorbonne, für das er seinen Lebensunterhalt als stummer Sekretär bei diesem »Onkel« verdient. Das Letzte, was die Patienten von Doktor Bêk zu hören bekommen, ehe sie das Sprechzimmer verlassen: Die Rechnung begleichen Sie dann bei meinem Neffen. Der Neffe reicht mir die Rechnung, nimmt die Scheine entgegen, gibt mir das Wechselgeld heraus, stempelt das Formular für die Versicherung ab ohne das kleinste Wort, das leiseste Lächeln, sein Beitrag zu einer radikalen Entmystifizierung sämtlicher Sarotti-, Banania- oder Meinl-Mohren. Im Behandlungszimmer besteht seine Unterstützung für mich darin, dass er meinen nach hinten gebogenen Kopf arretiert, indem er – eine Hand auf meiner Stirn, die andere unter meinem Kinn – ihn gegen die Moleskine-Stütze des OP-Sessels presst, während der Onkel mir sagt, ich solle die Armlehnen gut festhalten und mich »wenn möglich« nicht mehr bewegen. Woraufhin er ein langes rechtwinklig gekrümmtes Instrument (eine sogenannte HNO-Zange) in meine linke Nasenöffnung einführt und, während er stochert, seinen Forscherblick in immer höhere Höhlentiefen wandern lässt, bis sein Auge erstarrt: Ah, ich hab ihn, den Dreckskerl! Tief einatmen! Doktor Bêk zieht gnadenlos an dem Polypen, der leistet mit all seinen eingewurzelten Fasern Widerstand, und mir entfährt vor Überraschung ein Schrei, den die riesige Pranke des Neffen sofort erstickt, nicht so sehr, weil er mich am Schreien hindern, sondern weil er die Moral im Wartezimmer aufrechterhalten will, das dank des Bêk'schen Renommees schon zu früher Stunde gefüllt ist. Krachen der Bänder im Resonanzkörper meines Schädels. Ach, dieses verdammte Mistvieh, will einfach nicht kommen! Das Ganze ist jetzt nur noch eine Privatangelegenheit zwischen dem Polypen und dem Arzt, Ersterer verkrallt sich mit all seinen Tentakeln in den Höhlenwänden, Letzterer zieht mit einer Verbissenheit, die seine Unterarmmuskeln zum Zerreißen anspannt, während ich im Griff des Neffen ersticke, und es ist, als wolle der Doktor mir mein ganzes Hirn durchs linke Nasenloch extrahieren, und keiner weiß, wie lange diese Ewigkeit dauern wird, in der ich sämtliche Luft meines Lebens anhalte und meine Lungen kurz vorm Platzen sind, meine Hände sich bis aufs Metall in die Armlehnen geschlagen haben, meine Beine ein starres Victory-Zeichen deckenwärts recken und mein Innenohr – Krachen, Reißen, Brüllen des Fleisches – vom Kampf der Titanen widerhallt, den sich die lebendige Materie meines Schädels und dieser Rasende liefern, dieser Doktor, dem die Augen hervorquellen, während seine Lippen tief in den Mund eingesogen sind, und der jetzt sämtliches Wasser seines Kopfes ausschwitzt, so dass seine beschlagene Brille ihn allmählich erblinden lässt. Würde er mir die Zunge herausreißen, seine Anstrengung könnte nicht beeindruckender sein! Ha! Jetzt! Er bewegt sich! Ich spür es! Er kommt! Jaaaaa! Ein Schwall von Blut begleitet den Siegesorgasmus. Ein schönes Tier, nicht?, ruft der Herr Doktor aus, während er das Stückchen Fleisch zwischen den Zähnen seiner HNO-Zange betrachtet. Dann ein zerstreutes Raunen zu seinem Neffen hin: Wischen Sie dem Mann das Blut ab, und legen Sie ihm eine Tamponade. Die Rede ist von mir. Von dem, was von mir übrig ist.

Wer hat Sie denn so zugerichtet?, fragt mich Tomassin, als ich hinter meinem Schreibtisch Platz nehme. Mit meinem geschwollenen Nasenloch, aus dem ein blutgesättigter Mulltupfer ragt, und meinem aus rein mechanischen Gründen halb geschlossenen Auge sehe ich aus, als käme ich aus einem etwas zu streng geratenen Verhör. Da das rechte Nasenloch aufgrund des Drucks, den das linke auf die Nasenscheidewand ausübt, nun auch verstopft ist, atme ich durch den Mund, meine Lippen sind trocken, und ich labialisiere wie ein sturzbetrunkener Säufer. Tomassin hätte mich gern gehen lassen (weniger aus Mitleid als aus Selbstschutzgründen), aber wir haben einen Termin mit den Österreichern und »können es uns nicht leisten, den Vertrag zu gefährden«. Jedoch, als ich mich für einen Kuss auf die mir von der Baronin Trattner (Gerda mit Vornamen und Gattin des Ministers) entgegengestreckte Hand herabbeuge, da schießt der Pfropfen aus meinem Nasenloch und ihm hinterher eine Blutfontäne, die – da die venezianische Spitze ihres Handschuhs besudelnd – den Vertrag ernstlich gefährdet. *Excusez-moi, Madame la Baronne!*

27 Jahre, 5 Monate, 13 Tage Freitag, 23. März 1951

Osterwoche. Hochzeitsreise. Mona zufolge ist Venedig, das dem Auge alles bietet, ein Paradies für Blinde. Auch ohne Augen erfährt man sich hier als vollkommen Sehender. Diese Stadt der Stille ist die Klangstadt schlechthin. Vom tristen Getrappel der Touristen bis zum resoluten Klackklack der venezianischen Absätze, vom Geflatter der Tauben auf den Plätzen bis zum Maunzen der Möwen und dem besonderen Zuruf der Märkte – Blumen, Fisch, Obst, Trödel –, von der Glocke der Vaporetti und dem Stakkato der Presslufthämmer bis zum venezianischen Zungenschlag – rhythmusärmer, stärker lagunenhaft als alle übrigen italienischen Dialekte – richtet sich hier alles ans Ohr. Cannaregio hallt nicht wie die Zattere wider, keine Straße, kein Platz wirft denselben Ton zurück. Venedig gleicht einem Orchester, sagt Mona, die mich zwingt, unsere Wege mit verbundenen Augen, ihre Hand auf meiner Schulter, am Klang wiederzuerkennen, und die mir das Versprechen abverlangt, dass, sollte einer von uns das Augenlicht verlieren, der andere mit ihm hierher in diese Stadt zieht. Am Ende erlaubt uns – krönender Abschluss – die Acqua alta, durch Teppiche aus Wasser zu laufen.

27 Jahre, 5 Monate, 14 Tage Samstag, 24. März 1951

Gestern Venedig mit den Ohren, heute Venedig mit der Nase, immer noch mit verbundenen Augen. Stell dir vor, du wärst blind *und* taub, fordert Mona mich auf, dann müsstest du die Sestieri am Geruch wiedererkennen, um dich nicht zu verirren! Nimm also Witterung auf: Der

Rialto riecht nach Fisch, die Gassen um die Piazza San Marco nach teurem Leder, das Arsenal nach Tauen und Teer, behauptet Mona, deren Geruchssinn bis ins 12. Jahrhundert zurückreicht. Als ich dafür plädiere, trotz allem ein oder zwei Museen zu besuchen, erwidert sie, die Museen fänden sich in den Büchern, folglich in unserem Bücherschrank.

27 Jahre, 5 Monate, 16 Tage Montag, 26. März 1951

Venedig ist die einzige Stadt auf der Welt, wo jeder sich beim Vögeln mit dem Rücken an einer Hauswand abstützen kann.

27 Jahre, 7 Monate, 9 Tage Samstag, 19. Mai 1951

Étienne gesehen, wie er sich im Spiegel bewundert. Dabei wird mir plötzlich bewusst, dass ich mich noch nie wirklich im Spiegel betrachtet habe. Es gab nie einen dieser unschuldig narzisstischen Blicke, nie einen dieser schelmischen Linser, die einen das eigene Bild genießen lassen. Ich habe die Spiegel immer auf ihre Funktion reduziert: inventarisierend, während ich als Jugendlicher den Aufbau meiner Muskeln überwachte, vestimentär, wenn es darum geht, Krawatte, Weste und Hemd aufeinander abzustimmen, überwachend bei der morgendlichen Rasur. Aber mit einer Gesamtansicht halte ich mich nicht auf. Ich trete nicht in den Spiegel ein. (Angst, nicht wieder herauszukommen?) Étienne dagegen betrachtet wirklich *sich*, wie jedermann vertieft er sich in sein eigenes Bild. Ich nicht. Die Bestandteile, aus denen mein Körper besteht, machen mich nicht aus. Kurz, *mich* habe ich nie richtig im Spiegel betrachtet. Was kein Verdienst ist, eher drückt es eine Distanz aus, jene irreduzible Distanz, welche mein Journal überbrücken soll. Etwas an meinem Bild bleibt mir fremd. Und zwar so sehr, dass ich mitunter zusammenzucke, wenn ich ihm unerwartet in einem Schaufenster begegne. Wer ist das? Schon gut, nur die Ruhe, das bist bloß du. Seit meiner Kindheit brauche ich, um mich wiederzuerkennen, eine Zeit, der ich nie hinterhergekommen bin. Ich spiegele mich lieber in Monas Augen. Geht es so? Ja, du bist perfekt. Oder kurz vor einem Meeting im Blick von Étienne. Geht es so? Ja, es wird sich keiner die Kleider vom Leibe reißen, aber schon dazu hinreißen lassen, deinen Ansichten zu folgen.

27 Jahre, 7 Monate, 10 Tage Sonntag, 20. Mai 1951

Genau genommen hätte ich Schwierigkeiten zu sagen, *wonach ich aussehe*.

28 Jahre, 3 Tage Samstag, 13. Oktober 1951

Als Kind glaubte ich, mein Schwindelgefühl besiegen zu können, aber über einem Abgrund spüre ich es nach wie vor, verborgen in den Hoden. Dann steht ein kleines Gefecht an. Ich habe es gerade gestern erst wieder auf den Klippen von Étretat erlebt. Warum meldet sich der Schwindel bei mir stets zuerst durch Strangulation der Eier? Ist das immer so? Bei mir jedenfalls sind in diesen Augenblicken die Hoden das Zentrum aller Dinge; ein Nadelöhr, durch das die Angst in mächtigen Garben nach oben und unten gepumpt wird. Als übernähmen sie die Funktion des Herzens, um Sandfontänen durch meine Adern zu jagen, die das gesamte Gefäßsystem, Arme, Brustkorb, Beine, blankschmirgeln. Explosion zweier sandgefüllter Säcke. Früher war ich davon gelähmt.

28 Jahre, 4 Tage Sonntag, 14. Oktober 1951

Habe Mona gefragt, ob auch die Eierstöcke die Hüter des Schwindels sind: Nein. Dafür haben sich mir, als sie an die Klippenkante trat, die Hoden erneut abgeschnürt. Mir schwindelte an Monas Stelle. Empathiefähige Hoden?

Während dieser Experimente ist mir die Geschichte des Spaziergängers wieder eingefallen, der von einer Klippe stürzte. Ein Fehltritt lässt ihn übers Geröll gleiten und nach einigen Metern in die Tiefe stürzen. Seine entsetzten Freunde schreien noch, als ihn selbst die Angst schon verlassen hat. Das sei in dem Moment gewesen, meint er, als er sich verloren wusste. Zeit seines Lebens erinnerte er sich an diesen Verlust der Hoffnung als eine Erfahrung reiner Glückseligkeit. Was ihn zuletzt rettete, war das Geäst eines Baums. Mit der Hoffnung, dass man ihn von dort herunterhole, kehrte die Angst zurück.

28 Jahre, 1 Monat, 3 Tage Dienstag, 13. November 1951

In der Kantine nach Tisch. Martineau rülpst diskret hinter vorgehaltener Hand. Wieder einmal stelle ich fest, dass der Rülpser eines anderen, der Aufschluss gibt über die Verdauungstätigkeit eines fremden Magens, mir unangenehmer ist als ein Furz, dessen Geruch mir weniger intim, allgemeiner erscheint. Anders gesagt, ich komme mir *indiskreter* vor, wenn ich einen Rülpser beobachte, als wenn ich einen Furz rieche.

28 Jahre, 2 Monate, 17 Tage Donnerstag, 27. Dezember 1951

Geburt von Bruno. Ein Baby ist uns geboren. Es hat sich bei uns eingerichtet, *als sei es schon immer da*! Mir hat es die Sprache verschlagen. Mein Sohn ist für mich ein Gegenstand *vertrauter Verblüffung*.

28 Jahre, 3 Monate, 17 Tage Sonntag, 27. Januar 1952

Vater zu werden bedeutet als Einarmiger zu leben. Seit einem Monat verfüge ich nur noch über einen Arm, den anderen belegt Bruno. Ein Verlust über Nacht. Man gewöhnt sich daran.

28 Jahre, 7 Monate, 23 Tage Montag, 2. Juni 1952

Beim Erwachen eingeschnürte Brust und Kehle, eingeengte Atmung, zusammengebissene Zähne und eine grundlos finstere Stimmung. Mama nannte das: »mit seiner Angst zugange sein«. Lass mich in Frieden, ich bin mit meiner Angst zugange! Wie oft habe ich wohl diesen Satz von ihr gehört, obwohl ich nichts weiter machte, als neben ihr mein Leben eines gar zu braven Kindes zu führen? Ihre Stirn lag in Falten, der Blick war schwarz (und dies bei blauen Augen!), ein Gesicht, das sich, wenn man so sagen kann, boshaft von innen beäugte und sich wenig um den Eindruck scherte, den es nach außen machte. Zu Dodo sagte ich dann: Was hast du Mama wieder getan?

28 Jahre, 7 Monate, 25 Tage Mittwoch, 4. Juni 1952

Eine besonders seltsame Form, wie sich meine Angstzustände äußern, ist die Manie, mir von innen die Unterlippe zu benagen, das habe ich schon als Kind gemacht. Obwohl ich es bleiben lassen will, gebe ich mich dieser Selbstverspeisung bei jedem neuen Anfall wieder mit akribischer Grausamkeit hin. Gleich bei den ersten Symptomen ist meine Lippe wie betäubt, und meine Eckzähne *vergnügen sich* damit, kleine Fetzen scheinbar toter Haut abzurupfen. Sie lösen sich schmerzfrei ab, als schälte ich eine Frucht. Ein paar Sekunden spielen meine Vorderzahne mit diesen Pellen meiner selbst, dann schlucke ich sie herunter. Das geht so lange, bis meine Zähne sich in eine Lippentiefe vorgearbeitet haben, in der das Fleisch die Bisse spürt. Es folgen der erste Schmerz und das erste Blut. Eine Grenze ist erreicht. Ich muss aufhören. Doch der Wunsch, an der Wunde herumzumachen, ist groß, manchmal durch kleine Zahnhiebe, die die Pein vergrößern, bis mir die Tränen kommen, manchmal durch ein Saugen an der verletzten Lippe, wodurch sie zusammengepresst wird und noch stärker blutet. Der nächste Schritt: die Kontrolle der roten Beschaffenheit des Blutes, entweder auf dem Handrücken oder auf einem Taschentuch. Eine seltsame Marter, die sich da jemand seit Kinderjahren zufügt, der ansonsten nicht sonderlich zu masochistischen Praktiken neigt. Solange die Wunde nicht verheilt ist, werde ich mich verfluchen und dabei eine dunkle Angst verspüren, ich könnte jene Foltergrenze überschritten haben, jenseits derer dieses so drangsalierte Fleisch sich weigert, noch zu verheilen. Ein kleines hysterisches Ritual mit suizidaler Komponente. Seit wann genau praktiziert? Seit mir die Milchzähne ausgefallen sind?

29 Jahre Freitag, 10. Oktober 1952

Mein Geburtstag. Er wird mir im Gedächtnis bleiben! Ich hielt Bruno hoch, um ihn den Gästen wie das achte Weltwunder zu zeigen, und fiel mit ihm die Treppe hinunter. Ich stürzte vornüber und kollerte sämtliche Stufen hinab. Genau elf. Instinktiv schloss ich mich um Bruno. Während wir abwärts donnerten, presste ich seinen Kopf gegen meine Brust, schützte ihn mit meinen Ellbogen, meinen Bizepsen, meinem Rücken, ich war ein Muschelgehäuse, das sich um meinen Sohn geschlossen hatte, während wir unter dem großen Geschrei sämtlicher Geburtstagsgäste die Stufen nach unten dotzten. Ich spürte die Stufenkanten gegen meine Handrücken schlagen, gegen die Wirbelsäule, gegen Becken- und Schulterknochen, Kniescheiben, Knöchel, aber ich wusste während des ganzes Sturzes, dass Bruno in der Höhlung aus eingezogenem Brustkorb und Magen vollkommen sicher lag. Ich hatte mich instinktiv in einen menschlichen Stoßdämpfer verwandelt. Polsterumwickelt wäre Bruno nicht besser aufgehoben gewesen. Obwohl ich nie Judo gemacht und nie gelernt habe, wie man fällt. Ein spektakulärer Beweis väterlichen Instinkts?

29 Jahre, 2 Monate, 22 Tage		Donnerstag, 1. Januar 1953

Gestern bei R. auf der Silvesterfeier. Man reichte Zigarren. Lebhaftes Gespräch über die jeweiligen Vorzüge von Kuba, Manila und was weiß ich welchen Tabakregionen. Man wollte meine Meinung hören. Aber angesichts dieser Connaisseure, die mit übertriebenem Ernst ihre dicke Corona anschnitten, konnte ich mich nicht von der Idee lösen, dass der den Kot coupierende Anus das Pendant des Zigarrenabschneiders sei. Auch nimmt in beiden Situationen das Gesicht denselben beflissenen Ausdruck an.

29 Jahre, 5 Monate, 13 Tage		Montag, 23. März 1953

Ich hätte nie gedacht, dass ein Kind lächelnd zur Welt kommen kann. Und doch war es bei Lison der Fall. Rund, glatt und ausgeruht tauchte sie heute Nachmittag um fünf Uhr zehn ans Licht mit dem Lächeln eines kahlköpfigen kleinen dicken Buddhas, der die Welt mit Augen betrachtet, in denen ein entschiedener Wille zur Befriedung ruht. Meine erste Reaktion auf Neugeborene – das war schon bei Bruno so – ist nicht, mich dem Ähnlichkeitspuzzle hinzugeben, sondern auf diesem gänzlich unverbrauchten Gesicht nach Zeichen für ein Naturell zu suchen. Meine kleine Lison, hüte dich vor einem Vater, der dir gleich zum Auftakt die Fähigkeit zuschreibt, die Welt befrieden zu können.

29 Jahre, 7 Monate, 28 Tage — Sonntag, 7. Juni 1953

Eine Liebkosung, die reiner zärtlicher Liebe entspringt, im Unterschied zu jener, die man gewährt, um das Weinen abzustellen. Bei Ersterer fühlt sich das Baby im Zentrum der Liebe, bei Letzterer spürt es, dass man es am liebsten aus dem Fenster werfen würde.

30 Jahre, 1 Monat, 4 Tage — Samstag, 14. November 1953

Woher rührt Monas Geschick im Umgang mit Babys? Ich habe immer Angst, sie zu zerbrechen. Umso mehr, als Bruno mir zwischen den Füßen herumwieselt, wenn ich Lison auf dem Arm habe, und versucht, ihr den Platz streitig zu machen. Als ich Bruno auf dem Arm trug, war ich einarmig. Wenn ich jetzt ihn *und* Lison trage, wie soll ich mich da nennen? Doppelt belegt oder armlos? Ich trage sie jedenfalls auf Händen.

30 Jahre, 3 Monate, 18 Tage — Donnerstag, 28. Januar 1954

Unerzählbarer Traum. Fünf Uhr in der Früh, Angst, die mich weckt. Genauer, ich weiß, wenn ich aus dem Schlaf hochtauche, ist die Angst da. Noch schlafe ich, aber ich spüre, dass die Geburtszange Angst, die das Herz wie einen Kinderkopf umklammert, mich meinem Schlaf entreißen wird. Oh nein, diesmal nicht! Ich will nicht! Nein! Durch eine geschickte Drehung entwindet sich mein Herz der Zange, und mein Körper entkommt der Angst; mit der Leichtigkeit eines Tümmlers taucht er wieder hinab in den Schlaf, einen Schlaf von anderer Natur, oder eher von anderer Beschaffenheit, lichter Stoff jetzt eines vertrauten Wohlgefühls, Refugium, in dem mich die dumpfe Angst nicht erreichen kann, ein Schlaf, der ALLES VERSTEHT: *Mein Körper ist in Montaignes* Essais *eingetaucht*! Worauf ich erwache und sogleich notiere, dass ich mich in die fließende Tiefe der *Essais* geflüchtet habe, in den Stoff selbst dieses Werks, dieses Mannes!

*

NOTIZ FÜR LISON

Eine Unterbrechung von zwei Jahren, in denen das Journal wieder einmal zu kurz kam, weil ich »meinen Platz in der Welt« erobern musste. Beruflicher Aufstieg, politische Scharmützel, mannigfaltige Debatten, Artikel, Vorträge, Begegnungen, Reisen rund um die Welt, Konferenzen, Kolloquien, alles Rohstoff für jene Memoiren, von denen Étienne dreißig Jahre später sagen sollte, ich müsse sie unbedingt schreiben. Mona hatte eine andere Sicht der Dinge: Ja, die Welt retten, die Welt retten, aber fernab von Windeln und Babybrei! Tatsächlich hat mir Bruno ja oft vorgeworfen, er habe sich damals wie eine Waise gefühlt. Vermutlich rührt unser Zerwürfnis daher.

*

32 Jahre, 4 Monate, 24 Tage Montag, 5. März 1956

Heute Morgen, als ich Tijo vom Gefängnis abholte, fiel mir plötzlich seine Geburt wieder ein, genauer: dass ich ihn hervorkommen gesehen hatte! Ich war »als Augenzeuge vor Ort«, als er zwischen Martas Schenkeln in die

Welt rutschte mit zusammengepressten Lidern und geballten Fäusten, wild entschlossen, sich zu schlagen, damals schon. Ich war zehn und hatte dieses Bild völlig verdrängt. Aber als ich heute Morgen sah, wie das Gefängnis ihn ausspie durch einen Schlitz in dem riesigen metallenen Tor, das wiederum in eine rote Backsteinmauer eingelassen war, da fiel mir sofort sein Auftauchen zwischen den Schenkeln von Marta wieder ein, die stimmreich schrie, was mich wohl bewogen hatte, die Tür zu ihrem Zimmer aufzustoßen, aber Violette, die das Brüllen ihrer schwerleibigen Schwägerin nicht weiter beunruhigte, verjagte mich mit einem »Was willst du denn hier, raus, aber hoppla!«, und ich schlug die Tür wieder zu, klebte jedoch sofort an der Fensterscheibe und sah Violette, die, trotz blutiger Hände, heiter und fröhlich einen unversehrten Tijo hochhielt, und Marta, die schweißüberströmt in einem morastigen Bett lag, und Tijo, der, puterrot und schwarzhaarig, sich nun seinerseits die Lunge aus dem Leib schrie, während mich etwas Übermächtiges von der Scheibe fort zu Manès riss, der, bleich und in einer Wolke aus Schnaps, mich mit einer Stimme, als hinge von meiner Antwort mein Leben ab, fragte: Junge oder Mädchen? Es war ein Junge. Aber so klein, dass er, kaum auf den Namen Joseph getauft (zu Ehren von Stalin), sich in Tijo verwandelte. Die Gefängnistür fiel hinter ihm zu, er warf einen Blick nach rechts und links auf seine Freiheitsperspektiven, dann entdeckte er mich auf dem Gehsteig vis-à-vis und kam mit ausgebreiteten Armen und schallendem Gelächter auf mich zu.

32 Jahre, 5 Monate, 1 Tag Sonntag, 11. März 1956

Bruno verbringt einen Teil des Vormittags mit schlaff wie bei einem träumenden Hund heraushängender Zunge. Als ich ihn nach dem Grund für diese Zurschaustellung frage, antwortet er mir mit allem Ernst der Welt: Meine Zunge langweilt sich drinnen, da lass ich sie manchmal raus. Der Kleine begreift sich noch als einen Haufen von Puzzleteilen. Mit den Elementen, aus denen er besteht, macht er sich bekannt wie mit neuen Spielkameraden. Er weiß ganz genau, dass es *seine* Zunge ist, und zwar in jedem Moment, aber noch kann er so tun, als kenne er sie nicht, noch kann er sie »rauslassen« wie einen Hund. Seine Zunge und er, aber auch sein Arm, seine Füße, sein Kopf – mit seinem Kopf redet er viel in letzter Zeit: Psst, ich rede mit meinem Kopf! –, all diese Teile seiner selbst begeistern ihn noch. In ein paar Monaten wird er solche Sätze nicht mehr sagen, in ein paar Jahren wird er nicht glauben wollen, dass er sie gesagt hat.

32 Jahre, 6 Monate, 9 Tage Donnerstag, 19. April 1956

Tijo macht mich darauf aufmerksam, dass ich beim Niesen wortwörtlich HATSCHI sage. Er meint, das habe dogmatische Gründe. Du und deine guten Manieren! Du bist so wohlerzogen, dass dein Hintern, wenn er reden könnte, »pup« sagen würde.

Wenn ich den Kindern beim Zähneputzen zuschaue, muss ich mir eingestehen, dass ich nichts von dem einhalte, was Mona und ich ihnen an Putztechnik vorschreiben: Dreimal täglich, *ohne an etwas anderes zu denken*, erst die obere Zahnreihe – von oben nach unten bitte! –, dann die untere – von unten nach oben bitte! –, Vorder- und Rückseite, und zuletzt noch einmal systematisch und geduldig alles in langen Kreisbewegungen, mindestens drei Minuten. Bei mir hat nur das nächtliche Zähneputzen überlebt, hastig und chaotisch, um Mona nicht einen Restgeschmack unseres Abendessens zuzumuten. Anders gesagt, ich putze mir nicht gern die Zähne. Ich weiß sehr wohl, dass der Kalk sein Packeis auftürmen und mir im Alter ein gelbwackliges Lächeln bescheren wird, ja, dass der Zahnarzt eines Tages mit dem Presslufthammer an diese Festungsmauer wird herangehen müssen, dass mir Brücken und dritte Zähne drohen, es hilft alles nichts, die Aussicht auf das Zähneputzen ruft mir sofort andere, wichtigere Aufgaben in Erinnerung: den Mülleimer runtertragen, einen Anruf erledigen, ein dringendes Dossier abschließen ... Es ist, als hätte mein Hang, die Dinge vor mir herzuschieben, den ich sehr früh an allen Fronten erfolgreich bekämpft habe, in der Zahnpflege seinen letzten Rückzugsgraben gefunden. Der ursächliche Grund? Langeweile. Hier in den Stand einer Metaphysik erhoben. Zähneputzen ist das Vorzimmer zur Ewigkeit. Nur der Gottesdienst langweilt mich mehr.

33 Jahre, 18 Tage Sonntag, 28. Oktober 1956

Mona und Lison außer Haus, weshalb ich den ganzen Tag allein mit Bruno verbracht habe. Von seinem komagleichen einstündigen Mittagsschlaf abgesehen, hat er ununterbrochen herumgeturnt, *Bewegung erzeugt*, und plötzlich begriff ich, dass kein Erwachsener auf der Welt, wie jung, stark, trainiert und unermüdlich er auch sei, kein Mensch auf dem Höhepunkt seiner Nerven- und Muskelkraft imstande wäre, an einem Tag auch nur die Hälfte der Energie zu erzeugen, die dieser kleine Jungenkörper verausgabt.

33 Jahre, 4 Monate, 17 Tage Mittwoch, 27. Februar 1957

Heute Morgen zu dünn angezogen aus dem Haus gegangen. Die Kälte sprang mir auf die Schultern, strömte in mich ein. Große Hitze erzeugt bei mir die gegenteilige Empfindung. Der Winter dringt in uns ein, der Sommer saugt uns auf.

33 Jahre, 4 Monate, 18 Tage Donnerstag, 28. Februar 1957

Gut temperiert sein, mehr strebe ich nicht an.

33 Jahre, 5 Monate, 13 Tage Samstag, 23. März 1957

Mit bitterem Geschmack im Mund und düsterer Stimmung aufgewacht. Ich kann beim Essen einfach nicht widerstehen, ob in angenehmer oder anstrengender Gesellschaft. Im ersteren Fall greife ich aus Beschwingtheit zu, in letzterem aus Langeweile, so oder so verdrücke ich zu viel und ohne wirkliche Lust am Essen und Trinken. Die Strafe folgt am nächsten Morgen: ein bitteres Erwachen, Mund und Stimmung voller Galle. Was den gestrigen Abend betrifft, so habe ich die drei Whiskys plus eine tüchtige Portion Saucisson sec auf gebuttertem Baguette zum Aperitif in Verdacht. Butter und Saucisson sec haben den Zoll nicht passiert. Im Übrigen auch nicht die ordentliche Ration Cassoulet hinterher. (Wie oft nachgenommen? Zweimal? Dreimal?) Die Morgenbitternis verrät alles meiner höchsten Instanz, die mir einmal mehr vorwirft, mich nicht im Griff zu haben. Beim Aperitif lange ich zu wie ein mechanischer Vogel. Ich picke und plaudere, plaudere und picke. Ein Spatz. Dieser Zusammenhang von Nahrung und Langeweile – oder Beschwingtheit – reicht bis weit in meine Kindheit zurück, bis in jene Tage, als Mama mich »die Mamsell« spielen ließ, das heißt, ich musste die Amuse-Gueules herumreichen, ohne mir selber etwas nehmen zu dürfen. Auch die Strafe kommt von weit her: Der Geschmack heute Morgen in meinem Mund war der nach Lebertran.

33 Jahre, 5 Monate, 14 Tage Sonntag, 24. März 1957

Meine Scheiße heute Abend: dick und klebrig. Zwei Wasserspülungen reichten nicht aus, um den Kot aus der Toilettenschüssel zu spülen, geschweige denn das Becken bis in die Tiefen von braunen Spuren zu befreien. Folglich Klobürste. Da plötzlich ein Heureka: Als Kind wusste ich nicht, wozu eine Toilettenbürste diente. Sie hing ewig mit ihrem Stachelschweinkopf im blanken Napf, und ich hielt sie für einen Dekorationsgegenstand. Sie war mir vertraut und sagte mir buchstäblich nichts. Manchmal benutzte ich sie als Spielzeug, schwang sie, auf dem Thron sitzend, wie ein Zepter. Diese Unwissenheit rührte daher, dass die Kacke von kleinen Kindern nicht oder nur selten an der Keramik kleben bleibt. Sie rutscht von allein und verschwindet spurlos im herabschießenden Wasser. Engelsreste. Klobürste überflüssig. Und dann eines Tages obsiegt das Stoffliche. Es leistet Widerstand und hinterlässt seine Wegmarken. Man schreibt dem keinerlei Bedeutung zu – hat noch nie einen Blick in die Beckentiefe geworfen –, bis der zuständige Erwachsene einen darauf stößt und auffordert, den Ort sauber zu hinterlassen.

Wann aber habe ich zum ersten Mal diese schrubbende Bewegung vollzogen, die mir heute nur selten erspart bleibt? Das Ereignis ist in meinem Journal nicht festgehalten. Obgleich es ein wichtiger Tag in meinem Leben war. Ein Verlust von Unschuld.

Lücken dieser Art bestätigen mich in meinem Vorbehalt gegenüber Tagebüchern: Sie verzeichnen nie die wirklich entscheidenden Dinge.

33 Jahre, 6 Monate, 11 Tage — Sonntag, 21. April 1957

Im Zoo von Vincennes. Während wir, Lison, Bruno, Mona und ich, versonnen vor einem Schimpansenpärchen stehen, das sich laust (wastun'ndiedapapa?), denke ich an diese animalische Geste der Vertrautheit fast all meiner bisherigen Frauen: das Mitesserausdrücken. Meine zwischen zwei Fingernägeln eingequetschte Brusthaut und der Mitesser, der durch die vereinigten Nägel langsam ans Licht geholt wird. Monas Gesichtsausdruck in solchen Momenten! Und ich – ich ergebe mich, die schwarzköpfige Made auf Monas Fingernagel im Blick, in diese Geburt mit demselben verträumten Stoizismus, mit dem mein Schimpansengenosse sich ins Lausen ergibt.

33 Jahre, 6 Monate, 13 Tage Dienstag, 23. April 1957

Beim Kontakt mit Luft oxidiert der Talg, daher der schwarze Kopf des Mitessers. Dieses fettige Würmchen aus Zellresten bleibt, solange es von Haut bedeckt ist, schneeweiß. Erst mit seinem Austritt wird es schwarz. Altern ist nichts anderes als eine generalisierte Oxidation. Wir rosten. Mona entrostet mich.

33 Jahre, 6 Monate, 21 Tage Dienstag, 1. Mai 1957

Dachte heute Morgen beim Haarewaschen an die fettigen Zotteln in der Pubertät. Eine Verzögerung von einem Tag genügt noch heute, dass meinem Schädel meine Mähne fremd vorkommt, ein zufällig auf meinem Kopf gelandeter Putzlumpen. Mit anderen Worten, ich wasche mir die Haare, um sie zu vergessen.

33 Jahre, 9 Monate, 5 Tage Montag, 15. Juli 1957

Beim Pinkeln in der Kantinentoilette, während sich meine Eichel füllte und ich sie entleerte, ehe ich die Schleusentore richtig öffnete, fiel mir wieder ein, dass ich mit zwölf oder dreizehn Jahren Schwierigkeiten hatte, den Strahl zu lenken. Zu jung? Widerstand gegen Mama? Animalische

Aneignung des Terrains? Warum zielen Männer bei öffentlichen Schüsseln systematisch daneben? Als Mama aufhörte, meine Fehltreffer zu kommentieren, fing ich an, richtig zu zielen.

33 Jahre, 9 Monate, 8 Tage Donnerstag, 18. Juli 1957

Bezüglich pinkelnder Männer erzählt Tijo gern die folgende Geschichte:

DIE HEIKLE GESCHICHTE VON DEM MANN MIT DEM URINAL

Ein Mann steht mit abgespreizten, wie versteinerten Händen vor einem Urinal. Sein Nachbar, der sich gerade die Hose zuknöpft, erkundigt sich zuvorkommend, was er habe. Sehr geniert weist der offenbar gänzlich bewegungsunfähige Mann ihn auf seine starren Hände hin und fragt, ob er wohl so freundlich wäre, ihm den Hosenschlitz aufzumachen. Als guter Christ tut der andere das. Worauf Ersterer, immer genierter, ihn fragt, ob er in seiner Liebenswürdigkeit wohl auch bereit wäre, seinen Penis zu befreien. Der andere macht das, zwar sehr verlegen, aber er macht es. Und da er nun im Räderwerk der Barmherzigkeit gefangen ist, hält er dem armen Behinderten auch den Schwanz, damit der sich nicht die Füße benetzt. Der pinkelt einen kräftigen Strahl, mit solcher Erleichterung, dass ihm die Augen feucht werden. Danach bittet er seinen Wohltäter, ob er wohl auch … könnten Sie … würden Sie ihn mir wohl auch abschütteln? Und so weiter: ihn mir abschütteln, ihn verstauen,

den Schlitz wieder zumachen … Nachdem sein Ding wieder unter Dach und Fach ist, schüttelt der Mann seinem Wohltäter herzlich die Hand; dieser, perplex, die Gliedmaßen, die er für gelähmt hielt, bewegungsfähig zu sehen, fragt den Scheingelähmten, was ihn daran gehindert habe, selbst Hand anzulegen:
»Mich? Oh, nichts, gar nichts! Aber wenn Sie wüssten, wie mich das anekelt!«

33 Jahre, 11 Monate, 4 Tage Samstag, 14. September 1957

Auf dem Boulevard Saint-Michel läuft mir ein gewisser Roland über den Weg. Unmöglich, mich auf diesen Namen zu besinnen, unmöglich, diesem mir vage vertrauten Gesicht einen Nachnamen zuzuordnen, unmöglich, mich zu erinnern, woher diese vage Vertrautheit kommt. Wer ist dieser Mann, mit dem ich, sofern ich ihm Glauben schenken will, schon zu tun hatte, und zwar unter Umständen, die man nicht vergisst? Ich erzähle Fanche von dieser Begegnung, beschreibe ihr diesen Roland, sie: Na, das ist Roland! Einer meiner Verwundeten, zur selben Zeit wie du, kurz vor Kriegsende, erinnerst du dich nicht? Fanche kann mir noch so viele Einzelheiten liefern – ein Sprengmeister! Ihm quoll nach einem Hinterhalt das Gedärm heraus –, dieser Roland gewinnt in mir keinerlei Gestalt. Mein mangelhaftes Erinnerungsvermögen hat ihn seiner Substanz beraubt. Er ist nur noch eine schemenhaft in einem abgelegenen Winkel meines Gedächtnisses schwebende menschliche Figur. Und natürlich sagt mir sein echter Name so wenig wie sein Deckname als Maquisard. Das passiert mir ziemlich oft und von jeher. Etwas in meinem Hirn erfüllt seine Aufgabe nicht. Im

Arsenal meiner Werkzeuge ist das Gedächtnis das unzuverlässigste (sieht man von den unauslöschlichen Aphorismen und Maximen ab, die Papa mich auswendig lernen ließ). Wenigstens hättest du, findet Fanche, unter der Folter den Boches nichts preisgegeben.

34 Jahre, 1 Monat, 25 Tage Donnerstag, 5. Dezember 1957

Meinesgleichen, meine Brüder, die sich wie ich im Auto an der Ampel alle in der Nase bohren. Und alle damit aufhören, sobald sie sich beobachtet fühlen, als hätte man sie auf frischer Tat bei einer Schweinigelei ertappt. Ein merkwürdiges Schamgefühl. Indes ist das Nasebohren vor roter Ampel eine sehr gesunde Betätigung, ja eine entspannende. Die Fingernagelspitze erkundet das Nasenloch, spürt den Popel auf, umkreist seine Kontur, löst ihn vorsichtig ab und befördert ihn schließlich ans Licht. Hauptsache, er ist nicht klebrig, sonst hat man seine liebe Not, ihn wieder loszuwerden. Ist er aber elastisch und weich wie Pizzateig, welch ein Vergnügen, ihn endlos zwischen Daumen und Zeigefinger zu rollen!

34 Jahre, 1 Monat, 27 Tage Samstag, 7. Dezember 1957

Und wenn der Popel nur ein *Vorwand* wäre? Ein Vorwand, um mit dieser Knorpelpuppe zu spielen, die unsere Nasenspitze ist. Woran dachte dieser Autofahrer? Woran dachte ich, bevor ich ihn beobachtete? An nichts, woran ich mich erinnern würde. Leichte Gedankenversunkenheit, während man auf das Umspringen der Ampel wartet. Genau hierzu ist diese Puppe da: damit wir geduldig warten, dass das Leben seinen Lauf wieder aufnimmt. Eine Hypothese, die heute Abend von Bruno untermauert wurde: Er hockte brav in seiner Wanne und zwirbelte an seiner Vorhaut, im Gesicht dieselbe *Ausdruckslosigkeit* wie ein Autofahrer vor der roten Ampel. Vorhaut, Nasenspitze, Ohrläppchen, strenggenommen sind sie keine Übergangsobjekte. Ihnen kommt keine besondere Repräsentationsfunktion zu, sie spielen keine symbolische Rolle wie die Puppe oder das Schmusetuch. Sie beschäftigen einfach unsere Finger, wenn unser Geist umherstreunt, erinnern uns diskret an die Stofflichkeit der Welt, wenn wir abwesend sind. Die Haarsträhne, mit der ich bei der Lektüre von *Schuld und Sühne* spiele, flüstert mir zu, dass ich nicht Raskolnikow bin.

34 Jahre, 4 Monate, 22 Tage — Dienstag, 4. März 1958

Eine tote Taube auf einem Gullydeckel. Ich wende den Blick ab, als laufe ich Gefahr, mir durch reines Hinschauen »etwas zu fangen«. Hirngespinst einer möglichen visuellen Vergiftung! Das Bild eines toten Vogels erscheint besonders ansteckend – Urbild der Seuche. Überfahrene Igel, Katzen, Hunde oder Pferdekadaver, ja menschliche Leichen haben nicht diese Wirkung auf mich. Die Fische in meiner Kinderhand waren zu lebendig, diese Taube hier auf dem Gullyrost ist zu tot.

34 Jahre, 6 Monate, 9 Tage — Samstag, 19. April 1958

Ich überwache unser sonntägliches Frühstücksei, während Lison, den Stift fest umklammert in der Faust, stillversunken malt. Als sie mir das fertige Blatt zeigt, rufe ich O was für ein schönes Bild! ohne den Sekundenzeiger meiner Uhr aus dem Auge zu lassen. Das ist ein Mann, der in seinem Kopf schreit, erläutert die Künstlerin. So ist es: Aus dem Kopf eines sorgenvoll aussehenden Mannes bricht als Doppeloval ein schreiender Kopf hervor, ergänzt um einige Striche, die alles besagen. Mit Kinderzeichnungen ist es wie mit weichgekochten Eiern: jedes Mal ein singuläres Meisterwerk und so häufig hienieden, dass kein Auge und kein Geschmacksnerv sich damit aufhält. Löst man sie aber, dieses eine Sonntagsei, diesen einen in seinem Kopf schreienden Mann, aus der Menge heraus, und konzentriert sich ganz und gar auf den Geschmack des Eis, den Sinn des Bildes, so erweisen sie sich als uranfängliche Wunder. Verschwänden, von einem abgesehen, alle Hühner, die Völker würden sich um das letzte Ei bekriegen, denn nichts ist besser als ein weichgekochtes Hühnerei, und verbliebe nur eine einzige Kinderzeichnung, was läsen wir nicht alles in diesem einmaligen Bild!

Lison ist in dem Alter, in dem Kinder unter Einsatz ihres ganzen Körpers malen. Der Arm ist in seiner ganzen Länge – Schulter, Ellbogen, Handgelenk – beteiligt. Auch das Blatt wird in seiner Gänze in Anspruch genommen. *Der Mann, der in seinem Kopf schreit* erstreckt sich über eine komplette aus einem Heft herausgerissene Doppelseite, wobei es der aus dem sorgenerfüllt (oder skeptisch?) aussehenden Kopf hervorbrechende schreiende Kopf ist, der die gesamte zur Verfügung stehende Fläche einnimmt. Eine ausgreifende Zeichnung. In einem Jahr, wenn Lison schreiben lernt, wird es mit dieser Weiträumigkeit vorbei sein. Dann diktiert die Linie ihr Gesetz. Schulter, Ellbogen und Handgelenk erstarren, die Bewegung reduziert sich auf dieses Schwingen von Daumen und Zeigefinger, die das sorgfältige Ausführen der Bögen verlangt. Lisons Zeichnungen wird diese Unterwerfung unter die Linie, der ich meine gestochene Beamtenschrift verdanke, den Todesstoß geben. Sobald sie schreiben kann, wird sie lauter kleine, auf dem Blatt umhertreibende Dinge malen, Bilder, so verkümmert wie einst die Füße chinesischer Prinzessinnen.

34 Jahre, 6 Monate, 10 Tage Sonntag, 20. April 1958

Beim Anblick der malenden Lison habe ich noch einmal mein eigenes Schreibenlernen durchlebt. Vater hatte aus seinem Krieg unzählige Aquarelle mitgebracht, auf denen er festgehalten hatte, was dem Bombenhagel noch nicht zum Opfer gefallen war. In den ersten Monaten ganze Dörfer, dann einzelne Häuser, schließlich ein Eckchen Garten, ein Blumenbeet, eine einzelne Blüte, ein Blütenblatt, ein Blatt, ein Grashalm. Eine Art absteigendes Katalogisieren seiner als Soldat erlebten Umgebung, das von der vollkommenen Vernichtung durch den Krieg erzählte. Ausschließlich Friedensbilder. Kein einziges Schlachtfeld, keine Fahne, keine Leiche, kein Stiefel, kein Gewehr! Nur Reste von Leben, bunte Brosamen, Splitter von Glück. Er besaß Stapel über Stapel dieser Hefte. Kaum konnte meine Hand einen Stift halten, da machte ich mich daran, die Konturen der Dinge auf diesen Aquarellen nachzuzeichnen. Woran Papa keineswegs Anstoß nahm, im Gegenteil, er führte mir die Hand: Er legte seine Hand auf meine und half mir, jener Realität, die er mit dem Pinsel angedeutet hatte, eine möglichst genaue Kontur zu verleihen. Vom Malen gingen wir zum Schreiben über. Seine Hand noch immer auf der meinen, die statt eines Bleistifts nun einen Federhalter hielt, ließ er mich anstelle von Margeriten Buchstaben nachfahren. So lernte ich schreiben: indem ich statt Blütenblättern nun Unter- und Oberlängen umsäumte. Fahr sie sorgfältig nach, sie sind die Blütenblätter der Wörter! Ich habe diese Aquarellhefte nie wiedergefunden – sie müssen in Mutters großem Autodafé untergegangen sein –, aber manchmal spüre ich noch Vaters Hand auf der meinen, verbunden mit der kindlichen Freude, meine Buchstaben ordentlich zu umsäumen.

35 Jahre, 1 Monat, 18 Tage Freitag, 28. November 1958

Manès ist tot, ein Stier hat ihn an der Stallwand zerquetscht. Als Tijo es mir sagte, empfand ich vor der Trauer physisch den Aufprall, das Eingedrücktwerden der Rippen, das Brechen des Thorax, das Zerfetztwerden der Lungen, die Verblüffung und, da Manès bis zum Schluss Manès blieb, den letzten Fluch auf den Lippen. Tijos Leichenrede: Es musste ja so kommen, er hat die Tiere geschlagen.

35 Jahre, 1 Monat, 22 Tage Dienstag, 2. Dezember 1958

Nach der Beerdigung von Manès (wo unter den versammelten Parteigenossen und Résistancekämpfern Fanche, Robert und ich einen offiziellen Part zu spielen hatten) zurück auf dem Hof, brachte sich die berühmte Proust'sche Madeleine fulminant ins Spiel. Während Robert eine Flasche öffnete, stellte Marianne ein Tablett mit einem Raisiné-Baguette und einer Schale kalter Milch vor mich hin unter dem Vorwand, es sei »Goûter-Zeit« und ich müsse

»mich stärken«. Die Milch, das Brot, dazu die brüderliche Gesellschaft von Robert und Tijo, außerdem Mariannes Formulierungen, alles Violette-Zitate (»hm, mein kleiner Prachtkerl!«), hätten genügt, um in mir dieses Stück Kindheit wachzurufen, aber die eigentliche Reise fand auf dem Brot statt, diesem Baguette mit dem von Violette für meinen »Vier-Uhr-Happen« kreierten Erdbeer-Trauben-Aufstrich. Ich tunkte das Baguette in die kalte Milch, weniger aus echter Lust (inzwischen vertrage ich Milch nicht mehr gut), als um mit Marianne das Erinnerungsspiel zu spielen. Der Himbeergeruch mit seiner leichten Schimmelnote, die Abstufung von Rot, Lila und Blau auf dem Weiß der Milch, der erste kühl-schwammige Bissen mit den knusprigen Rändern, der ansatzweise klumpige Samt des Raisiné zwischen Zunge und Gaumen (nicht ganz Gelee, auch nicht ganz Konfitüre): Die sich dank des unmittelbaren Zusammenklangs all dieser Elemente ausbreitende Erinnerung gab mir augenblicklich so sehr die Gewissheit, *dieser Bissen gewesen zu sein,* dass ich es noch immer war! Ich lehnte die mir von Robert hingehaltenen Gläser (Mach mal Schluss, trink was) ab und blieb bei meinem Raisiné-Brot und meiner Milch, bis zum letzten Schluck, zum letzten Krümel. Tijo, erstaunt: Der mag das wirklich! Du hast das also nicht gegessen, um Violette eine Freude zu machen, du mochtest das Zeug wirklich? Natürlich, gab ich zurück, ihr denn nicht? Lieber sterben! Und schon fiel ein ganz neues Licht auf einen kulinarischen Abschnitt meiner Kindheit. Wo ich geglaubt hatte, Manès und Violette würden mich bevorzugen (Finger weg vom Raisiné, das ist für den Kleinen, der muss sich stärken!), wurden sie in Wahrheit durch mich die Vorräte einer Marmelade los, die ihnen zuwider war. Und wenn ich ihnen manchmal etwas von meinem Raisiné anbot und sie es entsetzt ausschlugen (O nein danke, wenn Manès das erführe!), dann war ihr entsetzter Ton nur Ausdruck einer feigen Erleichterung. Heute haben sie mir alle gestanden, dass sie Violettes Raisiné mit seinem »Geruch nach Erbrochenem« und dem »staubigen Nachgeschmack« verabscheuten. Die Sache ist ganz einfach, schloss Robert, hätten die Boches uns dieses Zeug eingelöffelt – wir hätten alles gestanden!

Aber Violette, fragte ich, sie hat es doch gemocht, ihr Raisiné?

Nicht so sicher. Es war nämlich so, dass ich zufälligerweise gerade in dem Moment in die Küche gekommen war, als sie das Rezept ausprobierte, und ich (Mach mal den Mund auf und probier!) hatte mich derart begeistert gezeigt – und anschließend meiner Begeisterung unverbrüchliche Treue gehalten –, dass sie es nie gewagt hatte, die Produktion einzustellen.

35 Jahre, 1 Monat, 23 Tage Mittwoch, 3. Dezember 1958

Eine Geschichte des Geschmacks ließe sich nicht schreiben, ohne die Suggestion mit zu behandeln.

35 Jahre, 1 Monat, 24 Tage Donnerstag, 4. Dezember 1958

Ebenfalls auf der Beerdigung von Manès sagte Fanche zu mir: Du, mein Knaller, du könntest dich als Apache oder Pygmäe, Chinese oder Marsmensch verkleiden, ich würde dich immer an deinem Lächeln erkennen. Dann fragte sie sich, was eigentlich vom Körper ausstrahlt. Silhouette, Gang, Stimme, Lächeln, Schrift, Gestik, Mimik. Die einzigen Spuren, die diejenigen in unserem Gedächtnis hinterlassen, die wir wirklich betrachtet haben. Von ihrem Bruder, der mitsamt seinem Jagdflugzeug zu Staub zerstob, sagt sie: Die Lippen, der Mund, ja, die können zerfetzt werden, aber das Lächeln, nein, unmöglich. Und an ihre Mutter erinnert sich Fanche über den Umweg der Handschrift, deren perfekte *r*- und *v*-Bögen sie voller Gefühl beschrieb.

Was mich und meine Mutter betrifft, so haftet mir ihr Rechenschaft verlangender Blick im Gedächtnis. »Hast du dein Leben verdient?« Hervorquellende Augen und eine schrille Stimme. Sie hielt ihren Blick für intensiv und ihre Stimme für impulsiv, dabei hatte sie einfach Basedow-Augen und ein schneidendes Organ. Die Erinnerung an diese Augen und diese Stimme rufen mir weniger eine Person ins Gedächtnis als vielmehr eine Haltung: eine beschränkte, boshafte Autorität, die sie einsetzte, »um Gutes zu tun«, wobei sie ihre Nächstenliebe mit Moralgrundsätzen spickte, die übelkeiterzeugenden Seelenfürzen glichen. Und doch war sie eine hübsche Frau, mit blonden Locken, leuchtendem Blick und strahlendem Lächeln, alle Photos bezeugen es. Zu Fanche sagte ich: Vertrau meinem Lächeln nicht, es ist das meiner Mutter.

35 Jahre, 1 Monat, 25 Tage — Freitag, 5. Dezember 1958

Mamas Leichnam wurde nie gefunden. Wahrscheinlich wurde sie am 27. Mai 1944 von den Trümmern des Straßentunnels unter der Gare Saint-Charles in Marseille verschüttet. Sie war in die Stadt gegangen, um die Mieten abzukassieren. Die Alliierten flogen an diesem Nachmittag einen Angriff. Sobald die Sirenen losheulten, strömten die Menschen in diese Tunnelröhre unter dem Bahnhof, in dessen nächster Nähe auch Mamas Mietshaus lag. Die Behörden gehen davon aus, dass auch sie sich dorthin geflüchtet hatte. Aber leider wurde der Bahnhof das Ziel, und der Tunnel hielt nicht stand. Es gab zahlreiche Tote und Vermisste. Ironie des Schicksals: Mamas Haus bekam als einziges im Viertel nichts ab. Ich erfuhr von ihrem Tod zwei Monate später durch einen Brief von Onkel Georges. Darin auch die Mitteilung, dass das Haus an mich übergehe.

35 Jahre, 6 Monate, 22 Tage Samstag, 2. Mai 1959

Mein Blick fällt auf eine vollkommen reglose, von innen her indes ungeheuer belebte Lison. Sie lächelt mir zu und sagt, weiterhin bewegungslos: Mein Körper tanzt nicht, aber mein Herz, das schon. O meine Lison! Das Glück – ohne weiteren Grund als das Glück darüber, zu sein. Auch ich erfahre ihn mitunter noch, ja, diesen inneren Jubel, der mein Herz an manchen Tagen tanzen lässt, an denen ich meinen Körper stillzuhalten zwinge. Zum Beispiel auf den Sitzungen, wenn Bertholieu mit seinem Zwicker aus anderen Zeiten, den seine monströsen Brauen halb überwuchern, uns etwas von »Diffraktion« und von »Konvergenzlinien, meine Herren« erzählt. Tanz, mein Herz, tanz!

36 Jahre, 4 Monate, 11 Tage Sonntag, 21. Februar 1960

Gestern ein Regentag. Bruno spielt Cowboy und Indianer mit Figürchen, die der Onkel George ihm zum Geburtstag geschenkt hat. Eine volle Stunde Angriffe und

Gegenangriffe, Offensiven, strategische Rückzüge, Friedenspfeifen, gebrochene Waffenstillstände, Einkesselungen, rasante Durchbrüche und Attacken von hinten, die zuletzt in einer blutigen Niederlage der Cowboys enden, hingemetzelt bis auf den letzten Mann. Eine Stunde äußersten Aufruhrs bei gleichzeitig annähernd reglosem Körper. Der Erwachsene in mir beobachtet sein Spiel mit staunendem Ethnologenblick: War ich mit acht genauso? Was würde ich jetzt empfinden, wenn ich eine oder zwei Stunden Cowboy und Indianer spielte?

Habe es heute am Nachmittag ausprobiert. Während Mona mit den Kindern im Jardin d'Acclimatation ist (Nein, Papa kommt nicht mit, er muss arbeiten), setze ich mich im Schneidersitz auf Brunos Teppich. Kaum habe ich die Truppen in Schlachtordnung aufgestellt, bringt mein Körper durch einen Krampf das Gefühl zum Ausdruck, wertvolle Zeit zu vergeuden. Zu groß, um mit kleinen Soldaten zu spielen. Zu voluminös, um mich in diese Bilderschachtel einzusperren. Unterdessen stehen im Jardin d'Acclimatation die Kinder begeistert vor den Zerrspiegeln. Ich auch, sagt Mona später, als sie zurück sind. Ich war förmlich wieder das kleine Mädchen von früher!

36 Jahre, 7 Monate, 3 Tage — Freitag, 13. Mai 1960

Um zu sagen, dass er pinkeln geht, verwendet Tijo stets dieselbe Formulierung: Also, ich geh mal unter einen Baum, mir die Hände waschen. Ein seltsamer Trieb veranlasste mich heute Nachmittag, den Ausdruck wörtlich zu nehmen. Ich hielt meine Hände unter den Strahl. Soweit ich weiß, habe ich das nie zuvor gemacht, auch nicht als Kind. Die Wärme des Urins überraschte mich. Es fühlte sich fast so an, als könnte man sich daran verbrennen. Wir sind unablässig brodelnde Destillierkolben. Keineswegs von festerer Konsistenz als Quallen, bewegen wir uns doch dank unseres heißen Strahls vorwärts. Warum ich dieses Experiment heute durchgeführt habe – im Alter von 36 Jahren und nach einem wichtigen Vertragsabschluss mit unseren deutschen Zulieferern –, ist eine Frage, der gesondert nachzugehen wäre.

36 Jahre, 10 Monate, 1 Tag Donnerstag, 11. August 1960

In Mérac, das Tijo, Robert und Marianne uns verkauft haben (weshalb Robert endlich eine Autowerkstatt übernehmen konnte), haben der Heizkessel und die Dusche das Zeitliche gesegnet. Und so biete ich den Kindern die Freude des Abschrubbens nach alter Art – in der großen Zinkwanne, in der Violette mich vor dreißig Jahren abgeschrubbt hat (sie wartete im Dunkel der Waschküche auf die nächste Generation). Wie Violette gehe ich mit Gießkanne, Savon de Marseille und einem Waschlappen zu Werk, der keinen Speckring, keine Falte, keine Vertiefung auslässt, wo der Schmutz sich einnistet und die verdreckte Haut vom Schweiß zu jucken beginnt. Lison und Bruno trippeln von einem Fuß auf den anderen, brüllen, protestieren, dass es »nass« sei und »kalt« und »brenne«, wie auch ich es ganz gewiss in ihrem Alter getan habe, aber ich mache weiter, ohne mich von ihrem japsenden Atem und den klappernden Zähnen erweichen zu lassen, denn woran ich hier anknüpfe, sind nicht meine kindlichen Qualen, sondern Violettes Gesten, die brutale Genauigkeit, mit der sie dem Schmutz zu Leibe rückte hinter den Ohren, im Bauchnabel, zwischen den Zehen, mit kaltem Wasser und ohne sich sonderlich darum zu kümmern, ob diese große Waschung mir in den Augen piekste oder in den Nasenlöchern brannte, während ich anfangs Einspruch erhob, um mich bald darauf voller Freude zwischen ihren sachkundigen Händen zu drehen und, nach der Gießkannendusche mit nass patschenden Füßen und lautem Kreischen über den Zementboden der Waschküche rennend, einen Fluchtversuch vorzutäuschen, gejagt und eingeholt von einem großen Gespenstertuch, abgerubbelt und wenn nötig mit Kampfer abgerieben oder mit Talg eingecremt, sofern es die gerötete Furche zwischen meinen Hinterbacken verlangte, alles Dinge, die ich jetzt meinen – zugegebenermaßen nicht gerade begeisterten – Sprösslingen zumute. Lison zieht schmallippig (Oberzähne auf Unterlippe) pfeifende Luft ein, Bruno verlangt in aller Form die Reparatur des Heizkessels, und ich hantiere mit Lappen und Seife, sprachlos angesichts der Kompaktheit dieser kleinen Körper, als würde ich Energie im Rohzustand bearbeiten, die gesamte in diesem festen kindlichen Fleisch, unter dieser weichen Haut geballte Energie zweier künftiger Leben. Nie mehr werden sie so kompakt sein, nie mehr ihre Gesichtszüge so klar, das Weiß ihrer Augen so weiß, ihre Ohrläppchen so perfekt konturiert, die Beschaffenheit ihrer Haut so konsistent. Der Mensch kommt in hyperrealistischer Gestalt zur Welt, dann löst er sich allmählich auf in einen Pointillismus, der nur noch Ungefähres zeigt, bis er sich zuletzt in den Staubgebilden der Abstraktion verflüchtigt.

36 Jahre, 10 Monate, 2 Tage — Freitag, 12. August 1960

Ich allerdings besaß als Kind keine *Konsistenz*.

36 Jahre, 11 Monate, 7 Tage Samstag, 17. September 1960

Gestern Abend beim Essen sprach der vor Verdun verwundete alte General M. L. von dem Hoden, den er dort verlor: Das ist das Einzige, was ich im Beinhaus von Douaumont zurückgelassen habe. Er hat dennoch eine dieser kinderreichen Familien hervorgebracht, die das Geheimnis der Militärs sind. Ohne den Krieg, rechnet er vor, hätte ich die doppelte Anzahl gezeugt. Seine Frau zuckt mit keiner Wimper.

36 Jahre, 11 Monate, 21 Tage Samstag, 1. Oktober 1960

Auf dem Spielplatz huldigen Bruno und ein Junge seines Alters dem uralten Ritual des Bizepsvergleichs. Zwei im rechten Winkel gegeneinander gehaltene Arme, zwei geschlossene Fäuste, zwei angespannte Bizepse, zwei unter der Anstrengung theatralisch verzerrte Gesichter. Wir verbringen unser Leben damit, unseren Körper mit anderen Körpern zu vergleichen. Jenseits der Kindheit allerdings verstohlen, fast beschämt. Mit fünfzehn am Strand taxierte ich die Bizepse und Bauchmuskeln der Gleichaltrigen, mit achtzehn, zwanzig war es die Wölbung in der Badehose. Mit dreißig oder vierzig sind die Haare an der Reihe (wehe dem, der schon Glatze hat), mit fünfzig der Bauch (bloß keinen kriegen) und mit sechzig die Zähne (bloß keine verlieren). Und wenn die alten Krokodile zusammenkommen, aus denen sich unsere Aufsichtsbehörde zusammensetzt, dann geht es um den Rücken, den Gang, die Art, sich den Mund abzuwischen, aufzustehen, den Mantel anzuziehen, kurz: ums Alter, schlicht und einfach ums Alter. X wirkt wesentlich älter als ich, finden Sie nicht?

5

37–49 JAHRE
(1960–1972)

Kommt nicht in Frage, dass ich mich zum Fachmann meiner Krankheiten entwickele.

37 Jahre, mein Geburtstag — Montag, 10. Oktober 1960

Während einer besonders einschläfernden Sitzung zu Distributionsfragen konnte ich es mir nicht verkneifen, zu testen, ob Gähnen wirklich ansteckend ist. Ich täuschte ein Gähnen mit fulminant entgleisenden Gesichtszügen vor, dem ich ein knappes »Pardon« hinterherschickte. Es pflanzte sich über etwa zwei Drittel der Teilnehmer fort – und langte zuletzt wieder bei mir an und zwang mich zu einem echten Gähnen!

37 Jahre, 3 Tage — Donnerstag, 13. Oktober 1960

Bruno wiederum hat festgestellt, dass Gähnen taub macht. Langweilt ihn sein Lehrer, so gähnt er, nicht, um seine Langeweile auszudrücken, sondern um den Lehrer nicht mehr zu hören. Bei weit aufgesperrtem Kiefer, sagt er, beginnen die Ohren wie von heftigem Wind durchbraust zu rauschen: Dann höre ich dem Wind zu. Und niesen, fügt er an, macht blind. Er hat beobachtet, dass seine Augen sich genau im Moment der Nasenlochdetonation schließen. Außerdem hat er festgestellt, dass man nicht gleichzeitig gähnen und niesen kann. Blind und taub, aber abwechselnd. Das ist genau die Art von Beobachtungen, die ich in seinem Alter hätte aufschreiben können, wenn ich meinen Körper genossen hätte, statt ihn erobern zu müssen.

37 Jahre, 4 Tage Freitag, 14. Oktober 1960

Heute in der Kanzlei von G. L. R. das Experiment mit dem Gähnen verfeinert, indem ich tat, als versuchte ich, es zu *unterdrücken*. Ich gähnte mit geschlossenem Mund, sich verkrampfendem Kiefer und sich versteifenden Lippen, und konnte wie gestern beobachten, dass mein Gähnen sich fortpflanzt, inklusive des Versuchs, es zu unterdrücken. Unter bestimmten Bedingungen pflanzt sich also Erworbenes ebenso selbstverständlich fort wie ein natürlicher Reflex. (Nebenbei: das kurze Knistern in meinen Ohren beim Gähnen – raschelndes Schokoladenpapier.)

37 Jahre, 7 Tage Montag, 17. Oktober 1960

Tijo, dem ich von meinen Experimenten zum sich fortpflanzenden Gähnen erzähle, sagt mir, er interessiere sich auf dem Gebiet der mimetischen Ansteckung seit einiger Zeit für »Schwankungen im stillschweigenden Einverständnis«. Zwei Stunden später im Restaurant – wir sitzen mit dreien unserer Partner von Z. bei Tisch – demonstriert er mir, was er damit meint. Er sagt, an alle gerichtet: Gestern hat mich meine Frau (er ist natürlich nicht verheiratet) in den letzten Bergman mitgenommen, wirklich ein unglaublich … Hier verstummt er mitten im Satz und setzt eine ablehnende, ja beinah angeekelte Miene auf (zusammengekniffene Nasenflügel, hühnerärschiger Mund, gerunzelte Stirn, leicht verzerrte Züge etc.), ein Ausdruck, der sich sofort auf den Gesichtern unserer drei Gesprächspartner abzuzeichnen beginnt. Sobald er sich dort festgesetzt hat, beendet Tijo seinen Satz mit einem strahlenden Lächeln: Wirklich ein unglaublich … *genialer Film*, nicht?, eine Begeisterungsbekundung, die im selben Augenblick die Physiognomie der drei Gesichter grundstürzend verändert, offen mit einemmal, lächelnd, durchstrahlt von einem Ausdruck uneingeschränkter Zustimmung.

37 Jahre, 13 Tage Sonntag, 23. Oktober 1960

Was sich auf unseren Gesichtern als Erstes abzeichnet, wenn wir in Gesellschaft sind, ist der Wunsch, Teil der Gruppe zu sein, das nicht zu bändigende Bedürfnis, *dazuzugehören*. Das mag man der Erziehung, dem Hang zu unkritischer Nachahmung oder der Schwäche bestimmter Charaktere zuschreiben – dazu neigt Tijo –, ich sehe darin eher eine archaische Reaktion auf die ontologische Einsamkeit, eine reflexhafte Regung des Körpers, der sich mit dem Gemeinkörper verbindet, der instinktiv die Einsamkeit des Exils ablehnt, selbst für die Dauer eines flüchtigen Gesprächs. Wann immer ich uns alle, wie wir da sind, beim Gespräch im öffentlichen Raum beobachte – in Salons, Gärten, Brasserien, Büroflüren, Métrozügen oder Fahrstühlen –, sticht mir an unseren Körperregungen genau diese Fähigkeit ins Auge, als Erstes Ja zu sagen. Sie macht aus uns mechanisch alles abnickende Spielzeugvögel: Ja, ja, nicken die nebeneinander herlaufenden

Tauben. Anders als Tijo denkt, beeinträchtigt diese Zustimmung an der Oberfläche nicht unsere innere Reserve. Der kritische Gedanke wird folgen, vielleicht ist er bereits am Werk, aber aus einem Instinkt heraus beschwören wir als Erstes die Gruppe als Gruppe – zumindest lassen wir dies unsere Körper sagen –, ehe wir einander umbringen.

37 Jahre, 6 Monate, 2 Tage — Mittwoch, 12. April 1961

Über einem tadellosen Exkrement, aus einem Guss, glatt und wohlgeformt, kompakt, ohne zu kleben, riechend, ohne zu stinken, sauber abgetrennt nach einmaligem Pressen und geschmeidigem Abgang und von gleichförmigem, keinerlei Spur auf dem Papier hinterlassendem Braun, der zufriedene Handwerkerblick: mein Körper hat gut gearbeitet.

38 Jahre, 7 Monate, 22 Tage — Freitag, 1. Juni 1962

In Tränen aufgelöste Lison. Ihr Bruder hat sie beleidigt. Und sie reagiert auf Kränkungen besonders sensibel. Bei Lison wird den Wörtern Sinn beigelegt. Bruno hat, erfahre ich, zu ihr *Va te chier* gesagt. Ich wies ihn zurecht und fragte ihn, woher er diese durch und durch physische Beleidigung hat. Von José! Was für ein José? Ein Klassenkamerad. Ein kleiner Algerienfranzose, wie sich herausstellt, frisch aus der eben in die Unabhängigkeit entlassenen Kolonie gekommen, mit seinem ganzen Drama, seiner Familie, seinem Akzent und Vokabular. Keine zehn Jahre und dieses Pieds-Noirs-Vokabular wird den Bestand unserer Beleidigungen von Grund auf erneuert haben.

Dieses »scheiß dich weg« ist von anderer Qualität als die bisherigen physischen Beleidigungen in unserer Sprache, selbst die drastischen sexuellen. Hier wird der Imperativ zur Mordwaffe. Der Gegner ist nur noch sein eigener Kot und wird aufgefordert, sich selbst auszuscheiden. Gibt es Schlimmeres?

38 Jahre, 8 Monate, 7 Tage Sonntag, 17. Juni 1962

Eine andere extrem physische Beleidigung des kleinen José, der inzwischen zu uns zum Spielen kommt: *La mort de tes os*. Hier wird noch den Gebeinen des anderen der Tod gewünscht.

39 Jahre, 3 Monate, 4 Tage Montag, 14. Januar 1963

Schlaflose Nacht, angstattackenbedingt. Zusammengeschnürte Kehle, Beklemmungen in der Brust, dumpf zitternde Nerven! Früh aufgestanden und zu Fuß zur Arbeit gegangen. In einem weiten Umweg: Place de la République, die großen Boulevards, Place de l'Opéra, Place de la Concorde, Tuilerien, Louvre, Pont des Arts … Anfangs rein mechanisches Ausschreiten, jeder Schritt eine Anstrengung, bei der das gesamte Gewicht meines Körpers auf den jeweiligen Fuß sackt, Frankensteins Kreatur unterwegs, mit starrem Blick und gehetztem Atem, bis *es* sich allmählich verflüchtigt, bis Kiefer und Fäuste sich lockern, die Beine geschmeidiger, der Gang ausgreifender werden, die Lungen sich füllen, der Geist sich vom Körper löst, der Anzug das soziale Wesen kleidet und der Citoyen directeur seinen berühmten elektrisierenden Auftritt im

Büro hat: Guten Morgen alle miteinander, was macht die Moral der Truppe?

40 Jahre, 7 Monate, 13 Tage Samstag, 23. Mai 1964

Heute Nachmittag mit den Kindern im Jardin du Luxembourg gewesen. Aus dem Augenwinkel eine Tennisspielerin gesehen, wie sie kurz den Geruch unter ihrer Achselhöhle aufpickt. Mit untergeklemmtem Tennisschläger war sie auf dem Weg zurück in die Umkleideräume, und da, hopp, diese rasche taubenschnäblige Bewegung: Wie riecht es unter meinem Flügel? Ich wiederum wusste – dank einer dieser wunderbaren Empathiesekunden, die uns zu Angehörigen ein und derselben Gattung machen – auf der Stelle, was sie empfindet: ein Behagen angesichts eines vertrauten Geruchs, der allerdings sogleich als ein zu bekämpfender dekodiert wird. Den eigenen Schweißgeruch genießen ja, aber danach riechen – nein! Zehn gegen eins, dass sie, kaum in der Umkleide, sich irgendein Deo unter die Achseln streicht, das aus ihr Irgendeine macht.

Wir genießen im Geheimen Ausdünstungen, die wir öffentlich nicht zulassen. Genau dieses doppelte Spiel treiben wir auch mit unseren Gedanken, überhaupt durchzieht doppelte Buchführung unser ganzes Leben. Zurück in den eigenen vier Wänden, werden meine Tennisspielerin und ich jeder für sich uns ergötzen an einem dieser langen Fürze, von denen wir aus alter Erfahrung wissen, wie wir sie ins Laken entlassen müssen, damit die Wolke bis in unsere Nase hinaufsteigt.

40 Jahre, 7 Monate, 14 Tage Sonntag, 24. Mai 1964

Mona letzte Nacht mit Nase und Zunge buchstäblich verschlungen. Wühlte meine Nase unter ihre Achsel, zwischen ihre Brüste, Schenkel, Hinterbacken und atmete und leckte, schlug mir den Leib voll mit ihrem Geschmack, ihrem Duft, wie in unserer Jugend.

41 Jahre, 2 Monate, 10 Tage Sonntag, 20. Dezember 1964

In dem Restaurant, wo wir mit den Kindern Monas Geburtstag feiern, will Bruno wissen, was der rätselhafte Satz *Bitte keine Binden und Tampons in die Toiletten werfen!* bedeutet, den er im WC gelesen hat. Welcher Verrückte würde sich, nur weil er aufs Klo muss, seinen Verband abmachen und auch noch in die Schüssel werfen? Über Lisons Lippen huscht ein feines Lächeln. Is was?, knurrt Bruno. Und ich feiger Kerl überlasse es Mona, den Satz und das Lächeln zu erklären.

41 Jahre, 7 Monate, 25 Tage Freitag, 4. Juni 1965

Die Hoden können aus Angst um einen anderen abgeschnürt werden, das habe ich bereits in Étretat beobachtet, als Mona sich der Klippenkante zu sehr näherte und mir schwindlig wurde. Heute Morgen haben sie mir diese Empathiefähigkeit beim Anblick eines Radfahrers ins Gedächtnis gerufen, der von einem Taxi erfasst wurde. Er hatte eine rote Ampel überfahren, und der Chauffeur konnte nicht mehr ausweichen. Ergebnis: Kollision, hoher Bogen durch die Luft, ein gebrochenes Bein, zwei oder drei an der Bordsteinkante eingedrückte Rippen, stark verletzte Kopfhaut, aufgeschrammte Wange – und meine Eier, die, während der Radfahrer durch die Luft flog, abgeschnürt wurden. Es konnte sich nur um empathiebedingte Angst handeln, denn der arme Kerl segelte nicht auf mich zu. Die Eier, so meine Schlussfolgerung, müssen altruistisch sein und um das Leben eines anderen fürchten können. Die Hoden der Sitz der Seele?

41 Jahre, 7 Monate, 26 Tage Samstag, 5. Juni 1965

Heute Nacht fiel mir noch einmal mein fliegender Radfahrer ein. Während ich ihn in stabile Seitenlage brachte und ihm bis zum Eintreffen des Rettungswagens das Blut abwischte, fragte er mich mehrfach, ob seine Uhr heil sei.

42 Jahre, 3 Monate, 19 Tage Samstag, 29. Januar 1966

Bei Chevrier zu Abend gegessen, der nach zwei Jahren in Peru *ad majorem buxidae gloriam* in der Firma zurück ist. Er hat eine beeindruckende Sammlung von Votivbildern mitgebracht, kleine, bestenfalls fingerlange Täfelchen aus leichterem oder schwererem, billigerem oder wertvollerem Metall mit eingravierten Händen, Herzen, Augen, Lungen, Brüsten, Rücken, Armen, Beinen, Därmen, Mägen, Lebern, Nieren, Zähnen, Füßen, Nasen, Ohren, Schwangerenbäuchen … Nur das Organ, dessen Heilung man erfleht, kein Gebet. Auch kein einziges Geschlechtsorgan, ob männlich oder weiblich. Herzen, Augen und Hände gab es am zahlreichsten, erklärt mir Chevrier. Auf seine Frage, ob ich an diese Dinge glaube, erwidere ich nein. Aber als er sagt, ich könne mir etwas aussuchen, wähle ich ohne zu zögern ein Augenpaar.

42 Jahre, 3 Monate, 20 Tage Sonntag, 30. Januar 1966

Genau bedacht, sagte ich mir im Dunkeln, als ich eine Weile wachlag, wäre ich lieber blind als taub. Nichts mehr hören … das heißt, lebenslang aus einem Aquarium heraus den anderen beim Leben zuschauen? Nein, lieber sie nicht sehen, und in meiner Finsternis weiterhin hören, wie sie reden, sich bewegen, sich schnäuzen, da sind. Den Schlafatem von Mona hören, das Knacken des Hauses, die Uhr in der Bibliothek, die Stille als solche. Über diesen Gedanken schlafe ich wieder ein und habe folgenden Traum: Ich liege auf einem Operationstisch. Über mir Parmentier im Chirurgenkittel, mit Chirurgenmütze und mundschutz. Ungeachtet dieses Mundschutzes kann ich ihn lächeln sehen. Sein Assistent befestigt an meinen Augen eine komplizierte Apparatur, mit deren Hilfe meine Lider offen gehalten werden. Unterdessen zündet Parmentier einen Bunsenbrenner an und bringt einen Metalldraht zum Erglühen. Ich begreife, dass es um eine Art Initiationsritus geht, genauer, um ein Gottesurteil: Die Direktion will wissen, ob ich zum *Mann an der Spitze* tauge; Parmentier wird mir deshalb das rotglühende Drahtende, die Spitze, ganz nah vor die Augen halten, und *ich darf unter keinen Umständen davon erblinden*. Zum Glück habe ich zu Hause das Votivbild, das Chevrier mir geschenkt hat. Ich suche es, schier wahnsinnig vor Angst, blind mich vorwärtstastend und mich an den Möbeln stoßend, ich suche es, kann es aber nicht finden. Ich schrecke aus dem Schlaf hoch und ändere sofort meine Meinung: Lieber taub als blind!

42 Jahre, 4 Monate Donnerstag, 10. Februar 1966

Also keine Vulva, kein Phallus an den Wänden der südamerikanischen Kirchen. Mein verachtungsfroher Laizismus grinst. Allerdings fehlt der Phallus ja auch an meinem Gehäuteten aus dem Larousse, den ich seit Kindertagen pietätvoll hüte, desgleichen in jenem einschlägigen Schulbuch der streng laizistischen Naturwissenschaften, das uns als Fünfzehnjährigen eigentlich die menschliche Physiologie vermitteln sollte. Ich habe zwar den Verfassernamen vergessen (Dehousseaux? Dehoussières?), aber nicht meine Wut, als ich feststellte, dass alles darin vorkam – Blutkreislauf, Nervensystem, Atmung, Verdauung usw. –, *alles*, nur die Fortpflanzung nicht!

43 Jahre, mein Geburtstag Montag, 10. Oktober 1966

Vergangene Nacht träumte ich von einem Obelisken, der sich langsam aufrichtete, so langsam, dass nur ich die Bewegung wahrnehmen konnte. Um genau zu sein: Ich sah die Bewegung nicht, wusste aber klar und sicher, dass sie vor sich ging. Der Obelisk befand sich in der Horizontalen, sein Pyramidion zeigte nach Osten und richtete sich millimeterlangsam, *milleniumslangsam*, auf. Ich betrachtete ihn unverwandt, begeistert von der Gewissheit, dass ich ihn, selbst wenn mein Leben darüber hinginge, eines Tages auf seiner Basis schwanken und dann zur Ruhe kommen sehen würde, die Spitze gen Himmel gerichtet wie der Uhrzeiger zur Mittagszeit. Nicht aufwachen, bloß nicht aufwachen, bis er senkrecht steht! Ich war fest entschlossen, so lange zu schlafen, bis er als perfekte Vertikale aufragte. Er richtete sich so langsam auf, dass diese

Nacht die längste in meinem Leben zu werden versprach, und ich genoss diese Langsamkeit in vollen Zügen, während ich den Obelisken nicht aus dem Auge ließ, und diese Nacht war mein Leben und mein Leben diese Geduld, die ganz der Beobachtung des sich aufrichtenden Obelisken galt. Und tatsächlich wachte ich genau in dem Augenblick auf, als der Obelisk, nach kurzem Schwanken, endlich auf seiner Basis stand. Mir fiel unmittelbar ein, was Tijo gestern Abend während des Geburtstagsessens gesagt hatte: Dreiundvierzig, das Jahr deiner Schuhnummer! Ein kippsicheres Jahr! Du wirst gut in den Latschen stehen!

43 Jahre, 2 Monate, 20 Tage Freitag, 30. Dezember 1966

Seit etwa vierzehn Tagen ziert den zweiten Zeh meines rechten Fußes eine Art Knorren, eine Neuheit. Hühnerauge, Warze, Schwiele, Sporn? Wie auch immer, es schmerzt bei Reibung, und zum ersten Mal in meinem Leben muss ich die Schuhe entsprechend wählen. Wir wissen nie den genauen Namen der Beschwerden, die uns heimsuchen. Wir verfügen nur über allgemeine Begriffe: ein »Knubbel«, ein »Ziehen«, ein »Brennen«, ein »Knorren«.

43 Jahre, 2 Monate, 25 Tage Mittwoch, 4. Januar 1967

Habe mich erkundigt. Es ist ein Hühnerauge. Wenn einen der Schuh drückt, bekommt man ein Hühnerauge. Ich hatte, meine ich, schon einmal eines während der Zeit im Maquis: zu enge Treter.

43 Jahre, 3 Monate, 5 Tage Sonntag, 15. Januar 1967

Der väterliche Körper. Bruno erklärt einem Schulfreund, der mit uns das Wochenende verbringt, er habe mich noch nie im Schlafanzug am Frühstückstisch gesehen. Immer tipptopp, unser Papa – untadelig, seine Frisur Krawattur Rasur. Diese leicht ironische Indiskretion ärgert mich, weshalb ich todernst verkünde, Mona und ich hätten just gerade beschlossen, den nächsten Familienurlaub in einem FKK-Lager zu verbringen, hatten wir dir das denn noch nicht gesagt? Unvorhersehbare Wirkung dieses nun wirklich dummen Scherzes. Bruno wird puterrot, legt sein Baguette aus der Hand und verlässt gemeinsam mit seinem Freund die Küche, auf der Stirn eine biblische Scham: Sem und Japhet, die rücklings hinzugehen, um die Blöße ihres Vaters zuzudecken. Entweder zu viel Körper oder zu wenig. Genau darum geht es seit Noah.

43 Jahre, 5 Monate, 19 Tage Mittwoch, 29. März 1967

Meine Polypen, wieder einmal. Heute Morgen habe ich einen durch Niesen ausgestoßen. Seit meiner letzten Erkältung – gut drei Monate her – verstopfte er mir das linke Nasenloch. Über mein Taschentuch gebeugt, niese ich also aus vollem Rohr. Nicht mit offenem Mund – diese Art von Niesen, das einem die Luft aus den Lungen fegt und das Haus mit einer fröhlichen Detonation erfüllt –, sondern mit geschlossenem Mund, ein rein nasales Niesen, bei dem der ganze Luftdruck auf das zu entkorkende Nasenloch geht. Normalerweise befreit nichts ein Nasenloch, in dem ein ausgewachsener, forscher Polyp gedeiht, die Luft prallt gegen das Hindernis, strömt zurück und verschließt einem hermetisch die Ohren. Das fühlt sich an, als weite das Gehirn sich aus und finde erst nach dem Aufprall auf die Schädelknochen zu seinem alten Umfang zurück; danach ist man wie ausgegongt. Ich habe aber *trotzdem* geniest (auf dem Feld des Niesens bezwingt die Erfahrung nie die Hoffnung), und zwar mit Kalkül. Ich schloss Mund und Augen, hielt mir das rechte Nasenloch zu, ließ den Drang meine Schleimhäute kitzeln, naselang hinaufkriechen und mir die Lungen füllen, entfaltete breitestmöglich mein Taschentuch, um ein Versprühen der Auswürfe zu verhindern, und nieste mit aller Kraft nur durch das linke Nasenloch (die berühmte Energie der Verzweiflung). O Wunder, es hat sich entkorkt! Ein weicher Aufprall in der Höhlung meiner Hand, eine lange, nebelfeucht hervorschießende Luftsäule und, Wunder über Wunder, auch der Weg nach innen ist frei! Seit Wochen zirkuliert die Luft erstmals frei durch mein Nasenloch! Als ich die Augen öffnete, war mein Taschentuch rotgesprenkelt, und in der Mitte hockte etwas, das mir zunächst wie ein Blutpfropf vorkam, sich dann aber fleischig anfühlte. Ich fiel nicht in Ohnmacht. Ich sagte mir nicht, dass ich ein Stück Hirn eingebüßt hatte. Ich wusch das Etwas unter klarem Wasser, es ähnelte dem Muskel der Jakobsmuschel: von rosigem Weiß, kompakt und weich, leicht opak und etwas faserig. 21 mm lang, 17 breit, 9 hoch. Da haben wir dich also, du alter Polyp! Wirklich unglaublich, dass in meinem Nasenloch ein derartiges Monster hausen konnte! Der gute Doktor Bêk (wie alt mag er sein?) sprang vor Freude regelrecht in die Luft. Spontanabgang eines Polypen? Das ist höchst selten, wissen Sie! Ich erlebe das zum ersten Mal in meiner Praxis! Er behielt den Polypen zwecks Analyse da und wollte kein Honorar. Er freute sich, als hätte ich ihm eine selten große Perle geschenkt.

In letzter Zeit den Bogen zu sehr überspannt: reichlich begossene Essen bis in späte Stunden, kurze Nächte, zügiges Aufstehen und Arbeit unter Hochdruck, zwei Artikel verfasst und einen Vortrag, immer für die Familie da, die Freunde, das Büro, für die Kunden, das Ministerium, ständige Aufmerksamkeit, unmittelbare Reaktionsfähigkeit, Autorität, Liebenswürdigkeit, Geselligkeit, Leistungsstärke, alles unter Kontrolle, alles, immer; und das seit acht oder zehn Tagen, in einem energieverschlingenden Rauschzustand, in dem mein Körper ohne zu mucken der Fahne folgt, die mein Geist auf einer ewigen Schlacht bei Arcole hochhält.

Heute Morgen nicht mehr die geringste Energie. Ich merkte es gleich, als ich die Augen aufschlug. Stillstand der Synapsen. Nachdem ich »den Bogen überspannt« hatte, würde ich jetzt am liebsten »die Waffen strecken«. Alles war heute eine Willensfrage, eine Sache der Entscheidung, und zwar nicht so wie sonst: An normalen Tagen erwachsen die Entscheidungen gleichsam natürlich eine aus der anderen, heute dagegen brauchte alles, was ich tat, seine eigene, einzelne Entscheidung und jede Entscheidung ihre eigene Anstrengung, die zur vorherigen in keinem dynamischen Zusammenhang stand, als würde ich nicht mehr von einer hauseigenen, konstant fließenden Energie gespeist, sondern von einem externen Stromaggregat, das bei jeder neu zu treffenden Entscheidung neu – und mit der Handkurbel! – angeworfen werden muss.

Am meisten laugt mich die seelische Anstrengung aus, um meine Erschöpfung vor der Umgebung zu verbergen, um gewohnt herzlich den mir Nahestehenden zu begegnen (die mir infolge meines Zustands fernrücken) und gewohnt professionell den anderen (die mir ungebührlich naherücken), kurz, um meinen Ruf als ein Mensch voller Gelassenheit, um mein Bild aufrechtzuerhalten. Wenn ich mich nicht bald ausruhe, wenn ich meinem Körper nicht den nötigen Schlaf zugestehe, dann fällt demnächst das Stromaggregat ganz aus, und ich lasse alles schießen. Die Welt wird dann von Tag zu Tag schwerer lasten und unter die Abgespanntheit sich die Angst mischen, bis nicht mehr die Welt mir zu schwer erscheint, sondern ich mir selber in dieser Welt, und ich mir unfähig, nutzlos, verlogen vorkomme, weil meine Angst dies meinem ausgelaugten Bewusstsein suggeriert. Und zuletzt werde ich einen dieser Zornausbrüche haben, die im Gedächtnis der Kinder das Bild eines gefährlich unausgeglichenen Vaters hinterlassen.

43 Jahre, 8 Monate, 26 Tage Donnerstag, 6. Juli 1967

Hatte, wie erwartet, eine Angstattacke. Angst unterscheidet sich von Traurigkeit, Besorgtheit, Melancholie, Unruhe, Furcht oder Zorn dadurch, dass sie kein fest umrissenes Objekt besitzt. Sie ist ein reiner Nervenzustand mit unmittelbaren physischen Folgen: Druck auf der Brust, kurzer Atem, Nervosität, Ungeschicklichkeit (heute Morgen beim Decken des Frühstückstischs eine Kaffeeschale zerschlagen), Wutanfälle, die jeder abbekommen kann, unterdrückte Flüche, die einem das Blut vergiften, keine Lust zu nichts, und Gedanken, so kurz wie der Atem. Unmöglich, sich auf irgendetwas zu konzentrieren, extreme Zerstreutheit, begonnene und in der Luft hängen bleibende Gesten, Sätze, Überlegungen, alles stürzt ins

Innere zurück, die Angst überflutet das Herz unablässig mit Angst. Niemanden trifft eine Schuld – oder alle, was aufs Gleiche hinausläuft. Ich trete in mir selber auf der Stelle und klage die ganze Welt dafür an, dass ich nur ich bin. Die Angst ist ein ontologisches Übel. Was hast du? Nichts! Alles! Ich bin allein wie der Mensch!

43 Jahre, 9 Monate, 2 Tage — Mittwoch, 12. Juli 1967

In einer Lache aus Blut erwacht. In der Mulde, die mein Kopf im Kissen hinterlassen hat, steht schwarzes, gerinnendes Blut. Eine solche Menge, dass die Kapokfüllung es nicht ganz aufsaugen konnte. Ich muss im Schlaf aus der Nase geblutet haben. Ich stehe leise auf, um Mona nicht zu wecken, nehme das Kopfkissen und versenke es in den Tiefen des Abfalleimers, Laken und Decke haben nichts abbekommen. Im Bad die Bestätigung: Meine Wange ist von einer klebrigschwarzen, rissigen Blutkruste überzogen, mein linkes Nasenloch von Blutpfropfen verstopft. Gesicht gewaschen, Nase geputzt, geduscht, keine weiteren besonderen Vorkommnisse. Zwei Stunden später in der Verwaltungsratssitzung erneuter Blutsturz. Wieder das linke Nasenloch. Das Blut schießt wie in einem Schwall auf mein Hemd. Mit einem Bausch besonders saugfähiger Watte in der Nase, alsbald durch einen Tampon ersetzt, nehme ich meinen Bericht wieder auf. Sabine hat alles in der nächsten Apotheke besorgt, dazu gleich noch ein sauberes Hemd. Um 14 Uhr die nächste Krise, mitten in den Verhandlungen mit den R.s, im V. beim Espresso. Eine regelrechte Fontäne! Ein Segen nur, dass ich meine Tischnachbarn nicht bespritzt habe. Neuer Tampon, neues Hemd, diesmal offeriert es der Oberkellner, auf Kosten des Hauses. (So etwas nenne ich Service!) Rückkehr ins Büro, und viertes Nasenbluten um 18 Uhr. Tamponade in der Kindernotaufnahme des Hôpital Necker. Der beste HNO-Notdienst von Paris, laut Étienne. Ein junger Assistenzarzt mit durchscheinenden Augen tamponiert mich. Das bedeutet, er stopft mir eine erschreckende Menge Mull in die Nase, bis sämtliche Höhlen verpfropft sind, die mit letzter Kraft protestieren. Unglaublich, wie hohl so ein Schädel ist! Ein dünner Knochenüberzug über unzähligen Höhlen, Gängen, Hohlräumen, Mulden, die alle, und überreichlich, innerviert sind. Die Prozedur dauert ihre Zeit und ist dermaßen schmerzhaft, dass ich nur unter großer Anstrengung dem angehenden Facharzt nicht ins Gesicht boxe. Hätten Sie mich nicht vorwarnen können?! Mir stehen die Tränen in den Augen. So, vorbei!, sagt er. Aber kaum lege ich mich zu Hause hin, blutet es wieder: vollgesogene Kompresse, außerdem läuft mir der Saft die Kehle herunter. Rückkehr ins Krankenhaus. Neuer Arzt. Wer hat Ihnen denn die Tamponade gelegt? Ich weiche aus und sage, dass meine Nase im Vierstundenrhythmus blutet und sich auch diesmal an die Frist gehalten hat. Haben Sie das meinem Kollegen gesagt? Ich glaube nicht. Dumm, da müssen wir Ihnen eine neue Tamponade legen und Sie über Nacht zur Beobachtung hierbehalten. Die Aussicht auf eine zweite Tamponade begeistert mich nicht, aber wenn es um Schmerzen geht, werde ich nicht gerne überrascht, sondern ziehe es vor, zu wissen, was auf mich zukommt. Das Interesse an der Sache macht das Ganze erträglich. Soweit es zu ertragen ist, dass dir jemand mit einem Spiel Nadeln in der Nase herumstochert wie einst der Kanonier mit dem Ladestock im Geschützrohr. Kurz steht mir Pierre Besuchow vor Augen, wie er in Borodino zwischen den russischen Artilleristen umherirrt. Und auch die Orwell'sche Ratte, die sich tapfer einen

Gang durch die Nase eines Folteropfers gräbt, um an sein Hirn zu gelangen. Den Schmerz unter Kontrolle zu halten bedeutet im Grunde, die Wirklichkeit so zu akzeptieren, wie sie ist: voller plastischer Metaphern. Wie lange können Metaphern einen ablenken? Damit steht und fällt alles. Die Ärzte müssten verpflichtet werden, ihre Patienten vorzuwarnen: Eine Tamponade, meine Damen und Herren, dauert exakt 3 Minuten und 48 Sekunden, in denen Sie vor Schmerz die Wände hochgehen könnten; aber ich mache Ihnen das in 3 Minuten 15 Sekunden, auf die Sekunde genau, gut festhalten! Und der Arzt würde rückwärts zählen, wie beim Countdown vor dem Abschuss der Astronauten ins Weltall: noch zwölf Sekunden … fünf, vier, drei, zwei, eins … So, vorbei. Wir behalten Sie dann also über Nacht hier.

Mona bringt mir einen Schlafanzug, meine Toilettenartikel, etwas zu lesen. Da alle Erwachsenenbetten belegt sind, teile ich das Zimmer mit zwei Kindern (eine Ohrenentzündung und ein Hundebiss), die meine Lektürepläne torpedieren: ein alter Knacker mit geschwollenem Zinken im Gesicht ist eine herrliche Zerstreuung. Erwachsene können also auch krank werden? Obendrein so, dass sie im Krankenhaus aufs selbe Zimmer kommen wie Kinder! Als Antwort schlage ich ihnen vor, das Problem der undichten Wasserhähne in meinem Kopf zu lösen. Wenn die Wasserhähne alle vier Stunden 200 ml Blut ausstoßen, wie viel Flüssigkeit macht das in 24 Stunden? Des Weiteren: Wenn der erwachsene menschliche Körper durchschnittlich 5 Liter Blut enthält, wie lange dauert es, bis er auf den letzten Blutstropfen entleert ist? Los, gerechnet, ich will eine Stecknadel fallen hören! Wie erhofft, schlafen die beiden über dem Kopfrechnen ein, und ich kann mir mein Buch vornehmen, in dem ich auf einen Satz von Hobbes stoße, der wie die Faust aufs Auge passt: *Die einzige Passion meines Lebens war die Angst.*

Nach einer letzten Tamponade schickt mich der Assistenzarzt von der Morgenschicht mit einem Optimismus zurück in mein heimisches Nest, als hätte er mir ein neues bereitet. Aber kaum zu Hause, spüre ich etwas Sirupartiges mir die Kehle hinunterrinnen, dessen metallischer Geschmack keinen Zweifel zulässt. Vier Stunden später Wiederauftritt in der Notaufnahme, vierte Tamponade. (Wer sagt, man gewöhne sich nicht an den Schmerz?) Diesmal ist der Assistenzarzt skeptisch: Ich mache das aus reiner Vorsicht, Monsieur, aber Sie bluten nicht. Docteur, ich blute *inwendig*, alle vier Stunden. Monsieur, das ist nur ein *Eindruck*, Sie haben eine Epistaxis, wie das bei Kindern oft vorkommt, Sie sind Ihrem Alter nicht voraus, aber das ist nicht weiter gefährlich; die Tamponade hat die Hämorraghie gestillt, Sie bluten nicht mehr.

Erneute Rückkehr ins häusliche Heim. Wo der blutige »Eindruck« sich im altvertrauten Takt einstellt. Étienne schickt mir einen seiner Notarzt-Freunde ins Haus. Da dieser zwischen zwei Aderlässen kommt, bestätigt er die Diagnose des Fachkollegen: Sie bluten nicht, Sie haben wirklich nur den Eindruck, dass es so wäre, das kann angstbedingt sein, aber bauen Sie keine unnötigen Ängste auf, schlafen Sie, das geht vorbei. Ich baue keine unnötigen Ängste auf, sondern baue zunehmend ab. Und zwar so sehr, dass es Mona mit der Angst zu tun bekommt. Sie entfernt den Tampon, um sich ein eigenes Bild zu machen und den Blutverlust zu berechnen. Bei der nächsten Blutung – wie immer aus dem linken Loch – kann ich eine große Milchschale füllen. Vier Stunden später die nächste. Wir fahren erneut ins Krankenhaus, in der Absicht, dem

Arzt die randvollen Schüsseln unter die Nase zu halten und ihn nach der *Eindruckshaftigkeit* ihrer Füllung zu fragen. Umsonst, es ist nicht derselbe. Neuerliche Tamponade, unter dem Vorwand, die letzte sei wohl schlecht gemacht worden. Tamponieren ist heikler als es scheint, Monsieur, aber seien Sie unbesorgt, Nasenbluten ist eine vollkommen harmlose Sache.

Am Montag erscheint mein Körper in seinem tadellosen Chefanzug im Dienst. Alle vier Stunden ziehe ich mich kurz zurück wie aufs stille Örtchen, um ungestört zu bluten. Mit meiner roten Tinte schwinden auch meine Kräfte, und mit den Kräften meine moralische Verfassung. Auf jeden Blutsturz folgt eine unbändige Traurigkeit. Es ist, als würde die Melancholie den Raum belegen, den das auslaufende Blut freimacht. Der Tod hat von mir Besitz ergriffen, fühle ich, langsam, aber sicher nimmt er die Stelle des Lebens ein. Wie gern hätte ich noch ein paar Jahre mit Mona gelebt, wie gern Bruno groß werden gesehen, wie gern Lison beim ersten Liebeskummer getröstet. *Lisons Lieben*: darauf konzentriert sich jetzt meine ganze Schwermut. Ich will nicht, dass Lison leidet. Ich will nicht, dass irgendein Dreckskerl ihre ein wenig linkische Anmut, ihre fiebrige Weltzugewandtheit, ihre dickköpfige Suche nach Wahrheit im Glück ausnutzt. Parallel zu dieser Angst ergreift ein gewisser Friede von mir Besitz, ich lasse mich treiben, lasse mich den Lebensstrom hinabtreiben, von meinem eigenen Blut davonschwemmen, der Tod, sage ich mir, ist ein ruhiges Einschlafen …

Am folgenden Tag keine Kraft, um ins Büro zu gehen. Tijo kommt, von Mona benachrichtigt, und bringt mich sofort ins Hôpital Saint-Louis, wo er einen Pfleger kennt, der wiederum einen Draht zu einer HNO-Koryphäe hat, einem Spezialisten der Gesichtschirurgie. Die überraschenden Mengen an Blut, die ich in den letzten beiden Tagen verloren habe, lassen ihn schlussfolgern, dass seine Kollegen sich mit der Diagnose geirrt haben: Eine Epistaxis, ja, aber eine *posteriore*, die schleunigst operiert werden muss, unter Vollnarkose. An der Tür zum OP-Bereich lässt Mona meine Hand los.

Beim Aufwachen gleicht mein Kopf einer von Pfeilen durchlöcherten Birne, und ich fühle mich ungemein aufgekratzt. Mein allem Anschein nach reglos daliegender Körper hält nicht still. Ich zappele in mir, als hause in meinem Innern ein anderer, einer, der Mona zufolge heftig deliriert hat. Dieses Gefühl, besessen zu sein, erklärt mir die diensthabende Schwester, sei eine verbreitete Reaktion auf das Morphium, worauf ich sie bitte, es abzusetzen. Unmöglich, Monsieur, Sie würden die Schmerzen nicht aushalten! Wir können es ja notfalls wieder ansetzen. Sobald das Morphium aus meinem Körper heraus ist, steigt der Schmerz auf, ein Crescendo, das jeder meiner Nerven mit lebhaftem Interesse begleitet. Ein heiliger Sebastian, dem die Bogenschützen einzig das Gesicht durchbohren mit Pfeilen. Sie zielen alle zwischen die Augen. Als ihr Köcher geleert ist, lässt sich die Folter ertragen, nur darf ich mich nicht bewegen. Wegen meiner niedrigen Hämoglobinwerte will mich der Arzt zehn, zwölf Tage im Krankenhaus behalten, damit ich ohne Transfusion wieder auf die Beine komme. Er entschuldigt sich im Namen der Académie für den Diagnosefehler: Nun ja, eine posteriore Epistaxis ist sehr selten, und die Medizin ist keine exakte Wissenschaft. Bei Diagnosen, fügt er an, muss man immer Raum für den Zweifel lassen, wie im Theater für die Feuerwehr. Aber der Facharzt wird nun leider einmal am lebenden Objekt ausgebildet.

Zehn Tage Krankenhaus also. Bisher halb mit Schlafen und halb mit dem Schreiben des vorherigen Eintrags verbracht. In den ersten Tagen verleiht mir der ausladende Mullschnäuzer, der in meiner Nase steckt und weit aus ihr herauskragt, das Aussehen eines Türken von einst. Ich werde mit Eisen gepäppelt, lese, wandele träge die Klinikgänge entlang, lerne die Namen der Ärzte und Schwestern, knüpfe an die Rhythmen und Riten des Internats an, finde zum Kantinenessen zurück, entspanne und erhole mich bar jeder Ungeduld. Der einzige Wermutstropfen, der das Kranksein bitter macht: die gestreifte Hässlichkeit meiner Schlafanzüge. (Mona beteuert, es habe nur dieses Modell gegeben.)

Als Zimmernachbarn habe ich einen jungen Feuerwehrmann, der bei den Demonstrationen Anfang dieses Monats von Schlagstöcken der Polizei zusammengeknüppelt wurde. Angeblich wollte er sich zwischen die Ordnungskräfte und eine Gruppe von Demonstranten stellen. Da er keine Uniform trug, wurden ihm durch Recht und Ordnung die Zähne ausgeschlagen, der Kiefer ausgerenkt, die Nasenwand zertrümmert, ein Auge zermatscht, einige Rippen, die Hand und der Knöchel gebrochen. Er weint. Er ist ein Haufen Angst. Er weint aus panischer Angst. Ich kann ihn nicht trösten. Meine Verbände verleihen mir eine quakende Stimme, die jedem vernünftigen Trostwort abträglich ist. Seine Eltern und seine Verlobte, ein in Tränen aufgelöstes junges Ding, sind ebenso hilflos. Aber seine Kumpel von der Feuerwehr, die hauchen ihm allmählich wieder Leben ein. Jeden Abend kommt ein halbes Dutzend, verkleidet als Bretonin, Elsässerin, Savoyardin, Provençalin, Algerierin – ein Folklorehappening, an dem sich alle Schwestern unserer Etage beteiligen: mit Dudelsäcken, Querpfeifen, Tambourinen, Youyou-Rufen, regionalen Tänzen, mit Buttercrêpes, Couscous und Sauerkraut, mit Kronenbourg-Bier, Minztee und Abîme-Wein, das Ganze unter allgemeinem Gelächter, von dem wir anfangs fürchten, es könne unserem kleinen Feuerwehrmann den Rest geben (Kiefer und Rippen lassen sein Lachen durch Torturen laufen), aber es erweckt ihn zu neuem Leben.

43 Jahre, 9 Monate, 17 Tage Donnerstag, 27. Juli 1967

Die Entlassung aus dem Krankenhaus feiern Mona und ich im Bett. Bei einem Hämoglobinwert von 9,8 statt von 13. Leise Furcht, sie könnten mich nicht genügend mit roten Blutkörperchen aufgepäppelt haben, um meine Schwellkörper zu fluten. Aber das heißt, die Rechnung ohne Monas tropische Gastfreundschaft zu machen. Ich habe einen herrlichen Ständer! Wir brechen sogar alle zeitlichen Rekorde.

Ich habe einen herrlichen Ständer, aber statt zu kommen, kommen mir plötzlich die Tränen! Ein haltloses Schluchzen, immer wieder von Entschuldigungen unterbrochen, die es nur verstärken. Das gleiche Phänomen auf der Arbeit, wo ich eine Sitzung verlassen muss, um mich in meinem Büro still auszuheulen. Es ist ein gegenstandsloser Kummer, purer Seinsschmerz, der in plötzlichen Wellen, wie alles niederreißende Dammbrüche, über mich kommt. Postoperative Depression, das war zu erwarten anscheinend, Verflüssigung meiner Seele nach Abfluss meines Blutes. Und die Abhilfe? Ruhe, Monsieur, viel Ruhe, Sie sind unter eine Dampfwalze geraten, die Sie vollkommen ausgequetscht hat, das dauert, bis Sie wieder in Form sind, Kalbsleber, Monsieur, eine Kalbsleberdiät, sehr eisenhaltig, Kalbsleber, auch Pferdesteaks und Blutwurst, und Ruhe, Spinat müssen Sie sich nicht reinwürgen, ist eine Legende, das mit dem Eisen im Spinat, vermeiden Sie Aufregung, treiben Sie lieber Sport, fädeln Sie Ihren Körper wieder ins große Rennen ein!

Jetzt bin ich also in Mérac, wo die Tränen versiegen und ich die letzten Anflüge von Schwermut auf langen Wanderungen herauslaufe. Im Gras ausgestreckt, lassen Mona und ich es Abend werden wie in den Jahren vor unseren Sprösslingen. Gartenarbeit, Kindergetobe (die Kleinen von Marianne und unsere beiden Großen), Ritterlingragout, Musik – die Liste der kleinen, den Lebensinstinkt speisenden Freuden ist endlos.

43 Jahre, 10 Monate, 1 Tag — Freitag, 11. August 1967

Meine Kleidung juckt mich um die Taille herum zum Verrücktwerden. Insektenstich? Sollte die unsichtbare Herbstgrasmilbe oder die heimtückische Spinne, die stumme Bremse, die lauernde Zecke unsere Wiesenspiele ausgenutzt haben? Befund nach Untersuchung: keine Zecke, aber eine Kette aus kleinen Bläschen mit durchsichtigem Kopf, die sich von der linken Leiste über meinen Rücken bis zur rechten Niere erstreckt. Diagnose: Gürtelrose. Anders gesagt, ein Windpockenvirus, das in meinem Körper Dornröschen spielte und jetzt durch die Depression in Gestalt einer Nervenentzündung zu neuem Leben erwacht ist. Eine anscheinend recht verbreitete Sache, gegen die es eines Tages ein Mittel geben wird, im Moment aber nicht gibt. Im Moment muss man einfach abwarten, dass der Ausschlag abklingt. Bleibt zu resümieren: ein Nasenbluten ruft eine Blutarmut hervor, die eine Depression verursacht, welche ein Virus wachküsst, das zu einer Gürtelrose erblüht. Womit muss ich als Nächstes rechnen? Mit einer Jahrhunderttuberkulose? Mit mir treu ergebenem Krebs? Oder Lepra und dass meine Zehen zu Staub zerfallen?

43 Jahre, 10 Monate, 3 Tage Sonntag, 13. August 1967

Nun auch das noch: eine *Wiesengräserdermatitis*. Eine allergische Reaktion auf irgendeine Pflanze: die Finger meiner rechten Hand überzieht eine Schar von kleinen, stark juckenden Pickelchen. Zuerst dachte ich an einen erneuten Anfall von Gürtelrose, aber nein, eine *Wiesengräserdermatitis*. Ein hübscher Pilzname.

Tijo, dem ich die Kette meiner nicht abreißenden Übel kurz zusammenfasse, sagt kategorisch: Mach dir keinen Kopf, das wahre Übel verbirgt sich immer anderswo. Zum Beweis will er mir eine seiner guten Geschichten erzählen. Kennst du die Geschichte von dem Mann mit dem Frosch? Nein, kenne ich nicht. Eine lange Geschichte, ich warne dich, meinst du, du schaffst es noch, sie ganz anzuhören?

DIE GESCHICHTE VON DEM MANN MIT DEM FROSCH

Es ist die Geschichte eines Mannes, der mit einem kleinen Frosch auf dem Kopf geboren ist, verstehst du? Einem echten, lebendigen Frosch mit allem, was dazugehört, ein

Teil von ihm, hoch oben fest mit der Hinternhaut am Schädel verbacken. Der Frisör passt höllisch auf, wenn er zu Werke geht, umschnippelt sorgfältig den Frosch. Den Mann hat der Frosch nie gestört. Nicht, dass er ihn sonderlich liebt, wohlgemerkt, aber er ist mit ihm geboren und aufgewachsen, und weil er sich in seinem Leben rundum wohlfühlt, hat er nie ein Brimborium drum gemacht. Was ganz Normales halt. So normal, dass nie jemand eine Silbe über den Frosch verloren hat. Weder seine Eltern noch die Schulkameraden und auch nicht seine Freundinnen, Kinder, Kollegen im Büro oder sein Frisör, niemand.

Bis eines Morgens seine Frau ihn beim Frühstück über ihre Kaffeeschale hinweg ansieht und wie aus dem Nichts fragt:

»Sag mal, Liebling, den kleinen Frosch, willst du den dein Leben lang behalten?«

Wie vom Donner gerührt will der Mann wissen, warum sie ihm die Frage stellt.

»Nur so, einfach aus Neugier.«

Die Antwort erscheint ihm unbefriedigend, denn im Laufe ihrer zwölf gemeinsamen Ehejahre hat seine Frau noch nie irgendeine Anspielung auf den Frosch gemacht.

»Warum also heute Morgen?«

Da stellt sie ihre Kaffeeschale ab und fixiert ihren Kerl.

»Tabu, oder was, der Frosch?«

Der Mann erwidert ihren Blick.

»Keineswegs. Doch da mich bisher nie jemand auf ihn angesprochen hat, bin ich wohl durchaus berechtigt, meine Überraschung darüber zu bekunden, dass du nun heute Morgen dieses Thema aufs Tapet bringst.« (Der redet so, der Typ, ein bisschen wie du, hat studiert.)

»Es gibt eine Unmenge Themen, zu denen man lange

nichts sagt, bis man sie zum ersten Mal anspricht«, antwortet seine Frau (eher wohl jemand wie Mona).
Kurz, eine Art Gespräch, wie es dir schon beim Frühstück den Tag verhagelt. Zum Glück tauchen gerade die Kinder in der Küche auf (die beiden haben zwei – sagen wir, Bruno und Lison), die müssen ihr Frühstück kriegen und in die Schule gebracht werden, was der Mann mit dem Frosch jeden Morgen auf dem Weg zur Arbeit macht.
Im Auto ist er nicht gerade bester Stimmung. Er beobachtet, wie hinter dem Frosch, der ruhig im Rückspiegel hockt, seine beiden Rabauken flüstern, als ginge es um eine schwierige Entscheidung. Ihre Gesichter haben etwas Verschwörerisches, findet er. Schließlich gibt sich der Junge einen Ruck: Hör mal, Papa, könntest du uns an der Kreuzung vor der Schule absetzen?
Wie es halt allen Eltern eines Tages so geht, wenn die Kleinen nicht mehr direkt vor der Schule abgesetzt werden wollen, weil das nach Baby aussieht. Aber an dem Morgen ist der Mann mit dem Frosch außerstande, einfach zu denken:
»Was ist los? Ist es wegen meinem Frosch?«
Natürlich bedauert er die Frage sofort, was ihn nur noch ärgerlicher macht.
Er setzt die Kinder an der Kreuzung ab und fährt, völlig durch den Wind, weiter zur Arbeit, ein netter Laden, mit schnellen Aufstiegschancen. Er ist einer, der schuftet, ein echtes Arbeitstier, dazu mit Köpfchen, einer, der echt was draufhat, wirklich genau so ein Typ wie du. Im Büro teilt ihm seine Sekretärin mit, dass der Konzernchef ihn sprechen will: Ist extra dafür rübergekommen aus New York. Ah ja? Der Mann mit dem Frosch schnappt sich vorsichtshalber zwei, drei der wichtigsten Dossiers

und geht rauf zum Boss. (Kannst du mir folgen?) Der Big Boss (aufgepasst, es handelt sich um ein riesiges Unternehmen, von globalem Maßstab!) bittet ihn sehr liebenswürdig, Platz zu nehmen, sagt, wie zufrieden er mit ihm ist, dass er seit fünfzehn Jahren sich seiner »Dienste nur rühmen kann«, »sowohl hinsichtlich der Wachstumszahlen wie des Klimas, das Sie in Ihren Teams herzustellen vermögen« usw., das ganze Trallala, ich kürz ab, »Sie sind ein außergewöhnlicher Charakter«, usf., bis er dem guten Mann schließlich verrät, weshalb er ihn zu sich bestellt hat: Beförderung. Ja, so ist es, er schlägt ihm eine Beförderung vor. Zum Personalchef. Nicht nur der Firma vor Ort, nein, länderübergreifend, Konsortialleiter des Department of Human Resources. Zwölffach höheres Gehalt. Eine wirklich große Sache, eine Versetzung in den Zenit. Der Mann mit dem Frosch ist so überrascht wie erfreut, er ergeht sich in Dankesbekundungen, der Chef werde es nicht bereuen, vielen Dank, Herr Präsident, wirklich, meinen ergebensten Dank.

»Eine Kleinigkeit noch«, sagt der Konzernchef.

»Ja, Herr Präsident?«

Eine leichte Bewegung der Chefhand, als handele es sich wirklich um eine lächerliche Kleinigkeit, nichts, was einen beunruhigen müsste.

»Ihr kleiner Frosch.«

»Mein Frosch, Herr Präsident?«

Jetzt geht der Obermufti ganz sachte vor, sagt, dass er nichts gegen den Frosch habe, nichts Persönliches zumindest, er hat seinen Untergebenen stets nur mit gekannt und versteht vollkommen, dass er an ihm hängt, denn Sie hängen doch an ihm, nicht wahr? Vermutlich sind Sie damit auf die Welt gekommen? Im Übrigen hat er Ihrer Arbeit nie Abbruch getan … Aber mit Ihrer jetzigen beruflichen Veränderung, da vertreten Sie ja nun nicht mehr nur sich selbst oder auch unser Haus, lieber Freund, sondern das gesamte Konsortium, und auf dieser Etage, befürchte ich, könnte Ihr Frosch womöglich ein wenig … zum Beispiel auf die Japaner …

»Ich verstehe, Herr Präsident.«

»Sie verstehen? Ausgezeichnet. Auch das gehört zu Ihren Qualitäten. Aber überstürzen Sie nichts. Was mich betrifft, so hätte ich Verständnis, wenn Sie dieses Opfer nicht erbringen könnten. Aber es handelt sich ja doch um einen harmlosen Eingriff, Sie können sich an Doktor X wenden, der würde die Sache übernehmen, und grüßen Sie ihn von mir, aber wie gesagt, lassen Sie sich Zeit, denken Sie darüber nach und lassen Sie mich Ihre Antwort, sagen wir, Ende nächster Woche wissen. Einverstanden?«

Am selben Abend kommt der Mann mit dem Frosch in einem doch, na ja, ziemlich gespaltenen Zustand nach Hause. Einerseits schwellt ihm das Angebot die Brust, andererseits ist er wegen dem Frosch ein bisschen zerknautscht, wenn du verstehst, was ich meine. Normalerweise wäre er mit einer Flasche Champagner aufgekreuzt, aber so … Auch seine Frau ist nicht gerade spritziger Stimmung, und die Kinder machen sich klein. Ein übler Tag für alle vier. Abendessen und frühes Schlafengehn. Löschen des Lichts. Stille. Schläfst du? Nein. Ich auch nicht. Jetzt erst erzählt der Mann mit dem Frosch seiner Frau von seinem Dilemma. Oh, mein armer Schatz, das muss ja schrecklich für dich sein! Andererseits, ein zwölfmal höheres Gehalt …

Na ja, schon …

Die zwei bringen die Nacht darüber hin.

Am nächsten Morgen steht die Entscheidung: Weg mit

dem Frosch! Am übernächsten – gegenteilige Entscheidung: Unbedingt retten. Und so weiter, bis zu dem Morgen, an dem der Mann mit dem Frosch auf dem Weg ins Büro so abrupt bremst und wendet, dass ihm der Wagen ausbricht, dann jagt er volles Rohr Richtung Chirurg. (He, hörst du mir zu? Hör genau hin, jetzt kommt die Pointe, in wenigen Sätzen.)

Betreffender Chirurg empfängt ihn, wie ein Chirurg so empfängt:

»Nehmen Sie doch bitte Platz. Was kann ich für Sie tun?«

Da antwortet der Frosch, der bis dahin nie etwas gesagt hat:

»Ach, ein Kinkerlitzchen, Herr Doktor, ich hatte ein winziges Pickelchen auf dem Hintern – sehen Sie nur, was daraus geworden ist!«

43 Jahre, 10 Monate, 7 Tage   Donnerstag, 17. August 1967

Eine übellaunige Bemerkung von Lison, und Bruno, der mit einer Beleidigung dagegenschießt: »Hast wohl deine Tage, wie?« Lison, die vielleicht wirklich ihre – manchmal recht schmerzhafte – Regel hat, schweigt perplex. Und Bruno wird rot. Diese Scherze über die Monatsblutung der Mädchen sind eine historische Konstante. Die kleinen Macker wittern hier ein Geheimnis der Frauen, von dem sie ausgeschlossen sind, eine schleichend sich ins Spiel bringende Komplexität, dank derer die Frau im Geheimnis gründet … Die zur Frau gewordenen Mädchen auf diese Weise zu beleidigen, während man sich selbst noch längst nicht als Mann fühlt, ist dann die gewöhnliche Rache der Jungen. Trotzdem verunsichert sie die normative Kraft, die von der Doppelbedeutung des Wortes »Regel«

ausgeht. Diese Schwester, die zu verachten ich vorgebe, ist im Besitz der Regel. Sie verfügt über das Messwerkzeug. Sie bestimmt Gesetz und Maß. Sie reguliert den Lauf der Sterne. Die Milchbuben hätten gern, dass das Wort Regel etwas Ekelerregendes hat, aber seine anderen Bedeutungen schüchtern sie ein. Daher das mehr oder weniger verhüllende Ersatzvokabular, das im Lauf der Generationen gefunden wurde: Unpässlichkeit, Unwohlsein, die kritischen Tage, Periode, Zyklus, Monatsfluss, Menstruation, Menses, Menorrhö … Schon phonetisch klingt Menstruation ein wenig nach einer Ekelei, nach etwas Monströsem, auf das man grinsend zeigen kann: Monströation.

Die Monatsblutung … Liegt es daran, dass ich sehr früh über sie nachgelesen habe? Oder, dass sie in meiner Familie beschwiegen wurde? An den unanständigen Witzen, die meine älteren Schulkameraden darüber machten? Daran, dass sie Mona und mich bei unserem Sexualleben nie gestört hat? Jedenfalls mochte ich die Regelblutung der Frauen von Anfang an, obwohl in meiner Jugend die damit verbundenen Vorstellungen von Ekel und Hexentum noch »die Regel« waren. Als ich wusste, dass die Frauen ihre Monatsregel bekommen und wofür diese Monatsregel da ist, und ich außerdem noch erfahren hatte, dass Frauen ungeachtet ihrer wiederholten Schwangerschaften und der kräftezehrenden Unterdrückung durch die Männer deutlich länger leben als diese, kurz, als ich all diese Faktoren erwog und bedachte, gelangte ich zu dem Schluss, dass die Frauen ihr im Schnitt höheres Alter der Monatsblutung verdanken. Ein Aberglaube, dem ich noch heute anhänge, obgleich er sich, soviel ich weiß, durch nichts wissenschaftlich untermauern lässt. Aber ich habe das Blut sehr früh als Treibstoff empfunden. Und wenn die Mädchen allmonatlich einen Teil dieses Treibstoffs austauschen und dadurch die gesamte Füllung reinigen, während unser Blut in einem geschlossenen System kreist und deshalb unser Körper schneller als der ihre einen Kolbenfresser kriegt (siehe mein nicht versiegendes Nasenbluten), so konnte mich dies nur davon überzeugen, dass die Regelblutung der Hauptgarant für die weibliche Langlebigkeit ist. Eine Überzeugung, von der ich nie gelassen habe. Ich weiß, dass das Unfug ist, was mir aber bislang noch niemand beweisen konnte. Die Welt meiner Kindheit war – und das bestärkte mich in meiner Überzeugung – eine Welt der Witwen, wie die heutige anscheinend auch, sieht man all die männerlosen alten Damen. Meines Wissens haben nicht alle diese alten Damen ihre Ehegatten erschossen; und so mörderisch Kriege sind, sie reichen nicht aus als Erklärung für diese menschheitsgeschichtliche Konstante: Im Durchschnitt leben die Frauen länger als die Männer. Dank ihrer Regel, sage ich.

Das geht mir jedes Mal durch den Sinn, wenn ich in einem Badezimmerfach oder auf Reisen in Monas Kulturbeutel auf Tampons stoße. Nicht, dass ich sie verzückt oder zärtlich betrachte, aber wie sie da mit ihrer kleinen Zündschnur sauber aufgereiht in der Schachtel liegen, diese Zukunftspatronen, erinnern sie mich unvermeidlich an meinen Glauben: Dank ihrer Regel leben die Frauen länger als die Männer.

43 Jahre, 10 Monate, 8 Tage — Freitag, 18. August 1967

Mona zufolge klammere ich mich an diesen Glauben ganz einfach deshalb, weil das Witwerdasein mich nicht lockt: Lieber soll ich über deinem Grab weinen. Typisch Mann, den Schiss, den ihr habt, als Tugend zu verschleiern!

Ebenfalls Mona zufolge haben die Frauen schlicht in dem Moment die Männer an Lebenszeit zu überflügeln begonnen, als sie aufhörten, im Kindbett zu sterben. Wenn sie heute länger leben als wir, so nur, um die verlorenen Jahrtausende nachzuholen.

44 Jahre, 5 Monate, 1 Tag — Montag, 11. März 1968

Nie ein Händedruck zwischen Decornet und mir, wenn wir uns in der Firma begegnen: immer nur ein Kopfnicken, Tag Auf Wiedersehn. Er schafft es immer, etwas in *beiden* Händen zu haben. In der einen den Schirm, in der anderen den Regenmantel. Ein Werkzeugkästchen *und* einen Kaffeebecher. Einen Bürostuhl *und* einen Telefonhörer. Eine Schreibmaschine *und* einen Blumentopf.

Des Rätsels Lösung – ich habe es heute von Sylvaine erfahren –: Die Vorstellung eines Händedrucks ist für Decornet eine grauslige Vorstellung. In Wahrheit graust es ihm vor jedem physischen Kontakt. Dieser gutmütige Riese und Doppelgänger Jacques Tatis lebt in der beständigen Furcht, *sich irgendetwas zu fangen* – eine Bakterie, ein Virus, eine ansteckende Krankheit. Er wäscht sich die Hände zwanzig, dreißig Mal am Tag und trägt stets ein Fläschchen Desinfektionsmittel bei sich, falls das Pech es will und doch einmal anderes Fleisch das seine berührt. Dann muss er es fuchsschlau anstellen, um sich ungesehen von dieser Besudelung reinigen zu können. Wie lange vermag er sich wohl in der Firma zu halten, ohne dem rituellen Shakehands seinen Obulus zu entrichten? Ich selbst kenne dergleichen Phobien nicht, weil ich überzeugt bin, dass der Feind, der mich eines Tages zur Strecke bringt, schon da ist. Ich frage mich sogar mit einiger Neugier, an welcher Stelle mein Körper damit anfangen wird, seinen Geist aufzugeben.

44 Jahre, 5 Monate, 12 Tage Freitag, 22. März 1968

Sylvaine – wieder einmal sie – erzählt mir, dass eine der Stenotypistinnen aus der Buchhaltung sich von ihrem Mann getrennt hat, weil er bei jeder Gelegenheit seinen Popel verspeist, selbst bei Tisch. Ein Psychiater würde sich die Hände reiben angesichts dieses fortbestehenden kindlichen Verhaltens. Und angesichts dieser Ehefrau, deren Gründe für die Scheidung so offensichtlich vorgeschobene sind.

44 Jahre, 6 Monate Mittwoch, 10. April 1968

Habe auf meinem rechten Unterarm, dort, wo die Haut am zartesten ist, drei winzige, flammendrote Punkte entdeckt, die exakt wie die Sterne des Sommerdreiecks zueinander stehen. Sie haben mich an die Liebesspiele mit jener schönen Québecoise erinnert, die ich zu meinem dreiundzwanzigsten Geburtstag geschenkt bekam, Suzanne. Was ist aus ihr geworden? Ich konnte es mir nicht verkneifen, die drei roten Punkte mit dem Kugelschreiber zu verbinden.

44 Jahre, 6 Monate, 17 Tage Samstag, 27. April 1968

Es sind winzige Angiome, sagt der Dermatologe, auch *Rubinflecke* genannt, sie nehmen mit den Jahren zu. Eine Alterserscheinung, sagt er, als sei das eine Erklärung: Die Haut altert und fängt zu blinken an. Und melancholisch fügt er hinzu, dass die Chinesen seit unvordenklichen Zeiten aus der Verteilung dieser Rubinflecke über den Körper die Zukunft gelesen hätten, aber diese Praxis sei sicherlich von der Kulturrevolution geächtet worden.

44 Jahre, 6 Monate, 23 Tage Freitag, 3. Mai 1968

»Die Haut altert.« Dieser harmlose Satz war ein Glückstreffer, er erinnerte mich an eine Wendung von Mama. Wenn Mama jemanden nicht mochte (aber wen mochte sie?), nannte sie ihn *alter Knochen*. Alter Knochen, alter Knacker, alter Opa, alte Tante, alte Schachtel, altes Schrapnell, altes Gemüse, altes Eisen, altes Ekel, alter Mummel-, alter Tattergreis: Die Wörter, die Sprache, die festen Wendungen verraten, wie schwierig es ist, das Altern leichten Herzens zu beginnen. *Wann*, im Übrigen, beginnen wir damit?

Mai 1968

Könnte es sein, dass die Straße im Begriff ist, das Journal des Körpers zu schreiben?

44 Jahre, 9 Monate, 24 Tage Samstag, 3. August 1968

Heute Morgen in Marseille mein erster Sommereindruck: wie flink ich angezogen war. Zwei Taktschläge und drei Bewegungen, Slip, Hose, Hemd, Sandalen: Das ist der Sommer! Nicht die Klamotten selbst, so leicht sie auch sind, haben mir diese Sommerfreudigkeit vermittelt, sondern wie flink ich in sie hineingesprungen bin.

Im Winter brauche ich zum Anziehen so lang wie ein Ritter, der seine Rüstung anlegt. Jede Körperpartie verlangt ihren passenden Stoff: Meine Füße reagieren hochempfindlich auf die Wollfasern der Socken, und mein Torso verlangt den dreifachen Schutz von Unterhemd, Oberhemd und Pullover. Mich im Winter anzuziehen bedeutet, ein Gleichgewicht herzustellen zwischen meiner inneren Temperatur und der Vielzahl von Außenwelten – außerhalb des Bettes, außerhalb des Zimmers, außerhalb des Hauses … Es geht darum, im genau richtigen Wärmebad zu schwimmen; nichts ist unangenehmer und sträflicher im Winter, als zu schwitzen oder zu frieren. Dieses Anlegen der winterlichen Montur verlangt beträchtliche Aufmerksamkeit und Zeit. »In die Klamotten springen« ist ein Sommerausdruck, im Winter legt man seine Kleider an; man legt sie an und trägt sie. Denn sie besitzen auch Gewicht. Jenseits seiner wärmespeichernden Eigenschaften ist es das Gewicht meines Mantels, das mich vor der Kälte schützt.

(Unter dem Blickwinkel der aufgewendeten Zeit sind die Stierkämpfer im Sommer die Einzigen, die sich ankleiden, als sei Winter. Ein Torero springt nie in seine Kleider. Mieser Beruf.)

44 Jahre, 9 Monate, 26 Tage — Montag, 5. August 1968

»Mit fünfunddreißig Jahren liebte ich noch«, schreibt Montesquieu in seinen *Gedanken*. Ich musste darüber nachdenken, während Mona und ich miteinander schliefen. Worauf zielte er ab? Auf die Fähigkeit, sich zu verlieben wie in jungen Jahren? Auf eine intakte Männlichkeit? Aber wie in diesem Fall das »noch« interpretieren? War es im 18. Jahrhundert verbreitet, dass man nach dem 35. Lebensjahr keinen mehr hochkriegte? Diese Gedanken gingen mir durch den Kopf, während ich in Monas Armen lag, kraftvoller Aufstieg der Lust, und dann der plötzliche Absturz, Talfahrt des Bergsteigers … Wie seinerzeit bei meinen ersten Übungsanläufen. Monsieur ist mit dem Glied woanders, schlussfolgert Mona, die sich für dieses männliche Rätsel von jeher interessiert hat. Ich für meinen Teil gelange hier wieder einmal an die Grenze dieses Journals: die Trennlinie zwischen Körper und Psyche. Von der Angst, zu jung zu sein, über das Gebrechen der Impotenz (das Pavese in den Suizid und Stendhals Octave in den tödlichen Kampf für die Freiheit Griechenlands trieb) bis zur Angst, zu alt zu sein: stets bezichtigen sich Geist und Körper in einem entsetzlichen stummen Prozess wechselseitig der mangelnden Potenz.

44 Jahre, 9 Monate, 29 Tage Donnerstag, 8. August 1968

Mit den Kindern am Meer gewesen, an dem kleinen Strand von Cagnes. Seit ewigen Zeiten wieder einmal gebadet! Ich schwamm lange unter Wasser, wie damals mit zwanzig. Unter Wasser könnte ich leicht das Atmen und all meine Landverpflichtungen seinlassen. Dass meine Haut rundherum von der Haut des Meeres umschmeichelt wird, hätte eine ausschließliche Leidenschaft werden können: das Atmen verlernen und das Leben eines Schweinswales leben, in dieser Seide eine schwerelose Existenz führen, bisweilen das Maul öffnen, um Nahrung in mich einströmen zu lassen. Aber wir treffen Entscheidungen, die unsere heftigsten Leidenschaften in eine reine Vorstellung vom Glück verwandeln. Es genügt mir zu wissen, dass ich mich unter Wasser wohlfühle, um nicht schwimmen gehen zu müssen. Darüber dachte ich heute Morgen nach, untergetaucht im Mittelmeer, ehe ich wieder mit beiden Füßen fest auf der Erde stand. Fest … Von wegen! Kaum setzte ich einen Fuß an Land, da ließen mich die Kiesel einknicken wie diese kleinen Holztiere – meist Giraffen –, die in sich zusammensacken, sobald man gegen den Sockel drückt, auf dem sie stehen. Während ich den Vierfüßler gebe, rennen Bruno und Lison, die, barfüßig wie ich, mit anderen Jugendlichen Volleyball spielen, umher, als liefen sie über Sand.

44 Jahre, 10 Monate, 2 Tage Montag, 12. August 1968

Heute Morgen Gang ans Meer ohne die scheußlichen durchsichtigen Plastiksandalen, die Mona mir anbot. Vielleicht ein wenig zu steif, das Kreuz etwas zu stark durchgedrückt, bewege ich mich aufrecht (mich möglichst aufrecht haltend) über die Kiesel wie einer, der den Anblick des Meeres genießt, dem er traumversunken entgegenschlendert. Meine Fußsohlen testen in Abstimmung mit meinen Knöcheln den Rücken eines jeden Kieselsteins – seine Beschaffenheit, Temperatur, Oberfläche, Rundung – und geben die Information an meine Knie weiter, die sogleich meine Hüften in Kenntnis setzen, und so geht es, gehe *ich,* bis die Menge der zu übermittelnden Informationen derart angewachsen ist, dass mein Hirn sich nicht mehr zurechtfindet und der unvorhergesehene Stein – jener eine, der spitzer als die anderen ist – ihm sagt, es soll meine Arme in Bewegung setzen, damit ich das Gleichgewicht halte. Und während ich mit den Armen rudere, bin ich die Inkarnation von Violette! Ich denke nicht an Violette, ich stelle mir Violette nicht vor, ich rufe mir Violette nicht in Erinnerung, ich *bin* Violette, wie sie über die Kiesel wankt und schwankt, wenn wir Fische fangen gingen. Ich bin der alte, wackelige Körper von Violette, Violette läuft in mir – nicht mit mir, *in* mir! Ein Ganz-und-gar-Besessensein, mit dem ich herrlich einverstanden bin. Ich bin Violette, wie sie auf den Klappstuhl zukippelt, den ich ihr immer wieder entzog, einen Meter, zwei, drei, um sie zu ärgern. Wenn du erst so alt bist wie ich, dann fehlt dir auf den Kieseln auch der feste Halt, sagte sie. Aber einen lebenden Fisch halte ich dann noch allemal fest! Ja, aber wenn du so alt bist wie ich, dann bin ich tot. O nein, Violette, du bist da! Du bist da!

44 Jahre, 10 Monate, 3 Tage Dienstag, 13. August 1968

Im Grunde gefällt mir die Idee, dass unser *Habitus* stärkere Erinnerungsspuren als unser Bild im Herzen derer hinterlässt, die uns geliebt haben.

44 Jahre, 10 Monate, 5 Tage Donnerstag, 15. August 1968

Erneut am Strand. Ich liege auf einem Badetuch und lese. Ich geh mal baden, sagt Mona. Ich folge ihr mit den Augen auf ihrem Weg zum Meer. Herrlich, diese Nahtlosigkeit des weiblichen Körpers, die nichts unterbricht! Allerdings trägt Mona auch nie Bikini, diesen Zweiteiler, der die Frauen in fünf Teile zerlegt.

Nach einem schweigend über unseren Tellern hingebrachten Abend geht Bruno schlafen ohne ein Wort, allerdings mit einer Ausdruckslosigkeit im Gesicht, die sich ausdrucksreich will. Ein Szenario, das sich momentan häufig wiederholt. Weil wir nämlich pubertieren. Weil wir gern eine Miene hätten, die uns von der Redefron erlöst. Weil wir an einem bedeutungsträchtigen Schweigen arbeiten. Weil wir unser Gesicht wie eine Röntgenaufnahme unserer Seele spazieren tragen. Aber leider sagen Gesichter nichts. Sie sind bestenfalls eine Folie, auf der sich die Empfindlichkeit des Vaters spiegelt: Was habe ich meinem Sohn getan, dass er mir mit dieser Leichenbittermiene entgegentritt?, fragt sich der Vater, den dieses Rätsel infantilisiert; nicht viel, und er würde »Das ist ungerecht!« schreien.

Brunos Gesicht erinnert mich an diesen Kurzfilm von Kuleschow (oder Kuleshow? – jedenfalls von einem russischen Regisseur). Er zeigt das frontal in Nahaufnahme gefilmte Gesicht eines Mannes nacheinander vor einem vollen Teller, einem eingesargten toten Mädchen und einer träge auf dem Sofa liegenden Frau. Das Gesicht des Mannes ist vollkommen ausdruckslos, aber der Zuschauer glaubt, es drücke beim Anblick des Tellers Hunger, des toten Mädchens Verzweiflung, der trägen Frau leidenschaftliche Begierde aus. In Wahrheit aber handelt es sich um eine einzige Einstellung, und das Gesicht ist bar jeden Ausdrucks.

Rede, mein Sohn, rede. Bisher wurde noch nichts Besseres gefunden, um sich verständlich zu machen, glaub mir.

Aufschlüsselung von Brunos höchst raren Gesichtsausdrücken, um ihm ein Glossar für den Tag an die Hand zu geben, da er das Gesicht seines eigenen Sohnes entziffern muss.

Verschiedenartig verzogenes Gesicht plus Schulterzucken:

1) Na und?

2) Ist mir doch egal.

3) Weiß nicht.

4) Mal sehen.

5) Geht doch mich nichts an.

Kopfschütteln, gerunzelte Stirn, starres Geradeausblicken auf einen Punkt 30 Grad über dem Horizont, dazu ein schwacher Seufzer:

Unglaublich, was man sich anhören muss! *(Bei nachdrücklicherem Seufzer:)* Ihr redet vielleicht einen Stuss!

Kurzes Nicken ohne Blickkontakt:

Quatsch ruhig, Alter.

Irgendwohin stierender Blick, auf den Tisch trommelnde Finger:

Das hast du mir schon hundertmal gesagt.

Feines Insichhineinlächeln und Fixieren der Tischdecke:

Ich sage zwar nichts, denke mir aber meinen Teil.

Hämisches Grinsen:

Wenn ich wollte, würde ich euch mit meiner Ironie in der Luft zerreißen.

Die Rolle der Augen:

Aufgerissene Augen – ungläubiger Sohn, rollende Augen – unverstandener Sohn, herabsinkende Lider – ausgelaugter Sohn …

Die Rolle der Lippen:

Zusammengekniffen bei zurückgehaltener Wut, vorgestülpt bei fatalistischem Seufzer, herabhängend (die Mundwinkel) aus Verachtung.

Die Rolle der Stirn:

Senkrechte Falten als Folge vergeblicher Anstrengung (Ich versuche ja, euch zu verstehen, aber, wirklich, nein …). Waagerechte Falten infolge ironischer Verblüffung (Ach ja? Wirklich? Ernsthaft?). Glatte Stirn: Dazu fällt mir jetzt nichts mehr ein …

Usw.

45 Jahre, 1 Monat, 8 Tage — Montag, 18. November 1968

Generalversammlung zum Tagesausklang. Ich versammele meine kleine Truppe und stelle fest, dass sie so klein nicht ist. Da sitzen statt siebzehn vierunddreißig meiner lieben Kollegen. Sollte ich befördert worden sein? Nein, verdoppelt hat sich nicht mein Mitarbeiterstab, sondern jeder Einzelne. Zwei Chevriers, zwei Annabelles, zwei Raguins, zwei Poirets … Ich schiele! Schiele vor Müdigkeit. Kein Zweifel: Zwei Félixe, ein doppelter Decornet … Ich sehe doppelt. Als ob jeder meiner Beamten mit einem durchscheinenden Schutzengel gekommen wäre. Wenn ich bewusst akkomodiere, schlüpft der Engel zurück in die jeweilige Person, als fürchte er sich vor meinem mürrischen Blick. Aber kaum lasse ich in der Muskelanstrengung nach, foppen mich die Engel erneut. Zwei Sylvianes, zwei Parmentiers, zwei Sabinen …

45 Jahre, 1 Monat, 10 Tage Mittwoch, 20. November 1968

Beginnende Presbyopie, so der Augenarzt. Anders gesagt: Altersweitsichtigkeit. Doppelbilder durch mangelhafte Akkomodation; ein Klassiker. Er bietet mir einen Kurs in Augengymnastik an, »damit Ihre Sehwerkzeuge Muskeln bekommen«, wodurch sich das Tragen einer Brille noch hinauszögern lasse. Aber nicht verhindern? Nein, leider nicht, unvermeidlich, früher oder später, so um die vierzig, fünfzig. Dann doch gleich eine Brille. Kurzer Disput. Er versteht nicht, dass ich nicht zwei, drei Jahre herausschinden will. Ich gebe mich abgeklärt: Wenn es ein Brillen-Alter gibt, warum es hinauszögern? Er lässt nicht locker. Ich darauf: Keine Zeit für derlei Übungen, die zu machen ich außerdem zu träge wäre. Der entscheidende Grund ist ein anderer, doch den behalte ich für mich: Keine Lust, mich in irgendwessen Fänge zu begeben, um egal welche Übungen zu machen.

45 Jahre, 1 Monat, 19 Tage Freitag, 29. November 1968

Langes Zögern beim Aussuchen der Brille. Nicht wegen der Unzahl von Gestellen, die der Optiker mir zeigt, sondern weil ich nicht herausfinde, wodurch sich mein Gesicht auszeichnet. Ich probiere Modell nach Modell, aber zu sagen, dass mir dieses besser stehe als jenes oder jenes andere schlechter als dieses, dazu bin ich außerstande. Keinerlei Meinung in dieser Sache. Sagenhafte Geduld des Verkäufers, der mir jedes Mal den Spiegel reicht. Es ist ein großer, magerer junger Mann mit Adamsapfel und hervorstehenden Backenknochen. Er hat sein Gesicht mit einer schmalen, schwarzgerandeten Brille schraffiert, was ihm ein entschiedenes Aussehen verleiht. Zumindest auf diesem Terrain kennt er sich. Sein Gesicht sagt ihm etwas. Meines sagt mir nichts. Ich überlasse mich Ihnen, sage ich, entscheiden Sie. Dieses kleine Spiel stachelt ein wenig meine Neugier an: Gleich werde ich erfahren, was für ein Gesicht ich aus der Sicht dieses Fremden habe, vor dessen Auge von morgens bis abends Dutzende Gesichter vorüberziehen. Er betrachtet mich, denkt eher nach, als dass er zögert, und wählt eine Brille ohne Gestell. Die hier, sagt er, mit der sehen Sie aus, als ob Sie gar keine Brille tragen würden.

Was nicht verhindert, dass Lison und Mona finden, die Brille *stehe* mir ausgezeichnet. Bruno, wenig später, lakonisch: Wundert mich nicht, dass du dieses Modell ausgesucht hast! Er wartet darauf, dass ich frage, weshalb, aber das mache ich natürlich nicht. Dieses verfluchte Spielchen zwischen uns … Bei Bruno werde ich zum Pubertätling, aber einem Pubertätling, der ich nie war.

Selber Tag

Die Brille steht dir wirklich ganz ausgezeichnet, wiederholt Mona, als ich das Buch zuklappe, noch ehe ich meine Sehhilfe aufs Nachtschränkchen gelegt habe, um das Licht zu löschen. Die Brille *steht* mir ausgezeichnet. Warum hier dieses Verb »stehen«? Warum nicht »gehen«? So wie es einem gut oder schlecht *geht* … Wie gehts? Es geht! Der ursprüngliche Sinn des Verbs, Ausdruck einer Bewegung, ist in der übertragenen Bedeutung aufgehoben, meine Gesundheit und ich bewegen sich im Einklang. Sollte dies nicht auch für das Zusammenspiel von Brille und Gesicht gelten? Doch Schlaf überkommt mich und die Frage verliert sich darin. *Das Meer, gegangen mit dem Licht …* Glücklicherweise stellte Rimbaud sich solche Fragen nicht.

45 Jahre, 1 Monat, 20 Tage Samstag, 30. November 1968

Einschlafen: sich auflösen im Schlaf. Aufwachen: sich auflösen in Betriebsamkeit.

45 Jahre, 3 Monate, 1 Tag Samstag, 11. Januar 1969

Lison schneidet sich beim Essen von Krustentieren in den Finger. Resolut schnappt sich Tijo den Finger und taucht ihn in sehr fein gemahlenen Pfeffer. Lison verspürt keinerlei Schmerz, und das Blut ist sofort gestillt. Du wirst nicht mal eine Narbe sehen morgen. Ich frage Tijo, woher er das hat. Woher schon? Von Violette natürlich!

45 Jahre, 5 Monate, 9 Tage Mittwoch, 19. März 1969

Siebzehn Stunden Verhandlungen. In den nächsten drei Tagen werde ich kein Wort mehr über die Lippen bringen. Das Ermüdendste an diesem Sport ist nicht der Kraftakt, den man leistet, um die Dossiers detailliert im Kopf zu behalten, auch nicht, dass einem nichts von den Argumenten der einen und der anderen entgehen darf, ebenso wenig die plötzlichen Rückzieher bei Punkten, auf die man sich bereits geeinigt zu haben schien, ja nicht einmal die vorwärtsschreitende Zeit, die keine Pause zulässt, das Zermürbendste ist die Qual, sich zurückhalten zu müssen, die man diesen durchweg priapistischen Temperamenten anspürt. Denn sie laufen permanent mit einem Ständer herum, jeder von ihnen. Ja, es ist gerade diese Dauererektion, die sie in ihre Machtposition gebracht hat. Sie halten es kaum aus, einen Knüppel in der Hose zu haben und ihn nicht rausholen zu können. Sie verausgaben sich in diplomatischen Windungen, während sie in Wahrheit ihrem Gegenüber in den Arsch ficken wollen. Bei ihnen im Büro ist das etwas anderes, dort können sies den kleinen Angestellten ungestraft geben, aber hier … Der Spitzenpolitiker ist von Natur aus priapistisch. Seinen Aufstieg an die Macht verdankt er genau dieser Energie – oder ihrem genauen Gegenteil, der eisigen Impotenz einer entschlossenen Jungfrau à la Salazar. Als Chruschtschow mit seinem Schuh aufs Rednerpult der UNO schlug, da hatte er keinen Wutanfall, er ließ es einfach kommen, seine Art, sich einen Moment der Erholung zu gönnen. Ich kann ihn verstehen, nach siebzehn Stunden sind meine Füße aufs Doppelte angeschwollen.

46 Jahre, 2 Monate, 29 Tage Donnerstag, 8. Januar 1970

Chevrier sah mich heute Mittag, während wir vor einer Kalbsleber Genf besprachen, mit einem Blick an, aus dem ich sofort verstand, dass irgendwo an meiner Unterlippe ein Stückchen Petersilie klebte. Das rief mir einen gewissen Valentin ins Gedächtnis, eine verblüffende Gestalt aus der Zeit, als ich mich auf den Concours vorbereitete. Ein Reservoir an Bildung, seine Exkurse über die höfische Liebe, die Dichter der Renaissance, die *Carte de Tendre* waren hinreißend. Aber Blicke wie den von Chevrier verstand er nicht, zudem aß er wie ein Schwein. Am Ende der

Mahlzeiten konnten wir an seinem Bart den Speiseplan ablesen. Es war extrem unappetitlich. Und ein erstes Anzeichen jenes Sichgehenlassens und Herunterkommens, das ihn, den Jahrgangsbesten, Jahre später in die Psychiatrie brachte.

46 Jahre, 3 Monate, 11 Tage Mittwoch, 21. Januar 1970

Kann auf dem gegenüberliegenden Trottoir den Namen der Rue de Varenne nicht mehr lesen! Im Weitergehen auch andere Straßennamen auf anderen Straßenschildern nicht. Selbst wenn ich die Augen zusammenkneife, bleiben die Buchstaben verschwommen, noch die aufdringlichsten Werbelettern wollen sich mir nicht beugen. Jetzt werde ich auch noch kurzsichtig! Das nimmt mich mehr mit als die Altersweitsichtigkeit. Dieses erste Anzeichen eines Alterns meiner Augen war mir harmlos erschienen – ihm wäre mit einer einfachen Lupe beizukommen. Aber das hier ist etwas anderes, ich fühle mich wie … *bedroht*. Ein archaisches Gefühl? Ein alter Instinkt? Sich verkleinerndes Jagdgebiet? Wohl etwas in dieser Art. Meine Augen können die Savanne nicht mehr überblicken. Früher tastete ich mit dem Blick den Horizont ab, verfolgte in der Ferne das Wild; bald würde ich an den Wänden meiner Erdhöhle die Schaben aufspüren müssen. Die ganze freie Weite wäre verschwommen. Unsere Vorfahren müssen derlei Ängste erlebt und versucht haben, sie so lange wie möglich vor den Jungen der Sippe zu verheimlichen, doch die stellten die Alten auf die Probe, lauerten auf den Moment, da der Jäger sich zur Beute wandelt. So wird man entthront.

Das ist wirklich nicht schlimmer als die Altersweitsichtigkeit, erklärt mir der Augenarzt. Bei Ihnen ist das eine ganz normale Folgeerscheinung. Die Notwendigkeit, Ihre Sehschwäche im Nahbereich auszugleichen, hat die Muskeln überanstrengt und ermüdet, deshalb leidet jetzt Ihre Fernsicht; im Übrigen hätte das schon längst der Fall sein müssen. Hübsches Durchhaltevermögen! Wie dem auch sei, die Sache lässt sich ebenso leicht korrigieren wie die Presbyopie. Sie brauchen eine zweite Brille, für die Ferne. Oder, wenn Ihnen das lieber ist, eine Brille mit geteilten Gläsern.

46 Jahre, 3 Monate, 25 Tage Mittwoch, 4. Februar 1970

Ich sehe wieder scharf. Meine Brille akkomodiert an meiner Stelle. Nicht mehr lange und es beginnt das Alter, in dem ich nur noch ein zentrales, von vielfältigen Prothesen unterstütztes Hirn bin. Was wird in dreißig Jahren noch von meinem ursprünglichen Ich vorhanden sein bei der rasanten Entwicklung, die die Robotertechnik nimmt? So spintisiere ich vor mich hin, bis ich einschlafe.

46 Jahre, 8 Monate, 7 Tage Mittwoch, 17. Juni 1970

So belastend meine Schlafstörungen sind, sie erinnern mich an meine sehr alte Freude am wiederholten Einschlafen. Jedes Erwachen ist für mich ein Wiedereinschlafversprechen. Und zwischen Schlummer und noch einmal Schlummer, da treibe ich dahin.

Heute frühmorgens durch ein Pfeifen erwacht, vergleichbar dem eines auf dem Herd vergessenen Dampfkochtopfs. Ich glaubte, es komme von draußen, und schlief wieder ein. Eine Stunde später erneutes Erwachen. Dasselbe Pfeifen. Hoch und dauerhaft. Eine Düse, ein Ventil, irgend so etwas. Gereizt wies ich Mona darauf hin. Was für ein Pfeifen? Hörst du nichts? Nein. Bist du taub? Sie spitzt die Ohren. Ein Pfeifen, wie wenn Dampf ausströmt, sehr hoch. Nein, ehrlich, ich höre nichts. Ich stehe auf, öffne das Fenster, lausche auf die Straße hinaus. Genau, das Pfeifen kommt von der Straße. Aber nach dem Schließen des Fensters ist das Pfeifen noch da. Und zwar genauso laut! Mona, hörst du wirklich nichts? Nein, sie hört wirklich nichts. Ich schließe die Augen. Ich konzentriere mich. Woher kann es kommen? Ich gehe in die Küche, um Kaffee zu kochen, das Pfeifen ist auch dort, ohne dass ich seine Quelle ausfindig machen kann. Ich überprüfe den Gasanschluss, die Flamme in der Therme, sehe nach, ob die Fenster gut geschlossen sind … Auf meinem Rückweg ins Schlafzimmer mit der Kaffeekanne öffne ich die Wohnungstür: auch dort auf dem Treppenabsatz, wie überall, dieses hartnäckige, konstante Pfeifen, ein linealgerader Strich unter meinen Ohren. Plötzlich erkenne ich es wieder. Es ist dieses Pfeifen, das ich manchmal nach dem Essen in meinem Kopf höre. Aber normalerweise geht es rasch vorüber. Es tritt auf und verschwindet wie eine Sternschnuppe. Manchmal beschreibt es eine etwas längere Bahn, aber immer verliert es sich zuletzt im grenzenlosen Raum meines Schädels. Diesmal nicht. Ich halte mir die Ohren zu: Das Pfeifen ist da, in meinem Kopf, ein Dauergast zwischen meinen Lauschern! Panik. Zwei, drei

Sekunden lang die verrückte Idee: Wenn das jetzt ewig bleibt? Der Gedanke, dieses Pfeifen für den Rest meines Lebens zu hören, es weder abstellen noch abändern zu können, ist wahrlich entsetzenerregend. Es wird aufhören, sagt Mona.

Und es hört auf: Der Krach auf der Straße, das Zischen der Métro, das Stimmengewirr in den Gängen, die Arbeitsgespräche, das klingelnde Telefon, die sich daraus ergebenden Verhandlungen, Parmentiers Protestgeschrei, Annabelles Litaneien, die ziemlich unangenehmen Scharmützel zwischen Raguin und Garet wegen der Verwaltungskosten, das Dauergezeter von Félix bei Tisch, all dies städtische und berufliche Getöse hat über meine Sternschnuppe gesiegt, sie ist darin verglüht.

Aber kaum fiel heute Abend die Wohnungstür hinter mir ins Schloss (Mona war bei N. und Lison in ihrem Kurs), war das Pfeifen wieder da, ausgespannt zwischen meinen beiden Ohren und unverändert. In Wahrheit war es nie verschwunden, sondern tagsüber nur vom Lärm des öffentlichen Lebens überdeckt gewesen.

48 Jahre, 6 Monate, 4 Tage — Freitag, 14. April 1972

Der HNO-Arzt, den Colette mir empfohlen hat, natürlich der beste seines Faches, erklärt mir nach dreiviertelstündigem Warten die Sache in vier Punkten:

1) Ich habe einen Tinnitus.

2) Fünfzig Prozent der Patienten werden ihren Tinnitus nicht mehr los.

3) Fünfzig Prozent der an einem chronischen Tinnitus Leidenden begehen Selbstmord.

4) Diese erbaulichen Nachrichten kosten mich einhun-

dert Francs, wenn Sie dann bitte im Sekretariat zahlen wollen.

Schlaflose Nacht natürlich. Eins zu zwei also die Chancen, einen chronischen Tinnitus zu haben, sprich ein ständig eingeschaltetes Radio im Kopf, das bei mir als einziges Programm ein Dauerpfeifen sendet, bei anderen ein Jaulen oder Trommeln oder Läuten oder Kastagnettenklappern oder Ukulelegezupfe. Mir bleibt nichts, als mich zu *gedulden*. Abzuwarten, ob es vorübergeht oder anhält, ob das Programm beim Pfeifen bleibt oder aber das gesamte Orchester in meinem Hirnschädel Platz nimmt.

48 Jahre, 6 Monate, 5 Tage Samstag, 15. April 1972

Ich verbiete mir, in den Medizinbuchhandlungen zu stöbern. Ich verbiete mir, mich mit Tinnitus-Literatur einzudecken. Kommt nicht in Frage, dass ich mich zum Fachmann meiner Krankheiten entwickele.

48 Jahre, 7 Monate, 12 Tage Montag, 22. Mai 1972

Mona findet, meine Angstzustände seien in den letzten Tagen so, dass ich professionelle Hilfe in Anspruch nehmen sollte. In unseren Kreisen bedeutet die Wendung »professionelle Hilfe in Anspruch nehmen« nur eins: den Weg zum Psychiater.

Die Neuropsychiaterin, deren professionelle Hilfe ich gestern in Anspruch genommen habe, war offenbar weniger von meinem Zustand beunruhigt als von dem des HNO-Arztes. Offen gesagt, Monsieur, es wäre besser gewesen, mein Kollege hätte mich aufgesucht, sein Fall erscheint mir weitaus alarmierender als der Ihre. Der Neuropsychiaterin zufolge kommen dauerhafte Ohrgeräusche derart häufig vor, dass, wenn sie die Hälfte der Betroffenen in den Selbstmord trieben, dieser die verbreitetste Todesursache wäre.

Danach Themenwechsel: Die Neuropsychiaterin fragt mich, wie lange ich schon atme, ohne mich um die Polypen zu kümmern, die mir die Nasenhöhlen verstopfen. Mein Gott, schon immer, glaube ich. Nein, Monsieur, nicht schon immer. Ihr zufolge habe ich einfach nur vergessen, wann diese chronische Krankheit anfing, gegen die ich nicht viel ausrichten kann, die mich leicht näseln lässt und die mir das Gefühl gibt, durch einen Strohhalm zu atmen. Aber ich komme damit zurecht. Mein Gehirn habe sich daran gewöhnt, wie es sich an den Tinnitus gewöhnen werde, den es schon bald der Kategorie Stille zuordnen wird. In Wahrheit, Monsieur, ist es das Überraschende, was Ihnen augenblicklich am meisten zusetzt, das Neue des Tinnitus, und was Ihnen Angst macht, ist die Befürchtung, er könne dauerhaft sein, aber, schließt sie, niemand lebt in einem Dauerzustand der Überraschung.

Worauf sie mir mehr über ihren Beruf erzählt, der genau darin bestehe, ihre Patienten davon zu überzeugen, dass sie sich an das gewöhnen werden, was sie momentan für unerträglich halten. Die Erkrankungen und Traumen, die sie mir dann minutenlang auflistet, sind so beeindruckend in ihrer Vielfalt und Ungeheuerlichkeit, dass im Vergleich damit mein Tinnitus zum niedlichen kleinen Hausgenossen mutiert. Zum Abschied überreicht sie mir ein Rezept für ein Schlafmittel und noch etwas, das Tante Huguette »Beruhigungsmittel« nannte.

»Kommen Sie wieder, falls Ihre Angstzustände anhalten.«

48 Jahre, 11 Monate, 22 Tage Montag, 2. Oktober 1972

Höchst erzürnt über einen Scherz des armen Bertholet reckt Minister G. das Kinn und senkt gefährlich den Ton:

»Wissen Sie eigentlich, mit wem Sie reden?«

Puterrot vor Verlegenheit verkriecht Bertholet sich in sein Gehäuse. Indes drängt sich mir der Ausdruck des kleinen José in den Sinn: *Scheiß dich weg*, du Blindgänger.

»Nun ja«, zischt der Minister mit einem tödlichen Blick auf mich, »Ihre Vorgesetzten scheinen das ja witzig zu finden!«

Nein, cher Monsieur le Ministre, ich finde einfach nur diesen skatologischen Reflex witzig, der bei mir ausgelöst wird, sobald jemand statuarischen Stolz zeigt. Sie wären gern eine Römerstatue, aber Standbilder sind zum Scheißen langweilig, weshalb mir die Vorstellung, neben dem Sockel eines Standbildes zu scheißen, ein Lächeln entlockt. Ein idiotisch-zufriedenes, zugegeben, aber setzt man je ein anderes auf bei einem guten Schiss?

49 Jahre, mein Geburtstag — Dienstag, 10. Oktober 1972

Wie von der Neuropsychiaterin vorausgesagt, habe ich mich im Lauf der vergangenen drei Monate an meinen Tinnitus gewöhnt. Die meisten unserer physischen Ängste haben mit unseren Körperausdünstungen gemein, dass ein kleiner Wind sie rückstandlos mit fortnimmt. Wir grasen auf dem Feld unseres Tuns und Machens und erstarren, sobald unser Körper sich meldet, wie eine umzingelte Hirschkuh. Ist der Schreck, der uns in die Glieder fuhr, vorbei, grasen wir weiter und blecken raubtierhaft das Gebiss.

49 Jahre, 20 Tage — Montag, 30. Oktober 1972

Unsere Krankheiten haben etwas von diesen Anekdoten, für deren alleinigen Besitzer man sich hält, während alle sie kennen. Je mehr ich vom Tinnitus rede (wobei ich tue, als suche ich nach der Etymologie des Wortes, um so zu verschleiern, dass ich selbst darunter leide), desto mehr Leuten begegne ich, die auch davon betroffen sind. Gestern zum Beispiel Étienne: Danke, dass du mich danach fragst, das ruft mir meinen wieder ins Ohr! Man gewöhne sich gut daran, bestätigt er. Na ja, korrigiert er sich, man kommt damit zurecht; es bringt einen trotzdem um die Stille. Bei ihm hat es wie bei mir mit einer kolossalen Angst begonnen. Und er gebraucht dasselbe Bild wie ich: Ich hatte den Eindruck, mit einem eingeschalteten Radio verkabelt zu sein, und die Vorstellung, ein Leben als Lautsprecherbox zu verbringen, gefiel mir gar nicht.

49 Jahre, 28 Tage Dienstag, 7. November 1972

Mein Tinnitus, *mein* Sodbrennen, *meine* Ängste, *mein* Nasenbluten, *meine* Schlafstörungen … Alles in allem: mein Besitz. Den ich mit einigen Millionen teile.

6

50–64 JAHRE
(1974–1988)

Jemand sollte mir meine Dauer zurückgeben.
In meinen Zellen sollte das Leben langsamer vor sich gehen.

50 Jahre, 3 Monate Donnerstag, 10. Januar 1974

Würde ich mein Journal veröffentlichen, ich würde es zuvörderst den Frauen widmen. Im Gegenzug würde ich gern das Journal lesen, das eine Frau über ihren Körper geführt hat. Das Ganze, um ein Stückchen des Geheimnisses zu lüften. Worin es besteht? Zum Beispiel darin, dass die Männer nicht wissen, wie sich für eine Frau die Form und das Gewicht ihrer Brüste anfühlen, und die Frauen nicht, wie sich für die Männer die Sperrigkeit ihres Glieds anfühlt.

50 Jahre, 3 Monate, 22 Tage Freitag, 1. Februar 1974

Mona hortet von jeher Flüssigseifen, Gesichtslotionen (die sie »Gedichtsoptionen« nennt), Cremes, Masken, Gele, Salben, Shampoos, Puder, Talg, Wimperntusche, Lidschatten, Make-up, Rouge, Lippenstifte, Eyeliner, Parfums, kurz, mehr oder weniger alles, was die Kosmetikindustrie den Frauen bietet, um dem nahezukommen, wie sie erscheinen möchten, während ich mich für meine Toilette mit einem Würfel Savon de Marseille begnüge, für die Rasur wie das Reinigen meines ganzen Körpers: Haare, Bauchnabel, Eichel, Hinternloch, Zehen, ja sogar für die Wäsche meines Slips, den ich sofort danach zum Trocknen aufhänge. Monas Truppen belegen das Terrain rund um unser Waschbecken: Bürsten, Kämme, Nagelfeilen, Pinzetten, Pinsel, Stifte, Schwämme, Watte, Puderquasten, Schminktöpfchen, Tuben, Tiegelchen und Zerstäuber, deren nie endende Schlacht ich stets als ein tägliches Ringen um Perfektion interpretiert habe. Mona, die sich schminkt, gleicht einem Rembrandt, der an den Selbstbildnissen seines Lebens nie endende Überarbeitungen vornimmt. Weniger ein Kampf gegen die Zeit als die Vollendung eines Meisterwerks. Papperlapapp, widerspricht Mona. Doch, *Das unbekannte Meisterwerk*!

50 Jahre, 3 Monate, 26 Tage Dienstag, 5. Februar 1974

Was mich betrifft, so gilt nach der Dusche, ohne die ich nicht wach würde, mein erstes Rendezvous bei klarem Kopf dem Rasierpinsel: Mich rasieren ist mir ein tägliches Vergnügen seit meinem fünfzehnten Lebensjahr. In der Linken halte ich den Würfel Savon de Marseille, in der Rechten den Pinsel. Der wird in das laue Wasser getaucht, mit dem ich zuvor mein Gesicht befeuchtet habe. Langsames Herstellen des Rasierschaums, der weder zu flüssig noch zu dick sein darf. Dann reichhaltiges Einpinseln, bis mein Gesicht, eine Hälfte zunächst, eine reine Sahnetorte ist. Nun beginnt die eigentliche Rasur, die Rückgewinnung meines alten Zustands, die Wiederherstellung eines Gesichts aus der Zeit vor dem Schaum und vor dem Bart: ausladende Schnittergeste von der sorgfältig gespannten Haut des Halses, über die Backenknochen, die Wangen, den Oberkiefer (wo einem gern ein Haar entgeht, weil die Haut sich zusammenschiebt) und den Unterkiefer bis zum Saum der Lippen. Das eigentliche Vergnügen dabei: das Knistern der Stoppeln unter der Klinge und die breiten Schneisen, die der Hobel durch den Schaum zieht, aber auch diese allmorgendliche Wette: den *gesamten* Rasierschaum ausschließlich mit der Klinge zu beseitigen, kein Flöckchen dem Handtuch zu überlassen, mit dem ich mich anschließend abtrocknen werde.

51 Jahre, 1 Monat, 12 Tage — Freitag, 22. November 1974

Nach manchen Arbeitstagen könnte ich Paris dreimal zu Fuß durchqueren aus Begeisterung darüber, wie geschmeidig mein Gang ist, gelenkige Knöchel, stabile Knie, feste Waden, solide Hüften, wieso schon nach Hause gehen? Noch ein bisschen laufen, den ausschreitenden Körper genießen! Die Schönheit der Landschaft kommt von der Freude am Körper. Ausgelüftete Lungen, aufnahmebereites Gehirn, der Rhythmus der Schritte treibt den Rhythmus der Wörter hervor, die sich zu kleinen frohen Sätzen verbinden.

51 Jahre, 9 Monate, 22 Tage — Freitag, 1. August 1975

Dieses kurze Zusammenzucken hin und wieder, wenn beim Naseputzen meine Fingerkuppe sich durch das feuchte Taschentuch als rosa Fleck abdrückt, den ich im ersten Moment für verdünntes Blut halte. Der jähe Schreck hat keine Zeit, mir Angst einzujagen, denn schon macht sich die Erleichterung breit: Es ist nur meine Fingerkuppe! Vor meiner Epistaxis ist mir das nicht passiert.

52 Jahre, 2 Monate, 4 Tage Sonntag, 14. Dezember 1975

Gestern Abend, ich aß bei den R.s, ich war mitten in der lebhaftesten Diskussion – über irgendein x-beliebiges Thema –, ich machte Punkte (vor allem gegen meine eigene Langweile), ich war schon im Begriff zu siegen, da plötzlich … Gedächtnislücke, ein Wort, das mir nicht einfällt! Unter meinen Füßen öffnet sich eine Fallgrube. Und ich, statt die Sache zu umschreiben – schöpferisch zu werden –, suche blödsinnigerweise nach dem Wort, filze mein Gedächtnis wie ein bestohlener Eigentümer; ich verlange, dass es mir das richtige Wort herausrückt! Ich suche mit einem solchen Starrsinn nach diesem verdammten Wort, dass ich in dem Moment, als ich, bereits unterlegen, doch eine Umschreibung wähle, das Thema der Diskussion als solches vergessen habe! Zum Glück war man bereits bei anderem.

52 Jahre, 2 Monate, 8 Tage Mittwoch, 17. Dezember 1975

Bruno ist, wie ich im selben Alter, irritiert von der Frage des Schneiders, ob er rechts oder links trage. Er versteht natürlich nicht, was der Schneider meint. So merke ich zufällig, dass ich meinem Sohn nichts über seinen Körper beigebracht habe, weil beides ja miteinander zusammenhängt. Tijo, der zum Essen bei uns war, dekretiert, das sei doch aber eine Frage von allergrößter Wichtigkeit. Bruno schaut von seinem Teller auf: Ah ja? Und so erzählt Tijo ihm die folgende Geschichte:

DIE GESCHICHTE VON DEM MANN, DER NICHT WUSSTE, OB ER RECHTS ODER LINKS TRÄGT

Doktor, sagt ein Patient zu seinem Hausarzt, mich quält ein Schmerz, der vom kleinen Finger ausgeht, sich bis zur Schulter hinauf zieht und dann übers Brustbein und den Bauch bis runter zum Knie reicht; ein unerträglicher Schmerz. Ich verstehe, sagt der Arzt, ohne zu zögern, da hilft nur eins: Entfernung der Hoden! Der Patient zögert natürlich, aber als der Schmerz nicht mehr auszuhalten ist, willigt er in die Operation ein. Ein paar Monate später veranlasst ein größereres Ereignis den guten Mann, sich bei einem berühmten Schneider einen neuen Anzug fertigen zu lassen. Tragen Sie rechts oder links?, fragt der. Keine Ahnung, sagt der Kunde, den das Ganze extrem geniert. Nun, dann sollten Sie sich darüber Klarheit verschaffen, rät der Schneider, denn wenn ich da Ihren Anzug falsch zurechtschneide, werden Sie bald einen unerträglichen Schmerz verspüren, der vom kleinen Finger ausgeht, sich bis zur Schulter hinauf zieht und dann über das Brustbein und den Bauch bis hinunter zum Knie reicht.

52 Jahre, 9 Monate, 25 Tage Mittwoch, 4. August 1976

Kurz bevor ich in den Schlaf glitt, sah ich sehr deutlich ein blutiges Hirn auf einem Schlachtklotz liegen. Etwas sagte mir, dass dies mein Hirn sei, was mir ein unsägliches Gefühl der Zufriedenheit gab, das noch jetzt anhält. Ich glaube, so sah ich mein Hirn zum ersten Mal. Ich fragte mich sogar, ob ich einen Fuß, eine Hand oder sonst irgendein Körperteil, das mir auf dem Schlachtfeld von einer Kanonenkugel abgerissen worden und unter andere menschliche Überreste geschleudert worden wäre, genauso leicht erkannt hätte wie mein Hirn auf dem Hackblock dieser Metzgerei.

52 Jahre, 9 Monate, 26 Tage Donnerstag, 5. August 1976

Tijo und ich sitzen vor einem Café bei einem Espresso. Am Nachbartisch erzählt ein Frisör seinen Freunden, dass er demnächst Urlaub macht. Tijo schnappt das mit halbem Ohr auf und sagt mir in vollem Ernst: Findest du es nicht empörend, dass ein Frisör in Urlaub geht, während die Haare weiter wachsen?

53 Jahre Sonntag, 10. Oktober 1976

Wieder ein Jahr zurückgelegt. Aber wohin? Und wo stecken die anderen? Die letzten zehn zum Beispiel, während derer sich offenbar meine sämtlichen Zellen, mit Ausnahme der von Herz und Hirn, erneuert haben? Abgesehen von den Geschenken der Kinder, habe ich jede offizielle Feier abgelehnt. Kein großes Essen, keine Freunde, nur Mona, ein gemeinsamer Abend auf unserem Floß – das schwerfälliger geworden ist, aber noch schwimmt. Da sie meinen Anfall von Schwermut voraussah, hat Mona den Abend von langer Hand vorbereitet: zwei Karten für Bob Wilsons *Einstein on the Beach* in der Salle Favart. Fünf Stunden Theater! Eine Symphonie der Langsamkeit. Genau das, was ich brauchte: Jemand sollte mir meine Dauer zurückgeben, in meinen Zellen sollte das Leben langsamer vor sich gehen. Ich war sofort fasziniert von der millimeterlangsam auf die Bühne fahrenden riesigen Lokomotive, dem endlosen Zähneputzen der Schauspieler und vor allem der phosphoreszierenden Estrade, die mehr als dreißig Minuten benötigte, um von der Horizontalen in die Vertikale zu kommen in einem Halbdunkel, in dem nichts außer dieser Estrade zu sehen war. Ich erkannte sie sofort: der Obelisk, der sich in dem nächtlichen Traum vor meinem 43. Geburtstag mit historischer Langsamkeit aufrichtete!

53 Jahre, 1 Tag Montag, 11. Oktober 1976

Als Gegenstück zu *Einstein on the Beach* führte ein vor Mona und mir sitzendes Paar einen anderen Begriff der Dauer vor. Keineswegs ein junges Paar, auch kein Zufallspärchen, kein Verführer, der vor seiner neuen Eroberung einen auf großen Zampano macht, nein, zwei alte Hasen der Amour à deux, die, wie Mona und ich, die Phase des Großtuns mit Kultur hinter sich hatten und deren Nachwuchs gewiss in der Obhut eines Babysitters schlief. Sie hatten eine Thermoskanne mit Kaffee und einen kleinen weidengeflochtenen Fresskorb dabei, klare Aussage darüber, dass sie wussten, mit welcher Art von Theater sie es hier zu tun hatten, und dass sie solide in der Liebe, der Zeit, dem Gesellschaftlichen wie dem Geschmack im Allgemeinen und dem heutigen im Besonderen verankert waren. Das Weidengeflecht sah entzückend aus. Auch waren sie kein Paar im Endstadium, das ins Theater ging, um eine gemeinsame Einsamkeit zu möblieren – in Avignon, im großen Hof des Palais des Papes, hätten sie sich gewiss zusammen in eine Decke gemummelt. Tatsächlich hatte die Frau, kaum war die grelle Beleuchtung des Zuschauerraums dem beunruhigenden Nordlicht auf der Bühne gewichen, den Kopf auf die Schulter ihres Gefährten gelegt. Die Dauer à la Bob Wilson verschluckte alles im Saal, und das Paar löste sich im Lichthof meiner eigenen Faszination auf. Ich sah gerade noch den Mann mit einem sehr leichten Heben seiner rechten Schulter die Gefährtin wieder in eine gerade Sitzhaltung bringen. Von der Einfahrt der Lokomotive, dem endlosen Zähneputzen, der phosphoreszierenden Estrade und den zwei Violintönen von Philip Glass verzaubert, verlor ich jeden Begriff für die Zeit wie das Bewusstsein für meinen Körper und alles, was mich irgend umgab. Ich hätte unmöglich sagen können, ob ich gut oder schlecht saß. Meine Zellen hatten gewiss aufgehört, sich zu erneuern. An welchem Punkt dieser Ewigkeit bot die Frau ihrem Nebenmann eine Tasse Kaffee an, die er mit einem kurzen verneinenden Schnicken des Kopfes ablehnte? Wann versuchte sie einen verbalen Vorstoß, der mit einem unmissverständlichen »pst« gestoppt wurde? Wann rutschte sie auf ihrem Sessel hin und her, bis ein entnervtes »Jetzt hör schon auf!« einen oder zwei Köpfe sich umdrehen ließ? Ich nahm diese Intermezzi, die sich auf mehrere Stunden verteilten, nur halbbewusst wahr. Bis zu dem Moment, da der Mann das Stück plötzlich in den Saal verlegte, indem er einen Satz schrie, der den Korb durch die Luft und die Frau durch die Sitzreihen katapultierte: Hau endlich ab, du dumme Kuh! Genau das brüllte der Gefährte der Zweisamkeit. Und die Frau floh, wobei sie alles auf ihrem Weg umstieß, selber hinfiel, wieder aufstand und sich vorwärtskämpfte, wie man gegen eine Strömung ankämpft, eine dieser Fluchten, bei denen man alles niedertrampelt, Zuschauer, Handtaschen, Brillen (jemand schrie »meine Brille!«), selbst Kleinkinder, sofern sie einem vor die Füße kommen.

53 Jahre, 2 Tage Dienstag, 12. Oktober 1976

Was ich gestern geschrieben habe, gehört nicht in dieses Journal. Das tut gut!

53 Jahre, 1 Monat, 5 Tage Montag, 15. November 1976

Tijo erzählt mir amüsiert, dass er gesehen hat, wie sein Freund R.D., während er einen Knollen verpasst bekam, heimlich gegen das Polizeiauto pinkelte. Es regnete, und während der Ordnungshüter, ganz darauf konzentriert, sein Blöckchen mit dem Durchschlagpapier nicht nass werden zu lassen, den Strafzettel ausstellte, schiffte R.D. mit kräftigem Strahl gegen die offenstehende Fahrertür, wobei er seinen Schwanz hinter dem offenen Regenmantel verbarg. So viel Ringmuskelfreiheit gegenüber der im Einsatz befindlichen Staatsmacht zwingt einem natürlich Bewunderung ab. Ich wäre zu so etwas nicht fähig. Nicht allein aus Angst; ich kann über derlei Geschichten einfach nicht lachen. Vor den penetrant furzenden, pinkelnden oder rülpsenden Männern schaudert mich mehr als vor den Leisetretern. Vielleicht habe ich mich deshalb vom Mannschaftssport immer ferngehalten. Mannschaftsstuben, Umkleiden, Kantinen, Vereinsbusse, nichts für mich, diese Orte sich ständig produzierender Männlichkeit. Vermutlich kommt hier das Einzelkind durch. Oder die lange Internatszeit. Oder meine versteckte Leisetreterei …

Bruno fragt mich aus heiterem Himmel, ob ich bei seiner Geburt dabei war. Am Ton seiner Stimme spüre ich, dass er mich sicher nicht aus Neugier fragt, sondern weil es im Trend der Zeit liegt. (Sehr argwöhnisch, der Zeittrend, was diese Dinge betrifft.) Tatsächlich, nein, ich war weder bei Brunos noch bei Lisons Geburt dabei. Warum? Aus Angst? Aus mangelnder Neugier? Weil Mona mich nicht darum gebeten hatte? Weil ich keine Lust auf gemarterte Körper habe? Weil ich Monas Geschlecht anbete? Ich weiß es beim besten Willen nicht. Ehrlich gesagt habe ich mir die Frage nie gestellt, es war damals nicht üblich, bei der Entbindung dabei zu sein. Aber der Zeittrend verlangt nach einer Antwort, besonders auf jene Fragen, die nicht ausgesprochen werden. Bin ich einer dieser Ehemänner, die ihre Frauen auf dem Schmerzenslager alleinlassen? Bin ich einer dieser Väter, die zum Auftakt ihre Vaterschaft verleugnen? So lauten sie, die Fragen, die mein Sohn mir mit starrem Blick stellt. Ganz gewiss nicht, mein Junge, mir wird anstelle deiner Mutter schwindlig, ich leide entsetzlich mit bei ihren Migränen und Bauchschmerzen, ihr Körper hat mich immer hochgradig beschäftigt, und während deiner und Lisons Ankunft habe ich im Warteraum der Entbindungsklinik auf klassische Weise die Hände gerungen. Meine Empathie gegenüber deiner Mutter ist extrem. Und ich habe voller Neugier auf dich gewartet. Und auf Lison. Also? Tijos Geburt, das Brüllen von Marta auf ihrem schmierigen Lager, die höhlenartige, klebrige Öffnung ihrer Möse und das schnapsumwölkte, aschgraue Gesicht von Manès, sollten sie mich für immer vom Vorgang der Geburt abgeschreckt haben? Mag durchaus sein. Aber von alldem war mir, als ihr zur Welt kamt, nichts in Erinnerung. Es war ein Stoß tief verdrängter Bilder.

Alles Dinge, die ich Bruno nicht sage, die mir aber blitzartig durch den Kopf schießen, ehe ich mich antworten höre: Bei deiner Geburt dabei? Nein. Warum?

»Weil Sylvie schwanger ist und ich vorhabe, meinen Sohn in Empfang zu nehmen.«

Wohl dem, der ein gutes Ohr hat …

53 Jahre, 2 Monate, 16 Tage Sonntag, 26. Dezember 1976

Dersu Uzala von dem Japaner Kurosawa gesehen. Erste Ängste, sobald Dersu aus der Tundra auftaucht. Dieser geschickte Jäger, sagte ich mir, dieses lebendige Stück Natur, dieses alte und feinsinnige Menschentier wird *sein Augenlicht verlieren*. Genau das wird ihm widerfahren. Erst wird sein Sehvermögen abnehmen, dann Nebel ihn umhüllen, er wird nicht mehr genau zielen können und sich vom Jäger zur Beute wandeln und daran sterben. Der Protagonist war mir wie den anderen Zuschauern auch sehr sympathisch, so dass ich den Film hindurch in einem schwer erträglichen Zustand hilfloser Empathie auf das Unvermeidliche wartete. Und natürlich geschah, was geschehen musste: Dersus Augenlicht schwindet und er wird von Jägern ermordet wegen seines nagelneuen Gewehrs, das sein Offiziers- und Geographenfreund ihm zum Ausgleich für seine nachlassende Sehkraft geschenkt hatte. Ich mag es nicht, wenn ich im Kino die Handlung voraussehe. Mitunter verlasse ich den Saal, weil ich weiß, wie der Film ausgehen wird. Dann warte ich mit einem Buch vor irgendeinem Café auf Mona. Meistens bestätigt sie meine Vermutung, was in mir eine Mischung aus Siegesgefühl und Enttäuschung hervorruft. Aber bei *Dersu Usala* war der Grund ein anderer. Meine Gewissheit rührte nicht von einer Schwäche des Drehbuchs her, sondern kam aus der Erinnerung daran, welche Wirkung es vor sechs, sieben Jahren auf mich gehabt hatte, als ich meine Kurzsichtigkeit entdeckte. An jenem Tag war ich Dersu gewesen.

*

NOTIZ FÜR LISON

Liebe Lison,

beim Wiederlesen dieses Scharmützels zwischen Bruno und mir überkam mich Scham. Dieses »Nein. Warum?«, das witzig sein sollte, vertiefte ein wenig mehr den Graben zwischen deinem Bruder und mir. Ich habe nicht nur nie versucht, diesen Graben zuzuschütten, ich glaube, ich habe ihn sogar mit einem gewissen Genuss vertieft. Bis er zum Grab für unsere Beziehung wurde. Bruno ging mir auf die Nerven. Ich machte daraus eine Unvereinbarkeit. Unterschiedliche Temperamente, sagte ich mir, mehr steckt nicht dahinter. Und dabei beließ ich es. Väterliche Niedertracht diesen Typs bildet das Grundkapital der Psychoanalyse. Ich hätte mir die Zeit (die Energie) nehmen müssen, Bruno zu antworten.
Umso mehr, als ich beim Wiederlesen meiner Aufzeichnungen keine Beschreibung von Mona mit schwangerem Bauch finde. Dabei hat das ja wohl mit dem Körper zu tun! Aber nein, nicht die geringste Andeutung. Als wäret ihr durch Parthogenese entstanden. Ein vor, ein nach, aber keine Adventszeit. Schlimmer noch, ich

habe, wenn ich genauer darüber nachdenke, keine Erinnerung an die beiden Schwangerschaften von Mona. Genau das hätte ich Bruno sagen müssen. Ich erinnere mich nicht an deine Mutter als schwangere Frau, mein Junge, tut mir leid, ich bin selber sprachlos, aber so ist es. Und mit ihm ein bisschen darüber nachdenken. Wahrscheinlich kommt das bei Männern meiner Generation gar nicht so selten vor. (Noch ein Bereich, in dem ich mich nicht von der Menge abhebe.) Die Frau kümmerte sich damals allein um ihre Schwangerschaft, umgeben von anderen Frauen. Die Männer schienen noch in der Jungsteinzeit befangen, gerade mal, dass sie von ihrer Rolle bei der Fortpflanzung wussten. Es hieß, eine Frau sei »freudiger Erwartung«, als sei das Ganze ein Werk des Heiligen Geistes. Aber die Frau wartete keineswegs, sie kümmerte sich um die bevorstehende Geburt, es war der Mann, der ungeduldig wartete, und zur Ablenkung seine Frau betrog, bis er sich ihrer wieder bedienen konnte. Außerdem wurde das Bild der Schwangerschaft seit fünfhundert Jahren durch das Tridentinische Konzil verdunkelt, es hatte den Künstlern verboten, die Jungfrau mit dickem Bauch darzustellen, ja nicht einmal, wie sie das Jesuskind stillt! Das malt man nicht, das haut man nicht in Stein, das betrachtet man nicht, das beachtet man nicht, das ruft man sich nicht in Erinnerung, das tilgt man aus dem Gedächtnis und stilisiert es als heilig! Schande der Animalität! Verhüllt den Bauch, den ich nicht sehen darf! Die Jungfrau ist kein Säugetier! Dies war so tief im katholischen Unbewussten meiner Generation verankert, dass es ungeachtet meines erklärten Atheismus auch mein Unbewusstes affiziert hatte. Mein Kopf war nach dem Muster des allgemeinen Kopfes modelliert.

Andererseits sagt Mona, wir hätten während der Schwangerschaften noch sehr lange miteinander geschlafen. Keuschheit war nicht unsere Stärke, und wenn ich mich heute nicht an sie als Schwangere erinnere, meint Mona, so um diese erotischen Spiele zu sühnen, an die sie sich sehr gerne erinnert! Zu einem ganz bestimmten Zeitpunkt verkündete sie dann das Ende unseres Liebesverkehrs, wenn, wie sie sagte, sie »an die Feinarbeit für den endgültigen Abguss ging« (!).

Weißt du, Lison, eure Geburt lag noch vor dem Zeitalter des schwangeren Mannes, das eure Generation eingeläutet hat: spektakuläre Vertauschung der Rollen durch das väterliche Muttertier, mimetisches Aufnehmen der Mutterfigur in einem Maße, dass dein Freund F.D., du erinnerst dich, sich vor Unterleibsschmerzen wand, als seine Frau in den Wehen lag, und dass Bruno behauptete, er sei viel begabter darin, Grégoire das Fläschchen zu geben, als Sylvie.

Vor allem aber hätte ich Bruno, wenn es zu unserem Gespräch gekommen wäre, gesagt, dass es mir in dem Augenblick, als ich ihn und später dich auf dem Arm hielt, vorkam, als hättet ihr schon immer existiert! Das ist das Überraschendste: Unsere Kinder existieren seit jeher! Kaum sind sie auf der Welt, können wir uns unser eigenes Leben schon nicht mehr ohne sie vorstellen. Natürlich erinnern wir uns an eine Zeit, in der es sie nicht gab, wir noch ohne sie lebten, aber ihre physische Gegenwart wurzelt sich mit einer Plötzlichkeit und Tiefe in uns ein, dass es uns vorkommt, als existierten sie schon immer. Ein Gefühl, das wir so ausschließlich unseren Kindern gegenüber erleben. Sosehr wir andere Menschen lieben, so nah sie uns sein mögen, ihre Nicht-Existenz können wir uns vorstellen, nicht aber die unserer Kinder, selbst, wenn sie eben erst auf die Welt gekommen sind. Ja, gern hätte ich über diese Dinge mit Bruno reden können.

*

53 Jahre, 5 Monate, 2 Tage Samstag, 12. März 1977

Heute Morgen unter der Dusche fiel mir folgende Chronologie auf: Bis zu meinem achten oder neunten Lebensjahr »schrubbte« Violette mich »ab«, von zehn bis dreizehn tat ich, als ob ich mich wasche, von fünfzehn bis achtzehn brachte ich Stunden damit zu. Heute nehme ich eine Dusche und hetze zur Arbeit. Werde ich mich als Rentner in der Badewanne aufweichen lassen? Nein, wir werden zu unseren Gewohnheiten: Die Dusche wird mich wecken, solange ich auf meinen Beinen stehen kann. Ist der Verfallstag einmal gekommen, wird ein Pfleger mich in den besucherfreien Zeiten säubern. Na ja: sich um meine Körperpflege kümmern.

53 Jahre, 7 Monate Dienstag, 10. Mai 1977

Grégoire ist auf der Welt. Mein Enkel ist auf der Welt, verflucht noch mal! Sylvie sehr erschöpft, Bruno sehr Vater, Mona überglücklich, und ich … Kann man bei einem Neugeborenen von Liebe auf den ersten Blick sprechen? Ich glaube, nichts in meinem Leben hat mich so berührt wie die Begegnung mit diesem kleinen, mir augenblicklich zutiefst vertrauten Unbekannten. Ich verließ das Krankenhaus und lief drei Stunden alleine umher, ohne zu wissen, wo und wohin. Der Eindruck, dass Grégoire und ich einen entscheidenden Blick gewechselt, einen ewigen Pakt der innigen Bindung geschlossen haben, lässt mich nicht los. Erstes Anzeichen, dass ich kindisch werde? Heute Abend Champagner. Tijo, ganz er selbst: Findest du es nicht eklig, mit einer Großmutter zu schlafen?

53 Jahre, 9 Monate, 24 Tage Mittwoch, 3. August 1977

Bruno und Sylvie seit der Geburt von Grégoire: ausgelaugte junge Eltern. Zerstückelte Nächte, Schlaf mit gespitzten Ohren, durcheinandergeratene Rhythmen, ununterbrochene Aufmerksamkeit, mannigfaltige Ängste, Hektikanfälle (nicht auffindbares Fläschchen, zu heiße Milch, zu kalte Milch, verdammt, keine Milch mehr da!, verdammt, die Windel ist noch nicht trocken!), alles Dinge, mit denen sie gerechnet haben. Aufgrund ihrer Bildung glaubten sie – glaubte insbesondere Bruno –, über instinktives Wissen zu verfügen. Aber der wahre Grund für ihr Ausgelaugtsein ist ein anderer. Was ihnen der vermeintliche Elterninstinkt nicht verraten hat, ist das gewaltige Missverhältnis zwischen den aufeinandertreffenden Kräften. Babys entwickeln eine mit der unseren nicht vergleichbare Energie. Angesichts dieses sich entfaltenden Lebens sehen wir wie rüstige Alte aus. Junge Erwachsene achten selbst bei den schlimmsten Exzessen auf ihre Kräfte. Babys nicht. Pure Raubtierenergie, nähren sie sich ohne jede Scham vom Beutetier. Immer in Aktion, es sei denn, sie schlafen. Anders gesagt: sehr wenig Schlaf für die Eltern. Sylvie geschlaucht, Bruno, der sich in seine Rolle als mustergültiger Vater verbeißt, mit blankliegenden Nerven; sie fühlen sich wie lebendig gefressen vom einzigen Gegenstand ihrer Aufmerksamkeit. Ohne es sich einzugestehen – Himmel, nie würden sie sich eine solche Abscheulichkeit eingestehen! –, trauern sie den noch gar nicht so fernen Zeiten nach, als man »in unseren Kreisen«, wie Mama sagte, obzwar sie nicht dazugehörte, seine Kinderschar der Dienerschar anvertraute. Glückliches Jahrhundert, als die Rangen der Oberschicht die Brüste des Volkes leersaugten. Bin nicht auch ich von Violette aufgezogen worden? Aber natürlich wird den beiden von Grégoire ganz weich ums Herz. Schließlich ist er ja – doch auch das gesteht dieses moderne Elternpaar sich selbstverständlich nicht ein – die Verkörperung ihrer Liebe: Sie haben ihn im Kreißsaal zu zweit in Empfang genommen, jetzt sind sie für immer zu dritt. Diese durchsichtigen Fingerchen, diese vollen Wangen, diese drallen Arme und Waden, dieses friedliche Bäuchlein, diese Falten und Grübchen und prächtigen Engelchenpobacken, dieser ganze pralle Luftreifenmann ist die Frucht ihrer Liebe! Und erst dieser Blick! Welcher stummen Gottheit gehört dieser Blick, den die Neugeborenen auf uns richten, ohne je zu blinzeln? Worauf öffnen sie sich, diese Augen mit den tiefschwarzen Pupillen und starren Iriden? Worauf öffnen sie sich *auf der anderen Seite*? Antwort: Auf all die kommenden Fragen. Auf das unstillbare Verlangen, zu begreifen. Sobald ihr Körper aufgefressen ist, befürchten junge Eltern, kommt ihr Geist an die Reihe. Ihre Erschöpfung rührt von der Gewissheit her, dass es nicht aufhören wird. Aber pst … Grégoires Lider schließen sich … Grégoire schläft ein … Mit biblischer Umsicht bettet Sylvie Grégoire in seine Wiege. Denn die größte Schläue dieser Allmacht besteht darin, sich als höchst zerbrechlich auszugeben.

53 Jahre, 10 Monate, 16 Tage Freitag, 26. August 1977

Nach unserem Spaziergang mit Lison und den Kleinen von Robert und Étienne bin ich nicht über das Gatter gesprungen – zum ersten Mal nicht über dieses Gatter gesprungen. Was hat mich abgehalten? Die Furcht, vor den jungen Leuten einen »auf jung zu machen«? Die Furcht, hängenzubleiben? Jedenfalls ein plötzliches Misstrauen. Gegenüber was? Meinem Körper? Den Synapsen? Der Körper spricht. Was sagt er? Dass die besten Jahre zur Neige gehen.

54 Jahre, 5 Monate, 1 Tag Samstag, 11. März 1978

Seit zwei Tagen bepatscht Grégoire sich die Ohren und sieht dabei sehr konzentriert aus. Trotz meiner Versuche, Sylvie zu beruhigen (soviel ich weiß, spielen alle Babys mit dem, was hervorragt: Zehen, Nase, Wülste, Vorhaut, Zunge, erste Zähne, Ohren …), schließt sie auf eine beginnende Ohrenentzündung. Grégoire muss schnellstmöglich zum Arzt: Eine nicht behandelte Ohrenentzündung, Vater, kann gefährlich sein, Ihr Freund H. ist davon taub geworden! Fahrstuhl, Auto, Fahrstuhl, Kinderarzt. Der erklärt, dass, nein, keine Ohrenentzündung, seien Sie ganz unbesorgt, Madame, das machen Babys in seinem Alter immer, das ist ganz normal. Aber er versäumt zu sagen, warum. Warum bepatschen sich Babys im Alter von zehn Monaten mit monomanischer Leidenschaft besagte Ohren, wenn diese sie nicht jucken? Und so verbringen meine Schwiegertochter und ich Grégoires Mittagsschlaf damit, uns mit großem Ernst diese Frage zu stellen. Da wir keine überzeugende Antwort finden, betasten wir unsere eigenen Ohren mit bewusst regressiver Entdeckerneugier, um herauszufinden, was Grégoire seit zwei Tagen *empfindet*. Dafür müssen wir uns auf ihn in seinem Säuglingsdasein einlassen, müssen unsere Ohren mit der Unschuld unserer eigenen zehn Monate befragen. Wir ziehen also an den Läppchen, als seien es Kaugummis (ihre Elastizität ist übrigens sehr relativ), wir fahren den Rand entlang – bei Sylvie weniger breit und sehr viel feiner gezeichnet als bei mir –, wir kneten den Tragus – bei mir sehr viel dicker als bei ihr und vor allem behaart … apropos: Seit wann? Seit wann verleihen diese rauen Härchen jenem fleischigen Dreieck, von dem ich bis zu dieser unserer Exploration nicht wusste, dass es Tragus heißt, einen Irokesenkamm? –, wir erforschen die Tiefen der Muschel – wenn Bruno uns sehen würde, murmelt Sylvie, während sie mit geschlossenen Augen von der Innenseite zur gewölbten Außenseite der Ohrmuschel gleitet , und da plötzlich, Heureka!, hat sie es! Ich weiß! Ich habs! Schließen Sie die Augen, Vater. (Was ich mache.) Legen Sie die Ohren an wie ein Cockerspaniel. (Was ich mache.) Was hören Sie?, fragt Sylvie und klimpert mit ihren Fingerkuppen auf dem Rücken meiner Ohrmuschel herum. Trommeln, sage ich, ich höre das Getrommel, das meine Schwiegertochter auf dem Rücken meiner Ohrmuschel erzeugt, und es hallt mächtig laut in meinem Schädelgehäuse wider! Eben, genau das hat Grégoire entdeckt! Die Musik, Vater! Percussion! Eine Hypothese, die wir überprüfen, sobald Grégoire aus dem Mittagsschlaf erwacht ist. Kein Zweifel, es sind eindeutig die *Rücken* seiner Ohrmuscheln, auf die unser musikbegeisterter Versuchssäugling zunächst beidhändig klapst, ehe er mit gespreizten Fingern darauf herumklimpert, wie man mit den Fingern auf den Tisch trommelt. Worauf er mit der bedauerlichen Unbeständigkeit von Anfängern einen Plastiktraktor an seinen Mund hebt und ich deshalb Sylvie vorschlage, in die Garage runterzugehen und neugierdehalber mal ein bisschen am Auto zu knabbern.

55 Jahre, 4 Monate, 17 Tage Dienstag, 27. Februar 1979

Der kleine Kaffeefleck auf meinem Handrücken, während ich schreibe. Ein sehr wässriges Braun. Versuch, ihn mit dem Zeigefinger abzuwischen. Er geht nicht weg. Ich nehme Spucke, er bleibt. Ein Farbspritzer? Nein, auch Wasser und Seife richten nichts aus. Desgleichen die Handbürste. Ich muss mich den Tatsachen beugen: Das ist kein Fleck auf meiner Haut, sondern ein Produkt meiner Haut selbst. Ein aus den Tiefen heraufgestiegener Altersfleck. Eines dieser Male, von denen greise Gesichter übersät sind und die Violette immer *Friedhofsblumen* nannte. Wann ist diese hier hervorgesprossen? Ob beim Unterschreiben von Papieren im Büro, beim Essen oder beim Notizenmachen hier an meinem Schreibtisch, fast immer habe ich meinen Handrücken vor Augen, aber dieses Altersblümchen hatte ich bisher nicht entdeckt! Aber so etwas wächst ja nicht über Nacht! Nein, es hat sich in meiner privaten Sphäre angesiedelt, ohne meine Neugier zu wecken, ist einfach hervorgekommen, und ich habe es tagelang gesehen, ohne es zu sehen. Heute nun hat eine besondere Verfasstheit meines Bewusstseins es mir in den Blick gerückt. Bald werden heimlich zahlreiche andere wachsen, und ich werde mich nicht mehr erinnern, wie meine Hände ohne Friedhofsblumen aussahen.

55 Jahre, 4 Monate, 21 Tage Samstag, 3. März 1979

Manche Veränderungen unseres Körpers lassen mich an Straßen denken, durch die man seit Jahren geht. Eines Tages ist ein Laden geschlossen, das Schild abmontiert, die Fläche leer, der Gewerberaum zu vermieten, und man fragt sich, was war da früher drin, das heißt letzte Woche?

55 Jahre, 7 Monate, 3 Tage Sonntag, 13. Mai 1979

Tijo, den ich zur erstaunlich dauerhaften Anwesenheit einer sympathischen Ariette an seiner Seite beglückwünsche (in was mische ich mich da bloß ein?), lässt mich reden; als ich meinen Lobpreis dauerhafter Gefühle beendet habe, sagt er todernst: Das männliche Geschlechtsteil hinterlässt im weiblichen Geschlechtsteil keine merklichere Spur als der Flug eines Vogels am Himmel. Unmöglich, in seinen Augen zu lesen, welchen Sinn er diesem Sprichwort mit chinesischem Anstrich beilegt.

56 Jahre, mein Geburtstag Mittwoch, 10. Oktober 1979

Mit zwanzig hieß für mich »sich strecken« so viel wie mich in die Lüfte erheben. Heute Morgen beim Strecken glaubte ich, mich zu kreuzigen. Die Muskeln müssen entrostet werden: Ein paar Jahre vor dem Abitur hielt uns ein Sportlehrer (Desmile? Dimesle?) Predigten darüber, dass wir vorzeitig einrosten würden, wenn wir nicht täglich Sport trieben … Mag sein. Wenn ich inzwischen aber sehe, in welcher Verfassung meine sportlichen Freunde heute sind, die mich einst mit ihren Glanzleistungen langweilten (Étienne – rheumasteif, mehrfach gebrochene Finger und Schlüsselbeine, seine Rugbyman-Schultern »frozen«), dann glaube ich, es war richtig, weder dem Rekordkult nachgegeben zu haben noch dem Diktat des permanenten Trainings, das nur der Selbstbefriedigung dient. Ich habe den Sport als Religion des Körpers von jeher verabscheut. Boxen war für mich so etwas wie ein spielerischer Tanz, eine Kunst des Meidens und Ausweichens. Außerdem habe ich meist alleine geboxt, gegen einen Sandsack. Und im Tennis gegen eine Wand gespielt. Was die Rumpfbeugen und Liegestütze betrifft, so waren sie Teil meiner Inkarnationsübungen. Sie gaben dem durchsichtigen Jungen, der ein Phantom seines Vaters war, einen Körper. Ein Völkerballspiel gewinnen, einen verbissenen Gegner im Ring auslaugen, einen eingebildeten Schnösel im Tennis lächerlich machen, mit dem Fahrrad einen steilen Berg bezwingen, das waren alles Arten, meinen Vater zu rächen und ihn dabei auf Abstand zu halten, ihn zwar auf einem Ehrenplatz, aber auf der Tribüne zu platzieren. Eine physische Notwendigkeit war der Sport für mich nie. Im Übrigen hörte ich an dem Tag, als ich Mona begegnete, mit jeder körperlichen Ertüchtigung auf.

56 Jahre, 9 Monate, 27 Tage Mittwoch, 6. August 1980

Vorhin bei einem Kaffee am Bistrotresen einen Witz aufgeschnappt, zum Besten gegeben von einem, der nicht vor seinem ersten Pastis stand: Keine Frauen, sagt der Arzt zu seinem Patienten. Keine Frauen, keinen Kaffee, keinen Tabak, keinen Alkohol. Und dann lebe ich länger? Weiß ichs, sagt der Arzt, aber die Zeit wird Ihnen lang vorkommen.

56 Jahre, 9 Monate, 29 Tage Freitag, 8. August 1980

Windpocken in Mérac, die Pusteln sind wie ein Heuschreckenschwarm über das Kindervolk hergefallen. Gedellte Bläschen mit rötlichem Hof. Nicht ein Kind, das mit heiler Haut davongekommen ist, sie wimmern, schlafen, wachen auf, klagen, dass es juckt, und bekommen verboten, sich zu kratzen, Mona und Lison in der Rolle von Kriegskrankenschwestern, die sich an allen Fronten schlagen. Die Opfer: Philippe, Pauline, Étiennes Enkel und drei kleine Spielkameraden. Ich habe schnurstracks Bruno telegraphiert, dass er uns Grégoire schickt: die Gelegenheit für eine natürliche Impfung!, aber Bruno hat es in einem Antworttelegramm, dessen Knappheit Bände spricht, abgelehnt: *Sicher ein Scherz?* Unterschrift: *Bruno.* Schade, findet Mona, Windpocken zu mehreren ist ein Spiel, allein eine Bestrafung.

Ich kann mich des Bildes von Bruno, wie er sich die drei Wörter seiner Antwort zurechtlegt, nicht erwehren. Ab welchem Alter verschmerzt man es, dass der Vater, den man hat, lebt?

56 Jahre, 10 Monate, 5 Tage Freitag, 15. August 1980

Wie viele Empfindungen entgehen einem wohl? Während eines Kirchenkonzerts hat eine Frau ihren Ellbogen auf die Lehne des freigebliebenen Nachbarstuhls gelegt. Verträumt zupft sie sich an ihrem Achselhaar. Ich habe es ausprobiert. Nicht unangenehm. Könnte rasch ein Tick werden, wenn diese Körperpartie leichter zu erreichen wäre.

Gelungenes Geburtstagsgeschenk von Lison. Wir tafeln abends in großer Runde, Mona, Tijo, Joseph, Jeannette, Étienne, Marceline usw. Lison sitzt mir gegenüber und nimmt an den Unterhaltungen mit einer Lebensfreude teil, die, will mir scheinen, von einer ihr fremden Macht verzehnfacht wird. Sie ist inspiriert, beseelt von einem guten Geist. Der sie aber ein wenig beansprucht, nach ihren erschöpften Gesichtszügen zu urteilen. Als die Gäste gegangen sind, zitiere ich sie in die Bibliothek. (Wir spielen dieses feierliche In-die-Bibliothek-zitiert-Werden der Tochter zur Aussprache mit dem Vater seit jeher. Tochter, folge mir in die Bibliothek! Lison gibt sich ein kleinlautes Aussehen, und ich schließe in der Haltung dessen, der das Kommando hat, die Tür hinter uns.) Setz dich. Sie setzt sich. Rühr dich nicht vom Fleck. Sie fixiert ihre Füße. Ich schreite die Bücherwände ab und ziehe *Doktor Schiwago* heraus. Ich suche den Absatz, den ich ihr vorlesen will, Ah, da haben wir ihn!, neunter Teil, drittes Kapitel. Die Tagebuchaufzeichnungen von Juri Schiwago. Er macht sie in Warykino, Ende des Winters, der Frühling naht. Hör zu. Lison hört zu.

> Ich glaube, Tonja ist in anderen Umständen. Ich habe es ihr gesagt. Sie teilt meine Vermutung nicht, aber ich bin mir sicher. Ich täusche mich nicht über die ersten, kaum erkennbaren Merkmale, die den eindeutigen vorausgehen. Das Gesicht einer Frau verändert sich. Man kann nicht sagen, dass es hässlicher würde. Aber ihr Äußeres, vorher ständig von ihr beobachtet, entgleitet ihrer Kontrolle. Über sie verfügt jetzt die Zukunft, die aus ihr hervorgehen wird und nicht mehr sie selbst ist.

Ich hebe den Kopf. Lison sagt: So etwas nenne ich einen scharfsichtigen Vater! Wir fallen uns in die Arme.

Wir bleiben noch ein, zwei Stunden in der Bibliothek sitzen und unterhalten uns. Du bist jetzt so alt wie Violette, als sie starb, sagt Lison zu mir.

»Woher weißt du das?«

»Es steht auf ihrem Grabstein.«

Mein Gott, Violettes Grab, zu dem ich nie wieder gegangen bin! Nicht einmal an Allerheiligen. Kein einziges Mal.

»Wer pflegt Violettes Grab?«

»Tijo. Jedes Jahr. Als ich klein war, bin ich manchmal mitgegangen.«

Eigentlich neige ich doch dazu, beim Lesen von Nachrufen oder beim Gang über einen Friedhof im Kopf zu überschlagen, wie alt die Verstorbenen wurden … Während Violettes Beisetzung auf dem Kirchhof von Mérac strich ich, um meinem Kummer zu entfliehen, zwischen den Gräbern umher, ich errechnete das Alter der Toten und sprach ihre Namen laut aus, in der Gewissheit, es würde ihnen gefallen, noch immer beim Namen genannt zu werden. Und dass ihnen für die Ewigkeit gesagt wurde, wie alt sie waren. François Franceschi, 49 Jahre, Sabine Haudepin, 78 Jahre. Amédée Brèche, 82 Jahre. Einem jeden seine Sanduhr, sagte Violette, wenn sie die Eier ins kochende Wasser versenkte. Auch Kinder lagen dort. Manche hatten kaum länger gelebt als die Zeit, die ein Ei im kochenden Wasser verbringt. Unser kleiner Salvatore, 3 Monate. All diese in rohen Granit oder polierten Marmor geschnittenen Namen … Der Stein für Violette war nicht rechtzeitig fertig geworden. Maritain, der Totengräber, hatte den Sarg mit schwerer Erde bedeckt. Es hatte die ganze Woche geregnet, ich habe den Geruch dieser Erde noch heute in der Nase. Kein Stein, folglich auch kein Datum. Das Datum kam mit dem Grabstein. Warum bin ich nie mehr auf den Friedhof gegangen? Warum habe ich nicht einmal das Bedürfnis danach verspürt? Aus nie versiegendem Kummer? Ich glaube nicht. Wohl eher, um nicht zu erfahren, wie alt Violette geworden war. Um nicht zu wissen, wie lange sie gelebt hat. Sie war eine starke *Figur*, nicht wahr?

Ich sehe Lison an. Ich bin drauf und dran, ihr zu sagen, dass ich neben Violette beerdigt werden möchte. Aber ich halte mich zurück.

»Was ist, Papa?«

»Nichts, mein Liebling. Wünschst du dir ein Mädchen oder einen Jungen?«

*

NOTIZ FÜR LISON

Somit hatte dein Vater, mein Liebling, dem jede Erinnerung an die Schwangerschaften deiner Mutter fehlt, die Schwangerschaft seiner Tochter erraten, obwohl Fanny und Marguerite erst seit kurzem unterwegs waren! Welchem Instinkt verdankt sich solche Vorahnung? Im Grunde könntest du dieses Journal ebenso gut der Nouvelle Revue de psychanalyse überlassen, unser Freund JB würde sich die Finger lecken.

*

In den Läden unserer schicken Viertel hört man heutzutage nur noch selten rassistische Beleidigungen von bewusst physischer Natur. Und doch, heute Vormittag, eine Bäckerei, Tijo und ich beim Kauf von Croissants und Brioches. Wir hüten gleich Fanny und Marguerite, weil Lison aus dem Haus muss. Eine Bäckerei also. Vor uns zwei Damen comme il faut und ein greiser Araber. In unserem Rücken reicht die Schlange bis zur Tür. (Berühmte Bäckerei.) Hinter der Verkaufstheke die Bäckerin in rosa Bluse, eine dieser Ladeninhaberinnen, die ihre ganze Distinktion in den Gebrauch des Konjunktivs legen. *Könnte* ich etwas für Sie tun? *Hätten* Sie vielleicht noch einen Wunsch? Sie bedient die beiden Damen, dann ist der greise Araber an der Reihe. Dschellabah, Babuschen, dazu ein starker Akzent und die für Menschen seines Alters typische Unschlüssigkeit. Ende des Konjunktivs. Und wir, was wollen wir haben? Ein bisschen dalli, ja? Kaum vernehmbare Antwort des Betroffenen. Was? Der Mann zeigt auf ein Schweineohr. Sein Blick wandert dabei von der Bäckersfrau zu dem gewünschten Teilchen. Diese nutzt die Gelegenheit, um sich demonstrativ die Nase zuzuhalten und mit der rechten Hand eine Bewegung zu machen, als wedelte sie einen Gestank fort. Dann packt sie mit einer Metallzange das Schweineohr, versenkt es in einer Tüte, die sie vor den Kunden hinwirft, und nennt im selben Atemzug den Preis, worauf der Mann seine Dschellabah anhebt und aus der Hosentasche Kleingeld hervorkramt. Es reicht nicht. Er fingert erneut in der Tasche, sucht eine andere ab, aus der er eine alte Brille hervorzieht. Gehts vielleicht auch schneller? Es warten noch andere! Große Geste über die versammelte Kundschaft hin. Der alte Mann gerät in

Panik. Münzen kullern zu Boden. Er bückt sich, richtet sich wieder auf, legt in seiner Not sein sämtliches Kleingeld auf den unechten Marmor des Kassentischs. Die rosa Bäckerin klaubt sich den Betrag heraus. Der Mann macht sich mit gesenktem Blick davon. Bloß nicht entschuldigen, was!? Und dann dieser Fanfarenstoß: Diese Araber, saugen uns das Blut aus und hinterlassen auch noch ihre Geruchsspur! Allgemeines Schweigen. Womöglich aus Bestürzung, aber dennoch: Schweigen. (Darunter meines.) Bis Tijos Stimme ertönt. Das stimmt, sind einfach zum Kotzen, diese Araber! (Pause.) Man muss schon wirklich ein Kotzbrocken sein, um das Blut von Madame saugen zu wollen. (Pause.) Zu einem hinter uns, Typus Jungmanager: Mal ehrlich, Monsieur, würden Sie das Blut von Madame saugen wollen? Der Jungmanager verliert alle Farbe. Nein? Kann ich verstehen, denn das Blut von Madame, das muss es ja in sich haben, wenn man bedenkt, was sie so ausspuckt! Rundherum ein einziges Entsetzen. Tijo zu einer anderen Kundin: Und Sie Madame, würden Sie denn saugen wollen? Nein? Monsieur auch nicht? Tja, das liegt daran, dass Sie keine Araber sind! In dem geschlossenen Körper, den die Kundschaft jetzt bildet, kreist kein Tropfen Blut mehr. Gesichter, die Angst vor Schlägen haben, denn Tijos Worte sind physisch. Ich will dem Gemetzel gerade ein Ende setzen, da wendet sich Tijo übergangslos in manierlichem Ton an die Bäckerin: Madame, Sie würden uns die allergrößte Freude bereiten, wenn Sie so nett wären, uns vier Ihrer Croissants und ebenso viele Ihrer Brioches zu verkaufen.

58 Jahre, 29 Tage Sonntag, 8. November 1981

Wirklich Angst hat der Mensch nur um seinen Körper. Begreift ein Beleidiger, dass man ihm *antun* könnte, was er *sagt*, ist sein Entsetzen namenlos.

58 Jahre, 1 Monat, 5 Tage Sonntag, 15. November 1981

Gestern Abend zusammen mit Mona Grégoire und seinen Freund Philippe gehütet, beide viereinhalb Jahre alt. Abgesehen vom Abendessen, dem Überwachen des Zähneputzens, dem Erzählen einer Geschichte und dem Lichterlöschen – Punkt neun Uhr, bei spaltbreit auf den hellen Flur geöffneter Tür – gehörte zu unseren Aufgaben auch, sie zu baden. Beim Abtrocknen stellte ich fest, dass Grégoire deutlich schwerer ist als Philippe. Obwohl sie genau die gleiche Statur haben. Um sicherzugehen, wog ich die beiden. Überraschung: Bis auf 50 Gramm (die im Übrigen Philippe schwerer ist) wiegen sie dasselbe: 17 Kilo und etwas. Grégoire ist nicht schwerer, aber unendlich viel *kompakter*. Armer Philippe! Ich bin überzeugt, dass diese mangelnde Kompaktheit ihm ein Leben voller Unsicherheit bescheren wird, ständige Zweifel, flüchtige Überzeugungen, ein latentes Schuldgefühl, wiederkehrende Ängste, kurz, ein Leben, bei dem er sich immer wieder selbst auf den Füßen steht, während Grégoire, fest mit beiden Pantinen im Erdreich, seinem ruhigen Bulldozerdasein folgen wird. Seinsschmerz für Philippe, stabiler Lebensgenuss für Grégoire. Eine Frage der Kompaktheit. Mona mag mir ja entgegenhalten, dass es für meine Beobachtung keinerlei Argumente gibt, die Erinnerung heute Morgen an diese beiden dramatisch disproportionalen Massen hat mich in meiner Überzeugung bestärkt.

58 Jahre, 6 Monate, 4 Tage Mittwoch, 14. April 1982

Harte, lange Verhandlungen mit dem Japaner Toshiro K. Wie alt mag er sein? Er ist so mager, dass sein brauner Kimono wie eine Borke anmutet, die ein dünnes Ästchen umschließt. Seine Gebärden sind lemurenhaft langsam, und der Schreibstift wird zwischen seinen Fingern zum Holzscheit. Widersprüchlicher Eindruck: Dieser Mann, der keine Lebenskraft mehr besitzt, scheint die Zeit auf seiner Seite zu haben. Die extreme Langsamkeit, mit der er spricht, seine ausgedehnten Schweigepausen und seine Gesten haben das Bild meines Vaters heraufbeschworen, der, wenn er einen Löffel zum Mund hob, Berge stemmte. Vier Kriegsjahre und deutsches Gas hatten ihn ebenso gründlich seiner Substanz beraubt wie ein ganzes Jahrhundert Toshiro K. Kurz, Vater nahm am Verhandlungstisch Platz; er ließ sich in den durchschwiegenen Pausen des Japaners nieder. Verschwinde, Papa, du störst hier. Ich sehe ihn, wie er sich gegen unser Küchenbuffet stemmt, das sich jedoch keinen Millimeter bewegt. Toshiro K. gibt mir meinen Vater bei diesem letzten häuslichen Gefecht zu sehen. Papa, bitte, dein Sohn führt Verhandlungen. Jetzt sitzt Papa an der häuslichen Tafel. Mama und ich können unseren Blick nicht von der Fliege abwenden, die sich auf seine Nase gesetzt hat. Sie hält mich schon für meine Leiche, sagt er, ohne auch nur den Versuch zu unternehmen, sie zu verscheuchen. Mama, die vom Tisch aufspringt, wirft einen Stuhl um. Sie schreit Sie sind unausstehlich. Er flüstert aber nein. Der kleine Junge, der ich bin, küsst die Hand, die sein Vater ihm entgegenschiebt. Papa zieht die Verhandlungen in die Länge. Auf dem Rückflug werden meine Mitarbeiter die Geduld loben, die ich dem alten Japaner gegenüber an den Tag gelegt habe.

58 Jahre, 6 Monate, 5 Tage Donnerstag, 15. April 1982

Mein Vater mit seinem Borkenkörper. Keine Lungen, Muskeln ohne Fleisch, ein Bündel loser Enden. Und ich großer kleiner Junge ahmte seine extreme Langsamkeit bis ins Kleinste nach, ich ging mit schlaffen Gliedmaßen umher und stieß mich an unseren Möbeln, kindliches Phantom meines Vaters, vor dem meine arme, angesichts dieser beiden Unbegreiflichen tief verängstigte Mutter floh.

59 Jahre Sonntag, 10. Oktober 1982

Seit Ende des Sommers ein manchmal heftiges Jucken unter dem linken Schulterblatt. Das kann von einem Wirbel kommen, allerdings piesackt es mich meist, wenn ich zu viel gegessen habe. Ich notiere das erst jetzt, weil ich abwarten wollte, ob es regelmäßig auftritt.

59 Jahre, 1 Monat, 8 Tage Donnerstag, 18. November 1982

Typologie des Einstellungsgesprächs. Ich habe gerade einen Redakteur eingestellt, dessen Lebenslauf so löchrig ist wie der Mantel eines Abenteurers – mit seinem pfiffigen Blick unter neandertalisch gewölbten Augenbrauen hatte er sofort mein Vertrauen. Bréval (Anhänger der Konstitutionstypologie) hätte ihm einen hübschen Jungen vorgezogen, mit wohlproportioniertem Schädel, leptosom und diplomgespickt, einen vom Minister persönlich wärmstens empfohlenen Kandidaten. Aber kaum machte das hübsche Kerlchen den Mund auf, da wusste ich, dass es trotz seiner trägen Überheblichkeit ein Milchbart war. Zwischen einem nagelneuen Gerippe und einem aus der Altsteinzeit herübergeretteten Knochengerüst habe ich keinen Moment gezögert.

59 Jahre, 1 Monat, 14 Tage Mittwoch, 24. November 1982

Das Behagen beim Kratzen. Nicht nur infolge der orgiastischen Steigerung, die sich im spannungslösenden Höhepunkt vollendet, sondern vor allem wegen des Genusses, auf den Millimeter genau die piesackende Stelle zu treffen. Auch das bedeutet »sich gut kennen«. Einem andern diese Stelle genau zu zeigen, ist äußerst schwierig. Was das Kratzen angeht, enttäuscht der andere immer. Wie so häufig, greift er leicht daneben.

59 Jahre, 1 Monat, 15 Tage Donnerstag, 25. November 1982

Wir können uns durch Kratzen einen Höhepunkt verschaffen, aber kitzeln kann man sich, so viel man will, man reizt sich nie zum Lachen.

Ich bringe Grégoire bei, zu essen, was er nicht mag. Diesmal ging es um gedünsteten Chicorée, den Bruno ihm stur vorsetzt, um »seinen Geschmack zu bilden«. Ich habe also mit Grégoire geübt, dem Geschmack von gedünstetem Chicorée geduldig auf den Grund zu gehen. Anders gesagt, sich für diese Scheußlichkeit zu interessieren. So wie ich es damals mit Dodo, meinem fiktiven Bruder, machte, damit ich selber den Chicorée herunterbekam. Versuche beim Essen, den Chicorée wirklich zu *schmecken*, wirklich zu begreifen, worin sein Geschmack besteht. Du wirst sehen, es ist *interessant* zu wissen, warum einem etwas zuwider ist. (Bei Übungen dieser Art ertappe ich mich dabei, dass ich wie Papa kursiviert spreche.) Sollen wir? Ja, los! Eine erste kleine Gabel, gefolgt von der minutiösen Beschreibung des jeweiligen Geschmacks, diesmal also des Bitteren, das die meisten Kinder abstößt (nur die kleinen Italiener nicht, die vielleicht früh in die Kultur des *amaro* einsteigen). Eine zweite, ein wenig voller beladene Gabel, um die Wohlbegründetheit der Beschreibung zu überprüfen, und so weiter (ohne zuletzt die Gabel zu überladen, weil man so, statt die Qual abzukürzen, nur Übelkeit heraufbeschwört). Grégoire hat seinen Teller mit einer zutiefst geistigen Befriedigung aufgegessen. Er findet, Chicorée schmecke nach verrosteten Nägeln. Meinetwegen nach verrosteten Nägeln, Hauptsache er isst seinen Chicorée, ohne zu mucken, obwohl er ihn weiterhin eklig findet.

Der Geschmack nach verrosteten Nägeln brachte mich auf die Eisenfresser, die in meiner Kindheit auf den Jahrmärkten ihre Fahrräder aßen. Ich erzähle Grégoire davon. Einer machte sich sogar daran, ein Auto zu verdrücken, einen Juvaquatre. Grégoire fragt mich, ob seine Mutter Bescheid wusste, die Mutter von dem Eisenfresser, über den Juvaquatre.

60 Jahre Montag, 10. Oktober 1983

Mein Geburtstag. Warum begeht man die runden Geburtstage immer mit solchem Aufwand? Mona hat Gott und die Welt zusammmengetrommelt. Ob sie bei meiner Beerdigung auch so zahlreich erscheinen werden? Tijo zufolge gibt es an runden Geburtstagen doppelten Grund zu feiern, sie seien Beerdigung und Geburt zugleich. Du warst ein alter Fünfziger, und über Nacht bist du zu einem blutjungen Sechziger geworden, sagt er und hebt das Glas. Auf dich, du Knirps in deinem neuen Alter! Kein schlechter Blickwinkel. Puste deine sechzig Kerzen aus, mein Lütter, du wirst für die nächsten zehn Jahre wiedergeboren!

60 Jahre, 10 Monate, 6 Tage Donnerstag, 16. August 1984

Das Knirschen von Kieseln unter einem leichtfüßigen Schritt im Garten des Hôtel T., gegen ein Uhr in der Nacht, mit Mona, die an mich geschmiegt schläft. Dieses Knirschen gehört zu den beruhigenden Geräuschen in meinem Leben.

61 Jahre, 7 Monate, 2 Tage Sonntag, 12. Mai 1985

Gestern Nachmittag mit Grégoire im Kino *Greystoke* gesehen, eine x-te Tarzan-Verfilmung. Grégoire war begeistert und ich von folgender Szene frappiert: Lord Greystoke, Tarzans närrischer Großvater, taucht vor dem Einseifen den Rasierpinsel kurz in eine Schale schwarzen Kaffee. Ich habe die Sache gleich heute Morgen ausprobiert. Faszinierendes Ergebnis! Die Poren schließen sich unter der adstringierenden Wirkung des Kaffees, und die Haut riecht noch gut und gern zwanzig Minuten danach. Kaffeeparfümierte Babyhaut. Mona ist begeistert. Sie findet, ich werde immer raffinierter.

61 Jahre, 7 Monate, 17 Tage Montag, 27. Mai 1985

Dummer Unfall heute, am Pfingstmontag. Wir tranken Tee bei Madame P., einer alten Freundin von Monas verstorbener Mutter, die auf die hundertzwei zugeht. Neoviktorianische Villa, Tee im Freien – unter einer Platane, die mitten auf einem Tennisplatz wächst! Das Tableau ist umso faszinierender, als der Sandplatz um die Platane herum wie herkömmlich gepflegt wird, gesprengt, gewalzt, die Linien sorgfältig mit Kalk gezogen, als wäre nichts. Wer sich zu einer Tasse Tee unter diesen Baum setzt, der nimmt wie er leibt und lebt in einem Gemälde von Magritte Platz. Wobei zum Spiel gehört, sich gegenüber der alten Dame unbeeindruckt zu zeigen. Wenn doch einmal ein Gast neugierig nachfragt, antwortet Madame P.: Was soll ich machen, meine Männer sind tot, niemand spielt mehr, da ist der Baum hier gewachsen, man muss die Dinge annehmen, wie sie gehen und kommen.

Kurz, wir tranken gemächlich unseren Tee, als plötzlich auf dem Grundstück der alten Dame ein Hund auftaucht. Sie nimmt ihn aus dem Augenwinkel wahr und ist empört. Wer erlöst mich nur von diesem Tier!? Darauf der Unfall. Ich springe auf und jage mit lautem Gezeter und rudernden Armen auf den Hund zu, doch ein unsichtbares Hindernis bremst meinen Lauf auf Stirnhöhe aus. Ich hebe mit beiden Füßen ab und falle rücklings auf den Boden, wobei eine Hand und der Schädel hart aufschlagen. Sekundenlange Ohnmacht, schneidender Schmerz über die ganze Breite der Stirn, und als ich wieder zu mir komme, verschleiert mir ein Vorhang aus Blut jede Sicht. Erste Hilfe von Mona, die mir die Stirn abtupft. Die Erklärung: Das Hindernis war ein Eisendraht, der in Körperhöhe verlaufende Überrest eines Zauns, der einst den Court umschloss. Da erblicke ich meine Hand. Der Mittelfinger zeigt im rechten Winkel gen Himmel. Er lässt sich nicht zurückbiegen. Ein Stück von mir, das aus der Reihe tanzt. Halb so wild, sagt Mona, bestimmt gebrochen. Im Krankenhaus: sprachloser Bereitschaftsarzt angesichts der Schadensvielfalt: »Was ist denn Ihnen zugestoßen?« Schwierig, das in ein paar Worten zusammenzufassen: der Tee, der Court, Magritte, der Hund und die alte Dame, der Draht, kurz, die größte Katastrophe in der Geschichte des Gesellschaftstees. Tetanusspritze (der Draht war rostig), Naht aus acht Stichen längs des Schädeldachs: Hat Ihnen einer den Skalp abziehen wollen? Röntgenaufnahme des Kopfes, pyramidenförmiger Verband, damit der Eisbeutel auf der Beule hält, Röntgenaufnahme der Hand – doch nicht gebrochen, Einrenken des ausgerenkten Fingers (ein wenig brutal), Schiene, Verband.

Später fragt mich Mona, was mich geritten habe, so loszudüsen.

»Ich glaube, ich habe mich ein bisschen gelangweilt.«
»Dieser Eisendraht hätte dich köpfen können.«

61 Jahre, 7 Monate, 22 Tage Samstag, 1. Juni 1985

Am Ende von *Greystoke* verunglückt der alte Lord tödlich, als er während einer Weihnachtsfeier auf einem Silbertablett, das er als Schlitten einsetzt, die Schlosstreppe hinunterrauscht. In Kinderjahren ist er oft auf diesem Tablett von seinem Zimmer aus alle Stufen hinabgeflogen, aber jetzt hat er nicht mehr das Alter dazu, er verliert die Herrschaft über sein Schlittentablett und kommt in einer Kurve ums Leben, als sein Kopf gegen einen Holzpfeiler donnert. Tieftrauriger Tarzan. (Und tieftrauriger Grégoire.) Der alte Lord wurde Opfer eines Anfalls von Kindheit. Genau das muss auch mir gestern passiert sein, als ich plötzlich den Hundeverscheucher gab. In mir schnellt sehr oft das Kind hoch. Und überschätzt meine Kräfte. Diesen Kindheitsausbrüchen sind wir alle ausgesetzt. Selbst die ältesten unter uns. Das Kind fordert seinen Körper bis zuletzt ein. Es gibt nicht klein bei. Diese Wiederaneignungsversuche sind so unvorhersehbar wie ein gegnerischer Überfall. Die Energie, die ich in solchen Augenblicken entfalte, gehört zu einer anderen Zeit. Mona erschrickt, wenn sie sieht, wie ich einem Bus hinterherhechte oder auf einen Baum klettere, um eine zu hoch hängende Frucht zu pflücken. Was mir Angst macht, ist nicht, dass du es tust, sondern dass du noch eine Sekunde vorher nicht daran gedacht hast, es zu tun.

61 Jahre, 7 Monate, 27 Tage Donnerstag, 6. Juni 1985

Heute wurden die Fäden gezogen. Meinen Schädel umkränzt eine rosa Aureole (die Narbe), als ob mir einer die Hirnschale aufgeklappt hätte, um mal reinzugucken, wie Grégoire sagt. Am Nachmittag dann beunruhigt Grégoires seltsamer Gang Mona. Sie zeigt ihn mir durchs Fenster. Er spielt im Garten mit Kopek. Er bewegt sich arhythmisch, unkoordiniert, verlangsamt und wie desorientiert. Den Hund scheint dieses planlose Umherlaufen seines Herrchens zu beeindrucken. In Panik stürze ich nach draußen. Er sei, erklärt mir Grégoire und zeigt dabei auf meine Narbe, Frankensteins Enkel.

61 Jahre, 7 Monate, 29 Tage Samstag, 8. Juni 1985

Sobald ich auf meinem Weg über irgendein Hindernis stolpere (heute Morgen über einen Hundehaufen, auf dem ich beim Verlassen der Bäckerei beinah ausgeglitten wäre, heute Abend über eine unerwartete Stufe auf der Treppe der Rue Villiers de l'Isle Adam), gehe ich mit kleinen, verängstigten Schritten weiter. Ein wenig zu lange. Mit übertriebener Vorsicht. Es handelt sich um die Vorwegnahme meines Greisengangs. Um das Pendant meiner Anfälle von Kindheit. Der ängstliche Greis, der ich noch nicht bin, baut der Tollkühnheit des Kindes vor, das ich nicht mehr bin. Und wo ist bei alldem meine Gegenwart? Genau hier – dass ich mir ebendessen bewusst werde.

62 Jahre, 20 Tage Donnerstag, 31. Oktober 1985

Ich esse und trinke mit der rechten Hand, rauche aber mit der linken.

62 Jahre, 23 Tage Samstag, 2. November 1985

Wegen seiner von der Arthrose verschlissenen Schulter hat Étienne vor einigen Jahren das Bogenschießen aufgegeben. Er war ein Meister darin. Er betrieb es nicht als Wettkampfsport, sondern allein in seiner Scheune. Eine Art, mich *wiederzufinden*, sagt er. Fehlt es dir? Ja und nein. Er erklärt mir, dass er zwar den Bogen nicht mehr zu spannen vermag, das Gefühl des Zielens aber immer noch erlebt. Treffsicher zielen heißt, für einen Sekundenbruchteil keinen Zweifel an der Genauigkeit zu haben. Dort der Salzlaib zum Beispiel, den würde ich immer noch treffen, wenn ich einen Bogen hätte. Wir laufen an einer Lichtung entlang, auf der an einer Buche zum Anlocken von Rehen ein weißer Salzstein hängt. Siebenundzwanzig Schritt bis zu der Buche, fügt er hinzu. Meine Überprüfung ergibt: Tatsächlich siebenundzwanzig Schritt. Étienne hatte eine solche Treffsicherheit erlangt, dass er in seiner Scheune sogar mit geschlossenen Augen schoss. Seine Position gegenüber der Zielscheibe, der Winkel, in dem sein Arm zum Brustkorb stand, die von seinen Fingerkuppen erspürte und an unzählige Muskeln, die er alle aufzählen konnte, weitergegebene Spannung der Sehne, sein im richtigen Moment unterbrochenes Atmen, sein entleerter Geist, in dem es nur noch das innere Bild der Zielscheibe gab, all dies – und eine ganze Anzahl weiterer Parameter, darunter Étiennes Gleichgültigkeit gegenüber der Virtuosität seines Treffers – kam beim Zielen zusammen. Und wenn alles vereint war (selten genug, sagt er), ließ ich die Sehne los und wusste, dass mein Pfeil ins Schwarze treffen würde. Und er traf ins Schwarze. Für Étienne war das keine Bravourleistung, sondern Ausdruck einer Harmonie: Als ob der Mittelpunkt der Zielscheibe und ich eins wären. Dieses Gefühl sei es, sagt er, das er mitunter noch erlebe. Die Gesamtheit dieser so oft wiederholten Bewegungen und die perfekte Beherrschung des eigenen Körpers in diesem Moment haben eine geistige Sicherheit hervorgebracht, die die Bewegungen und die Körperbeherrschung überdauert: das treffsichere Zielen. Ich brauche dafür Bogen und Pfeil nicht mehr.

»Auch das Ziel nicht?«

»Doch, das Ziel schon, aber das kann alles und jedes sein. Dieser Salzlaib oder sonst etwas. Einen Moment lang war ich sowohl ich selber als auch das Ziel. Eine Ganzheit.«

Kleines entschuldigendes Lächeln:

»Dein alter Cousin kommt dir bestimmt etwas meschugge vor, was?«

Nein.

62 Jahre, 29 Tage | Freitag, 8. November 1985

Heute Vormittag fiel mir die Geheimzahl meiner Kreditkarte nicht mehr ein. Ebenso wenig die Eselsbrücke, die ich mir gebaut hatte. Und auch nicht die Reihenfolge, in der meine Finger über die Tastatur wandern. Sprachlos stehe ich vor dem Automaten. Tief erschüttert. Noch mal von vorn? Wie denn? Keinerlei Erinnerung. Nicht die leiseste Spur. Als ob es diese Geheimzahl nie gegeben hätte. Schlimmer noch, als existierte sie woanders, an einem Ort, zu dem ich keinen Zugang habe. Mit Wut vermischte Panik. Ratlos, was ich tun soll, bleibe ich auf dem Trottoir vor dem Automaten stehen. Hinter mir macht sich Ungeduld breit. Der Automat gibt mir die Karte zurück. Ich sage: Ist anscheinend kaputt. Beschämung darüber, dass ich diesen Satz gesagt habe, dass ich glaubte, ihn sagen zu müssen! Ich trolle mich, dicht an den Mauern entlang. Ich habe alles verloren: mein Gedächtnis, meine Würde, meine Selbstkontrolle, meine Reife, ich bin vollkommen enteignet. Diese Geheimzahl, das war ich. Ich schicke den Wagen fort und gehe zu Fuß ins Büro. Wut und Scham beschleunigen meinen Schritt. Ich quere bei Rot die Straße. Gehupe. Unmöglich, mich zur Vernunft zu rufen. Unmöglich, den Vorfall nüchtern einzuordnen: eine kurze Überspannung, ohne langfristige Folgen. Jetzt, da ich dies notiere (die Geheimzahl ist von allein an ihren Platz in meinem Gedächtnis zurückgekehrt), finde ich keine Worte, um den Angstzustand, in den mich dieses kurze Blackout versetzt hat, zu beschreiben.

62 Jahre, 1 Monat Sonntag, 10. November 1985

Dieses urplötzliche Abhandenkommen einer verlässlich gewussten Sache, Geheimzahl meiner Kreditkarte, Türcodes von Freunden, Telefonnummern, Vor- oder Nachnamen, Geburtsdaten usw., trifft mich jedes Mal wie ein Meteoriteneinschlag. Mehr als der Aussetzer selbst erschüttert meinen Planeten das Überraschende des Phänomens. Kurz, ich gewöhne mich nicht daran. Umgekehrt erstaunt es mich keineswegs, dass ich mit halbem Ohr gehörte Fernseh- oder Radioquizfragen fehlerlos beantworten kann. Grégoire: Du weißt wohl *alles*, Großvater? Du erinnerst dich wohl wirklich an *alles*?

62 Jahre, 4 Monate, 5 Tage Samstag, 15. Februar 1986

Frisöre. In meiner Jugend massierten sie einem nicht den Kopf. Sie wuschen einem mit grober Hand die Haare und verwandelten sie anschließend in eine Bürste, die ein Kleister namens Pento bis zum nächsten Schnitt aufrecht hielt. (Nein, Pento kam später auf, in den ersten Nachkriegsjahren.) Wie auch immer, das Metier ist weiblicher geworden, also raffinierter, und so massieren dir heute während der Haarwäsche geschickte Finger den Kopf. Ein Moment der Hingabe, in dem unter den Händen kenntnisreicher Masseurinnen alle Träume vorstellbar werden. Ich glaube, einmal habe ich sogar am Rande der Ekstase geflüstert: Bitte hören Sie auf. Mögen Sie keine Massage?, fragte die junge Frisörin arglos. Worauf ich wohl stammelte: Doch, doch, ja, schon. Wenn ich »arglos« sage, glaube ich davon natürlich keine Silbe, denn wenn ich eine junge Frisörin und Kopfhautmasseurin wäre, dann würde ich mich köstlich amüsieren über diese Herren, die sich dem Geschick meiner Finger hingeben und deren Lage im Sessel es ihnen verwehrt, ihren unter meinen Fingern verschwimmenden Blick auf ihren Hosenschlitz zu werfen. Herrlicher Anlass, um unter Freundinnen zu lachen! Vielleicht veranstalten sie sogar Wettbewerbe, um sich während der endlosen Stunden die Langeweile zu vertreiben. Und deiner, wie viel Sekunden, bis er eine Latte hatte?

62 Jahre, 9 Monate, 16 Tage Samstag, 26. Juli 1986

Den ganzen Morgen über lässt mich die Angst nicht aus dem Griff. Und Grégoire, der es zu spüren bekommt. Ich schrak fast zusammen, als er mich – wir waren auf dem Markt – am Rande der Tränen fragte, ob ich auf ihn böse sei. Mit welchem Gesicht hatte ich ihn angesehen? Welche Vorwurfsmiene, welche Hasskappe aufgesetzt? Und wie lange schon? Überhaupt, was für ein Gesicht setzen wir auf, wenn wir ein Gesicht ziehen? Und welches, wenn wir keines ziehen? Wir leben hinter unseren Gesichtern. Kinder aber sehen in der Miene der Erwachsenen einen Spiegel. Und in meinem Fall warf der Spiegel Grégoire das Bild einer rätselhaften Schuld zurück.

»Was habe ich getan?«

»Du hast etwas getan, etwas getan, wofür du ein Eis verdienst. Was für eines soll es sein, Vanille, Schokolade, Erdbeere, Pistazie?«

»Haselnuss!«

»Also zweimal Haselnuss, zwei Haselnusseis!«

Von der Angst zum Schuldgefühl … Mona, der ich die Sache erzähle, sagt mir, das Verb *culpabiliser*, Schuldgefühle erzeugen, sei 1946 im Französischen aufgetaucht, und sein Gegenpart *déculpabiliser* 1968. Wenn die Geschichte selbst zur Sprache kommt …

62 Jahre, 9 Monate, 17 Tage Sonntag, 27. Juli 1986

Der andere kann unserer Angst abhelfen, sofern er uns im Tiefsten fremd, ein wenig gleichgültig ist. Es gibt keinen Arbeitstag, der nicht mit meiner Angst fertigwürde. Sobald ich die Schwelle der Firma überschreite, besiegt die

Sozialfigur die Angstfigur. Auf der Stelle bin ich empfänglich für das, was die anderen von mir erwarten: Aufmerksamkeit, Ratschläge, Gratulationen, Anweisungen, Ermunterungen, Scherze, Rüffel, Beschwichtigung usw. Ich werde zum Gesprächsgegenüber, Partner, Rivalen, Untergebenen, zum guten Chef oder Schreckgespenst, ich bin die inkarnierte *Reife*. Die Rolle hat noch immer meine Angst besiegt. Aber die Unsrigen, die, die uns am nächsten stehen, die bekommen es jedes Mal ab, und zwar weil sie die Unsrigen sind, konstituiver Bestandteil unserer selbst, uns mit dem Knirps, der wir lebenslang bleiben, versöhnende Opfer. Und das hat Grégoire neulich zu spüren bekommen.

62 Jahre, 9 Monate, 23 Tage Samstag, 2. August 1986

Wenn ich in diesem Journal – recht häufig – auf die Angst zu sprechen komme, dann geht es mir nicht um die Seele, ja nicht einmal um Psychologie, vielmehr interessiert mich einzig das Register des Körpers, dieses verdammten Bündels aus Nerven!

63 Jahre Freitag, 10. Oktober 1986

Beim Pinkeln in einem Café auf der Rue Lafayette geht das Licht aus. Mittendrin. Zweimal. Welches Durchschnittsalter, frage ich mich, legen die Elektriker bei ihren Berechnungen zugrunde, dass sie dem Pinkelnden eine derart knappe Verweildauer zubemessen. Bin ich so langsam? Bin ich einst etwa so schnell gewesen? Verfluchter Jugendwahn, der selbst die Produktion dieser Zeitmühlen erfasst! Die Beobachtung gilt auch für die Abschaltautomatik in Treppenhäusern oder für die sich immer schneller schließenden Aufzugtüren.

63 Jahre, 1 Tag Samstag, 11. Oktober 1986

An meinem Geburtstag gestern saßen Étienne und ich nach dem Essen abends noch eine Weile in der Bibliothek beisammen. Er vertraute mir etwas an, wodurch mir der Gedanke kam, dass wir lebenslang in den Gesichtern der anderen lesen, ohne je einen sicheren Schlüssel zur Entzifferung des darin Geschriebenen zu erhalten. Was Marcelines Gesicht ausdrückt, sagt er mir, wenn sie nichts ausdrücken will: Dann fallen ihre Gesichtszüge nach unten und verschweißen ihre Lippen zu einem schiefen, alles andere als wohlwollenden Mund. In diesen Momenten erblickt er auf dem Gesicht seiner Frau – die als sehr sanft gilt! – ein flüchtiges, doch sehr reales Bild der Boshaftigkeit.

Zumindest ist es das, was ich in letzter Zeit wahrnehme, setzt er hinzu. Allerdings ist das meine Interpretation einer *Ausdruckslosigkeit*, denn in diesen Momenten denkt Marceline ja an nichts. Bestimmt würden andere ihr Gesicht anders sehen. Wenn Marcelines Züge – die in unserer Jugend nichts als Gewogenheit ausdrückten – sich selbst überlassen sind, reagiere ich, als gäben sie mir die Abgründe eines Naturells bar jeder Güte preis. (Schweigen.) In Wahrheit ist das, was ich im Gesicht meiner Frau sehe, das Ergebnis des einen oder andern Grolls, der sich im Lauf der Jahre in mir aufgestaut hat. Und der häufig genug wieder aufbricht, um mich heute *dieses* Bild von ihr zeichnen zu lassen. Mit anderen Worten, reine

Projektion. Heimtückisches Altern eines Paares. (Erneutes Schweigen.) Und was biete ich wohl für eine Physiognomie, wenn ich etwas in dieser Art empfinde? Wahrscheinlich keinen schönen Anblick! In Marcelines Augen dürfte sich mein Gesicht mächtig von dem Liebesmedaillon unterscheiden, das es in unseren jungen Jahren für sie darstellte.

Ich lauschte Étienne mit Erschütterung. Er ist immer der Fragen stellende Jugendliche geblieben, mit dem ich im Internat so gern debattierte. Heute haben sich zwei senkrechte Falten dauerhaft in seine alte Stirn geschnitten. Zwei Falten des Schmerzes. Plötzlich fragt er: Fasele ich dummes Zeug? Werde ich plemplem? Ein jähes Flimmern in seinem Blick. Das hat mit meinem Kopf zu tun, weißt du … Dem gehts nicht so gut.

63 Jahre, 1 Monat, 12 Tage — Samstag, 22. November 1986

Was mache ich mit meiner Angst, wenn ich in Rente bin? Kein Arbeitgeber und keine Untergebenen mehr; wer wird die ontologischen Brombeerranken bekämpfen, wenn ich dieser mir so lebensnotwendig gleichgültigen Gesellschaft verlustig gegangen bin?

63 Jahre, 6 Monate, 9 Tage — Sonntag, 19. April 1987

Marguerite ist auf dem Kiesweg hingefallen und hat sich das Knie aufgeschürft. Beim Säubern der Wunde habe ich Violettes Technik angewendet, also anstelle von Marguerite gebrüllt. Sie hat nichts gespürt. Trotzdem sagte sie, als ihr Knie verarztet war, leicht fatalistisch, als bezweifle sie, dass mir das Wissen um diese objektive Tatsache von irgendeinem Nutzen sein könnte: Weißt du, Großvater, ich glaube, du bist ein bisschen verrückt. Fanny stimmte ihr zu.

63 Jahre, 6 Monate, 11 Tage Dienstag, 21. April 1987

Als Marguerites Wade in meiner Hand lag, spürte ich intuitiv: dieses Pummelchen wird zu einem ranken Mädchen aufschießen.

63 Jahre, 11 Monate, 7 Tage Donnerstag, 17. September 1987

Augenhintergrund-Spiegelung bei Doktor L. M. Sie diagnostiziert den Beginn eines grauen Stars, der langsam fortschreiten wird, bis er in zehn, fünfzehn Jahren operiert werden muss. Gegenwärtig merke ich noch keine Beeinträchtigungen, meine Sicht ist vollkommen scharf. Sie haben noch Zeit. Außerdem sind das heutzutage harmlose Operationen, eine Lappalie. (Flüchtig taucht das Bild von Tante Noémie auf, wie sie in der Furcht, eines Tages zu erblinden, zur Übung mit geschlossenen Augen durch ihre kleine Wohnung in der Rue Chanzy geht: Als sie dann erblindet war, konnte sie nicht mehr laufen.)

63 Jahre, 11 Monate, 10 Tage Sonntag, 20. September 1987

Wie bin ich darauf verfallen, mit Fanny und Marguerite ins Musée de l'Homme zu gehen? Sie interessierten sich für alles und stellten mir lauter Fragen, die mir zeigten, wie begrenzt meine Kenntnisse sind. Heute Nacht dann hatte Fanny einen schrecklichen Albtraum: »Ich will nicht sterben, ich will nicht sterben!« Sie hatte von einem der Skelette geträumt. »Es ist zu mir ins Bett gekommen!« Panik, Einnässen. Ich dagegen fand die Skelette vor allem schlecht in Schuss gehalten; vielleicht unterstrich die Staubschicht auf ihren Rippen und in manchen Gelenken noch ihre Zugehörigkeit zum Totenreich.

Als ich so alt war wie die Zwillinge, machten mir Gerippe keine Angst. Das aus dem Larousse war zusammen mit dem muskulären und dem arteriellen Gehäuteten mein Kumpel, mein Klassenkamerad. Papa und ich verbrachten lange Vormittage in Gesellschaft der drei. Aber mein Lieblingsskelett war das von Papa, seine eingedellten Schläfen, seine direkt unter dem Glimmer der Haut ertastbaren Knochen. Nein, vor Gerippen hatte ich keine Angst.

64 Jahre, 1 Monat, 11 Tage Samstag, 21. November 1987

Unterwegs zum Labor – ich hatte auf Anordnung von Doktor P. mein Blut untersuchen lassen und ging den Umschlag mit den Werten abholen –, fiel mir auf, dass ich noch nie darüber geschrieben habe, welch ungeheure Erniedrigung jedes Mal mit dem Öffnen eines Laborumschlags einhergeht, eine Unterlassung, die verrät, wie sehr ich mich über diese Augenblicke reinen Entsetzens schäme. Ah, könnten sie mich sehen, all die im Büro, die mich für den Herrn und Meister ihrer Laufbahn halten! Ha, macht eine schöne Figur, dieser furchtlose Chef und Wächter über die Moral der Truppe, dieser heldenhafte Résistancekämpfer! Ein Steppke mit der Angst eines Minenräumers im Bauch. Jeder Umschlag von neuem eine Tretmine, die entschärft werden muss. Eines Tages wird mir eine um die Ohren fliegen. Anbei Ihr Todesurteil. Denn es gibt keinen Feind außer dem inneren. Nach dem Öffnen sucht mein Blick sofort die ersten beiden Zeilen mit den Werten der weißen und der roten Blutkörperchen (uff! perfekter Mittelwert, kein Hinweis auf eine gefährliche Erkrankung), dann schaue ich sofort auf die letzte Seite, ganz unten, auf den Prostatamarker, auch PSA genannt, ein magischer Wert für alle Männer jenseits der sechzig. 1,64! 1,64, letztes Jahr um dieselbe Zeit lag er noch bei 0,83. Anders gesagt, doppelt so hoch. Zwar noch weit vom oberen Grenzwert (6,16) entfernt, aber eben doppelt so hoch! Innerhalb eines Jahres! Bei anhaltender Tendenz also nächstes Jahr 3,28, übernächstes 6,56, und ein paar Wochen später Ausbruch des Krebses, mit Metastasen, die bis in die Falten meines Gehirns katapultiert werden! Da liegt sie, die Bombe, wahr und wahrhaftig, unsichtbar und auf einen vorbestimmten Zeitpunkt eingestellt. Und wenn es bloß die Prostata gäbe! Ich mag mich ja mit den exponentiellen Prostatawerten täuschen, aber wie steht es mit dem Zucker? Denn den Zucker gibt es ja doch auch noch! Glukose 1,22 g/l gegenüber 1,10 im letzten Jahr (bereits über dem Grenzwert!) und seit Jahren stetig steigend. Folglich: Diabetes am Horizont. Tägliches Spritzen, Erblinden, Amputationen (er wird »immer weniger«, der Ärmste) … Es sei denn, der Angriff erfolgt durch das Kreatinin – merklich über dem Durchschnittswert –, und meine Nieren versagen. Lebenslange Blutwäsche. Ein blinder, an der Dialysemaschine hängender Krüppel – reizende Zukunftsaussichten! Und so einen Umschlag soll man lächelnd öffnen?

64 Jahre, 6 Monate, 4 Tage Donnerstag, 14. April 1988

Nicht ganz reibungslose Landung auf dem Flugplatz von Vancouver. Kaputtes Fahrgestell, Hinausschießen der Maschine über die Piste, durcheinanderpurzelnde Fluggäste, herabprasselndes Gepäck, Panik an Bord usw. Ich bin ohne Prellungen und, muss ich gestehen, ohne größeren Schrecken davongekommen. Wie schaffen wir es bei unserer Kleinmütigkeit, unser Leben in aller Seelenruhe Apparaten anzuvertrauen, über die wir keinerlei Kontrolle ausüben (Flugzeugen, Zügen, Schiffen, Autos, Fahrstühlen, Achterbahnen)? Vermutlich bringt die Masse der Mitreisenden unsere Furcht zum Verstummen. Wir verlassen uns auf die Intelligenz der Gattung. In den Bau dieser Maschine ist derart viel Kompetenz eingeflossen und täglich vertraut so viel kritischer Geist ihr seinen Körper an – warum sollte da nicht auch ich mich ihr anvertrauen? Hinzu kommt das statistische Argument: Die Gefahr, im Flugzeug sein Leben zu lassen, ist um ein Vielfaches geringer als im Straßenverkehr. Nicht zu unterschätzen auch das Schicksal mit seiner Verlockung. Wir überantworten unser Los gern technischen Zufällen. Soll die unschuldige Maschine über mein Los entscheiden – anstelle meiner Zellen, die alle im Verdacht stehen, bösartig zu sein. Künftig werde ich meine Blutwerte in elftausend Metern Höhe studieren, bei heftigen Turbulenzen und möglichst in einem brennenden Flugzeug.

64 Jahre, 6 Monate, 5 Tage Freitag, 15. April 1988

Allerdings entsinne ich mich auch einer Unterhaltung mit B. P., Flugversuchsingenieur, der sein Leben lang Maschinen getestet hat. Um da mitzufliegen, muss man vollkommen verrückt sein, sagte er im Wesentlichen. Wissen Sie, was wir machen, wenn ein Flugzeug dermaßen vibriert, dass es sich in der Luft auflösen würde? Nun, wir verschrotten es und bauen es noch einmal, vollkommen identisch, und weiß der Teufel warum, die Kiste vibriert nicht. Also ich, schloss er, wenn ich im Pulk der anderen Passagiere aus einem gewöhnlichen Linienflugzeug steige, sage mir nicht, dass ich angekommen, sondern dass ich davongekommen bin.

64 Jahre, 10 Monate, 12 Tage Montag, 22. August 1988

In der *Naturgeschichte* von Plinius gelesen, Dachse hätten die Eigenart, im Kampf nicht zu atmen, um die Verletzungen nicht zu spüren, die ihnen ihre Gegner zufügen. Das erinnerte mich daran, dass ich als Kind trainierte, durch Brennnesseln zu gehen, und dabei den Atem anhielt, um nicht verbrannt zu werden. Robert hatte mir den Trick beigebracht. Als ich das Grégoire erzähle, erwidert er knapp: Das ist deine Dachsseite, Großvater.

64 Jahre, 10 Monate, 14 Tage Mittwoch, 24. August 1988

Ganz vertieft in *Tom Sawyer*, bohrt sich Grégoire in der Nase … Seine Nasenlöcher? Die Höhle von Indianer-Joe. Sein Nasenpopel? Der Schatz, den Joe dort versteckt hat. Wie für mich wird für Grégoire lebenslang die Lust am Lesen mit der Lust am Nasebohren verbunden sein.

64 Jahre, 10 Monate, 20 Tage		Dienstag, 30. August 1988

Plinius, noch immer, schreibt, es sei den Römern verboten gewesen, in der Öffentlichkeit die Beine übereinanderzuschlagen, was mich an die sechzig Jahre zurückversetzt. Ich (oder war es Dodo?) trage kurze Hosen, und Papa ist noch nicht ganz *von innen zerfressen*; wir haben Gäste zum Tee. Ich sitze in einem Sessel und schlage wie die Erwachsenen die Beine übereinander. Mama zetert: Setzt du dich wohl anständig hin! Es gehört sich nicht, die Beine übereinanderzuschlagen! Abends im Bett wiederhole ich das Experiment und stelle fest, dass mein kleines Geschlecht mir einiges Vergnügen verschafft, wenn ich es mit leichter Hand zwischen meinen übereinandergeschlagenen Schenkeln hin- und herbewege.

64 Jahre, 11 Monate, 15 Tage		Sonntag, 25. September 1988

Tijo, klein und absolut kein »Herkules aus Batignolles«, ist schnell, genau und gewandt wie ein wildes Tier; wie seine Muskelkraft hat mich das immer wieder an ihm verblüfft. Gestern Nachmittag gingen er und ich mit den Zwillingen am Seineufer spazieren. Eine Möwe tat, als wolle sie uns angreifen. Einmal, zweimal, beim dritten Mal schnellt Tijos Hand nach oben und packt sich den Vogel zwischen zwei Flügelschlägen. Abrupte Unterbrechung einer Flugbahn. Verblüffung im Auge der Möwe. (Eine echte Comic-Verblüffung. Glupsch!) Sieh her, was für eine Schönheit! Das turtelt und turtelt und denkt, sowas bleibt folgenlos! Tijo reibt seine Nase am Schnabel der Schönheit, dann hält er sie Fanny und Marguerite hin, die ihr über den Rücken streichen, und lässt sie schließlich wieder frei. Die Möwe fliegt davon, ein wenig benommen, aber unversehrt. Im Weitergehen bringen wir uns einige Streiche in Erinnerung, alle sehr physisch, die Tijo mir als Kind spielte. Unter anderem diesen, als er etwa so alt war wie die beiden Mädchen jetzt. Marianne und ich flirteten gerade in Le Briac, als Tijo, den Ruf *Mort aux boches!* und *Vive la Résistance!* auf den Lippen, uns mit Feigen bombardierte. (Sommer 43.) Ein Blitzangriff aus dem Hinterhalt. Bis ich bei Lulus Feigenbaum war, um zum Gegenangriff überzugehen, hatte er mich an Auge, Stirn und Kinn getroffen und sich wieder zurückgezogen. Den Flirt konnte ich mir abschminken, klebrig wie ich war, zog ich die Wespen an, vor denen Marianne höllische Angst hatte. Ich musste mich von Kopf bis Fuß säubern und meine Klamotten in den Waschkessel stecken. Feigen sind gegen Ende der Saison fest und weich zugleich, beim Aufprall explodieren sie wie eine Granate, und der Saft sickert in alle Ritzen. Ganz zu schweigen von den Kernen im Haar. Und von den Hautfetzen, die an einem kleben wie blutiges Fleisch! Ein mit Feigen Gesteinigter gleicht dem Geteerten im Wilden Westen. Meine Rache war furchtbar. Um genau zu sein, nazistisch. Kalte Besatzer-Repression. Ich häufte Munition an und nahm Tijo in einem Augenblick gefangen, als er es am wenigsten erwartete (er war mit Milch unterwegs zu den Douviers), ich band ihn an die Platane von Peluchat und verkündete ihm – auf Deutsch! – sein Todesurteil. Er rief *Vive la France!*, und während ich einen Kugelhagel auf ihn abfeuerte, blieb er stoisch wie Andersens *Kleiner Soldat*, den ich ihm am Vorabend vorgelesen hatte. Er ging nämlich davon aus, dass die Folter sich auf diese Exekution beschränken würde. Aber Irrtum. Nachdem ich den Ärmsten in einen Pott Marmelade verwandelt hatte, band ich ihn los und tauchte ihn in die Douvier'sche Tränke, wo ich ihn, den nicht mehr annähernd so stoischen kleinen Soldaten, einer gründlichen Reinigung unterzog! Hygiene war nicht seine Stärke, und die Erwachsenen waren nicht sonderlich hinterher. Das Wasser war eisig und das Opfer ein einziges Zähneklappern, so dass den Henker selbst leise Reue überkam.

Hast du dich nicht gern gewaschen, als du klein warst?, fragt Marguerite. Ich, klein?, erwidert Tijo und stellt sich auf die Zehenspitzen, ich war niemals klein!

64 Jahre, 11 Monate, 16 Tage Sonntag, 26. September 1988

Étienne wettert gegen die Kiefernorthopäden, die selbst hübschesten Frauen bis in ein lächerlich weit fortgeschrittenes Alter Zahnspangen verpassen. Er ist wirklich wütend, was immer öfter geschieht.

»Guckt euch bloß diese alten Mädels mit ihrem eisenbeschlagenen Gebiss an! Und die willigen auch noch ein, diese Idiotinnen! Diese verfluchten Zahnklempner! Wenns wenigstens zu etwas nütze wäre! Aber nein, eine reine Modesache! Und ein verdammt lukratives Geschäft! Ach, das 19. Jahrhundert hatte schon sein Gutes!«

»Was hat das mit den Zähnen zu tun?«

Er funkelt mich böse an.

»Prophylaxe, Alter! Meine Großmutter mütterlicherseits, weißt du, die berühmte Tante Clothilde, die Frau vom Kolonialgouverneur – Jahrgang 1870 –, die kümmerte sich in Somalia um Leprakranke. Und 1927 oder 28, ich muss so vier, fünf Jahre alt gewesen sein, da hält sie mir eines Tages den fauligen Stumpf eines Leprakranken unter die Nase (ihm waren der Daumen, der Mittel-

und der Ringfinger abgefallen) und sagt mir mit ruhiger Stimme: Siehst du, Étienne, was passiert, wenn du weiter am Daumen lutschst? Das hieß Prophylaxe im 19. Jahrhundert! Letztlich weniger primitiv als eine Zahnspange, und es hatte außerdem den Vorzug, dass *es sich erzählen lässt*.

Tijo – selbes Thema, selbes Gespräch – bringt anderes auf:

»Das ist keine Zahnspange, sondern ein Keuschheitsgürtel, den die Eltern ihren heranwachsenden Kindern im Mund verschrauben lassen! Hast du nicht bemerkt: Sie zwingen das ihren Gören auf, sobald die Hormone frohlocken! Ein Werkzeug, das den sexuellen Frieden in den Familien sichert! Man treibt keine Zungenspiele mit einem Stacheldrahtverhau im Maul! Schlicht und einfach eine Kastration! Die armen Gören wagen es nicht einmal, sich im Spiegel zu betrachten! Das Widerwärtigste daran ist, dass die Eltern, voller Rührung, in diesen versehrten Gesichtern einen Rest Kindheit ausmachen!

*

NOTIZ FÜR LISON

Im Grunde finde ich es witzig, mein Liebling, dass ich zeit meines Lebens dieses Journal geführt habe. Was nicht heißt, dass ich es als solches witzig finde.

7

65–72 JAHRE
(1989–1996)

Ich hätte ein Journal meiner Aussetzer führen sollen.

65 Jahre, 9 Monate, 2 Tage Mittwoch, 12. Juli 1989

Habe mir beim Reparieren von Grégoires Fahrrad, das einen Platten hatte, den Daumen aufgeschlitzt. Beim Montieren des geflickten Schlauchs rutschte der Schraubenzieher ab und zerratschte mir den Daumen wie einen Krebs, den man zerlegt. Unmengen von Blut, viehischer Schmerz. Einer dieser Schmerzen, die bis ins Herz zu spüren sind. Da Sonntag war, schlug Grégoire vor, zum Vater seines Freundes Alexandre zu gehen, der Arzt ist. Freundliche Aufnahme durch den Doktor, der sich gleich ans Werk macht. Nichts Schlimmes, sagt er, die Bänder sind intakt. Aber nähen müssen wir, zwei, drei Stiche. Gut. Da sein Freund nicht zu Hause ist, findet Grégoire es »interessant«, beim Flicken meines Daumens zuzusehen. Der gute Doktor holt eine Spritze, um die Stelle um die Wunde herum zu betäuben. Ich schlage das aus, sage, wir hätten es eilig, Grégoire müsse zu einem Wettkampf, von dem seine Karriere als Radsportler abhänge. Sind Sie sicher? Ohne Betäubung? Finger sind stark innerviert, wissen Sie! Ach, wird schon gehen. Er sticht einmal durch mein Fleisch und zieht den Faden durch, ein zweites Mal, beim dritten Mal falle ich in Ohnmacht. Das wird mich lehren, gegenüber Grégoire, der in Wahrheit nirgendwohin musste, am Bild des heroischen Großvaters basteln zu wollen. Ohne ihn hätte ich die Betäubungsspritze mit Sicherheit nicht verweigert.

Auf dem Nachhauseweg teilt mir mein Enkel seinen Entschluss mit, »Dokter« zu werden, wenn er groß ist. Auf meine Frage, woher diese plötzliche Berufung komme, antwortet er: Weil ich nicht will, dass du stirbst. Natürlich trifft mich seine Antwort mitten ins Herz, wo sie das Pochen meines Daumens dämpft. (Korrekter wäre es, zu schreiben: trifft mich mitten in den Daumen, wo sie das Pochen meines Herzens dämpft.) Ach, diese Freude des abgebrühten Erwachsenen, wenn ein Kind ihm arglos sagt, dass es ihn liebhat! Während ich jetzt am Abend noch einmal darüber nachdenke, verwandelt sich die Freude in Kummer – jenen Kummer, den Grégoire über meinem Grab empfinden wird, wenn er die Machtlosigkeit seiner Kunst verfluchen muss. Denn auch ich erklärte mich ja in seinem Alter zum Garanten für ein ewiges Leben. Ich wollte nicht, dass Violette stürbe. Vom Gemunkel ihres nahen Todes bedroht – »bei dem, was sie süffelt, macht sie es nicht mehr lang!« –, konnte Violette dank meiner wachsamen Liebe die Unsterblichkeit ansteuern. Ihre Krampfadern, ihr Übergewicht, ihre feuchte Hängelippe, die roten Äderchen, ihre Kurzatmigkeit, der trockene Husten und das, was Mama ihren »Pestgeruch« nannte, sprachen nicht für Violettes Langlebigkeit. Aber ich sah sie nicht so. Für mich war Violette der mächtige Körper, in dessen Schatten mein eigener Körper Gestalt gewonnen hatte. Ich war unter ihren aromatischen Fittichen aufgewachsen. Mein Wunsch, zu leben, entsprang ihrer Daseinskraft, der Drang, meine Ängste zu besiegen, speiste sich aus ihrem Mut, das Bedürfnis, Muskeln anzusetzen, kam aus dem Verlangen, sie zu verblüffen. Dank Violette, dank ihrem *Blick* hatte ich aufgehört, das Phantom meines Vaters zu sein, ich stieß mich nicht mehr an den Möbeln, verschwand nicht mehr in meinem Schatten, hatte keine Angst mehr vor Spiegeln: Aus dem sich allmählich in Luft auflösenden Jungen hatte sie einen Kletteraffen, Wasserfrosch und Drahteselreiter gemacht. Ich war ihr »kleiner Prachtkerl«, den sie der Angst entwunden hatte, der von hohen Felsen kopfüber ins Wasser sprang und nicht mehr zitterte, wenn er einen lebenden Fisch in der Hand hielt. Manchmal erlegte ich mir zu Ehren Violettes selbst dann Prüfungen auf, wenn sie nicht da war, ich streichelte einen tollwütig an seiner Kette zerrenden Hund, besuchte Jahrmärkte mit ihren Angst und Bange machenden Autoscootern, Geister- oder Achter-Bahnen oder verbot mir die Gesellschaft von Dodo in Situationen, in denen mein Hasenherz ihn mir unentbehrlich machte. Ja, ich gestand mir schließlich ein, dass Dodo ein fiktiver kleiner Bruder war – sogar dies gelang Violette! Violette hatte mir erlaubt, zu leben; unter meiner Obhut würde sie niemals sterben! Aber sie war gestorben.

65 Jahre, 9 Monate, 3 Tage — Donnerstag, 13. Juli 1989

Von heute aus betrachtet, muss ich sagen, Violette stand auch am Anfang meines Wunsches, ins Internat zu gehen: Jetzt, mein kleiner Prachtkerl, wo die Kresse um deine Pumpe gewachsen ist, musst du dich hinter Mauern zurückziehen. Damit du gescheit lernst und deine Talente nicht vergeudest! Du wirst sehen, es wird dir Freude machen. Du kommst hoch hinaus!

Die Erinnerung daran, wie Manès mich in den Bach wirft, damit ich schwimmen lerne, was weder er noch Violette konnte. Mach dich locker, wie Albert, wenn er vom Hocker fällt (Albert war der Trinker von Mérac), dann tauchst du wie seine Korken wieder hoch. Aus grenzenlosem Vertrauen zu Violette machte ich mich ganz locker und tauchte tatsächlich wieder hoch und brachte mehr schlecht als recht die Schwimmbewegungen zustande, die sie mich hatte üben lassen zwischen den Pranken von Manès – einem Felsgebirge von Haushofmeister, an dessen ausgestreckten Armen ich in der Luft hing. Wie die Frösche, sagte sie, du willst doch nicht behaupten, du könntest es den Fröschen nicht gleichtun? So habe ich schwimmen gelernt: als Froschplagiator. (Später lernte ich dann Fermantins linientreues Kraul.) Manès, wirf mich ins Wasser, aber nicht bei den Seerosen, da hat man Boden unter den Füßen, sondern in den Kolk! Schwör mir, dass du mich morgen in den Kolk wirfst! Und warum wirfst du dich nicht selber rein? Na, weil ich Angst habe! Herrliche Verwandlung der Angst in Jubel, wirf mich in hohem Bogen rein, höher, weiter, noch mal, noch mal, und bei jedem Mal dieser Rest von Furcht, der meine Angst in Mut verwandelte, den Mut in Freude, die Freude in Stolz, den Stolz in Glücksgefühl. Noch mal! Noch mal!, brüllten ihrerseits Bruno und Lison und später Grégoire, als ich sie in den Kolk warf. Noch mal! Noch mal!, brüllen jetzt Fanny und Marguerite.

Meine zunehmenden Gedächtnislücken … Mitten im Satz plötzlich ein Aussetzer oder ein dümmliches Schweigen angesichts eines freudig meinen Vornamen ausrufenden Unbekannten, Verwirrung vor einer Frau, die ich einst geliebt haben muss, deren Gesicht mir aber nichts sagt (obwohl es gar nicht so viele Frauen waren!), Buchtitel, die mir just in dem Moment nicht einfallen, da ich sie nennen will, Versprechen, die ich offenbar gegeben und nicht gehalten habe, verlegte Gegenstände … All dies passiert mir soweit ich zurückdenken kann und ist äußerst unangenehm. Am meisten jedoch bringt mich in Verzweiflung, dass ich ständig wie ein Tier auf der Lauer liege, aus Angst, das zu vergessen, was ich sagen wollen *könnte* in einem Gespräch, das gerade erst begonnen hat! Ich habe meinem Gedächtnis nie vertraut. Zwar erinnere ich mich annähernd wortwörtlich an das, was mein Vater mir als Kind beigebracht hat, aber heute frage ich mich, ob es nicht auf Kosten alles anderen – von Namen, Gesichtern, Daten, Orten, Ereignissen, Büchern, Umständen usw. – geschah. Dieses Handicap hat mir Schule, Studium und Beruf schwergemacht, ohne dass dies allerdings irgendjemand wirklich bemerkt hätte. Denn ich habe sehr schnell gelernt, statt des einen mir entfallenen Wortes eine Umschreibung zu wählen. Weshalb ich als Vielredner gelte. Umschreibungen zwingen einen dazu, viel mehr zu reden als die anderen, wie die Trüffelhunde, die mit der Schnauze am Boden im Zickzack laufen und dabei zehnmal mehr Strecke zurücklegen als ihre Besitzer.

Heute reicht mein Gedächtnis gerade noch aus, um mir diese Blockaden in Erinnerung zu rufen. Vergiss nicht, dass du kein Gedächtnis hast!

66 Jahre, 1 Monat, 21 Tage Freitag, 1. Dezember 1989

Gut geschlafen, wie immer bei Regen.

66 Jahre, 2 Monate, 15 Tage Montag, 25. Dezember 1989

Am gestrigen Weihnachtsabend zu viel getrunken, zu fett gegessen. Zwanghaft. Unter Reden und Lachen. Kurz, als Junger getafelt. Lison, Philippe, Grégoire und einige Freunde waren da. Mona hatte sich selber übertroffen. Das Ergebnis, nächtliche Schwitzanfälle. Erwachen mit Schwindelgefühl. Das ganze Zimmer dreht sich. Besonders im Liegen. Als ich stehe, kommt die Umgebung zur Ruhe. Aber bloß keine unvermittelte Bewegung! Zu schnelles Hinsetzen oder Aufstehen, zu abrupte Kopfbewegungen bringen das Karussell wieder auf Touren. Ich bin eine instabile Achse, um die sich die Welt dreht. Wie hießen noch diese schweren Metallkreisel in meiner Kindheit, die mit einer Schnur fortgeschleudert wurden und sich auf einer wackligen Spitze drehten?

66 Jahre, 2 Monate, 16 Tage Dienstag, 26. Dezember 1989

Gyroskop! Diese Kreisel hießen Gyroskop! Es dreht sich heute Morgen noch in mir, das Gyroskop, aber die Umgebung bleibt ruhig.

66 Jahre, 3 Monate, 8 Tage Donnerstag, 18. Januar 1990

Dieses kurze Schwindelgefühl auf einem Placken Eis, auf dem ich keineswegs ins Rutschen gerate. Ich setze zunächst den einen Fuß darauf, dann den anderen. Meine Arme heben sich, damit ich das Gleichgewicht halte, wiewohl das städtische Streusalz seine Pflicht getan hat – aufgerautes, gräuliches, also ungefährliches Eis – und ich keineswegs ins Rutschen komme. Trotzdem muss ich erst wieder soliden Asphalt, in diesem Fall das gegenüberliegende Trottoir, erreichen, um meinen sicheren Schritt zurückzugewinnen. Ich verfüge also über eine »Schwindelkultur« und bin, wie jeder, der ein Wissen verinnerlicht hat, das Opfer von Fehlinterpretationen.

66 Jahre, 7 Monate, 9 Tage Samstag, 19. Mai 1990

Bruno, eben aus den USA zurück, wird dringend in Grégoires Schule einbestellt: Sein Sohn beteilige sich am *Halstuchspiel*, bei dem so getan wird, als wollte man sich gegenseitig erdrosseln, und das schon erste Opfer gefordert hat. Die Schulleitung ist, versteht sich, sehr schlecht auf Grégoire und seine Gefährten zu sprechen. Drohender Schulverweis. Bruno, tief besorgt, stellt sich Fragen über den »Todestrieb« der heutigen Jugend im Allgemeinen und von Grégoire im Besonderen. Er ist fassungslos, als Grégoire ihm antwortet: Steckt nichts dahinter, es fühlt sich einfach unglaublich gut an, mehr steckt nicht dahinter! (Die zwei, drei Male, die die beiden sich pro Jahr sehen, laden Grégoire nicht gerade dazu ein, sich seinem Vater anzuvertrauen.) Mich erinnert die Geschichte an ein ähnliches Spiel, dem Étienne und ich im selben

Alter nachgingen. Im Kern war es dasselbe Spiel. Wir taten zwar nicht so, als wollten wir uns erdrosseln, aber es ging um denselben Erstickungszustand mit demselben Ziel: Flirt mit den Grenzen zur Ohnmacht, ja deren Überschreiten. Wir drückten uns wechselseitig die Luft ab, indem der eine dem anderen den Brustkorb zusammenpresste, während der so Eingeschnürte möglichst alle Luft aus seiner Lunge ausstieß; das Ergebnis ließ nicht lange auf sich warten: Er sackte weg. Ein himmlisches Schwindelgefühl, dann die schlichte echte Ohnmacht. Sobald der bewusstlos Gewordene wieder bei Sinnen war, wechselten wir die Rollen. Wir liebten diese Ohnmachten! Waren die Erwachsenen im Bilde? Kam es zu Unfällen? Ich entsinne mich nicht. Das Halstuchspiel hat also seinen Vorläufer. Ich gab Grégoire eine Anatomiestunde, Halsschlagadern, Drosselvenen usw., um ihm das Gefährliche der Sache klarzumachen. Er fragte mich, warum es sich so gut anfühle, wenn es tödlich sein könne. Ich verkniff mir die Antwort, dass das eine das andere erklärt. Ich sprach von dem Rauschzustand, der durch den Mangel an Sauerstoff im Blut hervorgerufen wird und welche extremen Hirnschäden dies mit sich bringen kann. Siehe auch das Tiefseetauchen oder das Extrembergsteigen, streng überwachte Sportarten. Wieder unter vier Augen mit Bruno, fragte ich ihn, ob er im Alter seines Sohnes nicht auch etwas Ähnliches gespielt habe. Nein, nie! Also komm, hast du dir nicht den einen oder andern Kollaps gegönnt mit ein bisschen Äther? Ich meine, mich an so einen Geruch in deinem Zimmer erinnern zu können … Hör auf, Papa, das ist etwas völlig anderes! Von wegen, ganz und gar nicht, und ich war genauso beunruhigt wie er heute.

66 Jahre, 7 Monate, 13 Tage Mittwoch, 23. Mai 1990

Der Kommentar von Tijo, dem ich den Fall Grégoire (einschließlich Anatomiestunde) erzähle: Was für ein Glückspilz, dein Enkel, dass er so einen Großvater hat! Manès ließ Tijo offenbar ein Schwein abstechen, um ihm den Blutkreislauf zu erklären. Ansonsten überrascht ihn das Halstuchspiel nicht. Tijo zufolge hängen Brustkorbabschnüren oder Strangulieren genau wie das Schnüffeln von Fleckentfernern, Klebern, Äther, Lacken oder anderen geeigneten Stoffen bis hin zum Alkohol- und heutigen Drogenkonsum mit einer Obsession zusammen, die so alt wie die Menschheit ist: herauszufinden, ob jenseits der verdammten Pubertät der Himmel heller ist. Im selben Atemzug fragt er mich: Und du, jetzt, wo das Alter kommt, womit schmierst du deinen Motor?

66 Jahre, 8 Monate, 25 Tage Donnerstag, 5. Juli 1990

Auf dem Weg nach Mérac bei Étienne und Marceline vorbeigeschaut. Er mit düsterer Stirn, starrem Blick, verlangsamten Bewegungen, aber bei unserem Anblick lächelte er. Genauer gesagt, nur sein Mund lächelte, ein unwillkürliches Lächeln, die Erinnerung an ein Lächeln, als entsinne er sich, einst gelächelt zu haben. Wie Mona heißt, ist ihm dagegen entfallen. Er beginnt Sätze, die er mit einem »und so, verstehst du?« beendet. Ich verstehe, alter Kumpel, ich verstehe …

Marceline verrät uns im Vertrauen, dass Étiennes Krankheit rasch voranschreitet. Erinnerungslücken natürlich, dazu manche unbeholfene Geste, aber was sie vor allem erschreckt, sind seine Wutanfälle, ausgelöst durch die geringste Irritation, sei es ein verlegter Gegenstand, das Klingeln des Telefons oder ein auszufüllendes Behördenformular. Er verträgt keine Überraschungen mehr, sagt sie, schon die kleinste Abweichung vom Gewohnten ängstigt ihn zutiefst.

Einzig seine Schmetterlingssammlung besänftigt ihn noch. Sie ist die Festung, in der sich das letzte Bataillon verschanzt hat. Sieh dir doch mal meinen Parnassius apollo an. Wieder einmal beeindruckt mich die Diskrepanz zwischen Étiennes riesigen Fingern und der Zartheit, mit der er den dünnen Samt seiner Opfer berührt. Ehe er sich verabschiedet, sagt er mir im Vertrauen: Lass es Marceline nicht wissen, aber ich hab abgewirtschaftet. Er zeigt auf seinen Schädel: Der Kopf.

66 Jahre, 10 Monate, 6 Tage   Donnerstag, 16. August 1990

»Pollution«, verkündet Mona, als sie die Laken der Jungen in die Waschmaschine steckt. Nächtliche? Auch Tages-, präzisiert sie, während sie noch ein Paar klebrige Socken und zwei spermastarre Slips hinterherwandern lässt.

Tja, für den Nasenschleim wurde das Taschentuch erfunden, für die Spucke der Spucknapf, das Papier für den Stuhlgang, die Urinflasche für den Harn und feines Kristall für die Tränen der Renaissance, aber nichts Eigenes für das Sperma. Dergestalt, dass ein Mann im Heranwachsendenalter, der sich überallhin ergießt, wohin der Trieb ihn trägt, seine Schandtat mit Bordmitteln zu kaschieren sucht: mit Laken, Socken, Waschlappen, Bade- und Küchenhandtüchern, Küchenkrepp, Taschentüchern, Kaffeefiltern, Konzeptpapier, Tageszeitungen, sogar mit Vorhängen und Putzlumpen oder auch unter Teppichen. Und da der Trieb nun nie versagt noch je versiegt der Quell, ist unsere Umgebung ein beschämender Saustall. Das Ganze ist absurd. Die Entwicklung eines Spermagefäßes ist überfällig. Es würde jedem Jungen am Tag seiner ersten Ejakulation geschenkt, und zwar in einem rituellen Akt und mit Familienfeier, er würde seine Phiole ebenso stolz um den Hals tragen wie das Kommunionskind seine Armbanduhr am Gelenk. Und am Tag seiner Verlobung würde er das Gefäß seiner Braut überreichen, ergänzt Mona, die von meinem Entwurf angetan ist.

66 Jahre, 10 Monate, 7 Tage — Freitag, 17. August 1990

Bis vor kurzem bedeutete *pollution* die Befleckung eines heiligen Ortes beziehungsweise – und vor allem – den unwillkürlichen Samenerguss im Schlaf. Dass in vielen Sprachen, darunter der unseren, gerade auf dieses Wort zurückgegriffen wurde, um die Verschmutzung der Umwelt mit giftigen Stoffen zu bezeichnen, lässt sich, dem Wörterbuch zufolge, auf das Jahr 1960 datieren – Höhepunkt der großen industriellen Abspritzerei.

66 Jahre, 10 Monate, 9 Tage — Sonntag, 19. August 1990

Die Unsicherheit der Pubertät: Wird aus mir ein Mann werden? Im Sommer fingen mein Sperma Platanenblätter auf. Nicht sehr handsam.

66 Jahre, 10 Monate, 23 Tage Sonntag, 2. September 1990

Ende der Schulferien. Die Kinder haben uns erschöpft zurückgelassen. Im buchstäblichen Sinn: Wir sind zwei versiegte Brunnen. Allein schon der Anblick der von ihnen zwischen Sonnenaufgang und Sonnenuntergang verausgabten Energie zehrt aus. Zwei sich unablässig verschleudernde Körper, während die unsrigen inzwischen zum Haushalten neigen. Innerhalb von vierzehn Tagen haben wir unsere sämtlichen vitalen Reserven verbraucht. Diese Gören verkürzen unser Dasein, sage ich zu Mona. Wir sacken aufs Bett, liegen reglos da. Wo ist die unstillbare Begierde hin, die am Ursprung dieser neuen Generationen stand? Ich bin schlaff wie ein leerer Sack und Mona trocken wie ein Sandsturm.

66 Jahre, 10 Monate, 24 Tage Montag, 3. September 1990

Da fällt mir auf, dass ich über das Versiegen unserer Begierde nichts geschrieben habe. Wobei es weniger darum geht, herauszufinden, wann genau wir aufgehört haben, miteinander zu schlafen (eine Zeitschriftenfrage), sondern wie es unsere Körper angestellt haben, reibungslos vom ununterbrochenen Kopulieren überzugehen zum reinen Genießen unserer Wärme. Dieses allmähliche Verstummen der Lust scheint keine Frustration mit sich gebracht zu haben, es sei denn, man erklärt die eine oder andere Gereiztheit damit, dass Monas und mein Geschlecht in Schweigen zueinander gefallen sind. In den ersten Monaten haben wir mehrmals am Tag gevögelt, dann, solange wir jung waren, allnächtlich (mit Ausnahme der letzten Schwangerschaftsmonate, die, wie

Mona es nannte, »dem endgültigen Abguss« der Kinder vorbehalten waren), bestimmt zwei Jahrzehnte lang, als wäre es undenkbar, dass einer außerhalb des anderen einschliefe; dann machten wir es seltener, später kaum noch, zuletzt gar nicht mehr, aber unsere Körper hörten nicht auf, sich zu umschlingen: mein linker Arm um Mona, ihr Kopf in der Kuhle meiner Schulter, ihr Bein über meinen Beinen, ihr Arm auf meinem Brustkorb, ihre und meine nackte Haut in gemeinsamer Wärme, sich mischender Atem und sich mischender Schweiß, dieser Paargeruch … Unsere Begierde hat sich in der wohlriechenden Obhut unserer Liebe erschöpft.

67 Jahre, 3 Monate, 2 Tage Samstag, 12. Januar 1991

Abgebrochener Zahn nach einem Essen bei den Vernes. Kein Zweifel: ein Backenzahn oben links. Meine Zunge verifiziert, zieht sich zurück, verifiziert von neuem, ja, es ist so, in meinem Mund ragt spitz das Matterhorn auf. Der Zahn ist bereits tot. Hühnerbrustfilet, Zucchinigratin, Heidelbeerkuchen, lasche Unterhaltung, nichts, woran man sich einen Zahn hätte ausbeißen können. Das ist nun wirklich der Beginn des Alters. Dieses spontane Zubruchgehen. Zähne, Nägel, Haar, Oberschenkelknochen, wir zerbröseln in unserem Sack zu Staub. Das Packeis löst sich von unserem Pol, allerdings fast lautlos, nicht mit diesem entsetzlichen Krachen, das die Polarnacht zerreißt. Altern bedeutet, diesem Abschmelzen zuzusehen. Er wird immer weniger, sagte Mama über einen kranken Alten. Oder auch: Er ist schon nicht mehr ganz bei uns, und ich stellte mir in meiner kindlichen Phantasie einen Achtzigjährigen vor, der am Ende einer Landebahn gerade abhebt.

Violette sagte von den Verstorbenen: X ist gegangen. Ich fragte mich, wohin.

67 Jahre, 3 Monate, 15 Tage Freitag, 25. Januar 1991

Apropos Zähne: Einmal war ein Essen mit JML vorgesehen, meinem Liebling während der letzten Jahre im Ministerium. Aber Enttäuschung: er kommt nicht. Und schickt uns diese Entschuldigung: *Ich wurde gestern brutal von einem Zahnarzt attackiert, der sich mit meinen vier Weisheitszähnen aus dem Staub gemacht hat, deshalb bin ich leider außerstande, heute mit Ihnen zu Mittag zu essen, sei es auch nur einen Brei. Spenden Sie mein Essen den Bedürftigen und stoßen Sie auf mein Wohl an. JM*

Er war immer ein Hitzkopf, dieser Junge (sich auch alle vier Weisheitszähne auf einmal ziehen zu lassen!), aber hat stets die Folgen mit Schneid getragen. Und ein rechtschaffener Diplomat, einmalig in seiner Art, soweit ich das sehe.

67 Jahre, 4 Monate, 13 Tage Samstag, 23. Februar 1991

Wenn ich auf der Seite liege, in einer bestimmten, durch jahrelange Erfahrung rasch gefundenen Haltung, spüre ich tief im Innern meines Ohrs, auf dem mein Kopf mit seinem ganzen Gewicht lastet, meinen Herzschlag. Ein leises, regelmäßiges Tschschsch, Tschschsch, ein Kolben, dessen beruhigende Gesellschaft mich seit der frühesten Kindheit wiegt und den gänzlich zu übertönen dem Pfeifen meines Tinnitus nicht gelingt.

67 Jahre, 9 Monate, 5 Tage Montag, 15. Juli 1991

Grégoires Hang zum Ulk. Er und sein Freund Philippe haben das Wochenende bei Tijo verbracht, in dessen Küche sie Klarsichtfolie fanden. Sie kamen auf die Schnapsidee, die Kloschüssel damit zu bespannen. Frühmorgens steht Tijo auf, um pinkeln zu gehen, mit verklebten Augen und vernebeltem Hirn. Überschwemmung, Gebrüll. Tijo hat den Jungs eine Abreibung verpasst, lacht aber noch immer über den Scherz.

67 Jahre, 9 Monate, 8 Tage Donnerstag, 18. Juli 1991

Ein Lieblingsscherz von Grégoire: Ich gehe durch den Flur, und plötzlich schnellt aus einem Versteck seine Hand hervor, die, mit einem Foto von mir wedelnd, mir den Weg versperrt. Natürlich erschrecke ich. Grégoires Kommentar: Armer Großvater, so hässlich, dass du dir selber Angst einjagst! Das Ritual verlangt, dass ich ihm hinterherjage, ihn fange und zur Rache kitzele, bis er um Gnade fleht. Dann betrachte ich das Foto. Immer wieder die gleiche verblüffende Erfahrung: Mich wiederzuerkennen fällt mir umso schwerer, je jünger die Aufnahme ist; bei einem alten Foto bin ich sofort ich. Das jetzige hat Grégoire vor zwei Wochen gemacht und selber entwickelt. Ich muss mir die Szene vergegenwärtigen, um mich wiederzuerkennen (zwar nur Sekundenbruchteile lang, aber es ist eine veritable Rekonstruktion): Mérac, die Bibliothek, das Fenster, die Eibe, der Nachmittag, der Sessel, und im Sessel ich, der Musik hört. Deiner tragimelancholischen Miene nach hast du Mahler gehört, sagt Grégoire. Errätst du die Musik, die einer hört, am Gesichtsausdruck? Klar, wenn du zum Beispiel diesen Polen hörst, diesen Penderecki, dann siehst du aus wie ein Zauberwürfel, der in der Ecke liegt.

67 Jahre, 9 Monate, 10 Tage Samstag, 20. Juli 1991

Im Übrigen findet Grégoire, dass ich zu wenig Musik höre. Es ist ein Fehler, Großvater, auf diese physische Kommunion (!) zu verzichten. Hier, lies das mal. Er reicht mir einen spanischen Text, den sein Brieffreund Joaquin Solano ihm geschickt hat.

> El ser humano se asemeja a un instrumento musical complejo, único y delicadamente afinado. Cada átomo, cada molecula, cada célula, cada tejido y cada órgano del cuerpo emiten continuamente las frecuencias de su vida física y emosional. La voz humana es indicadora de la salud del cuerpo y establece relación entre los individuos y el cosmos …
> Quien genera belleza tocando, dice, y genera armonía musical, empieza a conocer por dentro lo que es la armonía esencial; la armonía humana.
> Maestro José Antonio Abreu

67 Jahre, 9 Monate, 17 Tage Samstag, 27. Juli 1991

Drei Stunden ausgestreckt auf dem Sofa einen Kriminalroman gelesen. Um hochzukommen, muss ich mich schwer auf die Lehne stützen. Schmerzhaft versteifte Hüften. Sekundenlang das Gefühl, in Eis festgefroren zu sein. Zwischen mir und der Welt steht fortan das Hindernis meines Körpers.

Ich sehe Onkel Georges während seiner letzten Jahre vor mir, wie er im Sessel sitzt und von allem und nichts plaudert, mit funkelnden Augen und libellengleich schnellenden Händen: der Onkel Georges in seinen Vierzigern oder Fünfzigern. Aber wenn er aufstand, hörte man die Knie, die Hüften, das Kreuz knacken und krachen. Im Sitzen ein junger Mann, im Stehen ein gebeugter Greis mit schmerzverzerrtem Gesicht, den zuletzt ein feiner Uringeruch umwehte. Und der bis ans Ende die sehr freundliche Fähigkeit nicht verlor, die Dinge *leichtzunehmen*. Mit dem Alter, sagte er (und zitierte ich weiß nicht mehr wen), verlagern sich die Steifheiten.

67 Jahre, 9 Monate, 18 Tage Sonntag, 28. Juli 1991

Woher gleichwohl dieses Gefühl von Kontinuität? Alles lässt nach, doch die stete Freude, zu sein – die bleibt. Daran dachte ich gestern, als ich Mona betrachtete, wie sie vor mir herging. Mona und ihre »Königinnenhaltung«, wie Tijo sagt. Seit vierzig Jahren gehe ich hinter Mona her; natürlich ist ihr Körper schwerer geworden, weniger elastisch, aber, wie soll ich sagen?, ihr Körper ist *um ihren Gang herum* schwerer geworden, der sich nie verändert hat, und ich empfinde noch immer denselben Genuss, wenn ich ihr beim Laufen zusehe. Mona *ist* ihr Gang.

68 Jahre, 8 Tage Freitag, 18. Oktober 1991

Einer von Tijos Schützlingen, ein alter Legionär mit nur einem Bein (Folge des Algerienkriegs), besucht ihn auf Krücken. Und deine Prothese?, fragt Tijo. Der andere macht

Ausflüchte. Tijo, ganz geduldiges Ohr, erfährt schließlich am Ende einer langatmigen Erzählung, dass es nach einem Besäufnis zum Ehekrach kam, mit einer Tracht Prügel für die Gattin, der einen, die das Fass zum Überlaufen bringt, weshalb sie abhaut. Mitsamt dem künstlichen Bein! Was meinst du, fragt mich Tijo, welche Schlussfolgerung mein Legionär daraus zieht? (Tja ...) Diese, stell dir vor: Die muss mich doch noch lieben, oder?, wenn sie mit meinem Bein abhaut ... Statt den Mann für beschränkt zu halten, schließt Tijo aus der Geschichte auf unser unersättliches Bedürfnis, geliebt zu werden.

68 Jahre, 3 Monate, 26 Tage Mittwoch, 5. Februar 1992

Schmerzender Knöchel. Einen Rheumatologen aufgesucht, der mich an eine Podologin weiterverwiesen hat, die mir nach Untersuchung meines Fußes sagt: Bestimmt können sie nicht tanzen? Richtig. Nicht verwunderlich, Ihr rechter Fuß liegt nur an drei Punkten auf (sie zeigt sie mir) statt mit der ganzen Sohle. Plötzlich also steckt hinter meinem Unvermögen zu tanzen, das ich meiner mangelhaften Verkörperung zuschrieb, nichts weiter als ein simpler mechanischer Grund. Ich höre mich der Podologin erklären, dass ich aber doch in meiner Jugend geboxt und Tennis gespielt habe und ein *Ass im Völkerball* war! Diese lächerliche Bemerkung entfacht in meinem Innern ein solches Getöse, dass ich die Antwort der Podologin, möglicherweise etwas Fachliches, nicht höre. Ich und mein Völkerball! (Oh, Violaine!) Warum zum Teufel muss ich noch immer – mit achtundsechzig Jahren! – als eine Kanone im *Völkerball* dastehen, in einem Spiel, das möglicherweise niemand mehr kennt? Als ich mit klarem Kopf darüber nachdenke, sehe ich mich im Pausenhof bei diesem rasanten Spiel mit seinen brutalen Regeln: ausweichen, den Ball fangen, täuschen, zielen, allein auf dem Spielfeld zurückbleiben und trotzdem die gegnerische Mannschaft dezimieren, von zwei Seiten zugleich in die Zange genommen werden, und immer unglaublich flink, unglaublich kämpferisch, nicht totzukriegen, ah, diese *rein physische* Freude! Dieser Jubel! Jede Partie Völkerball war für mich eine Neugeburt. Und was ich feiere, wenn ich mich rühme, ein Ass im Völkerball gewesen zu sein, ist eben dieses Geborenwerden zu mir selbst!

68 Jahre, 7 Monate, 20 Tage Samstag, 30. Mai 1992

Grégoire in flagranti beim Onanieren überrascht. In seiner Hand das Tatwerkzeug, in meiner der Türgriff. Beide Seiten peinlich berührt. Völlig grundlos, denn wie sagte noch gleich einer: Man muss die Begierden beim Schwanz packen. Den ganzen Tag über quälte mich das Gefühl, Grégoires Privatsphäre verletzt zu haben; ich kam nicht heraus aus dem Kopf eines vorpubertären Jungen, dieses Wesens, das sich am eigenen Schwanz aus der Kindheit zieht. Heute Abend habe ich auf dem Speicher das Unterste zuoberst gekehrt, bis ich das *Entjungferungsgänsespiel* fand, das Étienne und ich im Internat gebastelt hatten, und schlug Grégoire eine Partie vor. Er siegte haushoch. Als er auf Feld 12 vorrückte (*Zufällig entdeckt Ihr Onkel Georges Ihr schmutziges Laken und beglückwünscht Sie: Jetzt sind Sie ein Mann*), schenkte er mir ein breites, dankbares Lächeln. Habe ihm das Spiel geschenkt.

68 Jahre, 8 Monate, 5 Tage — Montag, 15. Juni 1992

Gestern ein Spaziergang allein im Parc du Luxembourg. Eine jüngere Frau ruft freudig meinen Namen, fragt mich nach Mona, und geht nach einem Abschiedskuss weiter. Wer war die Frau? Am Abend – wir verließen gerade das Vieux-Colombier – fehlen mir in einem literarischen Wortgefecht mit T.H. zwei, drei Wörter, die den Ausschlag hätten geben können. Und in der Tiefgarage von Saint-Sulpice irre ich mich im Parkdeck, suche, treppauf, treppab, mich im Kreise drehend, meinen Wagen … Wo habe ich nur meinen Kopf? Ich frage mich, warum ich über diese Gedächtnislücken, die mir von jeher mein Leben vergiften, nicht mehr geschrieben habe. Wahrscheinlich habe ich mir gesagt, sie gehörten in den Bereich der Psychologie. Blödsinn! Es ist reine Physiologie. Es handelt sich um Elektrizität. Ungenügende Koppelungen bei den Hirnströmen. Einige Synapsen übernehmen nicht ihre Transmitterfunktion zwischen den betreffenden Neuronen. Der Weg ist unterbrochen, die Brücke eingestürzt, du musst einen 25-Kilometer-Umweg machen, um die verlorene Erinnerung wiederzufinden. Wenn das nicht eine Sache der Physis ist!

68 Jahre, 8 Monate, 6 Tage — Dienstag, 16. Juni 1992

Ich hätte ein Journal meiner Aussetzer führen sollen.

Fanny, die gerade elf geworden ist und mehr Sinn für Langeweile hat als Marguerite, fragt mich, ob für mich die Zeit genauso langsam vergeht wie für sie. Jetzt im Moment gerade sieben Mal schneller, sage ich, aber das ändert sich jeden Augenblick. Sie wendet ein, dass »vom Standpunkt der Uhr aus« (!) es doch die gleiche Zeit sei, die die Zeiger für sie und für mich zeigen. Das stimmt, sage ich, aber weder du noch ich sind diese Pendeluhr, die meiner Meinung nach außerdem keinen Standpunkt hat, wozu auch immer. Worauf ich ihr einen kleinen Vortrag über subjektive Zeit halte, der sie darüber belehrt, dass unsere Wahrnehmung der Dauer aufs Engste mit unserer bisherigen Lebenszeit verknüpft ist. Worauf Fanny mich fragt, ob *jede Minute* für mich acht Mal so schnell vergeht wie für sie. (Aua, die Sache wird kompliziert.) Nein, sage ich, wenn ihr, du und Marguerite, spielt, ich aber beim Zahnarzt sitze, werden mir bestimmte Minuten sogar weitaus länger erscheinen als dir. Langes Schweigen. Ich höre das Räderwerk in ihrem kleinen Kopf, wie es versucht, die Begriffe von Relativität und Objektivität miteinander zu vereinbaren, und stelle fest, dass die Denkfalte zwischen Fannys Augen ihr denselben Ausdruck verleiht, den Lison im gleichen Alter hatte, wenn sie nachdachte. Schließlich schlägt sie mir vor, gemeinsam den großen Zeiger der Pendeluhr zu betrachten, »um die Zeit zu zwingen, für dich und für mich gleich schnell zu vergehen«. Das machen wir, und lassen dieser gemeinsamen Minute das Schweigen und die Feierlichkeit eines Gedenkakts zukommen. Welcher sie auch ist, denn unser leises Gespräch erinnert mich an die Stunden in »kleiner Philosophie«, die mein Vater vor sechzig Jahren (sprich: gestern) mir unter dem Ticktack derselben

Pendeluhr flüsternd erteilte. Als die Minute verstrichen ist, drückt mir Fanny einen Kuss auf die Wange und sagt, ehe sie verschwindet: Großvater, ich langweile mich gern mit dir.

69 Jahre Samstag, 10. Oktober 1992

In kleiner Runde meinen Geburtstag begangen. »Mein Geburtstag« – ein kindlicher Ausdruck, den wir mit uns herumschleppen, bis wir unsere letzte Kerze ausblasen.

69 Jahre, 9 Monate, 13 Tage Freitag, 23. Juli 1993

Ich hatte vergessen, dass Montaigne kein Gedächtnis besaß:

> Das Gedächtnis ist ein höchst hilfreiches Instrument [...] Mir fehlt es völlig [...] und wenn ich eine wichtige Rede zu halten habe, muß ich, falls sie eine gewisse Länge überschreitet, zu dem so miserablen wie blamablen Notbehelf Zuflucht nehmen, sie Wort für Wort auswendig zu lernen – sonst verlöre ich vor lauter Angst, daß mein Gedächtnis mir einen üblen Streich spielen könnte, Fassung und Form. Aber dieses Hilfsmittel bereitet mir keineswegs weniger Schwierigkeiten. Schon um drei Verse zu lernen, brauche ich drei Stunden. [...] Doch je mehr ich meinem Gedächtnis mit Mißtrauen begegne, desto mehr verwirrt es sich. Besser dient es mir, wenn ich es auf gut Glück gewähren lasse. Nur ganz behutsam darf ich es in Anspruch nehmen, denn sobald ich Druck ausübe, verkrampft es sich, und ist es erst einmal

unsicher geworden, mag ich noch so sehr in es dringen – es verwickelt und verstrickt sich immer schlimmer. Es dient mir zu seiner, nicht zu meiner Stunde. […] Und jedesmal, wenn ich mich beim Sprechen erkühne, auch nur im geringsten von meinem Faden abzuweichen, geht er mir unweigerlich verlorn. […] Meine Bedienten muß ich mit dem Namen ihrer Tätigkeit oder ihrer Heimat rufen, denn es fällt mir äußerst schwer, ihre Eigennamen zu behalten. […] Und ich glaube, wenn ich noch lange leben sollte, würde ich gar den meinen vergessen. […] Mehr als einmal ist mir widerfahren, daß ich eine von mir drei Stunden vorher ausgegebne oder entgegengenommne Parole vergaß – ja, daß ich nicht mehr wußte, wo ich meinen Geldbeutel versteckt hatte […]. Ich sorge selbst dafür, nie mehr zu finden, was ich besonders gut wegschließe. […] Statt die Bücher durchzuarbeiten, blättre ich bloß darin herum. Was hiervon haften bleibt, erkenne ich nicht mehr als fremdes Gut – ich behalte es einfach als die Gedanken und Vorstellungen, die mein Geist eingesogen und so für sich genutzt hat. Den Verfasser, den Ort, den Wortlaut und andre Einzelheiten hingegen vergesse ich sofort.

Michel de Montaigne *Essais*, Zweites Buch, Kapitel 17.

Er zitiert auch Terenz (aus dem *Eunuch*, 1. Akt, 2. Szene):

Ich bin voller Ritzen, bei mir läufts aller Orten durch.

Nach dem Abendessen »beschert« uns Marguerite einen Asthmaanfall, der noch durch eine Bronchitis gesteigert wird. Ein Husten, der sie in Stücke reißt. Ich leide mit, habe kurz zerfetzte Lungen vor Augen. Mona, die einen urkomischen Text von Roald Dahl vorliest, muss die Lektüre unterbrechen. Im Übrigen wurde Marguerites Anfall von einem Lachen ausgelöst. Fanny, wutentbrannt: Huste dich woanders aus! Während eine ratlose Lison nicht weiß, wie sie ihrer Tochter Linderung verschaffen kann. Das passiert immer häufiger, sagt sie. Plötzlich weiß ich instinktiv, keine Ahnung woher, was auf jeden Fall hilft. Ich nehme Mona das Buch ab und reiche es Marguerite: Komm, lies du weiter. Was sie auch macht, kaum hörbar zunächst, mit Tränen in den Augen und nur mit Mühe Atem schöpfend. Dann wird ihre Stimme freier, der Rhythmus gewinnt an Schwung. Sie liest über eine halbe Stunde, von ihrem Asthma erlöst, als habe es nie einen Anfall gegeben. Marguerite hat eine helle Stimme, deren Triller noch nachhallen, wenn das Wort bereits verstummt ist. Woher kam meine Überzeugung, dass lautes Vorlesen den Anfall beendet? Keine Ahnung. Der gesunde Menschenverstand hätte Marguerite Stillschweigen verordnet. Tief vergrabene Erfahrung? Alter Gattungsinstinkt? Anscheinend haben wir alle in bestimmten Momenten Heilerfähigkeiten. Papa stand im Ruf, auch den größten Kummer durch Handauflegen heilen zu können.

Gestern bei A. und C. die Frage, ob W.s Krebs psychosomatische Ursachen hat. Alle waren davon überzeugt. Ja, ja, natürlich, er ist schlecht zurechtgekommen mit dem Ausstieg aus dem Arbeitsleben, der Krankheit seiner Frau, der Scheidung seiner Tochter usw. Unisono. Bis plötzlich P., der älteste Sohn der Gastgeber, einen Missklang in die Runde bringt: »Würde W. echt aufbauen, zu hören, dass er aus psychosomatischen Gründen krepiert. Ist doch weniger beschissen als an Dickdarmkrebs!« Und schon hat er die Tür hinter sich zugeschlagen.

Ich glaube, ich verstehe, was den Jungen so zornig gemacht hat. Unser Körper legt zwar auf seine Weise das dar, was wir nicht zu artikulieren vermögen – ein Hexenschuss *drückt aus,* dass wir zu viel auf dem Buckel haben, Fannys Durchfälle *sagen,* dass sie Schiss vor Mathe hat –, aber ich sehe sehr wohl, weshalb es der jungen Generation auf die Nerven geht, wenn alles psychosomatisch gedeutet wird. Der junge P. prangert letzten Endes dieselbe Prüderie an, die auch mich in seinem Alter empört hat. Damals kam der Körper als Gesprächsgegenstand nicht vor: Kein Thema bei Tisch. Heute ist er zugelassen, sofern er *ausschließlich* über seine Seele Auskunft gibt! Hinter dem Alles-ist-psychosomatisch verbirgt sich letztendlich der alte Hut vom physischen Gebrechen als Ausdruck charakterlicher Mängel; die gelbe Galle zeichnet den Choleriker aus, brüchige Arterien den Völlerer, Alzheimer den Misanthropen ... Nicht nur krank, sondern auch noch dafür verantwortlich, es zu sein! Woran stirbst du, Alter? An dem Übel, das du dir selber zugefügt hast, an deinen kleinen Arrangements mit dem Unglück, am flüchtigen Lustgewinn durch ungesunde Lebensführung, kurz, an deinem schwachen, dir selbst so wenig Respekt entgegenbringenden Charakter! Dein Mörder ist dein Über-Ich. (Alles in allem nichts Neues, ließ sich doch bereits am pockenzernarbten Gesicht der Merteuil aus den *Gefährlichen Liebschaften* die Seele der Marquise ablesen.) Du stirbst, weil du die Erde verseucht, Minderwertiges gegessen, deine Epoche passiv hingenommen und vor dem Weltgesundheitsproblem die Augen in einem Maße verschlossen hast, dass dir deine eigene Gesundheit aus dem Blick geriet! Und jetzt fällt dieses ganze, nachgiebig von dir gedeckte System über deinen unschuldigen Körper her und vernichtet ihn.

Denn dieses Alles-ist-psychosomatisch benennt den Schuldigen, um desto besser den Unschuldigen feiern zu können. Und das ist unser Körper, meine Damen und Herren, unser Körper ist die Unschuld selbst – ebendies verkündet lauthals jenes »alles ist psychosomatisch«. Wären wir bloß *vernünftig*, verhielten wir uns bloß *richtig*, führten wir nur ein *gesundes* Leben in einer von uns *beherrschten* Umwelt – es würde nicht allein unsere Seele, es würde auch unser Körper Unsterblichkeit erlangen!

Eine lange Moralpredigt, mit dem wiedergefundenen Elan meiner Jugend vorgetragen im Auto auf dem Nachhauseweg.

Mag sein, sagt Mona zum Schluss, aber vergiss nicht, dass der junge P. keine Gelegenheit auslässt, seine Eltern als Vollidioten hinzustellen.

70 Jahre, 5 Monate, 3 Tage — Sonntag, 13. März 1994

Meine Damen und Herren, wir sterben, weil wir einen Körper haben, und dabei verlischt jedes Mal eine Kultur.

70 Jahre, 5 Monate, 5 Tage Dienstag, 15. März 1994

Nachts, wenn meine Blase zum Platzen voll ist, wache ich schweißgebadet auf. Ich habe lange gebraucht, um zu bemerken, dass das eine mit dem anderen zusammenhängt. Ich fing zu schwitzen an, wachte auf, warf die Decke zurück und spürte den Druck meiner Blase, aber ebenso sehr die Bettschwere und hatte also keine Lust, aufzustehen. Ich versuchte, wieder einzuschlafen; vergeblich. Monatelang betrachtete ich diese unvermittelten Schweißausbrüche als Symptom für die sogenannten männlichen Wechseljahre, vergleichbar den Hitzewallungen von Mona … Aber nein, der Druck meiner Blase treibt den Schweiß hervor. Gebe ich dem Bedürfnis nach – sofern es mir denn gelingt –, kann ich bei normaler Körpertemperatur wieder einschlafen. Ließ mich dieses Bedürfnis schon schwitzen, als ich jung war? Keinerlei Erinnerungen.

70 Jahre, 8 Monate, 5 Tage Mittwoch, 15. Juni 1994

Wir kennen uns, sagt Grégoires betagter Philosophielehrer auf der Elternversammlung, wo meinem Enkel ein Lorbeerkranz geflochten wird, den abzuholen ich gekommen bin. Wirklich? Ja, ich habe Sie in Ihrer Jugend malträtiert, sagt er mit freundlichem Lächeln. Da erkenne ich ihn: Doktor Bêks Neffe! Dessen Pranke vor vierzig Jahren mein Brüllen erstickt hat, als sein Onkel mir den Polypen aus der Nase herausriss. Seit Schuljahresbeginn ergeht Grégoire sich in Lobeshymnen über diesen »absolut genialen« Philosophielehrer. Dass dieser ein Koloss von Senegalese ist, kam in seinen Beschreibungen nicht vor. Ein für die Philosophie unerhebliches Detail. Monsieur F. klopft sich gegen den Nasenflügel: Heutzutage macht man diese OPs unter Vollnarkose, aber sie sind noch genauso ineffizient. Ihr Enkel näselt auch ein wenig, was ihn nicht daran hindert, ein ausgezeichneter Philosoph zu sein.

71 Jahre, 5 Monate, 22 Tage Samstag, 1. April 1995

Eben aus dem Krankenhaus zurück, von einem Besuch mit Grégoire bei Sylvie. Sie erkennt uns, aber anscheinend ohne zu *akkomodieren*. Sie sagt leise »Grégoire«, doch der Name hat keinen Realitätsgehalt. Es ist ihr Sohn, das weiß sie, es ist der Vorname ihres Sohns, daran erinnert sie sich, in ihrer Stimme liegt Zärtlichkeit, aber Anblick und Name erreichen Sylvie nicht, kommen nicht zur Deckung. Als ob sie unscharf sehen würde, bemerkt Grégoire und fährt fort: Im Übrigen hat sie selber etwas Verschwommenes, als ob sie neben ihrem Körper herlaufen würde, findest du nicht, Großvater? Schon am Anfang der Krankheit sagte Grégoire, wenn er mir Neuigkeiten überbrachte: Mama ist nicht ganz klar; oder: Heute geht es, heute ist Mama klar. In Doktor W.s Sprechzimmer sehe ich, wie auf Grégoires Gesicht ein kurzes Lächeln erscheint, als der Arzt sagt, wir müssten ein paar Dinge »fokussieren«.

71 Jahre, 5 Monate, 25 Tage Dienstag, 4. April 1995

Beim Nachdenken über Sylvie heute Nacht (sie kommt wohl in einem Monat nach Hause) ist mir der Ausdruck »aus dem Gleichgewicht sein« wieder eingefallen, den Mama verwendete, wenn sie sich über mich beklagte.

Der Ausdruck klang nach Schwindel und Unschärfe. Im Grunde ist mein Journal eine unentwegte Akkomodationsübung, der Versuch, der Verschwommenheit zu entkommen, Körper und Geist austariert zu halten … Ich habe mein Leben damit verbracht, zu »fokussieren«.

71 Jahre, 8 Monate, 4 Tage Mittwoch, 14. Juni 1995

Massiv sich aufdrängender Körperkörper im 91er Bus an der Haltestelle Les Gobelins. Beim Einsteigen an der Gare Montparnasse ist der Bus leer. Ich nutze dieses unerwartete Alleinsein, um mich in eine Lektüre zu vertiefen, die kaum von den bei jeder Haltestelle hinzukommenden, um mich herum Platz nehmenden Fahrgästen gestört wird. Hinter Vavin sind alle Sitze belegt, an der Avenue des Gobelins wird es im Gang drangvoll eng. Was mich meine Lektüre nur umso mehr mit dem unschuldigen Egoismus dessen genießen lässt, der einen Platz ergattert hat. Der junge Mann mir gegenüber ist ebenfalls in ein Buch vertieft. Bestimmt ein Student. Er liest *Mars* von Fritz Zorn. Neben ihm im Gang steht eine beleibte Frau über sechzig, in der Hand eine Einkaufstasche prallvoll mit Gemüse, und schnappt, außer Atem, hörbar nach Luft. Der Student hebt die Augen, streift kurz meinen Blick, sieht die Frau und steht spontan auf, um ihr seinen Platz zu überlassen. Setzen Sie sich, Madame. In seiner Höflichkeit liegt etwas Deutsches. Groß, gerade Haltung, harter Nacken, dezentes Lächeln, ein distinguierter junger Herr. Die Dame rührt sich nicht vom Fleck, ja ich habe den Eindruck, sie wirft ihm einen bösen Blick zu. Der junge Mann weist auf den Sitz und insistiert: Bitte, Madame. Sie gibt – widerwillig, wie mir scheint, zumindest, ohne sich zu bedanken – nach, und zwängt sich, immer noch schwer atmend, durch bis vor den leeren Sitz, setzt sich aber nicht. Sie bleibt mir gegenüber stehen, verharrt, ihre Tasche in der Hand, vor dem leeren Platz. Der junge Mann will nicht lockerlassen, beugt leicht den Kopf: Setzen Sie sich doch, Madame, bitte. Da ergreift die Frau das Wort. Ich warte noch, sagt sie mit schmetternder Stimme, ich setze mich nicht gern, wenn der Platz noch warm ist! Der junge Mann wird puterrot. Die Bemerkung verblüfft mich dermaßen, dass ich mich nicht wieder in meine Lektüre versenken kann. Ein kurzer Seitenblick offenbart mir die Reaktionen der anderen Fahrgäste. Hier ein unterdrücktes Lachen, dort ein Starren auf die eigenen Schuhe, da ein demonstrativer Blick aus dem Fenster, kurz, man ist *geniert*. In diesem Augenblick beugt sich die Frau zu mir vor, bis ihr Gesicht nur wenige Zentimeter von dem meinen entfernt ist, als seien wir alte Bekannte, und sagt: Ich lasse so einen Sitz sich erst abkühlen! Just richten sich alle Augen auf mich. Man will wissen, wie ich reagiere. Und mir kommt die Idee, dass wir genau in dieser Sekunde alle ein einziger Körper sind in diesem 91er Bus. Ein einziger *wohlerzogener* Körper, dessen Hintern die Wärme eines von anderen Hintern bebrüteten Sitzes nicht erträgt, der sich aber lieber vor den Bus werfen würde, als dies öffentlich einzugestehen.

71 Jahre, 8 Monate, 5 Tage Donnerstag, 15. Juni 1995

Ohne Erziehung keine Komik.

71 Jahre, 8 Monate, 6 Tage Freitag, 16. Juni 1995

Meiner Geschichte aus dem 91er Bus stellt Mona eine andere gegenüber, deren Schluss dem meiner Geschichte widerspricht. Vor sechzig Jahren lebte ihre gute Freundin, da Waise und ohne jeden Sous, in der schönen Stadt Carcassonne als Internatskind bei den Petites Sœurs des Pauvres. Sonntagmorgens geleiteten die Nonnen ihre Zöglinge eine Stunde vor Beginn des Gottesdienstes in die Kirche. Sie setzten die Kleinen auf die vorderen Bänke und ließen sie in der finsteren, leeren Kirche den Rosenkranz beten. Dann kam der Pfarrer, die Lichter gingen an, das Harmonium spielte auf, das Portal wurde geöffnet, und herein kamen die Gläubigen. Nun erhoben sich die Kinderchen, um ihre Plätze freizumachen für die jungen Mädchen aus der äußerst vornehmen Institution Jeanne d'Arc, und gingen nach hinten, um die Messe von dort aus zu verfolgen.

Ja, du hast richtig gehört, betont Mona, man wärmte die Plätze der Upperclass-Gören mit den Hintern der kleinen Armen vor! So waren damals die Sitten, keiner hatte dagegen etwas einzuwenden.

71 Jahre, 8 Monate, 9 Tage Montag, 19. Juni 1995

Tijo, augenscheinlich in Panik, bestellt mich ins Restaurant. Noch während er sich mir gegenüber setzt, bittet er mich, ihm die Zunge herauszustrecken. Warum soll ich dir die Zunge rausstrecken? Streck mir einfach die Zunge raus, Himmel! Es sind Leute da! Ist mir egal, streck mir die Zunge raus. Er meint es ausnahmsweise wirklich ernst. Tijo, alles in Ordnung? Das sag ich dir, wenn du mir deine Zunge gezeigt hast. Zuletzt gebe ich nach. Weiter, ich muss sie ganz sehen! Brav biete ich ihm mit Erstkommunikanten-Beflissenheit meine Zunge dar. Er betrachtet sie eine ganze Weile, während der Kellner ungerührt auf unsere Bestellung wartet. Gut, kannst sie wieder verstauen. Nachdem wir bestellt haben, gesteht er mir, dass er heute Morgen im Bad einen echten Schreck bekommen hat, als er feststellte, dass seine Zunge weiß wie Kreide und vor allem von abgrundtiefen Furchen durchzogen ist, weshalb er in einem Anfall von Hypochondrie sofort von einem weit fortgeschrittenen Krebs ausging. Dann fügt er hinzu: Aber eigentlich hast du im großen Ganzen dieselben Furchen, und rosig ist deine Zunge auch nicht. Tijo schließt daraus auf einen natürlichen Alterungsprozess.

»Hast du noch nie bemerkt, was? Du bist bestimmt einer, der sich nie die Zunge rausstreckt!«

»Selten.«

Nun aber mache ich es noch am selben Abend. Tatsächlich: weißlich, meine Zunge, und von allen möglichen Gräben durchzogen, einige davon erschreckend tief. Kein Vergleich mit dem hübschen Stück glatten, rosigen Fleischs, das Bruno als Kind gern zur Schau stellte, weil es sich »drinnen langweilte«. Bei näherer Untersuchung entdecke ich überdies seitlich Pickel, das müssen die Speicheldrüsen sein, von Speichelstein verstopft, und auf dem Zungenzäpfchen hocken wie Seeanemonen dunkelrote Bläschen, sicherlich geplatzte Gefäße. Unsere Zungen altern wie die von Schrunden durchfurchte und mit muschelartigen Pickeln übersäte Haut eines Wals, die das Tier aussehen lässt, als habe es mindestens tausend Jahre auf dem Buckel.

Tijo, sonst so beherrscht, wurde also, wie jeder von uns, Opfer eines »Zum ersten Mal«, mit dem unser Körper uns immer wieder in grenzenlose Panik versetzt. Nebenbei rief mir diese Geschichte die unter einem Flatschen von nahezu flüssigem grünlichem Spinat verborgenen, schwammigen Rinderzungen ins Gedächtnis, die wir regelmäßig im Internat zu essen bekamen. Manchmal katapultierten wir uns die Zungen und Flatschen gegenseitig ins Gesicht – unvergessene Schlachten, auf die wirkungslos bleibende Bestrafungen folgten. Meine herrlichsten Erinnerungen an schier endlose Lachanfälle. Sie lassen mich sogar jetzt im Bett leise vor mich hin lachen. Woran denkst du?, fragt Mona.

…

Die Alten, habe ich herausgefunden, nannten diese walfischschrundige Zunge lingua saburralis, Sandzunge.

72 Jahre, 2 Monate, 2 Tage Dienstag, 12. Dezember 1995

Das Gute an bestimmten Krankheiten ist, dass die Angst, die sie einflößen, uns alle anderen erträglich macht. In vielen Gesprächen meiner Generation lässt sich der Hang beobachten, vom Schlimmsten auszugehen, um das, was wirklich kommen mag, anzunehmen. Erst gestern wieder bei den Vernes, als wir während des Essens auf T.S. und sein Leiden zu sprechen kommen: Zum Glück nur eine Depression, nicht die schon befürchtete Alzheimer-Krankheit. Uff, die Ehre ist gerettet! Zwar ist T.S. deshalb am Ende nicht weniger neben der Kappe, aber wenigstens sagt keiner, der Alois hat ihn sich gekascht.

Innerlich lache ich, ohne mich allerdings auszuschließen. Lieber würde ich sterben, als es einzugestehen – aber die Alzheimer-Krankheit (ich habe Étienne vor Augen, dessen Zustand sich weiter verschlechtert hat) schreckt mich nicht weniger als alle hier am Tisch. Und doch, diese

Angst hat auch etwas für sich: Sie lenkt mich von dem ab, was mir wirklich zusetzt. Mein Blutzuckerspiegel ist besorgniserregend, der Kreatininwert schon alarmierend, die Ohrgeräusche stören immer mehr die Ätherwellen, mein grauer Star verschleiert mir die Sicht, und wenn ich aufwache, tut mir täglich etwas Neues weh; kurz, das Alter rückt an allen Fronten heran, aber mich beherrscht nur eine wahre Angst: die vor Alois Alzheimer! Und zwar so sehr, dass ich mich zum täglichen Gedächtnistraining zwinge, von dem meine Umgebung glaubt, es sei ein intellektueller Zeitvertreib. Ich kann ganze Passagen aus meinem geschätzten Montaigne auswendig, aus dem *Don Quixote*, dem alten Plinius oder der *Göttlichen Komödie* (und in der jeweiligen Originalsprache, bitte schön!), aber wenn ich wieder einmal eine Verabredung verschwitze, meine Schlüssel verlege, diesen oder jenen nicht wiedererkenne, nach einem Vornamen suche oder den Gesprächsfaden verliere, dann steht mir sofort das Gespenst von Alois vor Augen. Wie sehr ich mir auch sage, dass mein Gedächtnis schon immer unzuverlässig war, dass es mich bereits als Kind im Stich ließ, dass ich nun einmal bin wie ich bin – es nützt nichts. Die Überzeugung, dass Alzheimer mich jetzt am Schlafittchen hat, obsiegt gegen jedes vernünftige Argument, und ich sehe mich schon in Bälde auf der letzten Stufe der Krankheit, ohne Kontakt zur Welt und zu mir selbst, ein lebendes Ding, das sich nicht erinnert, gelebt zu haben.

Unterdessen will die Tischgesellschaft von mir zum Dessert ein Gedicht hören, das ich – nachdem ich mich natürlich noch ein bisschen habe bitten lassen – vortrage. Ah, Ihnen zumindest droht kein Alzheimer!

Frédéric, Internist und sowohl Grégoires Geliebter wie sein Professor, klagt, er könne nirgendwo zum Essen erscheinen, ohne von den anderen Gästen mit medizinischen Fragen bombardiert zu werden. Kein Abend vergehe, bei dem nicht die Hälfte der Anwesenden ihn um eine Diagnose, Therapie, Meinung oder Empfehlung für sich oder einen Bekannten, Verwandten bittet. Es bringt ihn zur Verzweiflung. Seit ich Arzt bin, sagt er, ja schon seit meiner Studentenzeit fragt mich keiner mehr, wofür ich mich im Leben interessiere, wenn ich nicht den Doktor gebe! Er hat schon keine Lust mehr auf irgendwelche Einladungen. Hätte Grégoire da nicht seine eigenen Bedürfnisse, würde er sich zu Hause einigeln, weil … (er hält die Hand flach an die Oberkante seiner Unterlippe) es steht mir bis hier! Ihm zufolge machen Essensrunden aus dem Arzt einen Schamanen. Dass so ein Mediziner wie alle anderen spachtelt und trinkt, sagt Frédéric, rückt ihn den Leuten nahe, er wird zum Magier des hypochondrischen Stammes, zum Guru der Damen: Dieser außergewöhnliche Arzt – und obendrein so menschlich! –, der bei den Xens war, erinnerst du dich, Liebling? Im Krankenhaus erscheine ich denselben Leuten – wohlgemerkt: *denselben* – als ein potentieller Mandarin, der das Loch in den Kassen der Sozialversicherung vergrößert, um sich noch einen Porsche in die Garage zu stellen. Im Kreis der Esser dagegen, da bin ich mit einemmal die verkörperte menschliche Medizin, ehrbar und kompetent. Wenn Sie Chirurg sind und jemand hat Sie bei irgendwelchen Bekannten getroffen, dann folgt er Ihnen wie ein Dackel bis zum OP-Tisch und empfiehlt Ihr Skalpell noch wärmstens anderen Bekannten, denn wissen Sie, was Ärzte und Marmeladen verbindet? Dass die aus der eigenen Familie über jeden Vergleich erhaben sind! Wenn ich sehe, wie sich meine Famulanten in der Notaufnahme ein Bein ausreißen, würde ich ihnen am liebsten zurufen: Verschwindet, kümmert euch nicht um die Kranken, nehmt Esseneinladungen an, da etabliert man sich, nicht im Bereitschaftsdienst!

Frédéric ereifert sich allein während eines Gutteils des Abends; als er, Gift und Häme im Auge, aufsteht, fragt er mich: Und Sie, was macht die Gesundheit? Alles paletti? Nur zu, fragen Sie, solange ich noch da bin!

72 Jahre, 7 Monate, 30 Tage Sonntag, 9. Juni 1996

Grégoires Homosexualität. Ich kann noch so offenen Geistes sein (»offenen Geistes« – welch engstirniger Ausdruck!), meine Phantasie bleibt in dieser Hinsicht beschränkt. Auch wenn meine Prinzipien die Homosexualität akzeptieren, mein Körper kann sich nicht im Geringsten vorstellen, seinesgleichen zu begehren! Dass Grégoire homosexuell ist – von mir aus, er ist unser Grégoire und kann machen, was er will, seine Neigungen stehen nicht zur Debatte, aber dass Grégoires Körper mit einem Männerkörper Lust erlebt, das vermag – wenn man so sagen kann – der Geist meines Körpers sich nicht vorzustellen. Dabei geht es nicht um den Analverkehr. Um den haben auch Mona und ich keinen Bogen gemacht, unsere Rosetten haben uns gefallen, und welch hübschen Jungen gab Mona damals ab! Aber sie war eben kein Junge. Ich denke beim Einschlafen über Grégoires Homosexualität nach … Oder genauer, ich höre auf, darüber nachzudenken, das Rätsel fasert aus, zerfranst, wird Stoff des Schlafes selbst, der mich aufsaugt.

Allein, lesend, im Garten. Abgelenkt vom Gesang eines Vogels, dessen Name ich nicht kenne, schaue ich auf. Ebenso wenig kenne ich den Namen der meisten Blumen ringsum, auch von einigen Bäumen und fast allen Wolken nicht, wie auch nicht von den Elementen, aus denen dieser Klumpen Erde besteht, den ich gerade zwischen meinen Fingern zerbrösele. All diese Dinge kann ich nicht benennen. Die Arbeit auf dem Hof von Manès und Marta in meiner Jugend hat mich kaum etwas über die Natur gelehrt, es ging mir dabei ja nur um den Muskelaufbau, und das Wenige, das ich wusste, habe ich vergessen. Kurz, ich bin in einem Maße zivilisiert, dass mir alle elementaren Kenntnisse fehlen! Der Vogel, der mich von meiner Lektüre abgelenkt hat, singt in der Stille dieses Unwissens. Im Übrigen lausche ich weniger seinem Gesang als ebendieser Stille. Eine vollkommene Stille. Und plötzlich frage ich mich: Wo ist mein Tinnitus hin? Ich horche aufmerksamer. Wirklich: kein Tinnitus, nur der Vogel. Ich halte mir die Ohren zu, um dem Innern meines Schädels zu lauschen. Nichts. Der Tinnitus ist tatsächlich fort. Leerer Kopf, der nur ein wenig unter dem Druck meiner Finger summt, als hätte ich mein Ohr an eine Tonne gelegt. Vollkommen leer, die Tonne. Ohne Töne, worüber ich mich freue, und ohne elementare Kenntnisse, was ich bedaure. Ich nehme meine kluge Lektüre wieder auf, um mich noch stärker zu leeren.

72 Jahre, 9 Monate, 13 Tage Dienstag, 23. Juli 1996

Der Tinnitus ist natürlich zurückgekehrt. Wann? Weiß nicht. Heute Nacht war er wieder da, pfiff fröhlich in meiner Schlaflosigkeit. Es hat mich beinah beruhigt. Diese kleinen Beschwerden, die uns bei ihrem ersten Auftreten in Panik versetzen, werden mehr als nur zu unseren Wegbegleitern, sie werden *wir*. Auf dem Dorf wurden die Leute früher ganz selbstverständlich nach solchen Mängeln benannt: der Kropf, der Bucklige, der Kahlkopf, der Stotterer. Auch in meiner Kindheit waren wir: der Fetti, das Schielauge, der Hinkefuß ... Das Mittelalter, das diese Mängel als schlichte Tatsache hinnahm, gewann daraus die Nachnamen: Courtecuisse und Schmalbein, Kleinpeter und Littlejohn, Grosjean und Del Grosso laufen noch heute durch unsere Straßen. Ich frage mich, welchen Spitznamen mir diese handfeste mittelalterliche Weisheit verpasst hätte. Lesiffleur? Dusifflet? Der alte Dusifflet? Warum nicht der alte Dusifflet! Wissen Sie, der mit der Pfeife im Kopf! Akzeptiere dich so, wie du bist, Dusifflet, und rechne dir deinen Namen zur Ehre an.

72 Jahre, 9 Monate, 14 Tage Mittwoch, 24. Juli 1996

Als mir diese Verse von Supervielle in den Sinn kamen, fiel mir der Vogel wieder ein, dessen Namen ich nicht wusste:

> Anstelle des Waldes
> Wird ein Vogelgesang erklingen
> Den niemand wird orten können
> Und nicht bevorzugen, ja nicht einmal hören,

Nur Gott allein wird ihm lauschen
Und sagen: »Es ist ein Zeisig.«

Ich glaube, das stammt aus dem Band *Gravitations*, und das Gedicht selber heißt »Prophétie«. Aber mein Vogel, der echte, wie heißt der nur? Morgen frage ich Robert.

72 Jahre, 9 Monate, 16 Tage — Freitag, 26. Juli 1996

Seit einiger Zeit von Blähungen gepeinigt. Urplötzlich ein ununterdrückbares Bedürfnis, einen fahren zu lassen, wobei ich beobachte, dass ich *hustend* furze, in der kindlichen Hoffnung, das Hustgeräusch werde das Furzgeräusch überdecken. Unmöglich, herauszufinden, ob der Trick funktioniert, da die Deflagration des Hustens in meinem Innenohr die außerkörperliche Detonation weitestgehend übertönt. Im Übrigen ist es eine unnötige Vorsichtsmaßnahme, normalerweise bin ich von Menschen umgeben, deren Zivilisierungsgrad so hoch ist, dass sie lieber stürben, als mein unzivilisiertes Benehmen anzuprangern. Aber davon abgesehen: Niemand beunruhigt sich wegen meines Hustens – diese Barbaren!

Tijo, den mein Geständnis amüsiert, schenkt mir im Gegenzug eine seiner komischen Geschichten. Ihr Hintersinn lässt wie bei den meisten seiner sehr physischen Witze auch diesmal in mir eine Note zurück, die sich ebenso langsam verflüchtigt wie ein erlesenes Parfum aus dem Hause Chanel.

TIJO UND DIE VIER ALTEN FURZER

Treffen sich vier alte Freunde. Sagt der erste zu den drei anderen: Mein Furz knattert entsetzlich und stinkt verheerend. Sagt der zweite: Meiner knattert höllisch, ist aber vollkommen geruchlos. Der dritte: Vollkommen geräuschlos bei mir, aber er stinkt, er stinkt, also, das ist vielleicht ein Gestank, ich sage euch, Kinder! Und der vierte: Bei mir – geräusch- und geruchlos. Langes Schweigen, schiefe Blicke der anderen, schließlich fragt einer: Und warum furzt du dann?

72 Jahre, 9 Monate, 27 Tage Dienstag, 6. August 1996

Los, na komm, ein bisschen Mut: Welcher Art genau sind die unausgesprochenen Fragen, die du dir in Bezug auf die Homosexualität deines Enkels stellst? Das ist die eigentliche Frage! Dies ging mir am Nachmittag durch den Kopf, während ich Grégoire und Frédéric beim Himbeerenpflücken zuschaute. Die Antwort gab mir am Abend Grégoire selbst, nach dem letzten Löffel Crumble. Wir drehten eine Runde im Garten. Plötzlich hakte er sich bei mir unter und sagte, er wisse *genau*, woran ich denke. Du fragst dich in Bezug auf Frédéric und mich, wer wen fickt, Großvater. (Leichte Verblüffung desselbigen.) Das ist ganz normal, weißt du; wenn es um Homosexualität geht, stellen sich alle diese oder ähnliche Fragen. (Kleine Pause.) Und weil du mich so lieb hast wie ich dich, fragst du dich, ob dein Lieblingsenkel auch vorsichtig genug ist, um sich nicht dieses verflixte Aids zu fangen. Ja, das ist tatsächlich das Nadelöhr, vor dem all meine Ängste sich stauen. Weshalb ich jetzt all die Fragen herauslasse, die gewiss unzählige arme Teufel sich stellen, ohne dass sie je laut ausgesprochen werden. Was ist mit dem Speichel, wird Aids durch Speichel übertragen? Und der Oralverkehr, was ist, wenn ihr euch einen blast? Und die Hämorrhoiden? Und das Zahnfleisch? Achtet ihr auch auf euer Zahnfleisch? Und die Häufigkeit? Und der Partnerwechsel? Seid ihr euch wenigstens treu? Keine Sorge, Großvater, Frédéric hat seine Frau nicht verlassen, um mich mit einem anderen Mann zu betrügen! Und ich bin wie du: ausgesprochen monogam. Was den Analverkehr betrifft, da fickt mal der eine den anderen oder wir uns beide hintereinander, je nach Stimmung und wie sich die Sache entwickelt. Eine weitere Gartenrunde, dann diese – überwiegend technische – Erklärung: Was die Frage des *Warum* angeht, Großvater, das ist ein weites Feld! Bleiben wir an der Oberfläche, einverstanden? Einen Mann, finde ich, kann vollkommen nur ein Mann befriedigen. Denk nur zum Beispiel ans Blasen, unter rein technischen Gesichtspunkten: Um es dabei zur Meisterschaft zu bringen, muss man schon am eigenen Leib erfahren haben, wie herrlich es sein kann. Egal wie talentiert eine Frau ist, es ist immer nur die halbe Miete.

Später am Abend, Grégoire und ich sitzen allein vor dem Kamin, vertraut er mir an: Im Grunde stehst am Anfang meiner beiden Neigungen du. Ich bin Arzt geworden, weil ich wollte, dass du nicht stirbst, und schwul, weil du mich in *Greystoke* mitgenommen hast. Dieser hübsche, splitternackt in den Bäumen lebende Junge war mein Erzengel Gabriel! Jetzt mach aber mal halblang, du warst doch erst acht! Tja, halt auch auf diesem Gebiet frühreif!

Noch später, wir sprechen über Medizin, erzähle ich ihm von Violettes Tod. Er tippt auf eine Venenentzündung. Wenn Violette immer schwerer atmete, ihre Krampfadern immer dicker wurden und physische Aktivität sie zunehmend anstrengte, muss an jenem Nachmittag ein Blutgerinnsel aus dem Bein oder der Leistengegend in die Lunge gewandert sein und dort die Atmung blockiert haben. Deine Violette hatte eine fulminante Lungenembolie, Großvater, du konntest da absolut nichts ausrichten. Weder du noch sonst wer.

Zum ersten Mal seit sechzig Jahren konnte ich im Gedanken an Violettes Tod friedlich einschlafen.

8

73–79 JAHRE
(1996–2003)

Ab wann hört man auf, sein Alter zu nennen?
Ab wann nennt man es wieder?

73 Jahre, 28 Tage Donnerstag, 7. November 1996

Völlig unerwartetes Ende meines Brüsseler Vortrags. Mich packten zwei Zangen und quetschten mir die Seiten ein, bis mir vor Schmerz der Atem stockte. Bestimmt war alle Farbe aus meinem Gesicht gewichen. Im Saal gab es Stirnrunzeln. Ich musste meinen ganzen Willen zusammennehmen, um nicht zusammenzuklappen, sondern hinter dem Rednerpult, an das ich mich klammerte, stehen zu bleiben. Als ich wieder atmen konnte und meinen Vortrag fortsetzte, schien ich eine Oktave tiefer zu sprechen. Vergeblich versuchte ich, einen höheren Ton anzuschlagen, der Schmerz verhinderte, dass ich genug Luft bekam. Halb erstickt murmelte ich gerade noch ein paar Schlussworte und zog mich zurück. Ich nahm nicht am Abendessen teil, und zurück in Paris, rief ich sofort Grégoire an, der mir nach Rücksprache mit Frédéric riet, einen Ultraschall von Blase und Nieren machen zu lassen. Geplatzt, meine Blase, und die Nieren von doppeltem Umfang. Schuld ist meine vergrößerte Prostata. Sie drückt meine Harnröhre zu einem Haarröhrchen zusammen, was den ausreichend schnellen Abfluss des Urins verhindert, weswegen meine Blase zu einem Ballon angeschwollen ist und ihre Elastizität eingebüßt hat (daher der Begriff des »Platzens«); dadurch wiederum hat sich Urin in den Nieren gestaut, den die Blase nicht hat ausscheiden können. Die Sache muss näher untersucht werden, mittels Blasenspiegelung. Dabei wird über die Harnröhre eine Kamera in die Blase eingeführt, um sie von innen zu betrachten, erklärt Grégoire. Die Vorstellung, dass mir irgendetwas in mein Glied eingeführt wird, versetzt mich in Panik. MIR ETWAS IN DEN SCHWANZ EINFÄDELN LASSEN! Ich musste zwei Xanax schlucken, um zu dem bereit zu sein, was laut Grégoire eine unumgängliche Untersuchung ist, in Wahrheit aber eine chinesische Folter sein muss, denn dieser Kanal ist doch bestimmt innerviert wie eine Hochspannungsleitung! Keine Sorge, Großvater, du bekommst eine kleine Lokalanästhesie, du spürst so gut wie nichts. Eine Lokalanästhesie? Eine Betäubung meines Glieds? Und wie? Mit einer Spritze? Wohin? Ins Innere meines Glieds? Niemals!

Vollkommen schlaflose Nacht.

73 Jahre, 1 Monat, 2 Tage Dienstag, 12. November 1996

Gestern bin ich mehr tot als lebendig zu dieser Zystoskopie gegangen, hatte mich aber doch ausreichend im Griff, um den Weg der kameraäugigen Schlange durch die Röhre meines Penis zu verfolgen. Es war nicht sonderlich schmerzhaft. Ein merkliches Vorwärtstasten – als ob jemand in mir herumkröche. Ich musste an den U-Bahn-Bau in *Fellinis Roma* denken und malte mir die verborgenen Wunder aus, die die Kamera entdecken würde, wenn sie in den heiligen Bezirk meiner Blase einbräche. Der Radiologe hatte etwas Mühe, den Zugang zu finden.

Die Kamera stieß mit ihrem Kopf mehrmals irgendwo an, vermutlich gegen die Außenwand meiner Blase, dann schlüpfte sie hinein. Na, da muss ein bisschen etwas erweitert werden. (Es gibt jede Art von Doctores, solche, die die Sache herunterspielen, andere, die sie aufbauschen, dritte, die nichts sagen, vierte, die einen beruhigen, und fünfte, die einen anschreien, und dann noch diesen hier, der erklärt. Ärzte sind, wie man zu sagen pflegt, »auch nur Menschen«, werden von ihrem Wissen geleitet und von ihrem Temperament gelenkt.) Beim Hineinschlüpfen der Kamera bemerkte mein Radiologe: Sehen Sie, jetzt sind wir in Ihrer Blase. Keinerlei Ähnlichkeit mit den Fellini'schen Wundern im römischen Untergrund, nur eine zittrige, für mein ungeübtes Auge nicht entschlüsselbare Ultraschallaufnahme. Alles im grünen Bereich, sieht noch ganz gut aus, Ihre Blase. Nur halt geplatzt. Als mein Radiologe seine Bilder geschossen hat, holt er sich die Kamera zurück: Halten Sie kurz die Luft an! Das Gefühl beim Herausziehen überrascht mich mehr als das (so gefürchtete) beim Einführen – als hätte mein Organismus diesen Tentakel mit diesem ihm aufsitzenden indiskreten Auge bereits akzeptiert. Noch am selben Nachmittag Vorgespräch mit dem Chirurgen. OP, Freitag 15 Uhr. Resektion der Prostata, damit die Harnröhre zu ihrer ursprünglichen Weite zurückfindet. Anschließend bekomme ich einen Katheter, bis meine Blase ihre Elastizität und also ihre volle Funktionstüchtigkeit wiedergewonnen hat. Keine Sorge, erläuterte der Chirurg, eine ganz banale Operation, ich mache davon jede Woche zehn.

73 Jahre, 1 Monat, 4 Tage Donnerstag, 14. November 1996

Die dreitägige Galgenfrist genutzt, um meinen Körper, der jetzt in den Händen der Medizin liegt, nicht mehr zu beobachten, sondern die kleinen Freuden zu genießen, die sich ihm bieten und den unschätzbaren Wert des Lebens ausmachen: ein köstliches Tauben-Tajine, das mit seinen gelben Rosinen, dem Koriander und dem Zimt mir bis in die Verästelungen des Hirns hinaufstieg; die im Hof widerhallenden Jauchzer der Kinder; das Dunkel eines Kinosaals, wo ich Monas Hand nicht losließ (Krankheiten haben dich schon immer sentimental gemacht, bemerkt sie); und auf dem Pont des Arts ein ultimativer Touristen-Sonnenuntergang. Unglaublich, diese Transparenz der Pariser Luft! Diese Stadt stinkt nie durch und durch nach Benzin!

73 Jahre, 1 Monat, 5 Tage Samstag, 15. November 1996

Ich bin ausgeruht aus der Vollnarkose erwacht. Bar jeder Angst, was kommen wird. Obwohl es Anlass zur Beunruhigung gäbe. Aber das Gute am Krankenhaus ist: Es geht ja bloß um deinen Körper, da kannst du den Geist ruhig mal aufs Trockendock legen. Anders gesagt: Unnötig, sich einen Kopf zu machen. Umso mehr, als ich keine Schmerzen habe. Der Katheter arbeitet an meiner Stelle. Bequeme Sache. Aber wenn er gezogen wird, hört man die Engel im Himmel pfeifen, beteuert mein Bettnachbar. Wir werden ja sehen. Ich kann ein Lied davon singen, ich bin zum dritten Mal hier. Diese verdammte OP hält nicht lange vor! Warten wir es ab. Da gibts nichts abzuwarten.

Die Geschichte meines Nachbarn ist unter anderem

Blickwinkel nicht uninteressant. Er hat ein wenig geflunkert. Er ist zum dritten Mal hier, aber nicht wegen *ein und derselben* Operation. Beim ersten Mal handelte es sich tatsächlich um eine Resektion des Prostatahalses wie bei mir, beim zweiten Mal aber wurde ihm wegen des Verdachts auf Krebs die Trüffel komplett abgehobelt. (Warum habe ich mir die Prostata immer wie eine Trüffel vorgestellt?) Und diesmal ist er aus einem ganz anderen Anlass eingeliefert worden: Nach seiner letzten Entlassung befolgt mein Bettnachbar sofort getreulich die Anweisungen seines Arztes – Ändern Sie nichts an Ihren Gewohnheiten, Monsieur Charlemagne (so heißt er tatsächlich). Alles wie früher? Alles wie früher! – und macht sich auf zur Jagd. Wie früher. Am 15. September, am 14. war die Saison eröffnet worden, das konnte ich mir doch nicht entgehen lassen! Dann stolpert sein Begleiter – sein Schwager –, das Gewehr geht los, und, schwupp, ist Monsieur Charlemagne in seiner Prostatalosigkeit schrotkugelgespickt. Was er mir lachend erzählt. Ich lache mit.

»Wie dem auch sei, wenn der Katheter gezogen wird, hört man die Engel im Himmel pfeifen!«

»Wir werden es ja sehen, Monsieur Charlemagne.«

»Da vergeht einem Hören und Sehen.«

73 Jahre, 1 Monat, 8 Tage Montag, 18. November 1996

Im Krankenhaus möchte ich keinen Besuch bekommen. So wie ich im Internat Besuch gehasst habe und auch im Gefängnis keinen bekommen möchte, sollte ich eines Tages dort landen. Nur wenn unsere jeweilige Welt völlig abgeschottet ist, lässt sich ein Minimum an Wohlbefinden erreichen. Ich bin allein im Krankenhaus unter anderen

Alleinseienden, die für mich eine rührende Gesellschaft bilden. Keine Besucher also, mit Ausnahme von Mona und Grégoire natürlich. Und von Tijo, der gekommen ist, um mich mit der Geschichte von Louis Jouvet und seiner Prostataektomie zum Lachen zu bringen. Jouvet, wieder zu Hause, wird vom Kellner des Cafés, in dem er seinen morgendlichen Espresso trinkt, freundlich gefragt, wie es ihm gehe. Da der junge Mann stottert, ergibt sich in etwa folgendes Gespräch: Mons… Mons… Monsieur Jouvet, wasi… wasi… was is … isdie … die P… P… Ppp… Prostata? Jouvet, von oben herab: Die Prostata, mein Junge, das ist, wenn man so pisst, wie du sprichst.

73 Jahre, 1 Monat, 17 Tage Mittwoch, 27. November 1996

Ich habe also zum zweiten Mal in meinem Leben meinen Körper dem Krankenhaus überantwortet. Gestern vor der Entlassung wollten sie mir den Katheter ziehen, aber meine Blase hat den Dienst verweigert. Sie »blockte«, wie die diensthabende Schwester sagte. Ein sehr treffender Ausdruck, meine Blase ist ein massiver Block. Eine eiserne Faust, die nicht einen Tropfen hergibt. Der – höllische – Schmerz strahlt in den ganzen Unterbauch aus, ja bis hinab zum Ansatz der Knie, und lässt dich über einem Bündel glühender Nerven zusammenklappen. Ich konnte gerade noch stammeln, dass es wehtue, dann krümmte ich mich, unter diesem Flüssigbleifeuer kaum noch zum Sprechen fähig, japsend, die Augen überraschungsgeweitet und gebadet in eiskaltem Schweiß, über meinem Schambein zusammen. Ich habs Ihnen ja gesagt, funktioniert nie, das Katheterziehen, kommentierte Monsieur Charlemagne.

Als das Ding wieder gelegt war, verschwand der Schmerz wie durch Zauberhand. Jetzt muss es ein, zwei Monate bleiben, bis meine Blase sich wieder gekräftigt hat. Gut, gut, gut.

73 Jahre, 1 Monat, 18 Tage Donnerstag, 28. November 1996

Wieder zu Hause also, mit Dauerkatheter. Von meiner Blase aus durchquert der Schlauch meinen Penis, zieht sich das rechte Bein hinab und endet in einem mit Klettverschluss über meinem Knöchel befestigten Urinbeutel. Ist dieser voll, entleere ich ihn. Ungefähr alle vier Stunden. So einfach geht das. Trotzdem überraschend, wie elastisch und unempfindlich die Harnröhre ist! Da hatte ich solche Angst vor dem Einführen der Kamera in diesen winzigen Kanal, nun stelle ich fest, dass sich eine ganze Modelleisenbahn hindurchfädeln ließe.

Aber das Wesentliche ist etwas anderes: Das Wesentliche ist natürlich diese Funktion, das *Wasserlassen*, von dem ich glaubte, es sei etwas mir Ureigenes und meinem Bewusstsein unterworfen, es werde bestimmt von meinen Bedürfnissen, die ich auf meine Entscheidung hin befriedige; indes, es hat sich von meinem Willen abgekoppelt, ist nur noch es selbst. Mein Körper entleert sich in dem Takt, in dem er sich füllt, und damit hat sichs. Ein von meinem Willen unabhängiger Kreislauf. Und unterhalb meines Schienbeins dieser Beutel, der entleert wird, wie man Wein aus einem Kanister zapft (derselbe Hahn wie bei den Cubitainern). Wie oft habe ich in diesen Fällen von »Demütigung« reden gehört? Er hat einen Beutel, können Sie sich das vorstellen? Meist gefolgt von einem dezent mitleidigen Schweigen, mitunter auch von einem – amüsanten –

Anfall von Mut: Ich, also ich würde mich umbringen! (Oh, Heroismus der unbeeinträchtigten Gesundheit!) In diesen Gesprächen ersetzt »Beutel« schamhaft das Wort »Pisse« oder »Blut« oder »Scheiße«. In Wahrheit denkt bei diesem Wort jeder an die Konfrontation des Kranken mit seinen Ausscheidungen. Die abstoßende Wiederkehr des Verdrängten. Alles, was man zeit seines Lebens verborgen und verschwiegen hat, ist plötzlich da, in diesem Beutel, in Sicht- und Reichweite. Ekelhaft! Ich aber fühle mich gar nicht sonderlich angeekelt, gedemütigt oder reduziert. Würde ich es anders empfinden, wenn meine Umgebung von meinem Zustand wüsste?

73 Jahre, 1 Monat, 21 Tage Sonntag, 1. Dezember 1996

Im Grunde sehe ich täglich meinen Nieren beim Atmen zu.

73 Jahre, 1 Monat, 28 Tage Sonntag, 8. Dezember 1996

Gestern Abend bei den A.s, wo wir zum ersten Mal zum Essen eingeladen waren, ein Zwischenfall. Ein unkontrolliertes Übereinanderschlagen der Beine beschädigte mein Auffangsystem, der Schlauch wurde von meinem linken Fuß herausgerissen. Es floss mir die rechte Wade herab und bildete eine Pfütze um meinen Fuß. Ich tat, als falle mir die Serviette herunter, beugte mich unter den Tisch, wischte auf, verstöpselte neu. Wie ein Dieb in der Nacht. Künftig vorsichtiger sein! Beim Aufbruch ließ ich die Serviette mitgehen. (Letztlich lieber als Serviettendieb in Erinnerung bleiben denn als Tischgenosse, der unter sich macht.)

73 Jahre, 2 Monate Dienstag, 10. Dezember 1996

Um mich herum wird viel über Krankheiten geredet. »Du kannst das nicht verstehen, du bist nie krank!« Der Vorteil dieses Journals ist, dass es die anderen nicht mit der jeweiligen Verfassung meines Körpers behelligt. Ein Zugewinn an guter Stimmung für meine Mitmenschen.

73 Jahre, 2 Monate, 2 Tage Donnerstag, 12. Dezember 1996

Ich bin eine Wasseruhr.

73 Jahre, 2 Monate, 4 Tage Samstag, 14. Dezember 1996

Meine Haut verträgt das Heftpflaster schlecht, mit dem der Katheterschlauch an meiner Wade befestigt ist. Sie juckt und entzündet sich. Ich habe die Klebestellen mehrfach gewechselt, dann das Bein. Das Ergebnis: Meine Beine sehen aus wie die Arme eines Junkies. Ich muss eine andere Lösung finden.

73 Jahre, 2 Monate, 5 Tage Sonntag, 15. Dezember 1996

Ich habe sie gefunden, die Lösung, als ich auf dem Champde-Mars einen Radlerpulk in Spezialkleidung sah. Das Erste, was ich morgen mache: mir so eine Spezialhose kaufen, die den Körper wie eine zweite Haut umschließt. Der Katheter wird damit ganz von allein am Schenkel haften, kein Pflaster mehr vonnöten.

73 Jahre, 2 Monate, 7 Tage Dienstag, 17. Dezember 1996

Es funktioniert. Das Lycra presst den Katheter gegen meine Haut. Mona lacht über meinen Anblick. Mein schöner Rennfahrer! Ich habe den Hintern einer Otter. Gekauft habe ich diese Profikleidung in einem Sportgeschäft, dem ein junger Mann von penetranter Gesundheit vorstand. Es gab einen kleinen Wortwechsel zwischen uns. Ich hatte zu spät (am Gewicht auf meinem Knöchel) bemerkt, dass der Urinbeutel überzulaufen drohte. Ich musste ihn leeren. Ich fragte den jungen Mann nach der Toilette. Dieser erwiderte, sie hätten keine Kundentoilette. Ich, es sei dringend; er, wir haben keine Kundentoilette! Ich kehrte ihm den Rücken zu und hörte ihn noch sagen: Kümmert mich doch einen Scheißdreck!

Ich ging in die Jagdabteilung hinüber, und während ich vorgab, in Kopfhöhe zu stöbern, goss ich den Inhalt meines Beutels in einen grünen Jägerschuh mit Stulpen und Wildlederspitze, allerangesagtester Chic.

73 Jahre, 2 Monate, 10 Tage Freitag, 20. Dezember 1996

In der Brasserie, wohin ich Madame R. eingeladen habe, um den Ausgang einer Streitsache zu feiern, in der sie meine Interessen vertreten hat, überlasse ich ihr, wie es sich gehört, den Platz auf der Bank und setze mich auf den Stuhl. Sie ist jung, intelligent, heiter, strahlend, charmant. Da wir bezüglich des Falls, der uns zusammengebracht hat, kaum noch etwas zu besprechen haben, nimmt unsere Unterhaltung bald eine persönlichere Wendung, und ich – wie soll ich sagen? –, ich vergesse ziemlich rasch diesen verdammten Katheter zwischen meinen Beinen, auch mein Alter und, was am schlimmsten ist, unseren Altersunterschied. Bis zu dem Moment, in dem die junge Anwältin auf ihrer Bank ein klein wenig zur Seite rutscht, so dass ich plötzlich unsere Gesichter nebeneinander sehe: ihres – vor mir – frisch, jung, blühend, rosig, milchig; meines – im Spiegel – eingefallen, runzelig, gelb, alt. Junge Birne, alte Birne.

73 Jahre, 2 Monate, 11 Tage   Samstag, 21. Dezember 1996

Beim Wiederlesen meines Eintrags fällt mir eine besonders hübsche Geschichte von Tijo wieder ein:

> Geht ein sehr schönes Mädel an zwei Clochards vorüber, die auf einer Bank sitzen. Sagt der eine zum anderen: Siehst du die Mieze da? Hätte ich früher vernaschen können.
> Fragt der andere: Hast du sie mal gekannt?
> Antwortet der Erste: Nein, aber früher hätte ich einen hochgekriegt.

73 Jahre, 2 Monate, 16 Tage   Donnerstag, 26. Dezember 1996

Morgen ziehen sie mir den Katheter. Muss ich damit rechnen, dass meine Blase wieder blockt? Der Chirurg, dem ich die Frage stelle, bereitet mir mit seiner Antwort eine schlaflose Nacht: Ich hoffe doch, dass nicht, ohnehin schon ziemlich heftig, einen ganzen Monat mit dem Ding rumzulaufen; ich wüsste nicht, was wir dann noch machen sollten!

73 Jahre, 2 Monate, 17 Tage Freitag, 27. Dezember 1996

Also, er ist gezogen. Wenn das Wort *Suspense* einen Sinn hat, so kann ich behaupten, einen Moment erlebt zu haben, in dem ich selten wie nie »in der Schwebe« gehalten wurde! Nimmt meine Blase ihren Dienst wieder auf, oder nimmt sie ihn nicht wieder auf? Sie zögerte. Das seltsame (eingebildete?) Gefühl von einem Ballon, der beim Aufgeblasenwerden zusammenschnurrt. Mit der Ausdehnung meldete sich ein ferner, Blockierung versprechender Schmerz. Er wuchs mit dem wachsenden Drang. Und begann bis in die Innenseiten meiner Schenkel auszustrahlen. Ich hielt den Atem an. Schweiß trat mir auf die Stirn. Atmen!, schrie die Schwester. Jetzt hören Sie schon auf, sich zu verkrampfen, entspannen Sie sich! Beim Versuch, meine Lunge zu leeren, leerte ich meine Nase. Tränen traten mir in die Augen. Dann schwoll die Vorhaut an, und urplötzlich brach der Damm und schoss ein vom Restblut ein wenig rötlicher, aber pferdestrammer Strahl ins Becken. Sehen Sie, versetzte die Krankenschwester, es geht doch, Sie müssen nur wollen!

Ich wollte, ich könnte in alle Krankenhäuser Frankreichs eingeliefert werden, zum genaueren Studium der Sprache, die man dort mit den Patienten spricht.

73 Jahre, 3 Monate, 2 Tage Sonntag, 12. Januar 1997

Höhen und Tiefen in den letzten Tagen. Die Freude, dieses Ding nicht mehr zwischen den Beinen zu haben, wurde stark von der Angst gedämpft, es müsse erneut gelegt werden. Folglich ständige Beobachtung meines Strahls. Schwankende Stärke und Menge. Ein, zwei Mal eine fröhlich im Becken plätschernde Gartenschlauchfontäne, untermalt von den Jubelrufen eines Jünglings im Vollbesitz seiner Kräfte. Ansonsten ein jämmerliches Rinnsal.

73 Jahre, 7 Monate, 10 Tage Dienstag, 20. Mai 1997

Heftiger Zusammenstoß mit einem Laternenpfahl heute Morgen. Ich ging in der Nähe der Sorbonne spazieren. Strahlender Sonnenschein. Auf dem Trottoir vis-à-vis eine Gruppe Studentinnen, die den Frühling begrüßte. Sie waren mit ihren Brüsten gekommen, die unter ihren luftigen Blusen ein freies Dasein führten und bei einer von ihnen sogar durch den Ärmelausschnitt ihres T-Shirts lugten: Oh, der hübsche LKW-Fahrer! Ich betrachtete die Kleinen im Gehen, glücklich, dass ich keine von ihnen mehr begehren konnte. Reines Entzücken, sozusagen. Der Laternenpfahl nahm darauf keine Rücksicht. Er gongte mich mit einer Heftigkeit aus, als wäre ich ein von seiner Beute benebelter alter Schweinigel. Ich fiel rücklings hin, beinah ohnmächtig. Sie kamen angerannt. Sie halfen mir auf die Beine. Sie führten mich zu einem Kaffeehausstuhl. Der Laternenpfahl hallte in meinem Kopf wider. Ich blutete. Sie wollten den Notarzt rufen. Ich lehnte ab. Eine von ihnen ging in die nahegelegene Apotheke und kaufte Desinfektionsmittel und Pflaster. Ich konnte die Brüste des Mädchens, das über mich gebeugt meine Wunde versorgte, nach Herzenslust genießen. Sollen wir nicht doch einen Arzt rufen? Nein. Sie riefen ein Taxi, aber das wollte mich wegen meines blutbefleckten Hemdes nicht aufnehmen. Ich rief Mona an, bestellte einen Cognac, um auf ihr Eintreffen zu warten, und als Dankeschön eine Menthe à l'eau und zwei Kaffee für die Mädchen. Ist wirklich alles in Ordnung? Sind Sie sicher? Ja, ja, keine Sorge, es war schließlich nur ein Schlag mit dem Laternenpfahl. Höfliches Lachen. Sie verabschiedeten sich bald. Wir hatten uns absolut nichts zu sagen. Worüber hätten wir auch reden sollen? Über den Laternenpfahl? Ihr Studium? Wahrscheinlich nicht gerade ihr Lieblingsthema. Über Romain Garys Selbstmord, als er impotent geworden war? Oder im Gegenteil über Buñuels Erleichterung, als er endlich von seiner Libido befreit war? Nachdem die Mädchen sich wieder zur Uni verzogen hatten, bestellte ich einen zweiten Cognac – auf Buñuel. Wenn der Teufel ihm ein zweites Sexualleben angeboten hätte, sagte er, hätte er es abgelehnt und ihn stattdessen darum gebeten, ihm eine solide Leber und eine starke Lunge zu geben, damit er nach Herzenslust rauchen und trinken kann.

73 Jahre, 7 Monate, 11 Tage Mittwoch, 21. Mai 1997

Seit wann bin ich der Überzeugung, dass ich die Frauen nicht mehr begehre? Seit meiner Prostataoperation? Seit ich keine Erektion mehr bekomme oder nur noch selten? Oder noch länger? Seit meine Begegnung mit Mona mich monogam werden ließ? Denn ich habe sie tatsächlich nie »betrogen«, wie es heißt. Und nicht nur nicht betrogen, sondern auch selten eine andere Frau begehrt. Wir waren einander genug. Über viele Jahre hin. Aber als Monas Begierde mit dem einsetzenden Alter nachließ, musste da meine wie selbstverständlich auch erlöschen? Musste die Tatsache, dass sie nicht mehr wollte, zwangsläufig damit einhergehen, dass ich nicht mehr konnte? Die Weisheit eines aus zwei Körpern bestehenden Körpers in gewisser Weise? Wahrlich! Denn vom »ich kann nicht mehr« bis zum »ich habe keine Lust mehr« ist es nur ein Schritt. Den aber muss man mit geschlossenen – ganz und gar geschlossenen – Augen machen. Denn wenn wir sie während dieses Übergangs auch nur einen winzigen Spalt öffnen, sehen wir unter unseren Füßen den bodenlosen Abgrund des *Nichtmehrseins*. Hemingway, Gary und zahllose anonym gebliebene andere haben sich lieber hineingestürzt als ihren Weg fortzusetzen.

Na ja, Verlangen hin oder her, mein Auge ist jedenfalls geschlossen und die eine Hälfte meiner Visage geschwollen, was aus mir nicht gerade ein Objekt der Begierde macht.

73 Jahre, 7 Monate, 12 Tage Donnerstag, 22. Mai 1997

Tijo: Ich hätte nie monogam leben können. *Meine* Frau vorzustellen, das hätte sich für mich angefühlt, als würde ich meinen Schwanz auspacken.

73 Jahre, 7 Monate, 14 Tage Samstag, 24. Mai 1997

Essen bei N. Junior. Seit langem verabredet. Dank für eine kleine Hilfestellung. Schon einmal verschoben. Erneutes Verlegen unmöglich, ungeachtet meiner Boxervisage. Von der im Übrigen den ganzen Abend über nicht die Rede war. Und dies, obwohl sie weiß Gott spektakulär aussieht! Ein dreidimensionaler Regenbogen. Solche Verletzungen wie meine werden, wenn sie abklingen, immer farbenfroher. Sie bieten die ganze Palette und in allen Intensitäten. Momentan sind wir in der hellvioletten und hepatitisgelben Phase. Die von dunklem Blut gesättigte Augenhöhle ist nahezu schwarz. Aber niemand am Tisch spielte in irgendeiner Weise auf dieses Meisterwerk an. Kein Wort über die Vorderfront von Monsieur. Mir recht. Indes ging während der zweiten Hälfte des Abends die Frage des Körpers (dessen, was wir ihm zumuten) von ganz unerwarteter Seite zum Gegenangriff über. Lisa, die jüngste Tochter der N.s, sonst – nach Aussage ihrer Mutter – stets gesprächig und rasch dabei, die Gäste mit der Litanei ihres Grolls auf die Eltern in Bann zu schlagen (»stimmts, mein Liebling?«), saß während des ganzen Abendessens mit verschlossenen Lippen da. Kein Wort, das herauskam, kein Krümel, der hineinging. Als der Tisch abgeräumt und das Mädchen in seinem Zimmer verschwunden war, entwarf die Mutter flüsternd das schlimmste Szenario: Sie wird uns magersüchtig, die Kleine; eine Diagnose, die ihr Mann gelassen nach unten korrigiert: Aber nein, mein Liebling, aber nein, unsere Kleine geht uns nur auf den Geist, mir, und dir auch, weiter ist nichts. Atemnot der Gattin, Ehekrach, einige Dezibel, bis Lisa aus ihrem Zimmer angestürmt kommt und brüllt, dass sie die Schnauze voll hat, voll, voll, »vooooll!«, und ihr Mund, der sich unter diesem Geständnis weit geöffnet hat, gibt den Blick frei auf ein Piercing, dessen kleiner Metallkopf auf der geschwollenen Zunge wie eine Quecksilberkugel zittert. Entsetzlich! Was ist das, Lisa? Was hast du da im Mund? Komm sofort her! Aber Lisa dreht schon zweimal den Schlüssel ihres Zimmers um. Die empörte Mutter sorgt sich weniger um die Zunge ihrer Tochter als um deren Umgang. Hier ergreift ein gewisser D.G., Anwalt von Beruf, dieselbe Generation wie unsere Gastgeber, das Wort und lenkt das Gespräch auf die Frage des Einflusses.

»Sagen Sie, Geneviève, tragen Sie einen String?«

»Wie bitte?«

»Einen String, einen dieser knappen Slips, den Claudel gewiss Mittagswende genannt hätte und den die Brasilianer Zahnseide nennen.«

Eine umso sprechendere Stille, als die Gastgeberin, dem glatten Fall ihres Rocks über dem Trenngraben zwischen ihren beiden Hemisphären nach zu urteilen, einen String trägt, ja, und zwar mit dem schönsten Effekt.

»Haben Sie sich einmal gefragt«, fährt der Anwalt fort, »woher bei Ihnen dieser Einfluss kommt, da Ihr Umgang doch über jeden Vorwurf erhaben ist?«

Stille.

»Denn wenn ich mich nicht irre, war der String ursprünglich doch ein Prostituiertenwerkzeug, oder?, eine Arbeitskleidung wie das Käppi. Wie kommt es, dass er heute in den wohlgesittetsten Familien getragen wird? Woher rührt dieser *Einfluss*?«

Als das Gespräch auf die unbeabsichtigten Nebenwirkungen der Globalisierung kommt, verabschieden Mona und ich uns ohne viel Aufhebens.

73 Jahre, 7 Monate, 15 Tage — Sonntag, 25. Mai 1997

Die beachtliche Anzahl von Dreitagebärten bei einem Fest, auf dem die Vierziger dominieren! Seltsame Epoche, in der wir da leben: So abenteuerlos wie nie zuvor; überall Versicherer, Justiziare, Banker, Kommunikationsfachleute, Informatiker, Börsianer, alles Angestellte einer virtuellen Welt; alle übergewichtig, mit einem in Unternehmensjargon marinierten Gehirn und so sesshaft, dass der Boden Löcher kriegt, aber mit dem Gesicht eines Abenteurers, Expeditionsteilnehmer alle, eben erst aus der Ténéré oder zumindest von einer Annapurna-Besteigung zurück. Der

String der jungen Madame N. (die, das wette ich, weitaus tugendhafter ist als meine schmerzlich vermisste Tante Noémie) hat genau dieselbe Funktion. Kurz, eine antithetische Mode. Und ihre Kinder, diese kleinen Tätowierten und Gepiercten, sie tragen im konkreten Sinn des Wortes den *Stempel* dieser entkörperten Epoche.

74 Jahre, 4 Monate, 15 Tage Mittwoch, 25. Februar 1998

Abendessen bei den V.s. Plötzlich ein so grässlicher Geschmack, dass ich kurz davor bin, alles wieder auszuspucken, was aber das Zweiergespräch, in das der Gastgeber mich verwickelt hat, nicht zulässt. Ich schlucke den Bissen also unzerkaut – sprich: ungeprüft – herunter. Genau da spuckt mein Gegenüber seinen Bissen geräuschvoll aus und ruft: Liebling, das ist ja der reinste Horror! Liebling pflichtet ihm bei: Die Jakobsmuscheln sind verdorben.

74 Jahre, 5 Monate, 6 Tage Montag, 16. März 1998

Ende meines Vortrags in Belém. Die Hand von Nazaré, meiner Dolmetscherin, legt sich auf meine und bleibt; zwei Finger streicheln unter meinem Hemd mein Handgelenk. Ich würde gern die Nacht mit Ihnen verbringen, sagt Nazaré, und möglichst auch die anderen drei Nächte vor Ihrer Abreise. Der Vorschlag kommt so natürlich, dass ich kaum überrascht bin. Geehrt ja, aber nicht überrascht. Gerührt natürlich auch. (Allerdings dann doch ziemlich perplex, nach ein paar Sekunden des Nachdenkens.) Nazaré und ich haben im Vorfeld gemeinsam die Werbetrommel gerührt, sie hat Aktivisten mobilisiert, meine

Auftritte vorbereitet, auf allen Ebenen die zwar enthusiastische, indes unzulängliche Organisation ersetzt. São Paulo, Rio, Recife, Porto Alegre, São Luis, es gelang ihr, mir die meisten offiziellen Essen zu ersparen und mir ein paar besondere Viertel zu zeigen, auch mich mit Musikern und Philosophen bekanntzumachen, von denen sie wollte, dass ich sie kennenlerne, und nun liegt ihre Hand auf meiner. Meine kleine Nazaré, sage ich (sie ist fünfundzwanzig), danke, wirklich, aber das wäre vergeudete Liebesmüh, die Jahre haben dafür gesorgt, dass es nicht mehr geht. Sie glauben bloß nicht an die Wiederauferstehung, wendet sie ein. Unter anderem auch deshalb, weil das Skalpell da einiges zurückgestutzt hat, weil das Verlangen erlahmt ist, weil ich monogam bin und dreimal so alt wie sie, und weil ich meine Identität nicht mehr über die Sexualität definiere, weshalb sie sich in meinem Bett langweilen würde und ich mich in ihrem bedauern. Einwände von so geringer Überzeugungskraft, dass sich hinter uns eine Zimmertür schließt, ehe ich die Liste vollständig heruntergebetet habe. Wir lassen uns einfach gleiten, sagt sie, während sie uns beide auszieht, und tatsächlich ist es ein Gleiten, Seide auf Haut, Langsamkeit auf Langsamkeit, Nackte auf Nacktem, so zarte Berührungen, dass die Zeit, die Schwerkraft und die Angst sich verflüchtigen. Nazaré sage ich nicht sonderlich überzeugend, Monsieur flüstert sie und tüpfelt meinen Hals mit winzigen Küssen, die Tage der Vorträge sind vorbei, es gibt nichts mehr, was Sie noch im Griff haben müssten. Dann küsst sie sanft meine Brust, meinen Bauch und den Rücken meines Schwanzes, der aber nicht erbebt, dieser Eumel, doch mir ist das gleich, bleibt dir überlassen, ob du mit uns mitspielen willst oder nicht, alte Haut, die Küsse erreichen die Innenseiten meiner Schenkel, wo Nazarés Zunge ihrem

Gesicht den Weg öffnet, während ihre Hände unter meine Hinterbacken gleiten, und ich mich aufbäume, und meine Hände sich in ihrer herrlichen Mähne verirren, und ihre Zunge mich anhebt, und ihre Lippen mich versenken, und ich also in ihrem Mund bin, wo ihre Zunge langsam zu drechseln beginnt, begleitet vom Hin und Her ihrer modellierenden Lippen, und ich, ja, ich wachse wahrhaftig empor, bescheiden zwar, aber eben doch, Nazaré, Nazaré, und werde wahrhaftig hart, ganz langsam zwar, aber allmählich doch merklich, Nazaré, oh Nazaré, deren Gesicht ich zu meinen Lippen hinaufziehe, während wir uns um unsere Achse drehen, und Nazaré, die sich öffnet und mich aufnimmt, Nazaré, zu der ich hineingehe wie einer, der endlich nach Hause kommt, ein wenig schüchtern, es ist so lange her, ich verharre zunächst auf der Schwelle, es wird nicht anhalten, sage ich mir, und sagen Sie sich nicht, dass es nicht anhalten wird, flüstert Nazaré mir ins Ohr, ich liebe Sie, Monsieur, und da gehe ich ganz zu ihr hinein und zu mir nach Haus, in das Herkunftshaus, ich gleite in die feuchte und geschmeidige wiedergefundene Wärme, wachse noch weiter, vertrauensvoll, die Zeit ist außer Kraft, so dass ich den Ausbruch von fern heraufkommen spüre, dass ich sein Nahen vollkommen auskoste, ihn zurückhalte, seine Verheißung genieße, ihn weiter aufsteigen lasse und wieder zurückdämme, bis ich schließlich explodiere. Sie kommen, sagt Nazaré zu mir, die mich fest an sich drückt, ich komme, ja, sage ich, und komme wie ein Wiederauferstandener.

74 Jahre, 5 Monate, 7 Tage — Dienstag, 17. März 1998

Beim Wiederlesen des gestrigen Eintrags frage ich mich, welche Rolle den Akkusativpronomen in erotischen Beschreibungen zukommt: ihre Zunge, die *mich* anhebt, ihre Lippen, die *mich* versenken, Nazaré, die *mich* aufnimmt … Das ist kein Ausdruck von Schamhaftigkeit (es handelt sich um meine Eier und meinen Schwanz, das sage ich hier unverblümt) und auch kein literarisierendes Stilmittel (bestenfalls ein Hinweis auf mein Unvermögen, was dies betrifft), nein, es ist nichts anderes als das Zeichen einer wiedergefundenen Identität. Da ist der Mensch – egal was er, wieder nüchtern, dazu sagt – ganz lebendig: *Mich,* das bin ich. Dasselbe gilt für die Metaphern, mit denen ich Nazarés Geschlecht beschreibe, Nazaré, *zu der* ich hineingehe, das *Herkunftshaus,* ich spreche hier von ihr, von ihrer Identität als Frau.

74 Jahre, 5 Monate, 9 Tage — Donnerstag, 19. März 1998

Die schwarze Haut von Nazaré – unauslotbare farbliche Tiefen, Braun-, Ocker-, Blau- und Rottöne; das ihr Geschlecht umrahmende violette Dunkelrot, das fleischige Rosa ihrer Zunge, das Roséblond ihrer Handflächen, ich weiß nie, welches Detail meinen Blick gerade entzückt, aus welchen Tiefen er aufsteigt; Nazarés nackten Körper zu betrachten bedeutet, in ihre Haut einzutauchen. Zum ersten Mal wird mir bewusst, dass meine Haut nur ein Oberflächengewand ist. Die glatte Haut von Nazaré mit den unsichtbaren, da eng aneinanderliegenden Poren – ein feuchter Kiesel, bei jedem Schritt von ihren Kleidern umtanzt. Die Brüste, der Hintern, der Bauch, die Schenkel, der Rücken von Nazaré, so fest, dass ihr Körper die Energie selbst zu sein scheint. Die Erotik von Nazaré: Als ich mich beklage, dass ich nicht jedes Mal wiederauferstehe (beileibe nicht!), bemerkt sie, Monsieur, Sie reduzieren das Geschlecht auf seine Funktion als ... Panasch. Worauf ein Festival der Umgebungsliebkosungen folgt, eine verschwenderische Fülle an nie da gewesenen Stellungen, denen Nazarés Orgasmen applaudieren. Nazarés Brüste – zwei Inseln auf der milchigen Oberfläche unseres Wannenbads: Darf ich Ihnen meine aufstrebenden Staaten vorstellen? Der Salz-und-Honig-Geschmack von Nazaré, ihr Ambraduft, das Raue ihrer Stimme, die Afroexplosion ihres Haars, in dem sich meine Finger verirren. Die Philosophie von Nazaré: Nicht schlecht, sage ich auf dem Höhepunkt der Ekstase. Sehr gut!, wollen Sie sagen, wendet sie ein, herrlich! Worauf sie mir erklärt, dass Litotes und Euphemismus, von uns Europäern als Nonplusultra der Bildung erachtet, unsere Fähigkeit zum Enthusiasmus mindern und unsere Wahrnehmungswerkzeuge verkümmern lassen, dass unser *Stil* die Oberhand gewonnen hat und wir daran zugrunde gehen. Der zärtliche Humor von Nazaré: Ach, Monsieuuuuur, in einem langen Einschlafseufzer; und ich begehre keinen anderen als diesen Spottnamen. Die Tränen von Nazaré bei meiner Abreise, ohne dass irgendetwas in ihrem Gesicht zuckte, stille Tränen, die über den Kiesel ihrer Wangen glitten. Das Loch, das dieser Schatz, den ich mit aller Macht an mich drückte, in meiner Brust zurückgelassen hat.

74 Jahre, 5 Monate, 15 Tage Mittwoch, 25. März 1998

Ich, der ich bei Madame R. derart stark auf die Gegensätzlichkeit unserer Gesichter reagierte (»Junge Birne, alte Birne«), der ich, während die Studentin mit den freien Brüsten mich verarztete, meine abgestorbene Sexualität feierte, der ich glaubte, mit der Operation sei die Erektion für immer vorbei, und der ich die Jahrzehnte nicht mehr zählte: ich bin beim Gedanken an Nazaré außerstande, unseren Altersunterschied mitzudenken. Wie sähe es aus, wenn eine moralische Instanz mich aus mir heraustreten ließe und mich zwänge, meinen alten an ihrem jungen Körper zu betrachten? Grotesker Anblick? Skandalös? Alter Schweinigel? Irgendein Wunder verhindert, dass ich diese Objektivierung vornehme. Sie glauben nicht an die Wiederauferstehung, hatte Nazaré geflüstert. Inzwischen hat sie stattgefunden. Was Wiederauferstandene empfinden, das weiß ich nun, es ist das Erscheinen des frohlockenden Körpers, ein Verschmelzen sämtlicher Alter.

74 Jahre, 5 Monate, 16 Tage Donnerstag, 26. März 1998

Das Sterben wird mir leichter fallen als Wiederauferstandener.

74 Jahre, 6 Monate, 2 Tage Sonntag, 12. April 1998

Nun ja, sagt Tijo in seinem Krankenhausbett, du hast in einem Greisenkörper begonnen, da ist es nur gerecht, wenn du in einem Jünglingskörper endest. Außerdem, fährt er mit einem Hustlachen fort, haben Tagungen schon immer mehr Betrogene als Wissenschaftler hervorgebracht! Wir lachen, er bekommt einen Erstickungsanfall, die Schwester, die mit seinen Medikamenten hereinkommt, liest ihm die Leviten. Sie *behandeln mich hier*, sagt er, als sie wieder gegangen ist.

75 Jahre, 1 Monat, 17 Tage Freitag, 27. November 1998

Tijo ist heute Abend gestorben. Er hat sich gestern von mir mit dem Verbot verabschiedet, ihn heute zu besuchen. Erschwere mir das Sterben nicht … Jedes Mal, wenn ich ihn besuchte, sah ich, wie die Krankheit voranschritt und die Behandlung ihre Verheerungen anrichtete; sie hatten aus diesem mediterranen, hageren und dunkelhäutigen Burschen ein weißliches Etwas gemacht, glatzköpfig, depigmentiert, ballonartig aufgebläht, mit Wurstfingern vom Wasser, das seine Nieren nicht mehr ausschieden. Während die meisten Sterbenden schrumpfen, war er für seinen Körper zu voluminös geworden. Aber weder die Krankheit (Lungenkrebs, der so ziemlich überallhin gestreut hatte) noch die Medizin und deren Lehrsätze (Wenn er nicht so viel getrunken und geraucht hätte, der Kerl!) konnten jenen scherzfreudigen Hochmut niederringen, der den Tod auf Abstand hielt und das Leben als das nahm, was es ist: nicht mehr als ein fesselnder Spaziergang. Bevor ich ging, winkte er mich zu sich heran und fragte mich, den Mund an meinem Ohr: Kennst du die Geschichte von dem Wildschwein, das seinen Wald nicht verlassen wollte? Seine Stimme war nur noch ein Hauch, aber sie transportierte unverändert den alten lachlustigen Fatalismus und einen – wie soll ich sagen? – prägnanten Sinn für sein Gegenüber.

es ist ein altes Wildschwein, weißt du. Eher deine Generation als meine, ein wirklich alter Keiler halt, mit ausgedörrten Eiern und abgenutzten Hauern. Die Jungen haben ihn aus dem Rudel verjagt, jetzt steht er ganz allein da im Wald wie ein Idiot und hört das Halligalli, das die Jungen mit seinen Weibchen veranstalten. Also sagt er sich, dass er den Wald verlassen sollte, sich woanders umtun. Nur, er ist unter diesen Bäumen auf die Welt gekommen, hat sein ganzes Leben dort verbracht. »Woanders« macht ihm Höllenangst. Aber zuzuhören, wie die jungen Bachen befriedigt grunzen, macht ihn fertig. Da entschließt er sich ganz plötzlich: Ich hau ab! Und schon galoppiert er mit gesenktem Kopf durch Gebüsch, Gestrüpp, Gesträuch, Gehölz und Geranke, bis er am Waldessaum steht. Und was sieht er da? Ein sonnenübergossenes Feld! Sattgrün! Ein phosphoreszierendes Wunder! Und mitten darauf, was sieht er da? Ein Gatter! Ein Gatter genauso breit wie lang! Und in dem Gatter, was steht da? Ein GIGANTISCHES Hausschwein. Dermaßen dick und fett, dass es übers Gatter hinausquillt, wie ein Soufflé über die Form, weißt du. Ein gigantisches, absolut rosiges und vollkommen borstenloses Mastschwein, ein Schinken bereits! Bestürzt ruft das alte Wildschwein zu dem Hausschwein hinüber.

»He du! Hör mal!«

Der Riesenschinken dreht ihm langsam den Kopf zu.

Der alte Keiler fragt ihn:

»Nicht zu hart … die Chemo?«

75 Jahre, 1 Monat, 28 Tage Dienstag, 8. Dezember 1998

Einige Tage vor Tijos Tod rief ich J.C. an, seinen »besten Freund«. (Tijo tickte in Freundschaftsdingen nach pubertären Kriterien.) Der beste Freund also sagte mir, er werde Tijo nicht im Krankenhaus besuchen, er wolle lieber das Bild seiner »unzerstörbaren Lebendigkeit« in Erinnerung behalten. Ekelhafte Gefühligkeit, die einen andern im Sterben alleinlässt. Ich hasse die Freunde im Geiste. Ich mag nur Freunde aus Fleisch und Blut.

75 Jahre, 9 Monate, 6 Tage Freitag, 16. Juli 1999

Gestern Tijos Asche über Le Briac verstreut. Er hatte es sich so gewünscht. Und zwar von der Buche herab, wo er sich als Kind eine Krähe aus dem Nest geholt hatte. (Grégoires Einfall.) Als ich meinen Enkel den Stamm hinaufklettern sah, der inzwischen bestimmt dreimal so dick ist, sah ich einen Augenblick lang mich, wie ich zu Tijo hinaufklettere. Es war der Gehäutete aus dem Larousse, der sich da Ast für Ast emporhievte. Doch mit Grazie, ohne dieses Steife, das mir sonst das *Willenstraining* verlieh und über das Tijo sich immer lustig machte. Der Wind ergriff seine Asche, die sich ballte, zerstreute, wieder zusammenballte, dann zur Schwinge wurde und zuletzt im Himmel zerstäubte. Tijo hat sich von uns verabschiedet als Springinsfeld.

Wurde nachts um zwei von meiner Blase geweckt. Meine Faulheit leistet Widerstand, bis ich von unten Lachen höre und aufstehe. Grégoire, Frédéric und die Zwillinge spielen das Gänsespiel. Fanny protestiert, weil eine Pechsträhne sie festnagelt, Frédéric lacht, weil eine doppelte Sechs ihn in Siegesnähe bringt. Achtung, er kommt!, ruft Grégoire und zeigt mit dem Finger auf mich. Alle werfen sich über das Spiel, als wollten sie es vor mir verstecken. Das ist ein Geheimnis, kreischt Marguerite, als wäre sie noch ein kleines Mädchen, du darfst das nicht sehen! Zuerst dachte ich, es handele sich um das *Entjungferungsgänsespiel,* das ich Grégoire in der Pubertät geschenkt hatte, aber es ist eine weitaus schlimmere Version: Er hatte während seiner Nachtschichten ein *Hypochondergänsespiel* entwickelt. Von einer grauenhaften zur nächsten horriblen Krankheit rücken die Spieler allmählich auf den Tod zu, das letzte Feld, das sie endlich von jeder Krankheitsfurcht befreit. Möchtest du mitspielen?, fragt Fanny. (Und ich bin voller Bewunderung für diese Frageform bei einem Mädchen ihrer Generation.) Ich bekomme drei Runden Vorsprung. Ich fange mir eine Multiple Sklerose, was mir das Recht gibt, noch einmal zu würfeln. (Denn das Prinzip des Spiels besteht darin, dass man umso weiter vorrückt, je moribunder man ist.) Morgen spielen wir die sieben Familien!, bestimmt Marguerite. Die sieben Familien sind zweiundvierzig Krankheiten, auf die man gerne verzichten würde. (Bei der Krebs-Familie wähle ich die Prostata, bei der Bett-Familie einen genitalen Herpes, bei der Mediziner-Familie Parkinson usw.) Nur ruhig Blut, keine Panik, sagt Grégoire lächelnd, das letzte Feld ist sowieso für alle dasselbe! Die – inzwischen großen – Kleinen scheinen das Spiel zu lieben.

75 Jahre, 11 Monate, 2 Tage Sonntag, 12. September 1999

Am Tag vor seinem Tod sagte Tijo, der mir zehn Jahre nachließ: Selbst altersmäßig habe ich dich jetzt überrundet! Älter ist, wer als Nächster in die Grube fährt.

Selber Tag, 17 Uhr

Ich schreibe das bei einem Tee. Seit der OP kein Kaffee mehr. Tee reinigt mich, habe ich den Eindruck. Eine Art innerer Dusche. Du trinkst einen und pisst drei, sagte Violette. Vielleicht werde ich eines Tages nur noch warmes Wasser trinken, wie Tante Huguette gegen Ende ihres Lebens.

76 Jahre, 2 Tage Dienstag, 12. Oktober 1999

Apropos Tante Huguette, die immer »Magenbrennen« hatte, und Mama, die »vom Sod geplagt« war: Sagt man heute noch so? Oder auch diese Frau, die alle fünf Minuten eine Dreiviertel-Körperdrehung machte, damit das Bismut ihre Innenwände ganz auskleide: In ihrer Umgebung lachte man darüber, dass sie sich als Fass sah. Aber in vielerlei Hinsicht sind wir kaum mehr als ein Gefäß. Mona bekommt ein Mittel gegen Osteoporose, das sie nüchtern mit einem Glas Wasser einnehmen muss. Danach muss sie *unter allen Umständen* eine halbe Stunde aufrecht stehen bleiben, sie darf sich keinesfalls wieder hinlegen, weil das Medikament ihre Speiseröhre zerfressen könnte wie Ätznatron. Gefäße. Also sind wir. Mehr nicht. Nebenbei, Bismut gilt heute als Gift und ist in der Medizin strengstens verboten.

77 Jahre, 2 Monate, 8 Tage		Montag, 18. Dezember 2000

Heute Nacht mit Schmerzen im Zeigefingergrundgelenk aufgewacht, als ob ich die ganze Nacht über auf eine Wand eingeboxt hätte. Es ist der Finger, den ich mir vor zehn Jahren im Garten von Madame P. umgeknickt hatte. Der Wucherer verlangt seine Zinsen.

77 Jahre, 6 Monate, 17 Tage		Freitag, 27. April 2001

Meine vom – mächtigen, doch ziemlich ergebnisarmen – Harndrang zerstückelten Nächte. *Miction impossible* (schöner Titel). Wie oft?, fragte früher der Beichtvater. Wie oft?, fragt heute mein Urologe. Ersterer drohte mir mit einem Haufen Vaterunser und Ave Marias, Letzterer droht mir mit einer neuerlichen Resektion des Prostatahalses. Nichts zu machen, da müssen Sie durch; davon werden Sie zwar nicht wieder zwanzig, aber Ihre Nächte länger. Stimmt, aber was wird aus diesen traumverlorenen Momenten, die ich, unproduktiver König, auf dem Thron hocke? In diesen nächtlichen Stunden, wenn mich der Harndrang weckt, stelle ich mir meine Blase nicht wie einen prallgefüllten Schlauch vor, sondern als versteinerten Seeigel, ein Kalkgehäuse, das ich mühsam entleere, indem ich, den kleinen Finger unterm aufgedrehten Wasserhahn, ohne Druck das Schleusentor öffne. Langsames Entleeren meiner selbst. Traurige Stange. Zum Trost kommen mir Bilder von einem alten, mitten in der Pampa alleingelassenen Esel, und der Esel rührt mich sanft. Oder ich denke an den Skandal um die Quelle, die Manès' Marseiller Nachbarn hatten versiegen lassen. Das helle Plätschern dieser Quelle wiegte mein Einschlafen und gehört zur Familie der beruhigenden Geräusche, wie Schritte auf Kiesel, Wind im Rebenlaub oder der Schleifstein von Manès … (Manès verbrachte die frühen Nachtstunden damit, sein Werkzeug mit Schleifstein und Amboss zu schärfen, die paarweise im Staccato auftretenden Ambossklänge – ting-ting, ting-ting – mochte ich auch.) Die Quelle der Marseiller also, die versiegte. Da von Moos überwuchert und vielleicht irgendwo oben am Hang auch verschlammt. Irgendwann war alles nur noch ein bräunliches, lautloses Gerinnsel, dann ein Tröpfeln, dann nichts mehr. Was Manès in Rage brachte. Der die Quelle womöglich selbst verstopft hatte.

78 Jahre — Mittwoch, 10. Oktober 2001

Lison, Grégoire und die Zwillinge haben uns einen DVD-Player und ein Dutzend Filme geschenkt, darunter meine Lieblingsfilme: *Wilde Erdbeeren* von Ingmar Bergman, *Ein Gespenst auf Freiersfüßen* von Mankiewicz, *Die Toten* von John Huston und auch *Babettes Fest*. Ach, *Babettes Fest*! Wer war noch gleich der Regisseur? Gabriel Axel!, souffliert mir Fanny. Nun, ein Hoch auf diesen Gabriel Axel! Seit langem hat mich kein Geschenk mehr derart gefreut. So sehr, dass ich mich fragte, weshalb ich es mir nicht längst selber gemacht hatte. Als Mona die Schachtel öffnete, blitzte mit dem Gerät meine Freude hervor. Ich ertappte mich dabei, wie ich mit kindlicher Ungeduld auf den Einbruch der Nacht wartete. Als wir schließlich ein altes weißes Laken auf der Wand ausspannten, packte mich dieselbe Erregung wie früher, wenn Violette auf dem runden Beistelltischchen im Wohnzimmer ihre Laterna magica aufbaute. Mona und die Kinder ließen mich den Film auswählen, und ich entschied mich für *Wilde Erdbeeren*, das Jubiläum von Professor Isak Borg. Überraschung, dass ich mich noch an seinen Namen erinnere! Eberhard Isak Borg, der sich mit seiner Schwiegertochter Marianne aufmacht, anlässlich seines Promotionsjubiläums in der Kathedrale von Lund die Ehrendoktorwürde entgegenzunehmen. Mit achtundsiebzig – mein Alter! Das hatte ich natürlich vergessen, denn ich war noch keine vierzig, als ich den Film zum ersten Mal sah. Achtundsiebzig also. Ich studierte natürlich eingehend sein Gesicht (das mir viel älter als meines vorkam), suchte nach Falten, die wir gemeinsam hatten, entdeckte an ihm gewisse meiner langsamen Gebärden oder auch dieses kaum angedeutete, altersabwesende Lächeln und ebenso die unvermittelten, von intakten Gelüsten hervorgetriebenen Vitalitätsausbrüche (etwa, wenn er mit dem Auto zur Jubiläumsfeier fährt, obwohl er sein Flugticket in der Tasche hat) oder die Heiterkeit, die die drei jungen Anhalter auf dem Rücksitz in ihm wachkitzeln – eine Heiterkeit, die sich vollkommen mit meiner Freude deckt, die Grégoires, Marguerites und Fannys turbulente Ferienbesuche, ihre Streiche, Streitereien und fröhlichen Versöhnungen in mir wachrufen …

Ich war von den Ereignissen auf der Leinwand ganz aufgesogen, als plötzlich etwas meine Aufmerksamkeit erregte, das nichts mit dem Film als solchem zu tun hatte, sondern mit dem Abspielgerät: ein schwarzes Gehäuse, in das man die DVD durch einen Schlitz einschiebt, worauf das Gerät sich um den Rest kümmert, die Projektion, den Ton, das Scharfstellen, die Kühlung des Motors etc. Der Kasten stand neben Monas und meinem Stuhl in der Mitte des Wohnzimmers und warf die Bilder auf die vier Meter vor uns aufgespannte Leinwand, große Schwarzweißbilder, mit den Jahren ein wenig verblasst, aber doch kontrastreich genug, dass mich nichts an meinen grauen Star erinnerte. Ich lauschte dem alten Isak und seiner Schwiegertochter Marianne bei einer trübseligen Auseinandersetzung (ein Konflikt zweier Temperamente und Generationen), als ich mich plötzlich fragte, wo ihre Stimmen herkamen. Mir schien, von der Leinwand, auf der die Personen agierten und sprachen. Aber das konnte nicht sein, denn der Ton kam ja aus dem DVD-Player, der sich neben mir auf dem niedrigen Wohnzimmertisch befand. Ich warf einen Blick auf das Gerät – Zweifel ausgeschlossen: Die Stimmen kamen aus diesem Plastikgehäuse, das fünfzig Zentimeter von meinem linken Ohr entfernt stand. Trotzdem, kaum richteten sich meine Augen wieder auf das Bettlaken, kehrten die Worte zu den Mündern zurück, die sie auszusprechen schienen! Perplex angesichts dieser visuell-akustischen Illusion, versuchte ich, nur dem Abspielgerät zu lauschen, während ich auf die Leinwand sah, aber nichts zu machen – die Stimmen kamen weiterhin aus den Mündern der schwedischen Schauspieler dort vorn auf dem Laken vier Meter vor uns. Diese Beobachtung versetzte mich in eine Art primitiver Ekstase, als wohnte ich dem Wunder der Allgegenwart bei. Schloss ich die Augen, wanderten die Stimmen in den Bauch des Geräts, öffnete ich sie, kehrten sie auf die Leinwand zurück.

Im Bett dachte ich lange über diese Entkoppelung von realer Tonquelle und vorn auf der Leinwand sprechenden Protagonisten nach. Ich war eben im Begriff, darin eine erhellende Metapher zu sehen, als ich einschlief. Heute Morgen beim Aufwachen ist nichts mehr davon übrig als der Eindruck … Während ich hier an diesem Tisch, an dem ich schreibe, die stille Chronik meines Körpers führe, scheint sein Sprechen von weit her zu kommen.

78 Jahre, 4 Monate, 3 Tage Mittwoch, 13. Februar 2002

Warum, fragt im 16. Jahrhundert Robert Burton in seiner *Anatomie der Melancholie*, die endlich ihre Übersetzer gefunden hat, steckt ein Mensch einen anderen mit Gähnen an? Burton bietet keine befriedigende Antwort (er schreibt diese Ansteckung den *Geistern* zu), doch seine Frage versetzte mich vierzig Jahre zurück, als ich bei besonders öden Arbeitssitzungen gegen die Langeweile amüsante physiologische Experimente anstellte: Ich brauchte bloß ein Gähnen vorzutäuschen, schon gähnte der ganze Tisch. Ich glaubte damals, eine Entdeckung gemacht zu haben, aber nein. Unsere physische Existenz vergeht mit dem Roden eines Urwalds, der Tausende und Abertausende Male vor uns gerodet worden ist. Bei Montaigne oder Burton ein Buch, aber wie viele nicht enthüllte Entdeckungen, wie viele nicht mitgeteilte Momente des Staunens, wie viele für sich behaltene Überraschungen? All diese Menschen, die in ihrem Schweigen allein bleiben!

78 Jahre, 6 Monate, 14 Tage Mittwoch, 24. April 2002

Am besten gestehe ich es mir unverblümt ein: Nach bestimmten reichhaltigen Mahlzeiten neigt der Hustenfurz dazu, sich in eine regelrechte Afteratmung zu verwandeln. Einatmung der Gase vier, fünf Schritte lang, Ausatmung im Verlauf der nächsten vier, fünf Schritte, mit pulmonaler Regelmäßigkeit. Diese Perlenkette ist nicht immer so lautlos, wie mein sozialer Status, mein natürlicher Anstand und meine Greisenwürde es wünschen ließen. Da ein kurzes Husten nicht mehr genügt, um die Geräuschkaskade zu überdecken, sehe ich mich in Begleitung anderer gezwungen, lange Sätze abzulassen, deren Enthusiasmus zur Aufgabe hat, diesen tristen Kontrapunkt zu kaschieren.

78 Jahre, 11 Monate, 29 Tage Mittwoch, 9. Oktober 2002

Grégoire, der zu meinem Geburtstag kommen wollte, ruft an, um mir zu sagen, dass er mit Windpocken im Bett liegt, die er sich im Krankenhaus eingefangen hat. Windpocken mit fünfundzwanzig, kannst du dir das vorstellen, Großvater? Dabei sagst du immer, ich sei meinem Alter voraus! Wenn du mich sehen könntest: ein Sieb! Ein hochbegabtes zwar, aber trotzdem ein Sieb. Seine Stimme ist nicht in Mitleidenschaft gezogen, höchstens ein bisschen belegt, und zum ersten Mal frage ich mich, ob meine Liebe zu diesem Jungen nicht von der beruhigenden Musikalität seiner Stimme herrührt! Schon als Kind, lang vor dem Stimmbruch, hatte Grégoire die besänftigendste Stimme, die es gibt. Haben wir ihn eigentlich je wütend erlebt?

79 Jahre Donnerstag, 10. Oktober 2002

Mein Herz, mein treues Herz. Weniger kräftig als früher, ja, aber doch sagenhaft treu! Letzte Nacht habe ich mich einer kindlichen Übung hingegeben, nämlich zu errechnen versucht, wie viel Mal mein Herz seit meiner Geburt geschlagen hat. Also: im Schnitt 72 Schläge pro Minute, multipliziert mit 60 Minuten pro Stunde, dies wiederum mit 24 Stunden pro Tag, dann mit 365 Tagen pro

Jahr und das Ganze noch einmal mit 79. Klappt natürlich nicht mehr, das Kopfrechnen. Folglich: Taschenrechner. Rund drei Milliarden Schläge! Ohne Berücksichtigung der Schaltjahre und der gefühlsbedingten Beschleunigungen! Ich legte meine Hand auf die Brust und fühlte mein Herz schlagen, ruhig, regelmäßig, die Schläge, die mir noch verbleiben. Alles Gute zum Geburtstag, mein Herz!

79 Jahre, 1 Monat, 2 Tage Dienstag, 12. November 2002

Unser Grégoire ist tot. Zwei Tage nach seinem letzten Anruf fiel er ins Koma. Frédéric vermutete zunächst eine Hirnhautentzündung als Folge der Windpockeninfektion, wovon man sich unter Umständen erholen kann, aber nein, es war eine viel schlimmere Sauerei, ein Reye-Syndrom. Es kam zu den Windpocken hinzu und verursachte eine akute Leberinsuffizienz. Frédéric meint, es könne durch die Einnahme von Aspirin ausgelöst worden sein, er hat welches in Grégoires Tasche gefunden. Vermutlich hat Grégoire mit dem Aspirin das Fieber senken wollen und nicht gewusst, dass das Medikament in sehr seltenen Fällen diese Nebenwirkung haben kann. Als Frédéric ihn auf der Intensivstation einlieferte, war es schon zu spät. Mona und ich kamen, so schnell wir konnten. Zuerst haben wir ihn gar nicht erkannt. Obwohl Sylvie und Frédéric da waren, ließ mich eine verrückte Hoffnung sekundenlang an einen Irrtum glauben. Dieser gelbwächserne Körper, der vom Haaransatz bis zu den Zehenspitzen von Pusteln gesprenkelt war, konnte nicht der meines Enkels sein. Ich musste an einen Film denken, in dem ein Ägyptologe vor dem Grabmal, das er geschändet hat, durch einen Fluch zur Mumie wird. Aber nein, es handelte sich um Grégoire da auf dem Krankenhausbett vor mir, es war mein Grégoire. Ich kniff die Augen zusammen, die veränderte Sehschärfe löschte den grässlichen Realismus der Pusteln, so dass ich meinen Grégoire wiederfand, dessen Körper immer eine unbegreifliche spielerische Anmut besaß, auch jetzt, hingestreckt in diesem gelben Nebel. Wenn Grégoire Tennis spielt, spielt er zuallererst, dass er spielt, er imitiert die Champions aus dem Fernsehen, und während sein Gegner sie wiederzuerkennen versucht, punktet Grégoire und gewinnt Runden. Schließlich reicht es seinem Gegner, der endlich mal ein bisschen mehr Ernst verlangt, verdammte Kacke, oder seinen Schläger hinwirft und den Platz verlässt, wie W. Junior vor drei Jahren. So zu spielen hatte ich ihm beigebracht – er war damals vielleicht zehn oder zwölf –, weil, sagte ich ihm, ich so in meiner Jugend Tennis gespielt hatte, dieses raffinierte Spiel, das dank Fernsehen zu einem Duell ausgesuchter Rüpel geworden ist. Ich wollte nicht, dass Grégoire den grotesken Sportlergebärden erlag. Verdammt, was habe ich diesen Jungen geliebt! Und wie sucht meine Feder vergebens, seinem Tod auszuweichen. Welche Ungerechtigkeit lässt uns einen Menschen dermaßen vor so vielen anderen bevorzugen? Besaß Grégoire wirklich all die Eigenschaften, die meine Liebe ihm zuschrieb? Zwei, drei Fehler müssten sich doch finden lassen bei genauerem Hinschauen? Um welche verabscheuungswürdige Manie herum hätte er sich verhärtet, würde er mein Alter erreicht haben? Auch die Besten müssen schließlich Dreckskerle werden! Ich schreibe allen möglichen Unsinn, um die Stille zu füllen, in die mich Monas stumme Trauer einsperrt. Woran denkt sie, Mona, die plötzlich der Hausfrauenfimmel gepackt hat? Sagt sie sich wie ich, dass Grégoire noch leben würde, wenn Bruno eingewilligt hätte, ihn uns in jenem Windpockensommer zu schicken – wenn er in diese natürliche Impfung eingewilligt hätte? Doch dafür brauchte man etwas Spielerisches, und Bruno hat sehr früh zu spielen aufgehört. Die Kinder waren nackt, sie ertrugen nicht einmal den Kontakt mit einem Hemdchen. Jammerte eines allzu sehr über das Jucken, bliesen alle anderen auf die Pusteln mit den durchsichtigen Köpfen und streichelten sie danach ganz vorsichtig. Ich glaube, Lison hatte dieses Spiel erfunden. Die Kinder verkörperten die acht venezianischen Winde, aber sie waren nur zu siebt, der achte fehlte, Grégoire, er wäre der große lachende Wind dieses Spiels gewesen und wäre heute am Leben! Bruno brauchte zwei Tage, um aus Australien zurückzukehren, gerade noch pünktlich zur Beerdigung, der Leichnam ließ sich nicht länger konservieren. Als ich ihn in die Arme schloss, spürte ich, dass er kräftiger geworden war. Fett in den Bizepsen. Zeitverschiebung und Trauer ließen seine Wangen schwer, sein Gesicht verschlossen aussehen. Er begrüßte Sylvie nicht, die sich gegen seinen Willen für eine kirchliche Beerdigung entschieden hatte. Familienbeklommenheit. Niemand redete viel. Nach der Zeremonie bei Lison zu Hause lagen sich die Zwillinge wortlos weinend in den Armen, Sylvie monologisierte über Nichtigkeiten, welch besorgte Mutter sie gewesen war und wie Grégoire sie damit aufzuziehen verstand – Erinnern Sie sich, Vater, auch Sie haben sich damals über mich lustig gemacht! –, kurze Sätze, die sie in den allgemeinen Kummer einstreute, Frédéric ein wenig abseits, entsetzlich präsent in seiner doppelten Einsamkeit als Homosexueller und halboffizieller Witwer, neben ihm Lison, aus Prinzip und aus Freundschaft, mir fiel auf, dass die beiden so gut wie gleichaltrig waren, anders gesagt, Frédéric hätte der Vater von Grégoire sein können, dessen Kumpel (alle seine Arztkollegen waren gekommen) über die Predigt des Pfarrers herzogen. Auch dazu dienen kirchliche Beerdigungen: dass Gläubige wie Ungläubige in ihrer jeweiligen Gewissheit bestärkt und die Pfeile ihres Kummers auf den Pfarrer umgelenkt werden und ein jeder sich zum autorisierten Kritiker wandelt, der im Namen des Toten spricht und das Porträt bewertet, das der Kirchenvertreter von ihm gezeichnet hat; und der Tote – Teil dieses theologischen Disputs und in den Augen der einen würdig gefeiert, in den Augen der anderen grob beleidigt –, der Tote ist schon ein bisschen weniger tot, wir stehen gleichsam am Anfang einer Wiederauferstehung. Nein, für die Stimmung gibt es nur Gott.

79 Jahre, 5 Monate, 6 Tage | Sonntag, 16. März 2003

Was Trauer dem Körper zumutet! In den drei Monaten nach Grégoires Tod habe ich den meinen allen erdenklichen Gefahren ausgesetzt. Ich habe mir in der Métro eins auf die Schnauze geben lassen (Mona hatte eine Zeitlang in Paris bleiben wollen, um ab und an mit Marguerite und Fanny zusammen zu sein); auf dem Boulevard Saint-Marcel hätte ich mich beinah von einem Auto überfahren lassen, das, als es mir auswich, eine Mülltonne umnietete; wieder in Mérac, erwischte ich zwei Fässer so, dass sie mich in den Graben der Jarretière katapultierten – schrottreifes Auto, gespaltene Augenbraue; und schließlich stürzte ich eines Nachmittags beim Pilzesammeln auf den Abhängen von Le Briac und rutschte bis auf die Route nationale, über die in beiden Richtungen der Verkehr donnerte. Wenn du dich ernsthaft umbringen willst, sagte Mona zu mir, dann gib mir Bescheid, damit wir es gemeinsam machen oder ich verreisen kann. Aber in dieser Folge von brenzligen Situationen lag nichts Suizidales, nur eine falsche Einschätzung der Wirklichkeit, als hätte ich jedes Gespür für Gefahren, jede Angst und im Übrigen auch jeden eindeutigen Wunsch verloren, als hätte mein Bewusstsein meinen Körper den Zufällen des Lebens anheimgegeben. Mein Körper nahm, was ich tat, gedankenlos – und im Übrigen erstaunlich zäh, ja beinah unverletzbar – hin. Ich trat aus unserem Haus und ließ meinen Körper den Boulevard überqueren, ohne nach links und rechts zu schauen, und als der Fahrer mörderisch in die Eisen stieg und von der Spur abkam und die Mülltonne überrollte, da setzte mein Körper seinen Weg fort, ohne dass mein Geist in Wallung geriet. In der Métro schnickte meine Hand die Hand des jungen Betrunkenen, der meine Sitznachbarin belästigte, mit mechanischer Geste fort, ohne dass ich die Fahne an ihm gerochen hätte, geschweige denn bemerkt, dass seine Haltung der jungen Frau gegenüber nicht sonderlich aggressiv, ja eher ungeschickt zärtlich war, meine Hand schnickte die seine fort wie eine Fliege, die man verscheucht, leichthin, und nur flüchtig nahm meine Schläfe wahr, dass sie von der Faust des Burschen getroffen wurde, nur flüchtig registrierten meine Augen, dass sie ihre Brille verloren hatten, die meine Sitznachbarin aufhob, sobald mein Angreifer gebändigt war, und mir zurückgab, Ihre Brille, Monsieur, sie war runtergefallen. Genauso wenig erlebte ich mich am Steuer eines Autos, als ich auf der Straße an der Jarretière in meiner Jacke auf dem Rücksitz nach dem Einkaufszettel suchte, ich hatte schlicht und einfach vergessen, dass ich einen Wagen lenkte, ich hatte mich umgedreht und suchte nach dem Zettel in meinem nunmehr führerlosen Fahrzeug, das logischerweise im Graben landete. Ich kann mich nicht entsinnen, während all dieser Ereignisse auch nur ansatzweise Angst verspürt zu haben, nicht einmal, als ich an jenem Pilzenachmittag meinen Körper auf die Route nationale rollen und meinen gebrochenen Arm, den linken, unabhängig von meinem Ellbogen durch die Luft schlenkern sah, weder Überraschung noch Angst noch Schmerz, eher ein Zustand des bloßen Konstatierens, das stößt mir also zu, schön, schön, als ob das Leben meinem trauernden Gehirn nicht mehr den geringsten Sinn zu bieten habe, als hätte Grégoires Fehlen alle Geschehnisse in Mitleidenschaft gezogen, sie von jeder Hierarchie befreit und ihnen jegliche Bedeutung genommen, als wäre Grégoire das Vernunftprinzip einer jeden Sache gewesen und hätte das Leben nach seinem Weggang wortwörtlich seinen Sinn verloren, so dass mein Körper allein in ihm strandete, ohne Unterstützung meiner Urteilskraft.

Venedig, schlug Mona vor, lass uns nach Venedig fahren, das bringt uns auf andere Gedanken.

79 Jahre, 5 Monate, 17 Tage — Donnerstag, 27. März 2003

Venedig. Ein Junge, der sich von seiner Mutter losgerissen hat, pflanzt sich vor mir auf und erklärt mit stolz erhobenem Kinn: Ich bin viereinhalb Jahre alt! Später am Nachmittag auf einem Empfang in der Alliance Française sagt eine alte Wohltäterin der Kultureinrichtung: Wissen Sie, ich bin immerhin zweiundneunzig Jahre alt! Ab wann hört man auf, sein Alter zu nennen? Ab wann nennt man es wieder? Ich für meinen Teil sage nie genau, wie alt ich bin, sondern lasse solche Formulierungen fallen wie »jetzt, da ich ein älterer Herr bin«, Formulierungen, die ich nicht unterdrücken kann, die aber, kaum habe ich sie – mit losgelöstem Lächeln – ausgesprochen,

Wut und Scham in mir aufsteigen lassen. Was bezwecke ich damit? Bedauert zu werden – ich bin nicht mehr der, der ich einmal war? Bewundert zu werden – ich bin doch jung geblieben, was? Oder mich als weisen Alten zu präsentieren, indem ich mein Gegenüber auf seine Unerfahrenheit stoße – was dies betrifft, da weiß ich nun wirklich mehr als Sie? Wie auch immer, dieses Gejammer (denn es ist ein Gejammer, Himmel noch mal!) verbreitet ein Odeur altersbanger Inkontinenz. Ich reiße mich von meiner Mutter los, um mich mit stolz erhobenem Kinn vor einem stabilen Vierzigjährigen aufzupflanzen: »Ich bin neunundsiebzigeinhalb Jahre alt!«

79 Jahre, 5 Monate, 20 Tage — Sonntag, 30. März 2003

Diese beiden Alten (er mit Gipsarm), die ihren Jugendgefühlen hinterherrennen, indem sie tun, als seien sie blind, sind die Großeltern eines Toten, der dieses Spiel gemocht hätte. Schauen Sie nur, wie sie in dieser Wasserstadt umherlaufen und lachen wie vor fünfzig Jahren, als sie ihre junge Liebe feierten. Sie sind um tausend Jahre gealtert.

79 Jahre, 5 Monate, 25 Tage — Freitag, 4. April 2003

Acqua alta. Steigende Flut der Tränen. Bis zu den Oberschenkeln in Siebenmeilenstiefeln, laufen Mona und ich durch den Stoff unseres Kummers. Mitunter wird ein Haus dank einer Pumpe sein Wasser los – Sturzbach einer Kuh auf der Weide.

79 Jahre, 5 Monate, 29 Tage Dienstag, 8. April 2003

Aber nein, es geht uns hier gut, Mona und mir, wir sind glücklich, wir nutzen schamlos unser animalisches Vergnügen an der Zweisamkeit aus, die uns schon immer in allem getröstet hat! Wir pilgern zu den verborgenen Plätzen, wo wir als junges Paar kopulierten, und die Erinnerung an Grégoire drängt sich nicht hinein. Sein Tod liegt so tief unter Monas Gesicht verborgen, dass kein einziger Zug ihren Kummer ausdrückt. Was mich betrifft, so streife ich durch die Docks, über die Brücken und Plätze wie ein alter schnüffelnder Köter.

79 Jahre, 6 Monate Donnerstag, 10. April 2003

Leider muss man seinem morgendlichen Erwachen vertrauen. Meine zugeschnürte Kehle sagt mir: Grégoire ist tot. Grégoire ist nicht mehr, während ich mich ins Bleiben verbeiße. Grégoire ist nicht gegangen, Grégoire ist nicht von uns gegangen, Grégoire ist nicht *dahingegangen*, Grégoire ist tot. Es gibt kein anderes Wort.

79 Jahre, 6 Monate, 3 Tage Sonntag, 13. April 2003

Pasta, Risotto, Polenta, Kürbissuppe, Minestrone, Spinat, Antipasti mit Meeresfrüchten oder vegetarisch, Schinken dünner geschnitten als Seidenpapier, Mozarella, Gorgonzola, Panna cotta, Tiramisu, Eis – die Italiener essen Weiches. Die Folge: Ich kacke weich. Nach Venedig, ihr Alten, werft eure dritten Zähne in den Canale Grande, ihr seid am Ziel!

Für alles, was weich ist, egal in welcher Form – ob psychologisch, emotional, taktil, akustisch oder kulinarisch –, verwenden die Italiener den Begriff *morbido*. Man kann sich keinen krasseren falschen Freund vorstellen angesichts der morbiden Verfassung, in der ich allmorgendlich aufwache!

9

DIE AGONIE
(2010)

Wenn man lebenslang das Journal
seines Körpers geführt hat,
kann man um die Agonie keinen Bogen machen.

Liebe Lison,

diesmal fehlen in meinem Journal, wie Du siehst, sieben Jahre. Nach Grégoires Tod hatte ich jedes Interesse an der Beobachtung meines Körpers verloren. Mein Herz war mit anderem beschäftigt. Meine Toten fehlten mir, allesamt! Eigentlich, sagte ich mir, habe ich mich nie von Papas, nie von Violettes, nie von Tijos Tod erholt, und ich werde mich auch nicht von Grégoires Tod erholen. Mit der Trauer als einzigem Lebensinhalt entwickelte ich einen einsamen und cholerischen Kummer. Es ist gar nicht leicht, zu sagen, was diejenigen, die wir geliebt haben, mit ihrem Tod uns fortnehmen. Natürlich emotionale Nestwärme, natürlich verlässliche Zuneigung, natürlich herrliche Komplizenschaft, der Tod beraubt uns einer Wechselseitigkeit, das stimmt, aber unser Gedächtnis kompensiert um jeden Preis. (Ich erinnere mich, dass Papa manchmal flüsterte … Um mich zu trösten, sagte Violette immer … Wenn Tijo eine Geschichte erzählte … Als wir im Internat waren, hat Étienne … Wenn Grégoire lachte …) Zu Lebzeiten ihres Körpers weben unsere Toten den Stoff unserer Erinnerungen, aber diese Erinnerungen genügten mir nicht:

Mir fehlte ihr Körper! Was ich verloren hatte, war die Körperlichkeit ihres Körpers, dieses Andere, das nicht ich bin! Diese Körper bevölkerten nicht mehr meine Umgebung. Meine Toten waren fortgeschaffte Möbel, die einst die Harmonie meines Hauses ausgemacht hatten. Wie fehlte mir mit einem Mal ihre physische Gegenwart! Und wie sehr fehlte ich mir selber in ihrem Nicht-da-Sein! Es fehlte mir, sie zu sehen, zu riechen, zu hören, hier, jetzt! Mir fehlte Violettes pfeffriger Schweißgeruch. Mir fehlte Tijos heisere Stimme. Mir fehlte Papas nahezu inexistenter Atem, und mir fehlte Grégoires fröhliche körperliche Evidenz. In klaren Momenten fragte ich mich, von welchem Körper ich sprach. Von welchem Körper sprichst du eigentlich, Himmel noch mal? Tijo war eine Spinne von fünf Jahren mit schriller Stimme, später erst der spottfreudige, massive, dunkelhäutige Kumpel mit tabakrauchigem Organ, von welchem Tijo redest du also? Grégoire – ein wuchtiger Brocken in seiner abendlichen Badewanne, später erst gewann er diese zarten Muskeln und die Anmut seiner Gesten! Dennoch waren es aber ganz eindeutig die Körper, die mir fehlten, der von Grégoire oder von Tijo oder von Violette, ihre physische Gegenwart! Der Körper von Papa, diese knochige Hand, diese Ecke, die seine Wange war. Meine Toten hatten einen Körper besessen, nun besaßen sie keinen mehr, darum ging es, und diese einzigartigen Körper fehlten mir entsetzlich. Und das, obwohl ich sie zu ihren Lebzeiten so selten berührt hatte! Obwohl ich dafür bekannt war, eher wenig zärtlich, nicht gerade ein physischer Mensch zu sein! Dennoch verlangte mich jetzt nach ihren Körpern!

Es folgten Anfälle sanften Irreseins, Momente, in denen ich zu ihrem Phantom wurde. Zum Beispiel verkörperten *die Hand, die ich nach der Zuckerdose ausstreckte, und die beiden Finger, die ich hineintauchte, exakt die Geste, mit der Grégoire sich einen Würfel Zucker nahm, haargenau jene Geste, mit der er zwischen Zeige- und Mittelfinger – nie setzte er den Daumen ein – einen Würfel für seinen Kaffee hervorklaubte (hast du dieses Detail bemerkt?). Mir blieben nichts als diese kurzen Anfälle des Besessenseins: für einen Sekundenbruchteil Grégoire zu sein, der Zucker für seinen Kaffee nimmt, Tijo, der lacht, Violette, die über die Kiesel auf mich zukippelt. Aber um wie vieles lieber hätte ich diese Geste gesehen! Und dieses Lachen gehört! Und Violette einmal mehr den Klappstuhl entzogen! Himmel, wie mir das Zusammensein mit diesen Toten fehlte und wie gut ich jetzt dieses Wort begriff: Zusammensein!*

Ich trieb Monate auf diesen Wogen des Kummers. Deine Mutter, die sich noch einsamer fühlen musste, konnte nichts daran ändern. Wenn ich mich nicht vernachlässigte, so nur aus Gewohnheit. Automatismus des Duschens, Rasierens, Anziehens. Aber ich tat es nicht mehr für irgendwen, war abwesend und schlecht gelaunt. Zuletzt war es nicht mehr zu übersehen. Du warst beunruhigt. Papa vergreist, er hat senile Wutanfälle! Grégoires Tod hat ihn völlig aus der Bahn geworfen. Du hast Mona angefleht, mich nach Paris zurückzubringen. Ihret- und meinetwegen. Fanny und Marguerite setzten sich in den Kopf, mich auf andere Gedanken zu bringen, und schleppten mich ins Kino. Sag nicht, dass du bei Bergman stehengeblieben bist, Großvater?! Du darfst nicht als Idiot sterben! The Hours, hast du The Hours von Stephen Deldry gesehen? Keine Sorge, das ist etwas für dein Alter, es geht um Virginia Woolf! Mona riet mir, auf die beiden zu hören. Großer Bedarf an Jugend, lautete ihre

Diagnose. Warum nicht? Ich habe sie gern, deine Zwillinge, Lison. Marguerite unter deiner roten Mähne und Fanny mit ihrer schmalen Nase zwischen deinen gerunzelten Brauen. Zwei Frauen inzwischen. Jung und Frauen und blendend schön. Und lebendig! Wenn ein Junge sie in der Métro anmachte, stellten sie sich deppert: Geht nicht, wir haben Opa dabei! Er passt auf uns auf! Stimmts Opa, du passt auf uns auf? Er geht mit uns ins Kino! Mit beängstigend kreischiger Stimme und im perfekten Ensemblespiel. Zwei Schönheiten von fünfundzwanzig Jahren! Meine Rolle bestand darin, trist nickend ihnen beizupflichten. Der Coup gelang immer, bei der nächsten Station stieg der Junge aus. Die Zwillinge bewiesen einen langen Atem: zwei, drei Filme pro Woche. Trotzdem musste ich diese Kinobesuche einstellen. Ich ließ mich von den Bildern erobern. Das Nachsehen hatten meine Toten. Die Schauspieler stahlen mir meine Phantome. Nach The Hours*, um bei diesem Film zu bleiben, war ich von Ed Harris' ausgemergeltem Körper besessen. Und kein Eckchen mehr frei für Grégoires Körper. Ich sah nur noch Ed Harris vor mir, seinen skrofulösen Oberkörper, seine flackernden Augen und sein undefinierbares Lächeln, als er sich aus dem Fenster stürzt, um endlich Schluss zu machen mit diesem Leben, das sich an ihn klammert. Ich war von einem Bild besessen!* The Hours *war der letzte Film, in den ich mitging. Die Zwillinge täuschten sich über die Gründe. Ich hörte, wie sie stritten: Du bist wirklich zu bescheuert, ich habs dir doch gesagt, diese Geschichte mit diesem von der Krankheit gelben Schwulen musste ihn ja an Grégoire erinnern!*

In den darauffolgenden Monaten schleppte ich meine Toten in den Jardin du Luxembourg. Ich setzte mich auf einen dieser schrägen Stühle, die nur dazu entworfen wurden, dass die Alten sich nicht wieder davon erheben. Ich ließ meinen Blick über den Zeitungsrand hinweg zwischen den Spaziergängern umherwandern, die mir nichts bedeuteten. Kein Zuckerschlecken, die Altersgleichgültigkeit, sag ich dir! Den jungen Parkbesuchern hätte ich am liebsten zugerufen: Kinder, ihr interessiert mich nicht die Bohne mit eurem penetranten Hier-und-jetzt-Leben! Und diese Mütter da mit den Kinderwagen – einen feuchten Kehricht! Und der Inhalt des Kinderwagens ist mir ebenso egal wie der des Artikels hier, der mich wieder einmal angeblich darüber aufklärt, wohin die Menschheit driftet. Ist mir schnuppe, die Menschheit, aber sowas von schnuppe, wenn ihr wüsstet! Ich bin das Epizentrum ihrer zyklonhaften Gleichgültigkeit!

Dies war der Stand meines dem Gedenken verschriebenen Daseins, als eines Frühlingsnachmittags (warum diese Präzisierung, mir waren die Jahreszeiten so wurst wie der Rest) die Gegenwart wieder in mein Leben einbrach. Und mich mir selber zurückgab! Von einer Sekunde auf die nächste! Wiederauferstanden! Adieu, ihr Toten. So leben wir: ein Untergehen und Wiederauferstehen im Wechsel. Genauso werdet ihr, die Zwillinge und du, euch von meinem Tod erholen. An jenem Nachmittag also im Jardin du Luxembourg auf einem dieser unmöglichen Stühle, vor meiner wie stets aufgeschlagenen Le Monde (Vorsicht, Lison, dieser tägliche Kauf der Zeitung, die man nicht liest, ist ein Vorzeichen für Senilität). Plötzlich blieb mein Blick an einer Spaziergängerin hängen, die ich sofort wiedererkannte. Unvermittelte Gegenwart meiner Vergangenheit! Eine Frau meines Alters mit schwerem, doch entschiede-

nem Gang und einem Kopf, der zwischen den Schultern hockte. Ein Block von Frau, die verdammt solide auf ihren beiden Beinen ging! Diese Art von Frau, die nichts aufhalten kann. Die Silhouette war mir mehr als vertraut. Sie stammte von gestern. Auch wenn ich sie nur von hinten sah, rief ich ihren Namen:
»Fanche!«
Sie drehte sich um, sah mich, Zigarette im Mund, ohne Überraschung an und fragte:
»Was macht dein Ellbogen, mein Knaller?«
Fanche, meine Schwester aus dem Krieg! Hier vor mir, unverändert, trotz der ganzen Ewigkeit. Langsamer, aber unverändert! Von doppeltem Volumen, aber unverändert! Ihre Stimme rauchertief, aber unverändert! Fanche in meinen Augen unverändert. Und von mir im Moment ihres Auftauchens wiedererkannt, trotz meines verfluchten Gedächtnisses. Ich fragte mich, wann ich sie zum letzten Mal gesehen hatte. Auf der Beerdigung von Manès wohl. Vor achtundvierzig Jahren! Und nun stand sie vor mir, urplötzlich, ganz die Alte. Fanche oder die Kontinuität! Sie beugte sich über meine Zeitung mit der Frage, was ich da gerade lese. Und brüllte schon den Titel: Landwirtschaft ohne Bauern! Zwei, drei Spaziergänger drehten sich um. Sie war sofort in Fahrt. Sie zeterte aus vollem Halse. All die Kleinbauern, die eine Überlebenswirtschaft betreiben und überall auf der Welt von den Agrarinvestoren in die Slums vertrieben werden und die sich massenweise umbringen, kannst du dir das vorstellen, mein Knaller! In Afrika, Indien, Lateinamerika, in Südostasien, sogar in Australien! Ja, sogar in Australien! Und mit dem Segen der Regierungen, überall! Eine Erde ohne Landwirte! Sie kannte das Dossier in- und auswendig, listete

die Abkürzungen sämtlicher agro-anthropophagen Firmen auf, darunter auch ein riesiges französisches Konsortium, dessen Verwaltungsrat ihr vollständig bekannt war. Schon brüllte sie die Namen Mann für Mann, auch den eines Senators, der ihn gehört haben muss durch sein offenes Bürofenster im Palais du Luxembourg. Dich erschüttert das auch, mein Knaller? Recht so, da erkenne ich dich wieder! Ich habe dich gelesen, weißt du, und dich gehört! Es folgte die Aufzählung meiner Vorträge – aller! – und der meisten meiner Artikel und Interviews. Ich verfolge dich schon immer, aus der Ferne auf Schritt und Tritt, wenn du verstehst, was ich meine. Was du sagst, ist richtig, weißt du! Ich bin fast immer einer Meinung mit dir! Sie führte meine Stellungnahmen zu dieser oder jener Sache an, rare Ausbrüche meiner Fähigkeit, mich zu empören, die sie für Dauerwachsamkeit hielt. Ich wusste gar nicht, dass du dich auch für Bioethik interessierst. Was du über die Rechte der Frauen im Kontext der Leihmutterschaften gesagt hast, hat mich tief berührt! Überrascht und tief berührt! Ihr Blick strahlte, sie sah mich an, als hätte ich zeit meines Lebens der Verweigerung von Rechten, wo immer sie herrschte, den Kampf angesagt. Ich konnte noch so sehr beteuern, dass sie meine Verdienste übertrieb, dass ich schon damals in unserer Jugend nur ein Zufalls-Résistance-Kämpfer gewesen war, dass ich seit Jahren nirgendwo mehr in Erscheinung trat, dass meine Fähigkeit zur Revolte abgestumpft und ich ganz der Trauer hingegeben war, sie trug dem keine Rechnung, ging darüber hinweg, als habe sie es nicht einmal gehört, sie benannte stattdessen einige Skandale, die dringend von uns angeprangert werden mussten. Nicht im Namen der guten alten Zeit, mein Knaller, sondern wie in der guten alten

Zeit, im Widerstand, als wir das Recht jedes Einzelnen, seine Familie zu ernähren, zum Grundrecht erklärten! Denn dieses Recht, genau dieses Recht, ist heute mehr denn je bedroht! Sie sprach pathetisch auf mich ein, ich hörte ihr zu, ich spürte, dass ich nachgeben würde, ihr strahlender Blick brachte Licht in mein Hirn! Kurz, wie du weißt, Lison, ich habe nachgegeben. Ich stand wie ein junger Mann auf, riss mich von diesem verdammten Parkstuhl los und folgte ihr. Sie hatte die Schleusen für einen Zustrom neuer Hoffnungen geöffnet. Wir werden mächtig auf die Pauke hauen, Kumpel! Und das wird gehört werden, glaub mir! Vor allem von den jungen Leuten! Die Jungen brauchen Alte, die etwas zu erzählen haben! Ihre Eltern inspirieren sie nicht. Sie suchen nach den Großen Alten. Ein Grund mehr, das Wort nicht den alten Drecksäcken zu überlassen.

Ich folgte ihr. Ich stellte ihr mein Material zur Verfügung, hielt ihre Dossiers auf dem neuesten Stand, verfeinerte ihre Untersuchungen, trug ihre Tasche und sorgte mich all diese Jahre hindurch mehr um ihren als um meinen Körper. In unserer Epoche, da die Lebenshygiene die einzige Hymne ist und das Vorsichtsprinzip die einzige Fahne, die über unseren Köpfen weht, rauchte Fanche wie ein Schlot, trank wie ein Kutscher, schlang irgendwo irgendetwas herunter und arbeitete, bis ihr der Kopf vornüber auf die Tischplatte fiel; ich sagte ihr, Vorsicht Fanche, mach langsamer, wenn du diesen Rhythmus beibehältst, wirst du keine hundert. Ach was, mein Knaller, am Ende muss man auf die Tube drücken, gerade dann, wenn das Gefälle am stärksten ist, anfangs piano piano, ja, anfangs heißt es nachdenken, klar, aber am Ende volles Karacho, ohne Rücksicht auf unsere Knochen, ganz nach dem Beschleunigungs-

prinzip, darin liegt der Clou, wir sind keine Projektile, die weich aufschlagen, wir sind Bewusstseinskugeln, die den immer steiler werdenden Abhang des Lebens hinunterschießen. Und ob unsere Knochen mitkommen oder nicht, das ist ihre Sache.
Wir haben also unsere Knochen sich selber überlassen, um uns der Gesundheit der Welt anzunehmen. Du weißt, wie es weiterging, mein Liebling: Vorträge, Tagungen, Kolumnen, Meetings, Schulen, Flugzeug, Zug, unversiegbarer Redestrom zweier alter Käuze mit langem Gedächtnis und wachem Gewissen. Ich, der Mann der Dossiers (keinerlei Erinnerungslücke mehr!), Fanche, die Frau der Debatten. Unerhört, wie gefragt sie war! Unsere Gegner spekulierten mit unserem nahen Ende. Diese Methusaleme werden uns doch nicht ewig auf den Sack gehen! Ich sehs Ihnen an: Sie hoffen, dass ich sterbe, ehe ich Ihnen antworten kann, sagte Fanche denen, die unvorsichtig genug waren, das Duell mit ihr zu suchen. Sie brachte die Lacher und Denker auf ihre Seite. Die Choleriker hielten sie für extrem cholerisch, die Sanguiniker sahen in ihr eine Sanguinikerin. Ich übte indes mit ihr, weniger zu schreien, weil es ihren Worten Abbruch tat. Sie zeterte aus Temperaments-, aber auch aus Taubheitsgründen. Gegen letztere anzugehen war leichter. Mona und ich bestückten ihre Ohren mit den entsprechenden kleinen Geräten, die Fanches Hörvermögen und damit ihre Durchschlagskraft steigerten, bekam sie doch fortan mit, was ihre Widersacher tuschelten, unmöglich, noch länger hinter ihrem Rücken zu reden. Sie riss eine ganze Generation mit. Die Zwillinge, die sich um unsere Logistik kümmerten, warfen mir vor, ihnen diese kämpferische Großtante vorenthalten zu haben. Unterdessen brachte deine Marguerite

den kleinen Stefano zur Welt, und Fanny schenkte ihm – ich schätze, ein Zwillingseffekt – den kleinen Louis als Zwillingscousin, meine Urenkel also, und du, logischerweise, Großmutter, und Mona Urgroßmutter! Da eins das andere kompensiert, gesellten sich meiner Liste weitere Tote hinzu, darunter zuletzt Fanche selbst, die sich vor drei Wochen im Hôpital de la Pitié-Salpêtrière von uns verabschiedet hat.
Ihre letzten Worte: Zieh nicht so ein Gesicht, mein Knaller, du weißt doch, dass wir am Ende alle bei der Mehrheit landen.

*

86 Jahre, 2 Monate, 28 Tage Donnerstag, 7. Januar 2010

Seit Grégoires Tod dieses Journal nicht mehr aufgeschlagen. Sieben Jahre also. Mein Körper ist mir so gleichgültig geworden wie in meiner frühen Kindheit, als mir die Nachahmung von Papa als Verkörperung genügte. Die Überraschungen meines Körpers verblüffen mich nicht mehr. Die kürzer werdenden Schritte, der Schwindel, wenn ich aufstehe, das sich versteifende Knie, die platzende Ader, neuerlich gehobelte Prostata, die krächzige Stimme, der operierte graue Star, die Phosphene, die zum Tinnitus hinzukommen, das im Mundwinkel getrocknete Eigelb, die zunehmende Schwierigkeit beim Anziehen der Hosen, der Hosenschlitz, den zuzumachen ich vergesse, plötzliche Müdigkeitsanfälle, die häufigeren Nickerchen – alles Routine inzwischen. Mein Körper und ich – zwei bis zum Ende des Mietvertrags gleichgültig nebeneinanderher lebende WG-Bewohner. Niemand räumt mehr die Bude auf, und das ist gut so. Trotzdem sagen mir die Ergebnisse der jüngsten Blutuntersuchung, dass es Zeit ist, ein letztes Mal zur Feder zu greifen. Wenn man lebenslang das Journal seines Körpers geführt hat, kann man um die Agonie keinen Bogen machen.

86 Jahre, 2 Monate, 29 Tage Freitag, 8. Januar 2010

Seit Frédéric halbjährlich mein Blutbild kontrolliert, hat das Öffnen des Laborumschlags viel von seiner Spannung eingebüßt. Frédéric prüft die Ergebnisse, dann stellen wir gemeinsam fest, dass dieser oder jener Wert meinem Alter entsprechend sich in vertretbarem Maße am oberen Rand der Norm bewegt. Sie geben einen ganz vorzeigbaren alten Knacker ab! Vorgestern aber hat mich ein Wert stutzig gemacht: Ist dieser Abfall an roten Blutkörperchen nicht ein bisschen …? Völlig bedeutungslos, schnitt Frédéric mir das Wort ab, ein kleines Down, Sie haben die Konstitution eines Vierzigjährigen, der gestern etwas über die Stränge geschlagen hat. Ihre Freundin Fanche hat Sie erschöpft, ein Stimmungstief nach ihrem Tod, mehr nicht. Und jetzt ab durch die Mitte, aber schnell, ich will Sie erst in einem halben Jahr wiedersehen, es sei denn, Mona möchte mir etwas kochen, versteht sich.

So gestalten sich meine Beziehungen zu Grégoires verwaistem Geliebten. Mona lädt ihn in der Tat ab und an zum Essen ein. Sein rabiater Humor gefällt ihr nicht schlecht. Als sie ihn fragte, warum so viele Heterosexuelle das Ufer wechseln, während der umgekehrte Fall eher die Ausnahme ist, antwortete er gelassen: Wozu weiter in der Hölle leben, wenn man ins Paradies gelangen kann?

86 Jahre, 5 Monate, 8 Tage Donnerstag, 18. März 2010

Vollkommen abgeschlagen. Auf dem Weg ins Bett habe ich unsere Treppe wie ein Felsmassiv in Angriff genommen. Warum haben wir unser Schlafzimmer so weit oben angesiedelt? Seit ein paar Tagen ist es meine rechte Hand, die mich auf den Gipfel hinaufwuchtet. Innerlich »hauruck« murmelnd, ziehe ich Stufe für Stufe das Geländer zu mir heran. Ein Fischernetz. Ich hieve mich hinauf an Bord. Jeden Abend ein wenig schwerer. Guter Fang. Keine Pause vor allem, von unten schauen mir Augen hinterher. Die Kinder nicht beunruhigen. Sie haben mich immer leichten Fußes diese Treppe hinaufsteigen sehen. Wenn ich oben und außer Sichtweite bin, lehne ich mich an die Wand, um zu verschnaufen. Das Blut pocht mir in den Schläfen, in der Brust, bis hinunter zu den Fußsohlen. Ich bin nur noch ein Herz.

86 Jahre, 8 Monate, 22 Tage Freitag, 2. Juli 2010

Anscheinend hatte ich Recht, wir hätten den Abfall der roten Blutkörperchen ernster nehmen sollen. Das lese ich in Frédérics Augen, als er die neuen Ergebnisse geprüft hat. Fühlen Sie sich in letzter Zeit besonders müde? Außer Atem, vor allem auf unserer Treppe. Kein Wunder, Ihr Hämoglobin ist auf 9,8 gesunken. Bluten Sie manchmal? Nicht, dass ich wüsste. Kein Nasenbluten oder so etwas? Er spricht von zusätzlichen Tests. Lohnen die noch bei diesem Sack voll Knochen? Gehen Sie mir nicht auf den Keks, machen Sie, was ich Ihnen sage! Konkret bedeutet dies eine weitere Blutentnahme. Gleich jetzt. Unveränderte Werte. Ergänzt um dieses Detail: Kein Vitamin-B12-Mangel. Na, umso besser!, sage ich. Was heißt hier umso besser, das ist alles andere als eine gute Nachricht, das ist womöglich ein Hinweis auf eine refraktäre Anämie! Rewieanämie? Eine Anämie, die auf keine Therapie anspricht, antwortet Frédéric ärgerlich. Für einen Augenblick hat er den Patienten vergessen; er tobt angesichts eines jämmerlichen Studenten. Wie kann man in meinem Alter nicht wissen, was eine refraktäre Anämie ist? Erzürntes Schweigen. Ich spüre, wie er um einen üblen Brei herumstreicht, ehe ich ihn sagen höre: Wir machen eine Punktion. Wovon? Des Marks. Meines Rückenmarks? Eine Nadel in meiner Wirbelsäule? Niemals! Er schaut mich verblüfft an. Wer spricht von Ihrem Rückenmark? Niemand rührt je das Rückenmark an! Was faseln Sie da? Dass wir Ihnen das Sternum, das Mediastinum, das Herz, die Aorta durchbohren, um Ihnen Rückenmark abzuzapfen? Aber Frédéric, Sie haben doch eben selber gesagt, von meinem Mark? Ich meine das Knochenmark! Nicht das Rückenmark, das Knochenmark! Ihr Knochenmark! Er kann es gar nicht fassen. So viel Ignoranz verschlägt ihm die Sprache. Für seine Pädagogenseele (ein außergewöhnlicher Professor, hatte Grégoire gesagt) ist eine solche Ignoranz synonym mit Gleichgültigkeit. Wissen Sie denn nichts über Ihren Körper? Interessiert Sie das Thema nicht? Ist er Ihre Terra incognita? Da reisen Sie durch alle Herren Länder, um die Gesundheit der Welt zu schützen, überlassen aber die Ihre den Ärzten? Es geht um Sie, mein Gott, nicht um mich! Es geht um *Ihren* Körper! Stille. Entschuldigen Sie, brummt er, kann sich aber nicht zurückhalten, hinzuzufügen: Sie und Ihre verdammte Distinguiertheit!

Warten auf die Punktion. Übermorgen. Habe Frédéric gebeten, mir den Vorgang genau zu beschreiben. Aus dem Brustbein des Patienten wird mit Hilfe einer Hohlnadel Knochenmark zur Analyse angesaugt, eine sogenannte Aspiration. Man betrachtet mich also als markhaltigen Knochen. Ich wollte die Nadel sehen. Harter Stahl, einige Zentimeter lang und mit einem Mandrin versehen, einem Dorn, der verhindern soll, dass die Kanüle zu tief eindringt. Im Grunde sieht sie wie jene Stilette aus, mit denen sich in der Renaissance die Kurtisanen heimlich um die Ecke brachten. Was den Eingriff betrifft, so ruft er mir die unzähligen Opfer von Dracula vor Augen. Was sie mir da in die Brust bohren wollen, ist nicht mehr und nicht weniger als ein Holzpflock. Der genaue Name dieses Pflocks: »Mallarmé'scher Trokar«, auch einfach »Mallarmé«. Welcher Bezug zu dem Dichter? Ich glaube, ich weiß an Medizinischem über ihn nur, dass er wohl starb, als er vor seinem Arzt die Symptome mimte, deretwegen er ihn aufgesucht hatte. Ein burlesker Tod. Als fände der echte Mord im Augenblick seines Nachgestelltwerdens statt.

Natürlich hatte ich über Frédérics Bemerkung hinsichtlich meiner Gleichgültigkeit gegenüber den Dingen des Körpers lächeln müssen. Es wäre schon witzig, ihm mein Journal zu geben! Obwohl er nicht ganz Unrecht hat. Ich habe meinen Körper nie als Gegenstand von wissenschaftlichem Interesse erachtet. Ich habe nicht versucht, ihn mithilfe von Büchern zu enträtseln. Ich habe ihn keiner medizinischen Überwachung unterstellt. Ich ließ ihm die Freiheit, mich zu überraschen. Mein Journal hat mich einzig in den Stand versetzt, diese Überraschungen anzunehmen. So gesehen habe ich mich tatsächlich für medizinische Ignoranz entschieden. Außerdem, welche Augen würden die Ärzte machen, wenn wir bei ihnen in der Praxis mit ihrem Wissen und mit ihrer Diagnose in der Tasche auftauchten? Condorcet hätten sie am liebsten umgebracht, um derlei zu verhindern, Frédéric sollte das nicht vergessen!

86 Jahre, 8 Monate, 28 Tage Donnerstag, 8. Juli 2010

Die Knochenmarkpunktion also. Lokale Betäubung. Kurze Überprüfung, ob mein Gerippe standhalten könnte, dann wird mir der Mallarmé'sche Trokar in die Brust gerammt. Ein Hieb mit der Ahle. Vorsicht vor einer Fraktur des Sternums! Mein Brustkorb gibt nach, es knackt aber nicht. Gut. Der operierende Arzt – auch ein früherer Student von Frédéric – erklärt mir liebenswürdigerweise, dass wegen des Dorns der Hohlnadel der Knochen unmöglich durchstoßen werden kann. Er wird mich also nicht auf dem OP-Tisch festnageln, umso besser. (Étiennes Schmetterlinge … Seine wertvolle Schmetterlingssammlung … Ich zog immer die Stirn kraus, wenn er die Tiere mit der Nadel durchbohrte. Aber sie sind doch tot!, sagte Étienne. In mir zog sich trotzdem alles zusammen. Eine atavistische Angst vor dem Marterpfahl und dem Kreuz.) Jetzt kann das Mark angesaugt werden. Ich leg los, sagt der Arzt und zieht den Kolben hoch. Ein bisschen unangenehm, hatte Frédéric mich vorgewarnt, aber mit sechsundachtzig, hatte er in verdächtig munterem Tonfall hinzugefügt, sieht man nicht mehr so gut, hört man nicht mehr so gut, pinkelt man nicht mehr so weit, hat man nicht mehr eine gar zu große muskuläre Spannkraft, alles geht langsamer, und folglich hat man weniger Schmerzen; nur für die Jungen ist es manchmal eine Schinderei. Irrtum, dieser Schmerz hat seine ganze Jugendlichkeit bewahrt: Er ist viehisch. Ein Schmerz, als würden dir Zunge und Nägel herausgerissen. Das Mark brüllt mit jeder seiner Fasern. Es will nicht aus dem Knochen heraus. Gehts?, fragt mein Henker. Ja, sage ich, während mir eine Träne über die Wange rinnt. Dann mach ich mal weiter.

86 Jahre, 8 Monate, 29 Tage — Freitag, 9. Juli 2010

Meine Brust heute Morgen wie zerquetscht. Flaches Atmen. Mehr tot als lebendig. Unsere Seele sitzt in unseren Knochen. Man hat mich aus mir herausgerissen, und der Schmerz hält an. Ich liege im Bett, schreibe auf einem Tablett. Ich denke über den Euphemismus »unangenehm« nach, den die Ärzte im Mund führen, wenn sie mit uns über Schmerz reden. Nicht den Schmerz, gegen den sich nichts ausrichten lässt, der aus unserem Körper kommt, stets überraschend, stets unberechenbar, stets unser eigener Schmerz, sondern über den vorhersehbaren, gewöhnlichen, den Operationsschmerz, den, den die Ärzte ihren Patienten zufügen. Tamponade, Legen und Ziehen eines Katheters, Trokar … Tut es weh?, fragt der Patient. Ein bisschen »unangenehm«, antwortet der Arzt … Dabei wäre es ein Leichtes für ihn, diese Unannehmlichkeit gefahrlos an sich selber auszuprobieren (wäre doch das Mindeste), aber das machen die Doctores nie, denn schon ihre Lehrer haben es nie gemacht und auch nicht die Lehrer ihrer Lehrer, keiner hat je einen Mediziner in die Lehre des Schmerzes geschickt, den er auferlegt. Und wer das Thema auch nur anzuschneiden wagt, gilt als zimperlich.

Wie zu erwarten war, ist der Befund nicht berauschend. Mein Hämoglobinwert hat sich weiter verschlechtert, und mein Mark ist voller Blasten, Zellen, die keine Blutkörperchen – weder rote noch weiße – zu produzieren imstande sind. »Blasten« also. (Alles hat seinen Namen.) Mein Knochenmark ist voller Blasten. Eine versteinernde Invasion. Die Fabrik hat die Maschinen heruntergefahren. Produktionsstopp. Keine Blutkörperchen mehr. Kein Treibstoff. Kein Sauerstoff. Keine Energie. Fortan lebe ich von meinem Vorrat an Blut. Heute Abend beim Treppenaufstieg war auf halber Höhe Schluss. Mona beschloss, unser Bett nach unten, in die Bibliothek, zu verlegen. Vorübergehend, verkündet sie vor versammelter Mannschaft. Wir wechseln ein überzeugendes Lächeln.

*

NOTIZ FÜR LISON

Deine Mutter, wenn sie aus der Bibliothek kommt. Dann streicht sie zwischen Türflügel und Regalwand mit geschmeidigem Hüftschwung hindurch. Heute kann ich es ja gestehen: Ich wollte das Möbel nie verrücken, um das Katzenhafte ihres Kommens und Gehens zu genießen. (Eine Katze von sechsundachtzig Jahren, meine Tochter, da kannst du ahnen, wie sehr Mona mich hypnotisiert hat!) Mir wird gerade bewusst, dass ein Tagebuch von uns als Paar ein ganz anderes Bild vermittelt hätte. Unsere Ehekonflikte, meine Spekulationen, wenn sie wieder einmal sich in Schweigen hüllte, die merkwürdige Distanz, die sie zwischen sich und dir aufrechterhielt, ihre

Undurchschaubarkeit unterm Strich, hierum würde wohl alles kreisen. Wahrscheinlich könntest du dann ganze Romane über die Abgründe der »Kommunikation« lesen. So aber, nein. Der Blickwinkel vom Körper her ist ein ganz anderer. Ich habe den ihren bis zur Anbetung geliebt. Und wenn unsere Sexualität nach all den Jahrzehnten in der Flaute endete, so hat das, was an Mona von Mona geblieben ist, nie aufgehört mich zu entzücken. Von ihrem ersten Auftauchen in meinem Leben an feilte ich daran, sie zu betrachten. Sie nicht bloß zu sehen, sondern zu betrachten. Ich entlockte ihr ein Lächeln um seiner faszinierenden Plötzlichkeit willen, ich folgte ihr heimlich durch die Straßen wegen der unmerklichen Levitation ihres Gangs, ich sah ihr beim Träumen über einer Routinearbeit zu, betrachtete ihre auf der Lehne liegende Hand, die Kurve ihres über ein Buch gebeugten Nackens, ihre weiße, auch von warmem Wasser kaum sich rötende Haut, die Krähenfüße der ersten Falten in ihren Augenwinkeln, und im Alter die senkrechten Falten als solche: die mit wenigen Pinselstrichen hingeworfene Erinnerung an ein Meisterwerk. Kurz, sobald ich meinen Parapluie zugemacht habe, könnt ihr den Durchgang zwischen Tür und Regal erweitern.

*

86 Jahre, 9 Monate, 8 Tage — Sonntag, 18. Juli 2010

Armer Frédéric, heute Morgen (an seinem Namenstag!) kam er an mein Bett, um den unerträglichen Teil seines Berufes zu absolvieren: mit der Prognose herauszurücken. Egal, wie man es anstellt, ab einem gewissen Alter bedeutet dies – Verkündung eines Todesurteils. Ich machte ihm die Sache leichter: Also, Frédéric, wie viel Zeit bleibt uns? Ein verbindendes »uns«, schließlich ist er mein Arzt. Ein Jahr mit Chemotherapie, ein halbes ohne. Plus minus. Wir erwogen die Vor- und die Nachteile der Chemo. Ein Lebensmittel im Grunde, wie jedes andere. Sechs Monate Leben, eine beträchtliche Frist, doch zugleich ein auslaugender Zustand der Aplasie, Verlust meiner letzten Haare (seis drum), mitunter Erbrechen, bei halbwegs sicherer Garantie, dass es meinem alten Blut gelingen wird, sich blastenfrei zu erneuern. Das Erbrechen, von Frédéric als vernachlässigbare Größe angesehen, entschied die Sache. Mich übergeben zu müssen ist mir ein Horror. Dieses Umgestülptwerden wie ein Kaninchenfell hat mich von jeher beschämt und wütend gemacht. Weshalb ich mich dieser Gefahr nicht aussetzen werde. Mona hat es nicht verdient, dass ich sie übelgelaunt verlasse. Keine Chemotherapie also. Aber es gibt noch eine andere Lösung: Bluttransfusion, die wird mich wieder aufmöbeln. Bis zur nächsten, solange es eine nächste geben kann. Was das eigentliche Ende betrifft, da entscheidet, egal, wofür ich mich entscheide – aber die Wahl ist getroffen –, der Zufall. Entweder sterbe ich an einer tödlichen Blutung wegen der verminderten Thrombozyten in Verbindung mit irgendeiner Infektion, zum Beispiel einer Lungenentzündung infolge fehlender weißer Blutkörperchen (*pneumonia is the old man's friend*, sagen die Engländer), oder an langsamer Auszehrung, während ich mich auf einem Pflegebett wundliege, das mich um das Zusammensein mit Mona bringt. Ich zöge einen simplen nächtlichen Herzstillstand vor. Im Schlaf zu sterben, das wäre der Traum für jemanden wie mich, der zeit seines Lebens die Kunst des Einschlafens kultiviert hat.

Dieses durch nichts einzutrübende Entzücken (über Monas Art, zwischen Tür und Regal hindurchzuschlüpfen) habe ich durch die Operation des grauen Stars wiedergefunden. Das liegt nun schon einige Jahre zurück, aber ich spüre immer noch den Gewinn. Warum habe ich darüber nicht geschrieben? Weil ich unter Fanches Ägide Wichtigeres zu tun hatte als mein Journal zu führen.

Das Leben erlischt vor mir, sagte ich mir, als ich hinter dem Schleier des grauen Stars lebte. Das Licht schwand ganz allmählich. Mit dem Verlust ihrer Konturen verlor die Welt an Festigkeit. Die Genauigkeit schmolz unbemerkt dahin. Die verschwommenen Gesichtszüge ließen meine Mitmenschen zu einer Idee ihrer selbst werden. Meine Augen bildeten sich ihre Meinung. Ich glaubte, zu sehen, ganz so wie man glaubt, zu verstehen. Nach Grégoires Tod wurde das Grau noch dichter. Ich irrte in einer immer undurchdringlicheren Wolke umher und wartete auf mein Erblinden, als sei es ein Versprechen von Schlaf. Fanche verfügte anderes. Du siehst aus wie ein blinder Hund mit deinen milchigen Augen! Los, beweg deinen Hintern, mein Knaller! Ein Katarakt! Operation! Aber dalli! Eine Lappalie heutzutage!

Und schon lag ich auf dem OP-Tisch, festgeschnallt mit einem Riemen, der meinen Kopf arretierte, während in meinem Auge ein Messer herumstocherte wie in einem weichgekochten Ei. Tags darauf ergriff mich, als mir der Chirurg den Verband abnahm, Mitleid mit ihm: Er war über Nacht um zwanzig Jahre gealtert! Dann war das andere Auge an der Reihe, und alles, was ich im Lauf der Jahre zu sehen aufgehört hatte, wurde mir in einem Nu zurückgegeben. Das Licht! Die Überfülle an Einzelheiten!

Das Nächste und das Fernste! Das Offensichtliche und die Nuance! Der feine Strich und das Zittern! Die Vielfalt der Farben! Die unermessliche Palette! Die Weite der Welt! Wie hatte ich zulassen können, dass diese Himmel und diese Gesichter verloschen?

Bis zuletzt sehen. Nichts auslassen.

86 Jahre, 9 Monate, 12 Tage — Donnerstag, 22. Juli 2010

Die Bluttransfusion passt gut zu dem Bild von Dracula. Ich lag auf einem Krankenhausbett, wo ich Tropfen für Tropfen mit dem Blut eines anderen befüllt wurde. Lieber hätte ich nächtens drei Krankenschwestern leergesaugt, um trunken auf und davon zu fliegen, aber mit seiner Legalisierung hat der Vampirismus an Anziehung verloren. Außerdem habe ich nicht mehr die Zähne dafür. Folglich tröpfchenweise Beschickung. Damit ich nicht die Geduld verliere, schlägt Marguerite vor, mir ihren iPod in die Ohren zu stöpseln, den sie zuvor mit Shakespeare und Mahler gespeist hat. Nein, nein, mein kleiner Liebling, keine Ablenkung, ich habe noch nie eine Bluttransfusion bekommen, weißt du, ich möchte diese Tropfen fallen hören und von Mal zu Mal besser. Wir haben eine Überraschung für dich, verkündet Fanny, Mama wird dich abholen kommen! Verrat aber nicht, dass wirs dir vorher verraten haben, Überraschungen freuen ja immer die am meisten, die sie machen! Mama? Ach so, Lison! Ist Lison von ihrer Tournee zurück? Früher als geplant? Muss ich jetzt auch mit Brunos Besuch rechnen? Das riecht nach Endspiel.

Die Transfusion erweist sich als langwierig und einschläfernd. Keine Wiederauferstehung stante pede. Schließlich hat selbst der Beste unter uns drei Tage dafür benötigt. Törichte, mir in meinem Dämmer durch den Kopf ziehende Gedanken, das Hirn spielt träge mit sich selber. Der Begriff »Blast« steigt an die Oberfläche. Ich dachte, er bezeichne eine Schockwelle. Aber nein, *blastos*, mörderische Zellen, Blasten … Eine Invasion von Küchenschaben auf den Regalbrettern meiner Bibliothek … Sie schmieren ihre Flügel mit dem Blut der Bücher und wippen mit ihren Fühlern … Siehst du sie, die Blasten?

86 Jahre, 9 Monate, 15 Tage — Sonntag, 25. Juli 2010

Beiläufig kommt mir der Satz dieses Musikers in den Sinn, kurzfristiger Gefährte von Lison, der sich inzwischen den goldenen Schuss gesetzt hat und den Mona seinerzeit bat, ihr »ganz genau« die Wirkung eines Heroinschusses zu beschreiben. Er dachte lange nach und sagte dann mit sanfter Stimme (ich bin nie einem anderen Menschen begegnet, der so radikal ohne Aggressionen war): Ein echter Schuss? Plötzlich versteht man alles! Es ist, als ob der liebe Gott dich auf dem Arm halten und wiegen würde. Nun, genau so hat auf mich die Bluttransfusion gewirkt. Ein Neugeborenes auf dem Arm des lieben Gottes! Wie könnte ich diese machtvolle Rückkehr des Lebens in einen blutleeren Körper anders beschreiben? Es ist eine wirkliche und wahrhaftige Auferstehung. Grundiert von etwas Unschuldigem, ursprünglich Neuem. Ich hatte damit so wenig gerechnet, wie einer mit seiner Geburt rechnet. »Sich besser fühlen« – ein inhaltsleeres Wort, die Ärzte sagen einem: Nach der Transfusion werden Sie sich besser fühlen – aber ich fühle mich nicht *besser*, ich fühle mich leben! Lebendig, klarblickend, zuversichtlich und weise. Auf dem Arm des lieben Gottes. Mit einer gewissen Lust gleichwohl, herunterzusteigen und unsere Treppe hinauf, zurück in unser Zimmer. Was ich gestern Abend gemacht habe. Unser Zimmer, mein Schreibtisch, meine Hefte, Niederschrift der vorausgehenden Seiten und weiterer Notizen für Lison. Denn in den zurückliegenden Tagen, versteht sich, reichten meine Kräfte nicht, um ein Wort hinter das andere zu setzen. Ich hielt nur Stichpunkte fest. Auferstanden! Natürlich nicht in meinen Zwanzigern. Die sind so tot wie alle darauffolgenden sechs Jahrzehnte. Nein, ich wurde heute wiedergeboren zu mir selber, in meinem jetzigen Alter, und doch ganz neu. Eine Heilung ohne die Warteschleife der Rekonvaleszenz, ohne dass ich das Leben hätte wiedererlernen müssen. Gedopt letztendlich. Ein Schuss!

86 Jahre, 9 Monate, 16 Tage — Montag, 26. Juli 2010

Wir sind bis zuletzt das Kind unseres Körpers. Ein verwirrtes Kind.

86 Jahre, 9 Monate, 19 Tage — Donnerstag, 29. Juli 2010

Heute Morgen tauchte ein Lachen aus meiner Kindheit an die Oberfläche. Beim Rasieren betrachtete ich im Spiegel mein eines abstehendes Ohr, das ich nie habe anlegen lassen – und das ich hier zum ersten Mal erwähne! Ich hatte mich bei Papa über dieses Ohr beklagt. Er fragte mich, was ich meinem Ohr vorzuwerfen hätte. Dass es nicht wie mein anderes ist! Und was hat das andere Besonderes? Über diese Erwiderung hatte ich lachen müssen. Anschließend hielt Papa mir einen kleinen Vortrag über Symmetrie: Die Natur schreckt vor Symmetrie zurück, mein Junge, diesen Fehler begeht sie nie. Würdest du einem symmetrischen Gesicht begegnen, du wärst überrascht von dessen *Ausdruckslosigkeit*! Violette, die auf dem Kamin einen Blumenstrauß arrangierte und uns zuhörte, mischte sich ein: Willst du wie ein Kamin aussehen? Diesmal lachte Papa. Das pfeifende Lachen seiner letzten Wochen … Damals hatte er noch so lange zu leben wie ich heute.

86 Jahre, 9 Monate, 21 Tage Samstag, 31. Juli 2010

Im Restaurant, wo wir meine Wiederauferstehung feiern, gratuliere ich Frédéric zu der Wahl des Spenders: ein echter Premier Cru, dieser rote Tropfen! Er wechselt einen Blick mit Lison. Mona und ich hören den stummen Gedanken, den diese beiden verschwörerisch liebevollen Menschen austauschen: Lassen wir ihm die Begeisterung, die Wirkungen der Transfusion verflüchtigen sich noch schnell genug.

86 Jahre, 9 Monate, 22 Tage Sonntag, 1. August 2010

Fanny, die nackt aus der Dusche tritt. Sie ruft ein Oh, Entschuldigung! Nachdem mein Entzücken sich gelegt hat, kommt mir das Entsetzen wieder in den Sinn, das mich als Zehnjährigen eines Abends ergriff, als ich ins Bad ging, um mir die Zähne zu putzen, und unverhofft Mama erblickte, die gerade aus der Wanne stieg. Die Überraschung, vielleicht auch der Schreck hatten sie sich zu mir umdrehen lassen. Nackt stand sie mir vis-à-vis, eine verschwommene

Silhouette in einer Wolke aus Dampf. Ich sehe noch ihren schmalen Körper mit den schweren Brüsten vor mir (der mir jetzt wie der Körper einer sehr jungen Frau erscheint), ihre von der Wärme des Bads ganz rosige Haut, ihr Mund, der verblüfft offen stand, ihre schreckgeweiteten Augen und schließlich, hinter ihr, der beschlagene Waschbeckenspiegel. Ich stieß einen Schrei aus und zog eilig die Tür zu. Obwohl ich damals noch nichts von Aktaion wusste, der Diana im Bade überrascht hatte und von seinen eigenen Hunden zerfleischt wurde, legte ich mich, ergriffen von einem wirklich heiligen Entsetzen, schlafen, ohne mir die Zähne zu putzen. Mama beschränkte sich an jenem Abend nicht darauf, von fern zu überprüfen, ob ich auch wirklich im Bett läge, sondern kam und drückte mir einen Kuss auf die Wange, dann sagte sie zweimal: »Mein kleiner Mann«, und fuhr mir dabei mit der Hand durchs Haar.

86 Jahre, 9 Monate, 23 Tage Montag, 2. August 2010

Wenn man bedenkt, dass das Skelett den Tod symbolisiert, während unsere Knochen in Wahrheit das Prinzip des Lebens darstellen! Denn das denkende Hirn, das pumpende Herz, die belüftenden Lungen, der zersetzende Magen, die filternde Leber, die reinigenden Nieren, die Hoden mit ihrer Zukunftsmusik, sie alle sind im Vergleich zu den Knochen Anhängsel. Das Leben – das Blut, die Blutkörperchen, das *Lebendige*, es quillt aus dem Mark unserer Knochen!

Großer Aufruhr. Der kleine Fabien, sieben oder acht Jahre alt und dick befreundet mit Louis und Stefano, hat während der Messe einen fahren lassen. Dazu noch mitten in der Elevation, als alles totenstill war! Die Kinder sind in heller Aufregung. Ich überraschte sie in hitzigstem Gespräch, das um die Sorge Nummer eins in jedem Kinderleben kreiste: eine Beziehung herzustellen zwischen den durch ihre kleine Welt ausgelösten Ursachen und deren Wirkungen auf die Galaxie der Erwachsenen. Natürlich hätte Fabien das »nicht machen sollen«; eine solche körperliche Emanation »gehört sich nicht« dort, wo der Heilige Geist weht. Aber Fabien hat es »nicht absichtlich gemacht«, sein Vater hat ihn »zu Unrecht vor allen Leuten ausgeschimpft«, und die auferlegte Bestrafung ist »fies«. Der arme Fabien muss den ganzen Sonntagnachmittag zu Hause sitzen, obwohl er zu Louis' Geburtstag eingeladen war. (Anders gesagt, Fabiens Vater ist ein junger Flachkopf, der mit eisigem Enthusiasmus einen Glauben lebt, der ebenso irrational ist wie mein Atheismus. Sein Kind ist so durchscheinend wie ein Tausendfüßler, der in der Sakristei groß wird. Ein echtes Wunder, dass er überhaupt furzt.)

Als Stefano und Louis merkten, dass ich ihnen zuhöre, fragten sie mich als allwissenden Urgroßvater, was ich über das Pupsen denke. Nicht leicht, darauf zu antworten, wenn man selber seit Jahren mit der Problematik der Hustenfürze zu kämpfen hat. Trotzdem habe ich mich beherzt in die Antwort gestürzt. Ich sagte ihnen, zurückgehaltene Winde könnten der Gesundheit schaden. Warum? Weil, wenn wir unseren Körper sich mit Gas füllen lassen, Kinder, also dann steigen wir hoch in die Luft, wie ein

Ballon, darum! Dann steigen wir hoch? Ja, und wenn es das Unglück will, dass wir dann da oben einen fahren lassen müssen – was immer passiert, weil man seine Pupse nicht ewig zurückhalten kann –, schnurren wir zusammen und stürzen zurück auf die Erde und zerschellen auf einem Felsblock, wie die Dinosaurier. Oh! Wirklich? Sind die so gestorben, die Dinosaurier? Ja, sie haben so oft gesagt bekommen, es sei unhöflich, einen fahren zu lassen, dass sie ihre Pupse zurückgehalten haben und zurückgehalten und zurückgehalten und sich immer weiter und weiter und weiter aufgebläht, bis sie am Schluss hochgestiegen sind, und als sie dann pupsen mussten, die Ärmsten, da sind sie zusammengeschnurrt und auf die Erde zurückgestürzt und alle, bis auf den Letzten, auf Felsblöcken zerschellt! (Die Felsblöcke haben mächtigen Eindruck gemacht!)

86 Jahre, 9 Monate, 30 Tage Montag, 9. August 2010

Während ich mein Journal noch einmal gelesen habe, ist mir am linken Ellbogen ein Ei gewachsen. Laut Frédéric ein Hygrom, eine wassergefüllte Zyste, die sich durch einen Stoß oder längeres Scheuern an etwas Hartem bilden kann. Haben Sie sich irgendwo gestoßen? Nicht dass ich wüsste. Bleibt also das Scheuern. Wie lesen Sie? Kopf in die Hände gestützt und Ellbogen auf den Tisch. Na, dann lesen Sie mal im Sessel, dann erholt sich Ihr Ellbogen wieder! So einfach ist das. Sichere Diagnose und ärgerlich vorgebrachter Behandlungsvorschlag, wie immer bei Frédéric. Ich habe also, weil ich das Journal meines Körpers wiedergelesen und kommentiert habe, diese Wassergeschwulst zwischen Knochen und Haut meines linken Ellbogens verursacht. Ein kleiner Beutel, der frech hin- und herkullert. Manès hatte manchmal so etwas am rechten Knie. Wenn es ihm reichte, dann leerte er »diesen Klicker« mit einem gezielten Messerschnitt. Keine gute Methode, sagt Frédéric. Besser, man gibt dem Hygrom Zeit zum Abschwellen, fügt er hinzu, ehe er den Fauxpas bemerkt und mich grummelnd verlässt.

Die Zeit …

Tja, das ist die Agonie: noch vor der Genesung einfach dahingerafft werden.

Nun ja, es gefällt mir nicht schlecht, ein Dinosaurierei zu bebrüten, während ich mich davonmache.

86 Jahre, 10 Monate, 6 Tage — Montag, 16. August 2010

Die Kleinen sind am Tag vor meiner zweiten Transfusion abgereist. Auf Wiedersehen, Großmutter! Auf Wiedersehen, Großvater! Wenn für diese Kinder das Wiedersehen mit uns außer Zweifel steht, so liegt dies daran, dass sie uns von Anfang an kennen. Als Kinder sehen wir die Erwachsenen nicht altern; uns interessiert nur das Großwerden, unseres, denn die Erwachsenen entwickeln sich nicht mehr, die sind in ihrem Groß- und Erwachsensein konserviert. Auch die Alten entwickeln sich nicht, die sind alt von Geburt an, von unserer Geburt an. Ihre Falten sind für uns der Garant ihrer Unsterblichkeit. In den Augen unserer Urenkel existieren Mona und ich schon immer und leben deshalb auch ewig. Umso mehr wird sie unser Tod erschüttern. Die erste Begegnung mit der Vergänglichkeit.

86 Jahre, 10 Monate, 9 Tage Donnerstag, 19. August 2010

Die zweite Transfusion hat nicht den Geschmack der ersten. Ihre Wirkungen – nicht minder kräftigend – werden weniger lang vorhalten. Dass ich dies weiß, reicht, um mir den Taumel zu verderben.

86 Jahre, 10 Monate, 13 Tage Montag, 23. August 2010

Beim Anblick von Lison, die unser Bett machte, und Frédéric, der mir nach einer Blutabnahme ein neues Rezept ausstellte, fiel mir auf, dass man selber sehr alt werden muss, um das Altern der anderen zu erleben. Trauriges Privileg, das wir da haben, zuzusehen, wie die Zeit die Körper unserer Kinder und Enkel zutiefst verändert. Seit vierzig Jahren wohne ich nun schon diesem *Anderswerden* meiner Nächsten bei. Dieser Sechzigjährige mit dem gelblichen Haar, den fleckigen Händen, dem abgemagerten, schlaffhäutigen Hals ist nicht mehr der Frédéric mit dem vollen Nacken und den geschmeidigen Händen, in den Grégoire sich verliebt hatte. Auch Lison sieht inzwischen sehr anders als Fanny und Marguerite aus, die mit dem Versprechen, nächsten Monat zu kommen und mich zu »verhätscheln«, die Treppe hinuntergaloppieren, und selbst diese beiden, so schön sie sind, besitzen nicht mehr diese federnde Härte, die Louis und Stefano überall im Haus wie einen Vollgummiball umherdotzen lässt.

Sieht man das Ganze von der Kleidung her, so sind die seit Jahrzehnten länder-, geschlechter- und generationenübergreifenden Bluejeans, die sie alle tragen, ein fürchterlicher Parameter für die vergehende Zeit. Beim Mann hat die Jeans die Eigenschaft, mit zunehmendem Alter an Füllung zu verlieren, bei der Frau, an selbiger deutlich zuzulegen. Schlackernde Gesäßtaschen auf männlichen fliehenden Hinterbacken, Faltenwurf im Schritt, welliger Schlitz, anstelle des jungen Mannes haust in den Kultjeans jetzt ein Alter, der rundherum über den Gürtel quillt. Die reife Frau wiederum steckt in dem knallengen Stoff mit Pathos fest. Ach, dieser Hosenschlitz, man könnte meinen, eine wulstige Narbe! Zu meiner Zeit entsprach unser Alter unserem Gewand. Pluderhöschen – das Baby, kurze Hosen und Matrosenhemd – der Knabe, Knickerbocker – der Jüngling, erster Anzug (aus weichem Flanell oder Tweed und mit Schulterpolstern) – der junge Mann, und schließlich, Uniform der sozialen Reife, der Dreiteiler; mit dem man mich demnächst in den Sarg betten wird. Jenseits der dreißig habt ihr alle darin alt ausgesehen, sagte Bruno. Das stimmt, der Dreiteiler ließ uns vorzeitig altern, oder genauer: er alterte stellvertretend für uns, heute dagegen altern Männer wie Frauen in ihren ewigen Jeans.

86 Jahre, 10 Monate, 14 Tage — Dienstag, 24. August 2010

Und trotzdem: die unhintergehbare Jugend derer, die zwanzig oder dreißig Jahre jünger sind als wir! Auch das kleine Kind, das in unseren alten Kindern noch immer zu sehen ist. O meine wundervolle Lison!

86 Jahre, 10 Monate, 18 Tage Samstag, 28. August 2010

Liebe Lison,

erinnerst du dich, dass Mona den Zwillingen einmal aus einem Buch vorlas, das Fanny entsetzte und Marguerite faszinierte? Ein Buch von García Márquez. Ja, Mona las den beiden in jenem Sommer Márquez vor. Während der Mittagsruhe. Ich glaube, es war Hundert Jahre Einsamkeit, *obwohl ich mir dessen nicht sicher bin. Aber an die Vorlesestunden erinnere ich mich sehr gut! Die Geschichte: Zu Weihnachten oder zu ihrem Geburtstag erhält eine junge Frau alljährlich ein Geschenk ihres Vaters. Der Vater wohnt, weshalb, habe ich vergessen, weit weg, aber er schickt stets sehr pünktlich sein Geschenk. Eine große Kiste, aus der immer etwas Überraschendes zum Vorschein kommt, über das die Kinder sich freuen. (Es muss also wohl eher zu Weihnachten gewesen sein, wenn ich mich an die Freude der Kinder erinnere.) Eines schönen Jahres jedoch trifft die Kiste ein wenig verfrüht ein. Altbekannter Absender, altbekannte Empfängerin, aber ein kleiner Irrtum im Datum. Voller Ungeduld stürzt sich die Familie auf die Kiste: Überraschung, sie enthält den väterlichen Körper! Verwest? Mumifiziert? Ausgestopft? Keine blasse Ahnung mehr, aber es war wirklich der väterliche Körper. Fanny, entsetzt, »Ekelhaft!«, Marguerite, ekstatisch, »Super!«, Mona, erfreut über die erzielte Wirkung, »Es lebe der magische Realismus!«, und du hast, wie immer, die Szene in deinem Skizzenbuch festgehalten. Sag, Lison, spiele ich dir nicht gerade denselben Streich? Ich werde mich nicht im Grab umdrehen, solltest du das alles hier ins Feuer werfen, ehrlich.*

Die Krankenschwester, die den Schwund meiner Blutkörperchen misst, schimpft über meine Venen. Sie wurden allzu häufig gelöchert und sind hart geworden oder verstecken sich. Sie sucht nach einer anderen, auf dem Rücken meiner Hand, am Knöchelansatz. Hämatome, Kratzspuren, Schorf … Und tut sich auch noch kratzen, also, sieh sich einer das an! Wie wärs, sage ich zu Frédéric, um ihn zu necken, wenn Sie mir ein paar Tröpfchen Heroin injizieren würden, mein Ruf ist doch sowieso hinüber, sehen Sie sich nur meine Arme an! Außerdem ist das für Sie ja ein Spaziergang, Sie brauchen bloß den passenden Dietrich für die Klinikapotheke zu finden! Eine Bemerkung, die den Ärmsten einmal mehr verstimmt, er schimpft, er sei kein Dealer, und wirft mir vor, Heroin und Morphium nicht auseinanderzuhalten: »Sie mit Ihrer üblichen Gleichgültigkeit! Heroin und Morphium, das ist ein Unterschied wie Tag und Nacht! Sie sind wirklich …« Er betrachtet mich mit einem Kopfschütteln und bricht plötzlich in Tränen aus. Na, na. Schluchzer. Er verlässt den Raum. Diese Erschöpfung der Ärzte angesichts des Todes … Ich hätte mein Leben auch in Zorn verbracht, wenn ich meine Patienten ewig hätte sterben sehen. Selbst diejenigen, die gesund werden. Sterben trotzdem einfach alle. Tagaus, tagein, so lange man lebt. Da kann man schon einen Brass kriegen auf die Sterbenden. Armer Doktor! Verbringt sein Leben damit, ein Programm zu reparieren, das für den Super-GAU geschrieben wurde. Andere verfassen *Die Tatarenwüste*. Frédéric ist ein Meisterwerk.

86 Jahre, 11 Monate, 1 Tag Samstag, 11. September 2010

Durch das Abfassen der Kommentare für Lison fällt mir auf, wie viel in diesem Journal fehlt. Ich wollte alles festhalten, aber letztlich habe ich sehr wenig angeschnitten, habe diesen Körper, den ich beschreiben wollte, kaum gestreift.

86 Jahre, 11 Monate, 4 Tage Dienstag, 14. September 2010

Je näher mein Ende rückt, desto mehr Dinge gibt es zu notieren und desto weniger Kraft habe ich dafür. Mein Körper verändert sich von Stunde zu Stunde. Sein Zerfall beschleunigt sich in dem Maße, in dem sich seine Funktionen verlangsamen. Beschleunigung und Verlangsamung … Ich komme mir wie eine Münze vor, die nur noch um sich selber kreiselt.

86 Jahre, 11 Monate, 27 Tage Donnerstag, 7. Oktober 2010

Endlich mit den Notizen für Lison fertig. Schreiben erschöpft mich. Der Stift wiegt unendlich schwer in der Hand. Jeder Buchstabe ein Aufstieg, jedes Wort ein Berg.

87 Jahre, mein Geburtstag Sonntag, 10. Oktober 2010

Der Gehäutete aus dem Larousse, festgeklemmt, zum letzten Mal, im Spiegelrahmen. Neben ihm, im Spiegel, ich, Hiob, wie ich in der Asche sitze. Alles Gute zum Geburtstag.

87 Jahre, 17 Tage Mittwoch, 27. Oktober 2010

Keine Bluttransfusion mehr. Man lebt nicht ewig auf anderer Leute Kosten.

87 Jahre, 19 Tage Freitag, 29. Oktober 2010

Jetzt, mein kleiner Dodo, gehts ans Sterben. Keine Angst, ich zeige dir, wie es geht.

REGISTER